中國新聞史研究輯刊

三 編

主編 方 漢 奇

副主編 王潤澤、程曼麗

第 7 冊

大變局中的民間報人與報刊（修訂版）

陳 建 雲 著

花木蘭文化出版社

國家圖書館出版品預行編目資料

大變局中的民間報人與報刊（修訂版）／陳建雲 著 — 初版 —
新北市：花木蘭文化出版社，2016〔民 105〕
目 2+270 面；19×26 公分
（中國新聞史研究輯刊 三編；第 7 冊）
ISBN 978-986-404-528-0（精裝）
1. 中國報業史 2. 新聞從業人員
890.9208　　　　　　　　　　　　　　　　105002058

ISBN-978-986-404-528-0

中國新聞史研究輯刊
三 編 第 七 冊　　　　　　ISBN：978-986-404-528-0

大變局中的民間報人與報刊（修訂版）

作　　者　陳建雲
主　　編　方漢奇
副 主 編　王潤澤、程曼麗
總 編 輯　杜潔祥
出　　版　花木蘭文化出版社
發 行 所　花木蘭文化出版社
發 行 人　高小娟
聯絡地址　235 新北市中和區中安街七二號十三樓
　　　　　電話：02-2923-1455／傳眞：02-2923-1452
網　　址　http://www.huamulan.tw 信箱 hml810518@gmail.com
印　　刷　普羅文化出版廣告事業
初　　版　2016 年 3 月
全書字數　30 萬字
定　　價　三編 9 冊（精裝）新台幣 18,000 元

大變局中的民間報人與報刊（修訂版）

陳建雲　著

作者簡介

陳建雲，生於 1967 年，河南南陽人，新聞學博士。現任復旦大學新聞學院教授、博士生導師、新聞系主任。研究興趣爲報人與報史、新聞傳播法制與倫理，著有《中國當代新聞傳播法制史論》、《大變局中的民間報人與報刊》、《向左走 向右走——一九四九年前後民間報人的出路抉擇》等書。立身正大，爲學眞誠，願與同好交流砥礪：chenjianyun@fudan.edu.cn。

提　　要

　　民營報刊的消失和民間報人的轉變，是至今令人感慨不已的事情。本書選取徐鑄成、王芸生、儲安平這三位民間報人，及其所主持的《文匯報》、《大公報》、《觀察》周刊，鋪排史實，索隱鈎沉，感受他們在 1945 ～ 1957 年這一歷史大變局中的憧憬與彷徨，欣喜與迷惘，奮發與無奈，堅持與哀愁。幾許中國新聞歷程的碎片，三個民間報人的艱難抉擇，一段大變局中的自由心靈史。

目次

前　言

　　第二次鴉片戰爭後，李鴻章慨歎：中國遇到了數千年未有之變局。從此，我們這個老大帝國步入「變亦變、不變亦變」的艱難境地。改良革命，君憲共和；內憂外患相繼，問題主義紛爭。1949 年 10 月 1 日，毛澤東在天安門城樓上那大手一揮，宣告一個新時代的到來，百年激蕩，至此「結穴」。制度跨越，思想揚棄，中國在 1949 年前後十年間發生的變革，遠非李鴻章苦力撐持的晚清可比。

　　政治角力夾縫中發育起來的民間報人與報刊，在這一歷史劇變中遽然轉變、消失。徐鑄成、王芸生和儲安平，無疑是民間報人中的翹楚，他們所主持的《文匯報》、《大公報》和《觀察》周刊，曾經聲光無限，執民間輿論之牛耳。關於民間報刊，徐鑄成有過精闢論斷：「一張真正的民間報，立場應該是獨立的，有一貫的主張，而勇於發表。明是非，辨黑白，決不是站在黨派的中間，看風色，探行市，隨時伸縮說話的尺度，以響應的姿態，多方討好，僥倖圖存。」民間報人，信奉的是自由主義辦報思想，張季鸞等為「新記」《大公報》定下「不黨、不賣、不私、不盲」辦報方針，儲安平要求《觀察》同人共守「民主、自由、進步、理性」之放言論事的基本立場，便是明證。

　　但是，中國的民間報人或者說中國的自由主義者，呈現出與西方自由主義者頗為異趣的價值取向。西方自由主義者雖然不排斥集體、社會乃至國家的價值，但是更強調個人自由的優先性，他們認為個人自由是一個社會最基本的出發點，也是所有社會政策和立法的基礎。中國的自由主義者，肩負着救亡與啓蒙的雙重使命；近代以來國家、民族所遭受的淩辱，使他們在國

家富強與個人自由之間，首先選擇的是前者而非後者。明此，便不難理解徐鑄成、王芸生、儲安平等民間報人，在「中國人民從此站起來了！」的 1949 年，不約而同地選擇留在大陸擁護人民民主專政的新政權。

作出這樣的政治選擇，就意味着必須轉變原來的立場，放棄自由主義的辦報信念。這是他們應該考慮到的問題，也是願意作出的「讓步」——1947 年至 1948 年，知識分子通過《觀察》展開的「自由主義者往何處去」的討論，雖然莫衷一是，但不少人對自由主義在中國的前途心懷憂慮；王芸生等民間報人「第三條道路」的嘗試，也被證明無法行通。

我總相信，信念的棄守決非如棄敝屣，義無反顧，朝夕可成。當我拂去歷史的塵埃，走進民間報人的悲喜內心的時候，他們在革故鼎新之際的憧憬與彷徨、欣喜與迷惘、奮發與無奈、堅持與哀愁，無不印證着我的直覺，常常讓我感慨不已！

1949 年 6 月 21 日，距上海解放不到一月，被國民黨政府查封已經兩年的上海《文匯報》原地復刊，徐鑄成特意寫了一篇自稱「心聲之文」的社論，表示今後的《文匯報》人將拋棄舊包袱，學習新經驗，真正和人民結合起來，為新民主主義文化建設盡其綿力。但是，《文匯報》在新華社正式公告之前報導長沙解放，被指為資產階級辦報作風——「搶新聞」，編輯將領袖的文章分題刊出以醒眉目，被指為離經叛道，讓辦了 20 年報的徐鑄成大惑不解。更有甚者，一向被稱作社論高手的徐鑄成，在新時代竟然不會寫文章了，常常舒紙半日卻無從下筆，只好請陪他熬夜的朋友代勞。

1949 年 4 月 10 日，從香港秘密北上參加新政協的王芸生，在天津《進步日報》上發表《我到解放區來》一文，聲明自己這次到解放區不是為了謀求「中立」、「獨立」，而是向革命的新民主主義陣營「投降」。信奉司馬遷「戴盆何能望天」的王芸生，竟然說出「投降」的話，女兒王芝芙讀着父親的這篇「劃時代」之文，不覺淚眼模糊，喑啞無聲。隨後，他身穿戎裝，隨軍南下回到上海，於 6 月 16 日宣佈上海《大公報》「揚棄舊污，開拓新生」——走向新民主主義，走向社會主義。10 月 1 日，王芸生和新政協代表們一起登上天安門城樓，見證「人如大海，旗翻紅浪」的共和國開國盛典，「慶幸個人此生不虛，更慶幸中國由此進入了一個人民民主的時代。」不過，在舉國歡忭昂揚的大樂章中，王芸生身歷了幾個意想不到的小插曲，讓他感到些微的失落、沮喪：他因為獲得過《大公報》的「勞績股」，在加入工會時遇到了麻

煩；有人說他長期以來一貫「反蘇」，反對吸收他加入中蘇友好協會；他應邀到兒子讀書的學校演講，演講中特別談到了一段「三毛流浪記」的故事，不料受到校方的當場批判。

1949 年 11 月 1 日，年前被國民黨政府查封的《觀察》，在新中國成立一個月後即獲復刊。自稱生命、思想、感情在解放後都跨進了一個嶄新境界的儲安平，在《觀察》復刊號上發表了一篇跟着中國共產黨走、爲人民民主事業努力的「表態」文章。這篇充滿當時流行的報刊語言的文章，如果與儲安平往日客觀超然、眞知灼見迭出的文章放在一起，很難讓人相信是出自同一人之手。《觀察》雖然復刊了，但是刊物的志趣、理念和內容都發生了質變。在這個「脫胎換骨」的過程中，儲安平等《觀察》同人經歷着精神的陣痛：「在這樣一個偉大的時代中，許多人從舊的社會中解放出來。從舊社會中解放出來的人們，雖然具有同樣的學習的意願，力求進步，但是由於過去的環境和訓練，各不相同；有些人比較堅定，有些人比較搖擺；有些人包袱丟得快，有些人包袱丟得慢。在思想的改造中，每個人都會或多或少或長或短經過一番苦痛的時間的，但我們顯然需要有勇氣來克服這種苦痛。」

……

歷史因特別的人而豐滿，人因故事而鮮活。

民間報人的轉變和民間報刊的消失，是那個時代歷史發展的必然邏輯。然而，宏大的歷史敘事，總是有意無意間忽視民間報人在時代變遷中的生命體溫和思想脈動，使本來豐滿的歷史簡單呈現，事實的本眞需要索隱。

本書選取徐鑄成、王芸生、儲安平這三位民間報人，及其所主持的《文匯報》、《大公報》、《觀察》周刊，鋪排史實，索隱鈎沉，感受他們在大變局中的思想脈動，演繹歷史興替的邏輯必然。

孟子言：知人論世。世不易論，人亦難知。書中錯謬之處，尚祈方家指正。

陳建雲

2008 年 9 月　於上海

已將書劍許明時
—— 徐鑄成與《文匯報》

「《文匯報》是用我的墨汁餵大的」

　　徐鑄成不是《文匯報》的創始人，但《文匯報》能夠成為舊中國廣有影響的報紙，與徐氏的一枝如椽之筆分不開。報因人名，人以報傳，徐鑄成光大了《文匯報》，《文匯報》也成就了徐鑄成。徐氏曾自豪地說，《文匯報》是用自己的墨汁「餵大」的。考察《文匯報》的發展歷程，這話的確不是妄言。

　　1937 年 11 月 13 日，上海陷於日寇之手，不過上海各報在成為「孤島」的租界仍可以照常出版，大體上還能保持原有的愛國立場。一個月後國民政府首都南京淪陷，日本佔領軍通知上海租界各家中文報紙，自 12 月 15 日起必須接受新聞檢查。租界當局無奈，只好向日方屈服。當時上海有影響的報紙，除《新聞報》和《時報》接受檢查繼續出版外，《申報》、《大公報》、《時事新報》、《民國日報》、《立報》義不受辱，紛紛停刊或遷移外地出版。

　　接受日方新聞檢查的《新聞報》、《時報》被人唾棄，新出版的《新申報》等漢奸報紙更為人所不齒，而上海市民又急於知道抗戰新聞和戰局形勢──舊中國新聞業最為發達的城市一度出現了「新聞真空」。《文匯報》就是在這樣的背景下「應運而生」的。

　　《文匯報》不是由一個或幾個資本家創辦的，也沒有任何政黨作後臺，而是由幾個並無資財的人，偶然湊合起來的，這在中國近現代新聞史上，可以說是一個創例。在發起創辦《文匯報》諸人中，出力最巨者首推嚴寶禮。嚴曾任滬寧、滬杭兩路局會計處稽核，辦過廣告公司，主要經營路牌廣告，也代辦報紙廣告，在新聞界頗有朋友。1937 年初，兩路局部分中層職員成立「新新俱樂部」，在南京路一家旅館長期包房，作為工餘娛樂消遣之用。嚴寶

禮是俱樂部中最爲活躍的人物。抗戰爆發後兩路局遣散大部分職員，這些俱樂部成員拿到了不菲的遣散費。此時上海不少報紙停辦，一批失業的報界人士，如《新聞報》的嚴獨鶴和徐恥痕、《申報》的金華亭、《社會日報》創辦人胡雄飛、《生活晚報》社長吳農花等，也常來俱樂部聚談散心。閒談中，胡雄飛向嚴寶禮等提議，用俱樂部成員手中的兩路局遣散款辦一張新報紙，這樣大家有事可做，也不至於坐吃山空。胡的提議得到了以嚴寶禮爲首的多數人的贊同，大家認爲當時在上海辦報，銷路不愁，再說辦報本輕利重，而且名利雙收。當然，通過辦報宣傳愛國抗日，獲得國人好評，也是這些人的共同願望。〔註1〕

爲避開日方新聞檢查，這幫人決定借鑒上海《大美晚報》和《華美晚報》的做法，掛洋商牌子，聘請英國人克明（H. M. Cumine）任發行人和董事長。經過短期籌備，《文匯報》於 1938 年 1 月 25 日正式創刊，克明任發行人兼總主筆，嚴寶禮任經理，胡雄飛任協理兼廣告科主任，胡惠生任總編輯。在創刊號上，以「本報發行人兼總主筆」克明的名義發表了《爲本報創刊告讀者》：

> 余前辦英文文匯晚報時，即抱中英合作之宗旨，今發行華文文匯報，當亦本此宗旨，蓋中華民族不僅有悠久之歷史，爲東亞文化之策源地；而且地大物博，實蘊藏無限之寶藏，其前途之遠大，更非他國所能企及。英國乃一民主國家，對於他國均抱善意合作扶助其成長的態度。英國人民對於中國尤有好感，不但愛好其文化，抑且深信中國的復興民族建立新國家，必有待與英國的合作。所以本報刊行的宗旨自在鼓吹中英合作，此其一。

> 依余所信，中國未來的政治，必漸趨於民主化的一途，惟民主國家的培養與形成，必待報紙的啓迪民智，養成民主政治的氛圍；而報紙如何始能完成其任務，尤必賴言論的自由。英國之所以成爲民主國家者，實由其國內言論自由，不受絲毫的統制。是以本報本着言論自由的最高原則，絕不受任何方面有形與無形的控制，如不幸遭受外界的阻力，余必負責設法消除之。此其二。

〔註 1〕 徐鑄成：《文匯報的誕生》，載文匯報報史研究室編《從風雨中走來》，文匯出版社，1993 年版，第 7～8 頁；吳農花：《313 房間：文匯報在這裏孕育》，載文匯報報史研究室編《在曲折中行進》，文匯出版社，1995 年版，第 23～24 頁。

「《文匯報》是用我的墨汁喂大的」

報紙是人民的精神食糧，其所負的使命，一則為灌輸現代知識，另則為報導消息，是以報紙的生命，在其獨立的報格，不偏不倚，消息力求其正確翔實，言論更須求其大公無私，揭穿黑幕，消除謠言，打破有聞必錄之傳統觀念。所以本報同人必遵行此記者紀律，始終不渝，以建樹本報高尚之報格。此其三。

《文匯報》創刊號發表的《為本報創刊告讀者》。

最後，有不得不鄭重聲明者，即本報刊行，絕非為投機取利，而實為應環境需要而產生，故必竭本報同人之力，為社會服務，凡若有利於社會公眾之事業，無不欲先後興辦，以謀大眾之幸福，而副讀者之期望也！〔註2〕

《文匯報》創刊時，徐鑄成已被《大公報》總經理胡政之遣散，閒居上海。徐鑄成1927年冬在北師大讀書時，就進入胡政之開辦的國聞通訊社，兩年後調到天津任《大公報》編輯，頗受總編輯張季鸞賞識，不時外派採訪重要政治新聞。1932年至1935年，他被外派到漢口，任《大公報》駐漢口特派記者。1936年《大公報》上海版創刊，他又被調到上海任要聞編輯。《大公報》的人事安排一向由胡政之負責，徐鑄成進入《大公報》後受到不斷提拔，可見胡對他是器重有加的。胡政之不止一次勉勵徐鑄成要以《大公報》為終身事業，徐也一直把《大公報》視為自己的「家」，勤奮工作，以報胡政之的知遇之恩。不料日寇侵華，「深懷文章報國之志」的上海《大公報》人誓不投降，拒絕接受日方的新聞檢查，宣佈自動停刊。報紙停刊次日，胡政之即宣佈除留下副經理李子寬等少數人負責善後外，其它員工一律就地遣散，各謀生路。徐鑄成亦在遣散之列，他第一次嘗到了失業的痛苦，六口之家的生計頓時失去着落。徐鑄成失業後，幸有原來的同事、正在重慶擔任《國民公報》總編輯的杜協民，約請他擔任該報駐滬記者，月薪40元，聊以緩解燃眉之急。雖

〔註2〕 克明：《為本報創刊告讀者》，載1938年1月25日《文匯報》創刊號。

—5—

然他後來再次被胡政之邀入《大公報》，但對老闆一腳把自己從《大公報》這個「家」中踢出的鐵面寡情，始終不能釋然於懷。

《文匯報》創刊在即，可是還沒有找到合適的社論寫手。嚴寶禮得知徐鑄成的境況後，就派儲玉坤約請徐鑄成為《文匯報》撰寫社論。儲玉坤是徐鑄成的宜興同鄉，剛從接受日方檢查的《新聞報》憤而辭職，應聘《文匯報》任國際版編輯。嚴寶禮開出的條件為：徐每天為《文匯報》寫一篇社論，每篇4元計酬，待營業發展後升為10元（暫以四折計薪）；言論沒有限制，題目和內容，一切由徐決定，報館保證不加刪改。優渥的稿酬對徐鑄成來說不啻雪中送炭，不過更吸引他的是自己可以放言高論，一天一篇社論等於是包辦了《文匯報》的言論，這對一個報人來說是可遇而不可求的。徐鑄成當即應承下來，並找來同被胡政之遣散的楊歷樵，分擔國際問題的社論寫作。

70年後的今天，我們小心翼翼地翻閱着一張張發黃的《文匯報》，仍能感受到徐鑄成當年奮筆疾書時的慷慨激昂，被他那枝千鈞之筆流淌出的文字所震撼。徐鑄成所寫的、也是《文匯報》發表的第一篇社論是《淞滬之役六周年紀念》：「吾人認為中國民族前途之光明，於一二八之役已吐露其曙光矣。今中國軍民如能本一二八之役的精神，堅持到底，最後勝利自可從萬分艱苦中獲得。」〔註3〕他告誡上海市民「地球上沒有一個真正的孤島，上海尤其不能和內地脫離關係；四周的巨浪，隨時可以把你們吞沒；天空的鐵鳥，隨時會震傷你們的心弦；你們應該時時刻刻緊緊把握住你們的靈魂，應該時時刻刻記住你們處的地位；為了你們自己，不應該再這樣苟安逸墮；為了你們的子孫，更應該時時有所警惕。」〔註4〕對上海工商界等幾個想投敵的「軟骨頭」，他又撰寫了《告若干上海人》社論，嚴正警告這些人趕快懸崖勒馬，不要「去當小丑」，「你們要繼續循着正路向前走，切勿戀着曇花一現的幻境，被漫天的風沙，葬送了自己！」〔註5〕

《告若干上海人》發表后翌日，報館接到恐嚇信，說《文匯報》言論激烈，識時務者為俊傑，今後若不改弦更張，再有反日情緒，將有殺身之禍。第二天，報館即受到暴徒炸彈襲擊，造成職員死傷。徐鑄成聞訊後既憤慨又不安，打電話問儲玉坤社論要不要繼續寫，如果改變態度，寧願擱筆。

〔註3〕 《淞滬之役六周年紀念》，1938年1月28日《文匯報》社論。
〔註4〕 《上海並非孤島》，1938年2月1日《文匯報》社論。
〔註5〕 《告若干上海人》，1938年2月8日《文匯報》社論。

儲玉坤請示嚴寶禮，嚴斬釘截鐵地回答：照樣寫下去！2月12日，《文匯報》發表《寫在本報遭暴徒襲擊之後》社論，指出炸彈的光顧、黑暗勢力的進攻，正足以證明同人的苦鬥已獲得相當成效，發誓「願為維護言論自由奮鬥到底」。

《文匯報》開辦費僅有七千元，根本買不起印報機。嚴寶禮向留守上海《大公報》的李子寬求助。李子寬請示胡政之後，同意以優惠價格承印《文匯報》，捲筒白報紙也由《大公報》墊用，費用日後結算，同時把《大公報》設在福州路的營業部租借給《文匯報》作館址。可以說，《文匯報》是「借雞生蛋」，在《大公報》的支持和幫助下才得以問世。胡政之如此慷慨地幫助《文匯報》，除了《大公報》自身利益的考慮，也是看重《文匯報》的愛國立場。

有了這層關係，胡政之當然會關注《文匯報》的情況。就在報館挨炸的那天下午，胡政之約見了徐鑄成。落座後胡一反平常的嚴肅態度，含笑問徐：「《文匯報》的社論，很像是我們自己人寫的。你知道是誰寫的嗎？」徐立即回答：「是我學寫的，胡先生一定看出它的膚淺、幼稚吧。」胡連忙說：「不，不，寫得很有文采，構思也很深刻。就是有些地方，太激烈一些，怕出問題。」〔註6〕當徐鑄成把報館已經挨炸、嚴寶禮堅持報紙態度不變的情況告訴胡政之之後，胡終於說出了自己約見徐的用意：《大公報》投資一萬元與《文匯報》合作，條件是徐鑄成進《文匯報》負責編輯部，抓言論方針。

徐鑄成同意進入《文匯報》，胡政之即派李子寬與嚴寶禮商談具體合作事項。雙方很快達成協議：《文匯報》原始資金升值為兩萬元，《大公報》投資一萬元（分月在排印費和填付白報紙項下扣除），雙方所佔股份為二比一。

1938年2月下旬，徐鑄成走馬上任，以主筆名義主持《文匯報》編輯部，從此和這份報紙結下了20年「牢不可破」的關係。

嚴寶禮對徐鑄成的賞識之深、任事之專，在中國新聞史上堪稱佳話。當他和李子寬談判《文匯報》與《大公報》合作時，《文匯報》的一些董事，對於《大公報》方提出要徐鑄成主持《文匯報》編輯部這一條件，頗有異議。嚴寶禮力排眾議，堅決認為徐是一位不可多得的新聞人才，一口應承。徐鑄成入《文匯報》後，嚴寶禮委以他「主筆」職務，並授予處理編輯部大權，使他的權力凌駕於總編輯之上，這種人事安排在當時的報館中是獨一無二

〔註6〕《徐鑄成回憶錄》，三聯書店（北京），1998年版，第76～77頁。

的。爲了使徐鑄成把《文匯報》當作自己的事業，嚴寶禮除了爲徐制訂高額薪酬，還特意把《文匯報》「發起股」一千元讓給徐，使他成爲報紙的股東之一。

嚴寶禮如此器重徐鑄成，當然有功利的一面，就是仰仗徐氏的一枝健筆使《文匯報》贏得讀者，擴大發行，招徠廣告，從而獲得經濟收益。不過，也不能否認兩人在辦報思想上有契合之處。實事求是地講，嚴寶禮在策劃創辦《文匯報》時，辦報思想還是模糊的，只有一個籠統概念，僅僅認識到報紙對於社會的功效不可估量。但是隨着籌備工作的推進，他的辦報思想逐漸清晰。據儲玉坤回憶，在《文匯報》出版之前，嚴寶禮曾讓他寫一篇「發刊辭」，向讀者宣佈《文匯報》的辦報方針，表明報紙的態度和立場。嚴提出四條意見作爲「發刊辭」框架：（一）主持公正言論；（二）樹立高尚報格；（三）有獨特之消息；（四）無外來之阻撓。《文匯報》創刊當天發表的《爲本報創刊告讀者》，雖由克明署名，實際上是由儲玉坤遵照嚴寶禮的意見執筆撰寫的，最後徵得其同意定稿，可以視爲嚴寶禮的辦報思想。〔註7〕對於一個從沒有新聞從業經歷的人來說，嚴寶禮能夠提出以上四點意見作爲《文匯報》的辦報方針，不得不令人佩服他的出手不凡和立意宏遠。徐鑄成爲《文匯報》「學寫」的《上海並非孤島》、《告若干上海人》等社論，才氣橫溢，文筆犀利，眞知灼見，深入淺出，言人所不能言、不敢言，深受廣大讀者歡迎，使嚴寶禮確信這樣的人與文，正是《文匯報》所需要的，與自己爲報紙定下的「主持公正言論」、「樹立高尚報格」等方針不謀而合。因此，即使報館因徐的激烈之文而受到暴徒炸彈襲擊，即使其它同事反對，嚴寶禮依然支持徐放言高論，並把他延攬入報館主持編輯部。可以說，沒有嚴寶禮，《文匯報》不可能呱呱降生；沒有徐鑄成，《文匯報》也不可能異軍突起，光焰萬丈。後來《文匯報》停刊，徐鑄成重入《大公報》，輾轉香港、桂林、重慶，留在上海的家人一直由嚴寶禮照料，柴米無缺，安度過了漫漫長夜。抗戰勝利後《文匯報》復刊，徐鑄成毅然離開《大公報》，再次與嚴寶禮攜手，這未嘗不是一個有力因素。嚴寶禮與徐鑄成的關係，頗有些「管鮑遺風」。〔註8〕

〔註7〕 儲玉坤：《我所知道的嚴寶禮先生》，載文匯報報史研究室編《從風雨中走來》，文匯出版社，1993年版，第385頁。

〔註8〕 郭根：《記徐鑄成——我所知道的一自由主義報人》，轉引自《徐鑄成回憶錄》，三聯書店（北京），1998年版，第156頁。

　　徐鑄成沒有辜負嚴寶禮的厚望，他主持《文匯報》編輯部一個月後，報紙銷數即直線上升，突破一萬大關，廣告亦劇增，甚至經常出現廣告客戶排隊、爭取早日刊出的盛況。當《文匯報》「一鳴驚人」的時候，上海某小報登出一條「花邊新聞」，挖苦徐「像彗星一樣」，一夜之間成了新聞界的名人，言外之意，聲光雖大，轉瞬就要熄滅的。但是，徐鑄成帶着一幫被稱作「烏合之眾」的年輕人，硬是在上海灘創造了輝煌。四個月後，《文匯報》發行量激增到近六萬份，超過老牌報紙《新聞報》，一舉成為當時上海發行量最大的日報，報紙也由原來的對開一張半擴充到四大張。

　　《文匯報》獲得巨大成功，使年僅 31 歲的主筆徐鑄成激動不已，信心倍增：「有一天黎明，我工畢回家，到霞飛路、呂班路口時，就下車讓汽車回去，到當時的『法國花園』去了一圈。看到樹蔭下、水池邊靠椅上坐着的人，不少埋着頭在看報，我走近一看，十之八九都是《文匯報》。我抹着感激的熱淚，暗暗自己發誓：儘管我十分幼稚，我一定盡力辦好這張報紙，盡力跟周圍的惡勢力鬥爭，決不辜負讀者的鼓勵和期望。」〔註9〕

　　《文匯報》獲得成功的原因，首先是創刊適當其時。當時孤島民眾抗戰熱情高漲，平時看慣的大報大部分停刊，繼續出版的《新聞報》只能刊登經日方檢查過的新聞，《時報》每每為日偽張目；幾張所謂的洋商報如《大美晚報》、《華美晚報》或言論吞吞吐吐，或態度曖昧；進步的《譯報》只譯載外文報刊內容，《導報》還沒有創刊。在這樣的情況下，《文匯報》應運而生，等於是填補了「新聞真空」。其次，《文匯報》編輯部雖然多為年輕人，沒有什麼辦報經驗，但是大家團結一心，初生牛犢不怕虎，敢說敢寫，敢闖敢拼。「最主要的，是雖然掛着洋商招牌，卻敢於闖出洋商報的禁區，說出愛國的中國人要說的話，報導他們要知道的消息。我在未參加前寫的社論，就一直以中國人的第一人稱說話。主持編輯部的第一天，我就『自說自話』地決定了編輯方針，是『掛洋招牌，辦中國報』。」〔註10〕徐鑄成認為，《文匯報》雖然掛着洋商招牌，編報者卻是愛國的中國人。因此，報紙的基本方針，就是堅持民族大義，宣傳抗戰救國，反對賣國投降，不論在社論、新聞標題和新聞寫作方面，還是在副刊編輯等方面，都堂堂正正、毫不隱諱地表達這個立場。

〔註 9〕　徐鑄成著：《舊聞雜憶續編》，四川人民出版社，1982 年版，第 82 頁。
〔註10〕　徐鑄成著：《舊聞雜憶續編》，四川人民出版社，1982 年版，第 78 頁。

　　《文匯報》的愛國立場贏得孤島廣大讀者熱烈歡迎的同時，卻招致日僑的切齒忌恨。徐鑄成正式進入《文匯報》不久，報館就收到一個熱水瓶匣子，上面寫着「文匯報主筆先生親收」。拆開一看，裏面竟然裝着一隻血淋淋的手臂，還附有一張紙條：「主筆先生，如不改你的毒筆，有如此手！」過了 20 多天，忽然有人把一大筐水果送到編輯部收發室，經租界巡捕房化驗，每個水果都打進了烈性毒汁。面對敵人的恐嚇與毒手，徐鑄成等《文匯報》人並沒有退縮，而是一如既往地爲抗戰救國鼓與呼。

　　《文匯報》當初請英人克明擔任董事長、發行人兼總主筆，無非是讓他充當報紙的「保護傘」，使《文匯報》掛上「洋商」招牌，規避日方的新聞檢查。克明開始的確也盡到了一些保駕護航的職責，並能遵守諾言，沒有干預報紙的新聞和言論。但是，隨着報紙業務的蒸蒸日上，他的「胃口」也逐漸擴大。首先，克明向嚴寶禮獅子大開口，要求將自己的薪金從 300 元提高到 1000 元，他兒子（掛名董事會秘書）的薪金也要從 100 元增加到 300 元。克明沒有向《文匯報》投資過分文，原來的薪金已屬不勞而獲。嚴寶禮爲了顧全大局，忍痛滿足了克明父子的「欲壑」。

　　加薪目的達到後，克明得寸進尺，開始插手編輯部和經理部，企圖控制整個《文匯報》。他強迫嚴寶禮把採寫抗戰新聞的外勤記者邵伯南免職，嚴無奈應允。徐鑄成得知後氣憤地對嚴寶禮說：「要調走編輯部任何一個人，我就先走。」最後嚴、徐二人採用變通手法，外派邵到武漢任特派記者。克明知道後對嚴寶禮大加申斥，一再由嚴轉告徐鑄成，以後有關抗戰新聞，必須先送他過目。徐鑄成當然不予理睬。1938 年「八・一三」紀念日前夕，克明親自到編輯部索取社論和重要新聞小樣，進行大量修改。徐鑄成通知排字房，一律按原稿刊登，不做任何改動。克明惱羞成怒，第二天和嚴寶禮同車到報館，氣勢洶洶地對徐鑄成說：「你這樣把持報館，太不把我放在眼裏了。現在我們不能合作了，有我就沒有你！」徐鑄成也毫不示弱：「那好，我先給你機會，我辭職，讓你來幹。」嚴寶禮比誰都清楚徐鑄成對於《文匯報》的重要性，當然不會讓他離開。後來在徐鑄成的堅持下，克明被迫辭去董事長兼總主筆職務，僅保留董事名義；董事會推請另一英籍董事路易・喬治擔任董事長，《文匯報》報頭下的發行人，改爲「英商文匯出版公司」，不再用個人的名義。〔註11〕

〔註11〕徐鑄成著：《報海舊聞》，上海人民出版社，1981 年版，第 284～285 頁。

1939 年初，幾個支持克明的中國董事，認爲喬治不負責任，慫恿嚴寶禮又恢復了克明的董事長職務。事後證明，嚴寶禮這一着棋十分失算：他一時心軟，不但自己打虎不成反成仇，後來被克明狠狠地咬了一口，還爲《文匯報》招致了無數麻煩，報紙幾乎被克明出賣。

1939 年 5 月 18 日，英國駐上海領事館以《文匯報》「言論激烈」爲由，通知《文匯報》停刊兩周。這顯然是日本向英國施加壓力的結果。在報紙停刊期間，汪僞政權派漢奸用鉅款收買克明，指使他免除嚴寶禮的經理職務，還給他配了編輯班子，等復刊後偷梁換柱，將《文匯報》改造爲汪僞集團掌控的漢奸報紙。克明通過中國董事告訴徐鑄成，他十分欽佩徐的文章、能力，編輯部以後由徐全權負責，自己不再干涉。

徐鑄成當然不爲所動。爲使《文匯報》的聲名不被玷污，他聯名編輯部 26 人，在《申報》上發表《文匯報編輯部全體同人緊急啓事》，聲明他們的基本立場：

> 同人等服務文匯報一年有半，立場堅定，向爲社會人士所深悉。
> 茲因報館內部發生變動，嚴經理去職，特向本報當局提出要求，保
> 證不變本報原來編輯方針，庶得保持一貫立場。在未獲得滿意答覆
> 以前，同人等暫不參與編輯工作。一俟交涉獲有結果，自當另行聲
> 明。〔註12〕

大家不參與編輯工作，並不能阻止克明復刊《文匯報》。幸而英國公司法規定，如果持三分之一以上股權的股東不同意，公司不得繼續經營。嚴寶禮等想盡一切辦法收購散股，所持股份超過三分之一後聯名寫了一份停刊報告，經馬季良（即唐納，時在上海英國領事館新聞處工作）面呈從重慶來滬的英國駐華大使寇爾。寇爾考慮如果在上海租界出版有一張公開親日的英商報，對英國也不利，就批示駐滬領事，弔銷了英商文匯出版公司暨《文匯報》的登記執照。嚴寶禮、徐鑄成等《文匯報》人，以釜底抽薪之法，徹底粉碎了克明夥同汪僞政權企圖使《文匯報》變色的陰謀，保住了「文匯報」這三個字的純潔，也保住了中國報人的民族氣節。他們「壯士斷腕」，自我終結賴以安身立命的《文匯報》，在中國新聞史上譜寫了可歌可泣的悲壯一頁！

〔註12〕 《文匯報編輯部全體同人緊急啓事》，載 1939 年 6 月 1 日上海《申報》。上海淪陷後，《申報》拒絕接受日方新聞檢查，於 1937 年 12 月 14 日宣佈停刊。該報曾出版過漢口版、香港版，1938 年 10 月 10 日又以「美商」名義在上海復刊。

　　徐鑄成第二次失業了。不過這次失業自己心甘情願，非他人所迫。就在他率領《文匯報》同人與克明展開較量期間，遠在香港的胡政之函電交至，邀請他速赴香港主持《大公報》編務。徐鑄成對一年半前被胡政之一腳踢開心有餘忿，實在不願再去做「回籠饅頭」。但是在上海很難找到清白工作，胡的邀請又情辭懇切，他無奈重投「舊主」，先後擔任《大公報》香港版編輯主任、桂林版總編輯和重慶《大公晚報》主編。

　　抗戰勝利後，徐鑄成與李子寬奉命返滬恢復《大公報》上海版。1945 年 11 月 1 日，《大公報》上海版正式復刊，徐鑄成任總編輯，李子寬任經理。在徐鑄成主持下，《大公報》上海版以鮮明的態度，反對內戰，爭取民主，大受讀者歡迎，發行量迅速突破 10 萬份，訂報者在南京路發行所櫃檯前排成長龍，這是《大公報》歷史上從未有過的盛況。

　　在徐鑄成回上海前，嚴寶禮已倉促復刊了《文匯報》。〔註13〕徐鑄成甫抵上海，嚴寶禮即設宴爲他接風洗塵，表達了亟切盼望他回《文匯報》主持編務的心情。徐鑄成籌備復刊《大公報》重任在身，婉謝了嚴的盛請。爲酬知己，也爲了自己得以成名的《文匯報》重現聲光，徐鑄成爲嚴寶禮推薦了宦鄉、孟秋江等新聞界才俊，自己也抽空爲《文匯報》撰寫社論。

　　1946 年 4 月 13 日，《大公報》總編輯王芸生自渝飛滬，標誌着《大公報》總館從重慶移到了上海。王芸生抵滬當日，徐鑄成即向胡政之遞交辭呈，離開前後呆了 18 年的「老家」《大公報》，重回《文匯報》任總主筆去了。

　　徐鑄成重回《文匯報》前，就與嚴寶禮「約法三章」：一、報頭下署「總主筆徐鑄成」；二、編輯部一切用人升黜、調動，由他全權決定，經理部不得干涉；三、自他參加之日起，《文匯報》不接受任何帶政治性的投資，報館或記者不得接受任何津貼。〔註14〕徐鑄成堅持報頭下署上自己的姓名，是爲了預防萬一：報紙以後萬一要改變態度，他就辭職，報頭下「總主筆徐鑄成」這六個字不見了，讀者就會明白底細。至於第三條，他認爲這是民間報的根本，特別提出是爲了防患於未然。

　　求才若渴的嚴寶禮當然「照單全收」，徐鑄成於是再度走馬上任。他首先

〔註13〕　《文匯報》於 1945 年 8 月 18 日復刊，日出八開一張，到 9 月 5 日爲止，共
　　　　　出報 19 天，以號外形式編號，不列入正式刊號。9 月 6 日，報社遷至圓明園
　　　　　路，報紙出對開一大張，接續 1939 年 5 月 18 日編號，此爲《文匯報》正式
　　　　　復刊。
〔註14〕　《徐鑄成回憶錄》，三聯書店（北京），1998 年版，第 128 頁。

着手調整、充實言論、採編兩部門骨幹：宦鄉、陳虞孫任副總主筆，郭根（後為馬季良）任總編輯，金慎夫任編輯主任；要聞版由徐鑄成親自負責，劉火子編本市新聞，李龍牧編國際新聞，黃裳編社會新聞；柯靈統管副頁各版，唐弢主持副刊《世紀風》；採訪部則由孟秋江全權負責。在充實、調整幹部隊伍的同時，籌劃改版，充實內容。1946 年 5 月 1 日，《文匯報》以全新面目與讀者見面，在第一版的報名欄裏，「發行人嚴寶禮」之下，「總主筆徐鑄成」六字赫然在目。當天，《文匯報》發表社評《我們的自勉》，申明本報的立場與態度：「要求民主，擁護經濟建設，扶植民族工業，反對一切獨裁、壟斷、剝削及違反自由民主的現象。」〔註 15〕

徐鑄成不愧為報界奇才，在他的主持下，《文匯報》一改復刊後的低迷徘徊，銷數直線上升，不數月即躍居上海日報第四位，僅次於老牌報紙《申報》、《新聞報》和《大公報》。據說，胡政之每天到報館，必先索取《文匯報》，從頭至尾細看一遍，然後才讀《大公報》和其它各報。

在當時波詭雲譎的國內政局中，《文匯報》能夠聲光重現，倍受讀者歡迎，主要有兩個原因：其一，立場公正，態度鮮明，堅持「敢說話、無私見、無黨見，大家只知有報，不知有個人」的「文匯報精神」，〔註 16〕爭取民主、自由、團結，反對獨裁、腐敗、內戰；其二，內容充實，朝氣蓬勃。

無黨見不等於無主見。《文匯報》對抗戰勝利後國民黨政府當局的顢頇，批評可謂不遺餘力，僅從「讀者的話」專刊中就可見一斑。「讀者的話」專刊開設於 1946 年元旦，在《請大家都來講話》的「開場白」中，開宗明義地表明設置這一專刊的目的：「報紙被稱為『民眾喉舌』，顧名思義，不但應當代人民說話，更應當讓讀者多多發言」，「《文匯報》本來是一張民間的報紙，發揚民意是我們神聖的責任」。因此，「上至國家大事，下至市井瑣屑，乃至切身痛癢，有意見不妨貢獻；有問題不妨討論；有義憤不妨控訴；有愁苦冤屈，或什麼難以解決的疑難雜症，也不妨公開提出。」這個「有話大家來說，有事大家商量，不論男女老少，人人可以投稿」的專刊，成為《文匯報》借廣大讀者之口諷刺、批評國民黨政府的平臺。讀一下該專刊登載的這首打油詩，不難想見它的風格和受歡迎程度：

〔註 15〕 《我們的自勉》，1946 年 5 月 1 日《文匯報》社評。「孤島」時期的《文匯報》，本報評論俱稱「社論」；抗戰勝利後復刊，本報評論稱「社評」或「社論」，以稱「社評」者居多。

〔註 16〕 徐鑄成：《文匯報精神》，載 1946 年 1 月 25 日《文匯報》。

> 逢迎上司報虛功，高唱三民表面中；
>
> 有屋有車宜蓄妾，無情無理只論銅；
>
> 威權在我操刀割，笑罵由他鳴鼓攻；
>
> 最是名言須記取，營私千萬說歸公。〔註17〕

正是因爲這一專刊，《文匯報》受到了復刊後的第一次停刊處分。1946年7月3日，「讀者的話」專刊發表署名「本市一群警察」、題爲《警察們的嚴正表示：是人民公僕，絕不助紂爲虐》的來信，表示不願欺壓人民，並且支持和平民主運動。上海市警察局派專人到報館調查投書者的眞實姓名，遭到拒絕，遂勒令《文匯報》自7月18日至24日停刊一周。

徐鑄成和《文匯報》同人沒有被國民黨當局的淫威所壓服，停刊期滿後一如既往，不假辭色。國民黨當局見壓制不能奏效，轉而用壓力加收買的陰謀手法，企圖改變《文匯報》的言論方針，達到控制該報的目的。

早在1938年春《文匯報》聲光初露之時，國民黨CC派、孔祥熙、宋子文就曾有「資助」印刷設備、投資該報的意圖，被嚴寶禮和徐鑄成謝絕。抗戰勝利後《文匯報》復刊，其運轉資金主要來自任傳榜的投資和虞順懋的資助。任傳榜北洋政府時期曾任滬寧、滬杭兩路局局長，他向《文匯報》投資了二百兩黃金，報社第一次置備的印報機，就是用這筆錢購買的。任害怕國民黨找自己麻煩，不敢露面，就請老上司張國淦〔註18〕掛了個董事長的名義。虞順懋是虞洽卿的「大少爺」，爲嚴寶禮南洋公學同班好友，時任三北輪船公司經理，嚴在困難時有求必應，積久成爲《文匯報》第二大股東。

白報紙猶如報紙的「食糧」，一日不可或缺，報紙發行量愈大需求愈多。當時白報紙依賴進口，需用外匯結算。國民黨政府爲控制輿論，施行白報紙配售制，對「不聽話」的《文匯報》卡得很緊，《文匯報》購買白報紙的外匯大部分取於黑市。抗戰勝利後物價飛漲，法幣急劇貶值，外匯黑市價格往往一兩倍於配給價。因此，1946年下半年，《文匯報》一方面銷量大增，一

〔註17〕 霹靂：《新官箴》，載1946年4月22日《文匯報》「讀者的話」專刊。

〔註18〕 張國淦（1876～1959），字乾若、仲嘉，號石公，湖北蒲圻人。北洋政府時期，曾任總統府秘書長、國務院秘書長、教育總長、農商總長、內務總長、司法總長等要職，周旋於北洋軍閥各派系之間，調和矛盾，爲各方所仰重。抗戰前後，爲避敵僞之擾，先後隱居於北平、天津、上海，以寫稿、賣書維持生活，專心從事地方志收集考訂工作。新中國成立後擁護共產黨和人民政府，初任上海文史館館員，1953年赴京任中國科學院近代史研究所特約研究員、全國政協委員。

方面經濟上卻陷於捉襟見肘之地步。無奈之下，嚴寶禮、徐鑄成等商議發起徵募讀者股，尋求讀者的支持。但是《文匯報》的讀者大都為窮學生和普通市民，大家雖然踴躍認購，無奈杯水車薪，不能解決報紙所面臨的經濟困境。正是在這種情況下，國民黨當局故伎重演，再次企圖向《文匯報》「投資」。

1947 年初的一天下午，江一平（虞洽卿女婿）備下家宴，邀請徐鑄成、嚴寶禮吃飯。徐、嚴到江府後，除了主人和虞順懋，還赫然看到 CC 首腦陳立夫，上海 CC 負責人潘公展、市長吳國楨和警備司令宣鐵吾，才知道這是一席早已安排好的「鴻門宴」。

酒過三巡，江一平首先發話：「《文匯報》是我們老舅（指虞順懋）和我一起開辦的，寶禮負責經營，十分得法。鑄成先生主持編輯，煞費苦心，辦得有聲有色。但是，前一時間，我因為事忙，沒有管報館的事，因此，有些言論，不符合黨國的方針，引起各方誤會。現在，《文匯報》銷路很大，影響極廣。不客氣的說，《文匯報》的聲光，比《大公報》還大了。我決定今後自己來管。今天『立公』、吳市長、宣司令和公展先生都光降，希望多加指教。各位都知道，《文匯報》規模簡陋，經濟困難。我自己沒有錢，敞開來說，請政府投資十億，擴充設備，提高職工待遇，好好幹起來，一定能為黨國的宣傳，發揮不可估計的作用。」

陳立夫以為這筆「交易」肯定能夠做成，很表現出「諒解」的態度。他接著江一平的話說：「我們不怪《文匯報》，是我們對不起《文匯報》，這樣對抗戰宣傳有功的報紙，房子也被人搶佔了。鑄成先生是辦報能手，道德文章，一向是欽佩的，今後還望多多為國家盡力。」吳國楨、潘公展也幫腔不迭。

顯然，下面需要《文匯報》方面表態了。虞順懋說自己無話好講，寶禮哥不會講話，把「皮球」踢給了徐鑄成。

徐鑄成不客氣地說：「各位想必知道，《文匯報》是寶禮兄苦心經營的，順懋兄不時在經濟上大力支持，得以維持至今。至於我，不客氣地說，是個奶媽，《文匯報》是用我的墨汁喂大的。一平先生剛才談的，當然是一句笑話。我曾再三和寶禮兄約定不接受任何方面的津貼和政治性投資。各位都知道，我是《大公報》出身的，我之所以毅然脫離《大公報》，主要因為胡政之接受了二十萬美金官價外匯，我當然不會容忍《文匯報》比它更不乾淨。《文

匯報》所以有今日，主要是我們明辨是非、黑白，敢於說真話，受到廣大讀者的歡迎。作為一個新聞記者，決不許顛倒黑白，成心說瞎話。但是，因為不明真相，在某些記載上，無心的錯誤是難免的。因此，今天能會見各位有關當局，我很高興，希望以後多供給我們一些真實消息，以減少這類錯誤，我們是很歡迎的。」

話已至此，飯是無法再吃下去了。陳立夫沒有終席即藉故離去，吳國楨、潘公展也隨之告辭。只有宣鐵吾留了下來，當江一平恭送陳立夫等人離去時，他翹起拇指對徐鑄成說：「佩服佩服。老實說，我本來以為你是共產黨的。聽了剛才一番話，才知道你是血性愛國的好漢；今天這個場面，你能頂下來，真不容易。我宣鐵吾對不起你，曾封了你們七天門；今後，你再怎麼罵我，我要是再動手，不是人養的。」徐鑄成當然知道宣鐵吾的這番話，並非真的同情《文匯報》，而是站在軍統的立場，看到 CC 首腦們碰了一鼻子灰，感到快意罷了。他不冷不熱地回了宣鐵吾一句：「言重了，我只是憑良心辦報而已。」〔註19〕

一周後，吳國楨背着徐鑄成，約嚴寶禮到南京，與國民黨中央黨部秘書長吳鐵城談判。吳提出由「政府」投資《文匯報》20 億元、派一人當副編輯主任的條件，逼迫嚴寶禮立即作出決定，嚴被迫同意。徐鑄成得知後如五雷轟頂，他嚴肅地對嚴寶禮說：《文匯報》接受這樣的條件等於自殺，自己堅決不同意，有什麼後果自己承擔。

大約又過了 10 天，張國淦約徐鑄成和嚴寶禮去談話。他告訴徐、嚴，陳布雷前一天曾到他家訪問，拿出一張中央銀行空白支票，請他轉交給徐、嚴，要多少錢自己在支票上填。張國淦說自己已代為回絕，他提醒嚴、徐，當局對《文匯報》逼得很緊，以後還是小心從事為妙。

10 年之後「反右」，《文匯報》某人揭發徐鑄成，說他解放前曾三度企圖出賣《文匯報》。在人人自危的情況下，時任中國科學院近代史特約研究員的張國淦老先生，卻挺身而出，在《人民日報》刊登啟事為徐鑄成辯誣，令人感佩不已。

1947 年 5 月 25 日，「憑良心辦報」的《文匯報》終於被國民黨當局封閉，同時被封的還有上海《新民報》晚刊與《聯合晚報》。淞滬警備司令部 24 日發出的勒令《文匯報》停刊的命令全文如下：

〔註19〕徐鑄成著：《舊聞雜憶續編》，四川人民出版社，1982 年版，第 100～103 頁。

查該報連續登載妨礙軍事之消息，及意圖顛覆政府破壞公共秩序之言論與新聞。本市為戒嚴地區，應予取締。依照戒嚴法規定，着令該報於明日起停刊。毋得違誤。此令。〔註20〕

這一天，離《文匯報》戰後復刊不過一年多時間。徐鑄成和《文匯報》人，站立着走完了這段歷程。

〔註20〕 文匯報報史研究室編：《文匯報大事記》，文匯出版社，1986年版，第196頁。

香港《文匯報》「色彩不宜太紅」

　　《文匯報》被國民黨當局封閉後，總主筆徐鑄成一時成爲不少報館「覬
覦」的對象。就在《文匯報》被扼殺的次日，《正言報》負責人吳紹澍〔註 1〕
即登門拜訪，誠邀他去主持《正言報》筆政。徐鑄成回答說：「我好比新喪的
孀婦，你就勸我改嫁，太不近人情了。」〔註2〕面對神情黯然的老朋友，吳紹

〔註 1〕　吳紹澍（1906～1976），上海人。早年就讀於上海法政大學，加入國民黨，畢
　　　　業後任職於國民黨南京市黨部、漢口市黨部等部門。1939 年夏，國民黨中央
　　　　派他從重慶潛回已經淪陷的上海，籌建國民黨上海市黨部和三青團上海市支
　　　　團部並擔任兩部門負責人，接應、護送出入敵佔區的國民黨軍政人員和新聞
　　　　工作者，搜集日僞情報，派人滲透敵區，制裁日僞漢奸，爲抗日救亡做了不
　　　　少工作。1940 年 9 月 20 日，他打着美商旗號在上海租界創辦了《正言報》。
　　　　這是上海「孤島」時期代表重慶國民黨當局的一份報紙。1941 年 12 月 8 日太
　　　　平洋戰爭爆發，該報於當天宣告停刊。抗戰勝利後，一直以皖南屯溪爲基地
　　　　的吳紹澍就近返滬，任東南特區政治特派員、軍事特派員、上海市副市長、
　　　　國民黨上海市黨部主任委員、三青團上海主任幹事及上海市社會局局長，一
　　　　人身兼六職，紅極一時。1945 年 8 月 23 日，吳利用搶先接收的敵僞《平報》
　　　　資産，復刊《正言報》，自任社長。但隨着國民黨大批人「復員」到上海，並
　　　　非蔣介石嫡系的吳紹澍逐漸失寵。他對軍事失利、政事日非的國民黨也逐漸
　　　　感到失望，遂有棄暗投明之意。1948 年 10 月 1 日，《正言報》發表題爲《不
　　　　要再製造第二個王孝和了》的社論，對國民黨的政治制度、經濟制度進行抨
　　　　擊。國民黨當局對此極爲不滿，於同月 12 日查封了《正言報》。他與中共上
　　　　海地下黨領導人吳克堅取得聯繫，表示願意追隨共産黨，爲上海解放助一臂
　　　　之力。上海解放前夕，他秘密策動國民黨駐滬守軍兩個獨立旅陣地起義，爲
　　　　上海解放立下了功績。上海解放後，協助軍管會辦理敵産及各類檔案材料的
　　　　接收工作，並將《正言報》的所有機器設備一起獻給人民政府。新中國成立
　　　　後，任交通部參事。1976 年在北京逝世。
〔註 2〕　《徐鑄成回憶錄》，三聯書店（北京），1998 年版，第 147 頁。

澍除了好言安慰，也不再勉強。

與其他兩家同時被封的報紙一樣，《文匯報》也嘗試過疏通當局，謀求復刊。肩負這一任務到南京活動的即為徐鑄成。徐本來不願前往，認為這是綁架後迫令屈服，沒有條件，政府決不會同意復刊。嚴寶禮勸他說，明知徒勞也該去一趟，因為當局已有人放出口風：《文匯報》如果不去人，就說明與政府對抗到底，政府的下一步舉措就可想而知。無奈之下，徐鑄成只好赴京，為《文匯報》的復刊說項。

果不其然，國民黨中宣部新聞局副局長鄧友德開門見山地提出了復刊條件：一、由政府資助宦鄉出洋，政府派一人參加《文匯報》任副編輯主任；二、政府加股若干億，派一人任會計主任。徐鑄成當面予以拒絕，他向鄧友德說：復刊應是無條件的，有條件決不復刊；《文匯報》言責由自己承擔，所登文章，均經自己親自審過，有什麼責任都由自己一人負責。陳銘德為復刊上海《新民報》，接受了國民黨中宣部「欽派」總編輯的屈辱條件；徐鑄成卻「寧為玉碎，不願瓦全」，表現了一個自由報人敢做敢當、不向強權低頭的凜然正氣。

徐鑄成只在南京逗留了一天，臨行前鄧友德勸他去見陳布雷一面，並乘車陪他前往陳公館。陳布雷一見徐鑄成便說：「鑄成兄，你已決定不談復刊的事了？」徐回答：「你是報界前輩，設身處地，也不會作接受任何條件的復刊。」陳問：「老兄今年幾歲了？」徐回答：「虛度四十一歲。」陳用「俟河之清，人壽幾何」的古訓開導徐：「我們國民黨人自己也有所不滿。但國民黨再腐敗，二十年天下還能維持。二十年後，老兄的鬚眉也斑白了，就這樣等下去麼？」徐鑄成不便當面道破蔣政權第一幕僚所謂的國民黨「二十年天下」的夢囈，只好以退為進地說：「但願天下太平，我願作一個太平之民，閉門讀書。」〔註3〕

《文匯報》復刊無望，總編輯馬季良、採訪部主任孟秋江和柯靈、劉火子、唐海等骨幹先後去了香港，也有一些員工化裝前往華北解放區。總經理嚴寶禮依然每天到位於圓明園路的報社原址辦公，經營廣告公司業務。嚴寶禮、徐鑄成和副總主筆宦鄉三人，不時在圓明園路見面，交換意見。一天，國民黨已故元老葉楚傖之子葉元忽來訪問，說自己領有《國民午報》執照，但是一直沒有出版，現在願與《文匯報》合作，由《文匯報》舊人負責編輯

〔註3〕 《徐鑄成回憶錄》，三聯書店（北京），1998年版，第158頁。

出版《國民午報》。三人均同意這種變相復刊《文匯報》的辦法。當大家正在籌備之際,某小報突然登出一則新聞,說上海即將出現新的民主報紙,其編輯部實際負責人爲有名的民主報人徐鑄成氏云云。這則新聞引起了國民黨上海市當局的注意。就在《國民午報》預定創刊的前一天,突接上海市政府通知:「《國民午報》着不准出版。」這樣,《文匯報》借《國民午報》變相復刊的計劃也胎死腹中。

幹了 20 年新聞工作,夜以繼日地採訪、寫稿、編報的徐鑄成,一下子成了「賦閒」之人,只好靠度曲唱詞來消磨時光,排解胸中塊壘。上海《鐵報》刊載的一則短文,可見他當時的心境:

1947 年,徐鑄成爲當年出版的《文匯日記》題詞。

> 徐鑄成昔爲大公報臺柱,所撰社論,犀利無匹,其後忽與王芸生有所扞格,遂拂袖而去,脫離大公報。其初徐本兼任文匯報主筆,大公報當局對徐乃嘖有煩言,以是借題難之,要亦不爲無因。當抗戰勝利之初,大公報籌備復刊,徐氏由渝蒞滬,襄贊擘畫,貢獻殊多;及脫離大公報,乃專任文匯報總主筆;顧未久而文匯報乃以言論偏激,遭受停刊處分,徐氏心緒,遂復大惡。別報有延徐主持筆政者,徐輒婉辭,迄今猶無東山再起之訊。有詢其未來出處者,徐氏第曰:「筆已塵封,不欲重度剪刀漿糊生活矣。」徐氏好唱曲,暇輒寄情管絃,以舒其胸次鬱勃焉。〔註4〕

不過,像徐鑄成這樣已經習慣於舞文弄墨的人,不可能完全「封筆」。他也偶而應吳紹澍之請,爲《正言報》撰寫一些小文。實際上,吳一直沒有放棄「挖」徐鑄成的努力。1848 年 2 月,他堅邀徐一塊兒到臺灣做私人旅行。在遊臺的最後一天晚上,吳舊事重提,懇請徐回滬後加盟《正言報》。徐鑄成說:「現在,此室只有你我兩人。我想問句心裏話:據你估計,國民黨統治還能維持多久?」吳想了想答到:「我看,總還有五年吧。」徐說:「我不這麼

〔註 4〕 力士:《徐鑄成封筆》,載 1947 年 7 月 30 日上海《鐵報》。

樂觀，至多兩三年必垮臺。即使是五年，現在也如一桌殘席，你何必拉一個不相干的朋友去湊熱鬧，抹桌子呢？」接著徐又反問：「即使還有五年，那也一晃而過。五年後你將何以自處？想過這問題沒有？」吳喟然長歎：「我這樣的人有什麼辦法！額角頭上刻着國民黨三個字，又被人稱爲五子登科的接收大員，人家會要我麼？」這回輪到徐鑄成安慰吳紹澍了。徐對吳說，自己雖然不是共產黨員，但這幾年也交了不少進步朋友，中共已明白宣告，不咎既往，只要贊成革命，誰都是歡迎的，有機會願意爲他牽線搭橋。

徐鑄成自臺返滬後不幾天，陳訓悆〔註5〕突然來訪，說自己剛從南京回來，布雷先生委託致意，想請徐參加《申報》，潘公展願意讓出總主筆兼職，請徐繼任，如果同意，中央對《申報》的言論尺度可以放寬。徐鑄成斷然拒絕：「我是唱慣了麟戲的人，要我改唱正宗譚派，是改不了了。」〔註6〕

1948 年 3 月初，馬季良從香港護送華崗赴蘇北、山東解放區，路過上海，告訴徐鑄成：在港國民黨已經成立革命委員會，正在籌備出版一份機關報，委員會主席李濟深力邀徐赴港主持，潘漢年也認爲徐去最合適。

李濟深之所以力邀徐鑄成去主持這份報紙，除了兩人私交頗深外，主要是推重徐的辦報才能。1942 年春，徐鑄成在港九淪陷後到了桂林，主持《大公報》桂林版筆政，其時李濟深正擔任國民政府軍事委員會桂林辦公廳主任，爲南方殘破山河的最高軍事領袖，兩人就多有往還。1946 年秋，李濟深從南京到了上海。他專門抽空約見了徐鑄成，對徐說：「在抗戰臨近結束前，我們黨內（當然指的是國民黨）一些志同道合的同志，如馮煥章（玉祥）、龍志舟（雲）等不斷秘密接觸，都覺得這樣的獨裁黑暗局面，不能再讓他繼續下去，大家商量了些對抗計劃。勝利後，我們就決定先籌辦一張報紙，宣揚民主，反對獨裁、內戰。正在積極籌備中，看到了你們的《文匯報》，很滿意，大家覺得我們想說的話，你們都說了，而且很透徹。我們也找不到像你

〔註5〕 陳訓悆（1907～1972），字叔兌，浙江慈谿人，陳布雷之弟。早年畢業於上海同文書院，後供職於上海特別市政府，從事宣傳和新聞聯絡工作。抗戰期間曾任香港《國民日報》社社長、重慶《中央日報》總編輯。抗戰勝利後，國民黨當局以上海《申報》曾經「附逆」爲由，勒令其停刊整頓，將《申報》改組爲官商合營報紙，由 CC 系要員潘公展任社長兼總主筆，陳訓悆任總編輯兼總經理。1949 年陳訓悆去臺灣，歷任臺灣「中央通訊社」總編輯、「中央日報社」社長、「中央通訊社」香港分社主任、《香港日報》社社長等職。1972年病逝於臺北。

〔註6〕 《徐鑄成回憶錄》，三聯書店（北京），1998 年版，第 160 頁。

這樣辦報多年的報人，自己辦起來，未必能這樣出色。因此，決定把這個主意打銷了。」〔註7〕

徐鑄成以自己不是國民黨員、平生也從未辦過機關報為由，婉言謝絕了李濟深的邀請。他對馬季良說，去香港不辦報則已，要辦就辦《文匯報》，別的不予考慮。

早在1946年，因國民黨政府步步緊逼上海《文匯報》就範，報社負責人中就有人提議到香港創一新刊，這樣可以桴鼓相應，互為犄角，使當局不敢輕易下手；一旦報館真的被封，大家可以轉移到香港。徐鑄成力贊其議，但終因經費難籌，這件事就擱置了下來。現在上海館已封，大家無事可做，何不趁此機會去香港開闢新的天地？徐鑄成隨即約來嚴寶禮、宦鄉、陳虞孫商談。大家一致同意徐先去香港與李濟深見面，如願合作，即共同出資，創辦香港《文匯報》。

事不宜遲，嚴寶禮很快託人秘密為徐鑄成訂好了赴港機票。臨行前，徐鑄成專門去了吳紹澍家一趟，問他在臺灣旅遊時所談之事是否已經決定。吳懇請徐到港後務必向馬敘倫、譚平山轉達自己「轉向」的決心。

一到香港，徐鑄成先去拜訪夏衍。夏衍告訴他，非常歡迎《文匯報》來香港出版，但「色彩不宜太紅」，因為港英當局對進步報刊處處刁難，《華商報》〔註8〕天天處在風雨飄搖之中，《文匯報》應準備頂上去；如果態度一如《華商報》，恐怕有被一網打盡之虞。〔註9〕翌日見到潘漢年，潘也談了同樣的看法。

在和香港共產黨方面的負責人接觸之後，徐鑄成便去拜謁李濟深。他提出由雙方各出十萬元做開辦費，創刊香港《文匯報》。李濟深表示完全贊同，說由徐負責在港創辦《文匯報》，影響必大。李專門留徐共進午餐，並邀來陳邵先、陳此生和梅龔彬作陪，席間就創刊計劃進行了詳細磋商，約定由徐、梅和二陳等四人全權籌備。

〔註7〕 徐鑄成著：《舊聞雜憶》，四川人民出版社，1981年版，第7頁。
〔註8〕 1941年1月「皖南事變」後，國民黨加強了新聞檢查和「郵檢」，《新華日報》、《救亡日報》等進步報刊出版發行受限。為使東南亞華僑與各國進步人士能夠及時瞭解中共的方針政策，在八路軍香港辦事處主任廖承志的負責下，中共於1941年4月8日在香港創辦《華商報》，並以此為核心建立了一個對外宣傳據點。同年12月8日日軍進攻香港，四天後《華商報》停刊。抗戰勝利後於1946年1月4日復刊，夏衍為該報社論委員會成員。
〔註9〕 《徐鑄成回憶錄》，三聯書店（北京），1998年版，第161頁。

此時，香港有不少上海《文匯報》時期的同人。他們逃命到港後，生活無着，不少人依靠領取由夏衍等募集的救濟金糊口，然後才各自找到臨時性的工作。大家聞聽徐鑄成抵港有出版《文匯報》之意，就約集起來開酒會歡迎，表示一旦報紙創刊，即辭去現有工作，重回報館效力。正在香港辦《大公報》的胡政之也宴請昔日的部下、今日的競爭對手徐鑄成。徐對香港《大公報》一反該報之中立傳統，稱共軍爲「匪軍」、中共爲「匪黨」深爲駭異，只是當着胡政之和一幫朋友的面不便言說。酒過三巡後，胡政之笑着說：「鑄成，歡迎你來港恢復《文匯報》，大家熱鬧些。」徐知道這是在試探自己，就虛晃一槍說：「此來僅爲訪友。辦報，談何容易。胡先生清楚《文匯報》底子薄。要在香港辦一報館，哪有此力量？」〔註10〕

在孟秋江的引薦下，徐鑄成還拜訪了沈鈞儒、郭沫若、章伯鈞等在港民主人士。他們聽說《文匯報》有來港出版的打算，都熱情鼓勵。在拜訪譚平山、馬敘倫時，徐鑄成沒有忘記吳紹澍的託請。譚、馬二人表示一定將吳的轉向意願轉告中共方面，並希望徐回滬後繼續向吳多做工作。

諸事略有眉目之後，徐鑄成即離港返滬，向嚴寶禮等彙報在港經過。大家都很振奮，立即着手準備相關工作。1948 年 5 月，徐鑄成正式赴港籌備創刊《文匯報》。臨行前，他與黃炎培、陳叔通、包達三等 30 餘人在大世界附近的紅棉酒家聚會，交換對於中共剛剛發出的召開新政協會議號召的意見。大家一致表示熱烈擁護。

經商定，香港《文匯報》由李濟深任董事長（登記時用別名），蔡廷鍇、虞順懋、嚴寶禮、徐鑄成爲董事；總主筆徐鑄成，總編輯馬季良，副總編輯柯靈，總經理嚴寶禮，經理宦鄉；報社設社務委員會，正、副主任由陳邵先、徐鑄成分任，委員爲嚴寶禮、陳此生、梅龔彬和馬季良。領導層人事安排基本上是「民革」和原上海《文匯報》雙方的組合。

歷時四個月的籌備，1948 年 9 月 9 日，香港《文匯報》終於正式與讀者見面。

創辦之初，報社面臨的最大困難是資金拮据。上海《文匯報》本來就是個窮報館，「民革」也屬初創，資金不充裕，報紙出版近半年，雙方交來的股款才各有二、三萬元，與當初約定的 10 萬元相距甚遠。由於資金拮据，在寸土存金的香港租不起像樣的房子，大家只好「螺螄殼裏做道場」，局促在荷里

〔註10〕 《徐鑄成回憶錄》，三聯書店（北京），1998 年版，第 162 頁。

活道的一幢四層小樓裏「指點江山」。這幢房子小得不成樣子，每層不到 60 平方米，編輯、排字、印刷、發行、食宿，都擠在一起，身為總主筆的徐鑄成，起初也只能住在樓梯轉角處一間僅容一單身鋪位的「斗室」裏。

徐鑄成本來只負責言論，可是總經理嚴寶禮、經理宦鄉均不能脫身來港，他只好兼管經理部事務，每天除了寫社論、審稿，還要為職工生活、報紙印刷發行尤其是籌款等瑣事奔波，工作強度可想而知。他後來回憶起這段生活，稱其為自己服務新聞界 60 年中「最辛苦勞累之時期」：

> 社論最初由我及陳此生兩人執筆；我一周約寫四篇。以後陸續延請加入撰寫者，有千家駒、吳茂生、胡繩、狄超白、金仲華諸先生。每日必有幾篇短評（編者的話），皆由我執筆，趕評每天所新發生之問題，緊扣時間性，發表看法及意見，頗受讀者歡迎。我那時白天為經理部操勞，晚上寫作及審稿、撰寫，工作恒至晨曦初上，每天平均只能入睡四五小時。我座位背後，為報館之保險櫃。每至精神不振，兩眼昏昏時，輒靠保險櫃之柄打一個盹（我常說是「換電」），然後又精神振作，繼續執筆。〔註11〕

資金方面雖然常常捉襟見肘，但是報館編、採兩部濟濟多才，大家同甘共苦，情緒飽滿，決心使《文匯報》在人地生疏的港九站住腳跟，這增添了徐鑄成幾多信心。最使他感奮的是，港九各界愛國同胞、中共及在港民主人士，對《文匯報》的出版給予了大力支持。

香港《文匯報》創刊前，徐鑄成請郭沫若主持了一個茶會，茅盾、夏衍、侯外廬等二十多位文化學術界著名人士應邀參加。他們大多為上海《文匯報》寫過文章，有的還編過副刊。郭沫若在這次茶會上，把《文匯報》當作解放戰爭中文化戰線的一支部隊，號召一切進步力量都來支持《文匯報》，並且勉勵《文匯報》同人高舉民主主義的旗幟奮勇前進。徐鑄成邀請郭沫若主持周刊各版，郭欣然應允，並很快網絡了一批名流分任各個版面的主編：他和侯外廬主編哲學周刊，茅盾主編文學周刊，宋雲彬主編青年周刊，千家駒主編經濟周刊，翦伯贊主編歷史周刊，孫起孟主編教育周刊。這一陣容之整齊強大，可謂一時無兩。《文匯報》在香港能夠「一炮打響」，這些專家主編的各具特色的高水準周刊起到了重要作用。

當時的港九只有 80 萬人口，加上澳門也不過百萬。不過出版的報紙卻不

〔註11〕 《徐鑄成回憶錄》，三聯書店（北京），1998 年版，第 162 頁。

少，僅大型日報就在 10 家之上，都有自己相對穩定的讀者群。在這樣競爭激烈的報業環境下，《文匯報》竟然後來居上，一創刊即受到讀者的熱烈歡迎，不到半月訂戶就突破兩萬，超過了《大公報》和《華商報》，這讓徐鑄成和同人們倍感自豪。曾任香港《文匯報》副經理的黃立文後來撰文說，1948 年到1949 年這一年多，「是我們從事新聞工作以來，從未遇到過的如此長期持續地處於極度興奮之中的歲月。『號外』出版發行的頻繁，可以說打破了我國報業史的紀錄。革命發展帶來的歡樂，在讀者中引起的強烈而持久的反應，報紙威信的迅速上升，在香港，除華商報等一兩家外，是其它任何報紙無法比擬的。每當看到國家翻天覆地的變化，看到自己經手編輯的報紙或『號外』被搶購一空的時候，我們這批原來亡命香港的報人都很引以自豪。」〔註 12〕

〔註 12〕 黃立文：《香港文匯報創刊的前前後後》，載文匯報報史研究室編《從風雨中走來》，文匯出版社，1993 年版，第 103 頁。

「獨立」何以「左轉」

　　徐鑄成到香港籌辦《文匯報》時，中共在港負責人夏衍、潘漢年都曾建議他，香港《文匯報》「色彩不宜太紅」，這樣可免於被封的危險；更重要的是，一旦共產黨的《華商報》被停刊，《文匯報》可以頂上去，使香港不至於沒有進步的或者說共產黨的輿論陣地。由此可知，中共在港負責人是把《文匯報》看作本黨媒體的「同盟軍」甚至是「後備軍」的。

　　實際上，徐鑄成並沒有完全聽從夏衍和潘漢年的建議，香港《文匯報》一創刊，其立場、態度就表現爲明顯有利於共產黨陣營，這與上海《文匯報》時期的「中間偏左」大爲不同。

　　香港《文匯報》有關內地的重要新聞，主要得力于欽本立、浦熙修等組成的上海－南京地下記者組。〔註1〕報紙創刊第一天，就在第二版顯著位置刊登了浦熙修（署名「駐南京特派員青函」）探寫的通訊《改革幣制的內幕》，對國民黨南京政府所面臨的政治、軍事、經濟上的大崩潰，予以揭露和分析。周刊各版由郭沫若主持，進步色彩毋庸待言；社論撰稿人中，也不乏共產黨員，如胡繩即爲香港《文匯報》「評論委員會」成員之一。主持報紙大局的徐鑄成的立場、態度，尤其耐人尋味。共產黨軍隊圍困長春國民黨守軍時，國民黨中央社發出電訊，謂守城將士表示誓與城市共存亡，主將並且致電「校長」「來生再見」。香港中立各報對此都大肆宣傳，徐鑄成卻在《文匯

〔註1〕 欽本立爲中共地下黨員，1946年進入上海《文匯報》，任經濟新聞記者。徐鑄成赴港籌辦《文匯報》時，黨組織安排他留在上海，擔任香港《文匯報》上海特派員。浦熙修是《新民報》「能幹的女將」，抗戰時期在重慶與周恩來夫婦就多有往還，傾向進步；香港《文匯報》籌辦時她應邀擔任南京特派員。

報》「編者的話」一欄中撰文，指出國民黨長春守軍的必然結果是放下武器。國民黨政府剛發行金圓券時，香港各報雖然不大相信大陸經濟會根本好轉之宣傳，但是大多相信通貨膨脹可穩定一個時期。徐鑄成又連日撰寫「編者的話」，指出金圓券壽命不會超過三個月，國民黨此舉不可能消滅重重危機。這兩件大事的結局都被徐鑄成言中。徐氏的這些看法，顯示了他作為報人的先見之明；不過，在事件之初即發表如此評論，足見他對國民黨方面所持的態度與立場。

可以說，香港時期的徐鑄成和《文匯報》已經「左轉」，不再是純粹的「獨立」報人，「獨立」報紙了。

推本溯源，原來的《文匯報》，其民間、獨立的自由主義性質是毋庸置疑的，嚴寶禮、徐鑄成等負責人，在該報曲折的發展歷程中，也多次申明並堅守着這一立場。《文匯報》創辦之前，嚴寶禮就提出「主持公正言論，樹立高尚報格，有獨特之消息，無外來之阻撓」作為辦報方針；1938 年 1 月 25 日《文匯報》創刊，發表《為本報創刊告讀者》，開宗明義，鄭重向讀者聲明：《文匯報》以言論自由為最高原則，不受任何有形與無形的控制，消息正確翔實，言論大公無私，不偏不倚，服務社會，以樹立獨立、高尚之報格。

1945 年 9 月 6 日，嚴寶禮在抗戰勝利後正式復刊《文匯報》，發表的「復刊辭」，重申了該報純粹商辦、不偏不倚、無黨派色彩、為民眾喉舌的立場：

第一，本報為純粹商辦報紙，不偏不倚，無黨派色彩，戰時宣傳國策，激勵民氣，加強抗戰必勝信念，平時為民眾喉舌；對內以促進統一與協力建國為主旨，對外則主張國際合作，以維持世界永久和平，共謀人類福祉。

第二，本報以言論自由為最高原則，發表社論，力求大公無私，一方為民喉舌，以民間疾苦向當局呼籲，一方發揮輿論力量，啟迪民智，以促進憲政之實施。關於報導新聞，力求迅速翔實，打倒「不問真偽，有聞必錄」的傳統觀念，其它方面，亦求內容充實，務使本報為讀者一日不可缺之讀物。

第三，本報因抗戰而產生，隨勝利而復刊，其間雖經歷無窮的艱難困苦，仍始終保持不撓的精神，此為本報獨特的報格，過去如此，今後亦然，同人矢志保持「富貴不能淫，威武不能屈」的高尚報格。

第四，現代報紙爲發展社會事業之工具，過去本報亦曾創辦有
益於公眾的事業，惟因時期較短，未能充分發揮，獲得具體表現，
今後同人必竭盡所能，繼續爲社會服務，爲大多數人民謀福利。

1946 年 1 月 25 日，《文匯報》創刊八週年，特意發表社論以資紀念。社論回顧了《文匯報》艱難的創業歷程，表達了對發展前景充滿信心。社論說，《文匯報》肯定能夠「打出一個前途」，因爲中國需要這樣一張純民間的報紙，作爲廣大平民的喉舌；全國正義愛國的同胞，也一定會愛護、鼓勵《文匯報》。「我們的言論，將一本過去的方針，爭取自由，爭取民主，使抗戰後的中國，能夠一步步前進，走上工業化、現代化、法治化的大道。我們不沾染任何黨派關係，純以人民的立場，糾正落伍偏激的不民主反進步的傾向，樹立自強建國的風尙。不屈於暴力，也不趨媚時尙，一切把握定見，而不固執成見。」[註2] 本年記者節那天，《文匯報》又發表社評指出，「新聞記者應有定見，對於眞理和國家民族的利害大義，不容含糊歪曲；但不許有私見黨見。」[註3]

創辦香港《文匯報》之前的徐鑄成，無疑是典型的自由主義報人。

徐鑄成在《大公報》前後工作了 18 年，耳濡目染，張季鸞等爲《大公報》確立的「不黨、不賣、不私、不盲」的辦報方針深深地影響了他。張季鸞對徐鑄成是非常欣賞的，希望他和王芸生成爲自己的「傳人」；徐鑄成也很景慕張季鸞的人品情操、道德文章，尤其是「文人辦報」思想，稱張季鸞爲「本師」。上世紀 80 年代中期徐鑄成爲張季鸞立傳，特別提到了這樣一件事情：張季鸞留日期間，先後結識的朋友張耀曾、李書城、張群等都是同盟會中人，同鄉好友井勿幕更是同盟會陝西支部長。井曾拉着張季鸞去聽過幾次孫中山的演講，並介紹他和孫中山談過話。但當井徵詢他是否願意加入同盟會時，他斷然表示沒有這個想法，令井感到十分詫異。張季鸞向好朋友解釋說：「我是一個文弱書生，立志要當好一個新聞記者，以文章報國。我認爲，做記者的人最好要超然於黨派之外，這樣，說話可以不受約束，宣傳一種主張，也易於發揮自己的才能，更容易爲廣大讀者所接受。」[註4] 張季鸞生前應該向徐鑄成講過這段話，給徐的印象也肯定深刻，否則不會記載如此詳細。張季

〔註2〕 《今後之文匯報》，1946 年 1 月 25 日《文匯報》社論。

〔註3〕 《記者節自我檢討》，1946 年 9 月 1 日《文匯報》社評。

〔註4〕 徐鑄成著：《報人張季鸞先生傳》（修訂版），三聯書店（北京），2009 年版，第 34 頁。

鸞的看法——「做記者的人最好要超然於黨派之外」——也的確深深地影響
了徐鑄成。1943 年初，王芸生應邀赴美訪問，徐鑄成自桂林飛渝代王主持重
慶《大公報》筆政。在此期間，他拜訪了蔣介石的「文膽」陳布雷先生。陳
布雷對徐鑄成讚譽有加，力勸其參加國民黨，自己願破例當介紹人。徐婉言
謝絕，說參加一政治組織，等於女人決定選擇對象，此為終身大事；自己對
政治素不感興趣，願抱獨身主義。陳布雷聽後莞兒一笑，不以為忤。〔註5〕陳
布雷也是新聞界前輩，與張季鸞為多年至交。上世紀 20 年代初，陳以「畏壘」
的筆名，為上海《商報》寫社論，張則署名「一葦」主持《中華新報》筆政，
所寫社論都風靡中外，有「一時瑜亮」之稱。陳布雷後來加入了國民黨，棄
文從政，張季鸞則以自由主義報人終其一生。兩相比照，徐鑄成對陳布雷放
棄自由主義立場顯然是不敢苟同的，自己更願意像「本師」張季鸞那樣，不
參加任何黨派和一切政治活動，「一心只想以超然獨立之身，辦好報紙，為人
民說話。」〔註6〕

　　1838 年徐鑄成進入《文匯報》，傳承了《大公報》的自由主義辦報思想。
可以說，「新新俱樂部」是《文匯報》的「物質搖籃」，嚴寶禮等俱樂部成員
催生了這份民間報紙；《大公報》則是《文匯報》的「精神搖籃」，承前啓後
傳遞自由主義辦報思想者正是徐鑄成。徐鑄成把《大公報》的自由主義辦報
思想帶入《文匯報》，與文匯報人的特質相融合，陶熔成「敢說話，無私見，
無黨見，大家只知有報，不知有個人」的「文匯精神」。〔註7〕

　　抗戰勝利後，徐鑄成毅然離開《大公報》再度加盟《文匯報》，一時成為
新聞界的新聞。關於徐鑄成離開《大公報》的原因，外界傳聞是他與總編輯
王芸生不合。徐鑄成接受《人物雜誌》記者採訪時所說的一番話，道出了個
中原委：

　　　　大公報光輝的成就——榮獲密蘇理大學新聞獎章！徐鑄成也是
　　功臣之一，他之離開大公報，外間推測不一，他曾表白過：「文匯報
　　以前是我主持編輯的，像一盆花，從播種到發芽成株，我都親歷灌
　　溉工作，現在從災難後復甦，當然不容我袖手旁觀！所以等到王芸
　　生兄來滬，大公報主持有人，我便再三向政之先生辭職了！」然而

〔註5〕　《徐鑄成回憶錄》，三聯書店（北京），1998 年版，第 107 頁。
〔註6〕　徐鑄成：《「孤島」時期的文匯報》，載文匯報報史研究室編《從風雨中走來》，
　　　　文匯出版社，1993 年版，第 15 頁。
〔註7〕　徐鑄成：《文匯報的精神》，載 1946 年 1 月 25 日《文匯報》。

這不過是正面理由，我把這件舊事重提時，他說明了另一理由：「大公報雖然是我的家，但我並不能作主，有妨礙到報紙立場的話我不能說，不說又於心不安。我主持文匯報，可以說我應說的話，成於我，毀亦於我，可以心安。在抗戰時間爲了勝利第

徐鑄成爲《文匯報》創刊八週年而寫的紀念文章《文匯報的精神》。

一，許多應說的話未能說，但是勝利以後，民主建國既然大家所公認的，報紙應當反映民意，說話應當配合這個方向，至少不應該作『對銷』的工作，新聞檢查既然已經取消，沒有理由再使我們不自由發言，總不能說裹着小腳就不向前走？」〔註8〕

這應該是徐鑄成的肺腑之言。

徐鑄成之所以離開《大公報》，不排除與王芸生存有芥蒂。從資歷上講，王芸生進《大公報》比徐鑄成晚兩年，因爲編寫《六十年來中國與日本》而聲名鵲起，不僅很快被提升爲編輯主任，而且「插」到徐的前面成了張季鸞的接班人。雖然張季鸞對徐依然十分器重，但是徐自覺有一種莫名其妙的壓抑感。兩人不在一個報館工作則已，若不得已到了一個報館共事，眞有一山不容二虎之勢。1944 年《大公報》桂林版停刊，徐鑄成到了重慶，成爲王芸生的下屬，與王擡頭不見低頭見，他感到無比難耐，曾直言不諱地說：「我在重慶一年，幾乎是閉門謝客，同業都少來往，以便『以小事大』。」據他自己講，胡政之曾告誡過他與金誠夫，說「谷冰多疑，芸生有傲氣」，讓他們到渝後小心從事。當《大公報》董監事聯合辦事處決定派他和李子寬赴滬負責籌備上海版復刊時，他長舒了一口氣：「我離開重慶時的心境，眞有些像京戲唱詞中所常引用的『套話』：『踏破鐵鞋飛翠鳳，掙開金鎖走蛟龍』。」〔註9〕可是，半年後王芸生從重慶到了上海，徐鑄成躲之不及，就只好「另尋舞臺唱

〔註8〕 青：《文匯報總主筆徐鑄成一夕談》，載《人物雜誌》1947 年第 4 期。
〔註9〕 徐鑄成著：《報人張季鸞先生傳》（修訂版），三聯書店（北京），2009 年版，第 152 頁。

主角」了。

不過，從徐鑄成對《人物雜誌》記者所說的那番話可以看出，他離開《大公報》的深層原因，是為了堅持民間報的自由主義立場。但這並不是說胡政之、王芸生及《大公報》已經喪失了自由主義立場，而是徐鑄成對民間報的認識發生了重要轉變。

徐鑄成第二次主持《文匯報》後多次談到，真正的民間報的立場，應該是「獨立」的而非「中立」的。1946 年 7 月《文匯報》被上海警察局勒令停刊一周，復刊當日發表《向讀者道歉》社評，強調《文匯報》是一張民間報，「所謂民間報，決不是中立的，而是獨立的報紙，有一貫的主張，而決無私見偏見」，本報「決不昧着良心，不分黑白，不辨是非，一味歌功崇德，或者嘩眾取寵。今後，我們或者還會遭遇困難挫折，但這一點基本立場，我們絕對牢牢守住，決不改變。」〔註 10〕1946 年 9 月 6 日，《文匯報》出版勝利復刊紀念專頁，徐鑄成發表《一年回憶》一文，重申民間報的「獨立」性：「到上海後，我和寶禮兄和宦鄉兄屢次討論民間報的定義，我們都認為，一張真正的民間報，立場應該是獨立的，有一貫的主張，而勇於發表。明是非，辨黑白，決不是站在黨派的中間，看風色，探行市，隨時伸縮說話的尺度，以響應的姿態，多方討好，徼倖圖存。」〔註 11〕在此之前的辦報生涯中，徐鑄成對民間報的性質也許已經有如此體認，但是沒有這樣集中而明確地闡述過。客觀地講，王芸生主持《大公報》後，尤其在抗戰勝利後，雖然不失民間報的「獨立」立場，但更注重「中立」，不問青紅皂白，對國共兩黨各打五十大板。王芸生與《大公報》的這種做法，徐鑄成是不敢苟同的。因此，他離開《大公報》的深層原因，是自己的「獨立」立場與王芸生的「中立」立場發生了衝突。

徐鑄成關於民間報的不同凡俗的見解，基於一個自由主義報人的良知和正義，而這種良知和正義，源於他對國家、社會、人類、真理的摯愛。當《人物雜誌》記者問他一個記者必須具備哪些條件時，他若有所感地回答說：

> 普通總須具備豐富常識，要有學習精神——因為新聞工作本身
> 逼着人不斷的學習。此外，須要純熟運用文字工具，可是，這些都
> 是浮面的，最根本，最重要的，還在於要有熱情：愛社會、愛國

〔註 10〕 《向讀者道歉》，1946 年 7 月 25 日《文匯報》社評。
〔註 11〕 徐鑄成：《一年回憶》，載 1946 年 9 月 6 日《文匯報》。

家、愛人類，愛眞理，因爲新聞是一種非常艱苦而嚴肅的職業，他所忙的，一天到晚，一年到頭都是爲別人的事。好像俗話所說，路見不平，拔刀相助一樣，必須有這種服務、犧牲的精神，然後才能明黑白，辨是非，面對眞理，有所愛，有所憎，否則，新聞工作毫無意義。

目前新聞界發展到極可怕的時期：黑白顛倒。中國文人傳統的精神：春秋之筆，董狐之筆，貶褒極嚴，史家認爲眞理所在，振筆直書，雖殺其父、子、兄、弟，在所不顧！這種傳統精神是可貴的！中國之有近代報業不過百年歷史，雖然在內容上技術上還很落後，但近幾十年來，的確有不少仁人志士如孫中山、梁啓超、宋教仁、于右任、邵力子諸先生投身新聞界，奮如椽之筆，啓迪民智，開創革命先河！大公報張季鸞先生曾說過：「平常待人和氣，遇有大事雖六親亦不認，決不袒護，決沒有不敢說的話。」這次抗戰，陷區報人很多與黨派沒有關係，然而都有奮鬥精神，誅伐醜類，雖死不辭，前仆後繼，大義凜然。勝利以後，報人或者由於生活壓迫，或者由於言論受制，失去了這樣傳統精神，過去，有些報紙像鴕鳥一樣，對有些事情避重就輕，但還沒有指鹿爲馬，顛倒黑白，可是，現在卻發展到對於血淋淋的事實都加以抹殺，任何人見到都憤慨不平事件，報紙居然加以顛倒，反口噬人；這對於下一代青年記者養成不顧眞理，歌頌暴力，不以爲恥，反以說謊爲當然，這影響太大了！新聞界的遭遇的確是空前未有的沉重，然而即使如此也未必可以作爲噤若寒蟬或顛倒黑白的理由！〔註12〕

不管政治環境如何險惡，生活遭遇如何艱難，作爲一個報人，既不能噤若寒蟬，更不可顛倒黑白，而要像傳統的中國史家那樣振筆直書，嚴於褒貶！徐鑄成的這番話，擲地有聲，足以「警頑立懦」！

一方面，徐鑄成堅持民間報人的獨立立場，「憑良心辦報」，明黑白，辨是非，奮筆直書，勇於發表；另一方面，國民黨政府當局措置乖謬，人心背離。一正一反，其結果必然是批評國民黨政府當局的文章屢屢見諸《文匯報》報端。1946 年 10 月，國民黨單方面召開「國民大會」，徐鑄成撰文指出：「爲爭取民主，反對內戰和獨裁，使本報成爲一眞正獨立的民間報，代表人民利

〔註12〕 青：《文匯報總主筆徐鑄成一夕談》，載《人物雜誌》1947 年第 4 期。

益說話，而不是依違兩可，在黨派間看風色、行市之所謂中立報紙。我並闡
發此意：如所謂國民大會，政黨間對此問題，容有妥協。作為民間報，則只
問是非曲直；國民大會從產生到組織，始終是非法的。作為民間報紙，不能
因政黨間之暫時妥協而改變反對到底之態度。」〔註13〕因此，徐鑄成及《文
匯報》屢屢「忤逆」國民黨政府當局，不是對該黨抱有成見或偏見，而是顢
頇政府與獨立報人、報紙之間的矛盾使然。

　　徐鑄成和《文匯報》對國民黨的批評，客觀上造成了對共產黨的幫助，
難怪當時有人說徐鑄成開始「向左轉」了，《文匯報》是「中間偏左」的報
紙。〔註14〕

　　與王芸生相比，徐鑄成在政治觀念上要進步一些。這一點，從他主持上
海《文匯報》和《大公報》香港版、桂林版、上海版編輯部時，報紙內容的
色彩可以得到證明。不過，抗戰勝利後的徐鑄成及其所主持的《文匯報》，仍
不失獨立報人、獨立報紙之本色。他和《文匯報》放棄獨立立場而「左轉」，
真正開始於香港《文匯報》的創辦。

　　1946年春徐鑄成再度加盟《文匯報》時，曾經和嚴寶禮「約法三章」，其
中之一就是自他參加之日起，《文匯報》不接受任何帶政治性的投資，報館或
記者不得接受任何津貼。為什麼特意提出這樣的要求？因為徐氏認為，不接
受政治性投資或津貼，是民間報的根本；《文匯報》如果突破了這一底線，勢
必淪為政治勢力直接或間接的喉舌，喪失民間報的獨立立場。這一原則，猶
如《大公報》「四不」之「不賣」方針。事實證明，正是由於徐氏的堅持，《文
匯報》一次又一次地抵制了各種政治勢力的投資或津貼，報紙的獨立立場才
得以捍衛。然而，兩年之後徐鑄成自食其言，同意與「民革」合作，雙方共

〔註13〕 轉引自張育仁著《自由的歷險——中國自由主義新聞思想史》，雲南人民出版
　　　　社，2002年版，第546頁。

〔註14〕 1946年2月，胡政之代表中國參加聯合國成立大會後剛由美返渝，即飛來上
　　　　海，約徐談話說：「重慶方面有你朋友，也有芸生的朋友；芸生的朋友都說你
　　　　有政治野心，一方面拉著《文匯報》不放手，一方面極力推著《大公報》向
　　　　左轉。他們說這是你政治企圖的證明。」1947年5月《文匯報》等三家報紙
　　　　被國民黨政府當局查封，《大公報》為此發表短評，希望政府今後「切實保障
　　　　正當輿論」，言外之意，這三家報紙是不正當輿論。美國人在上海辦的英文周
　　　　報《密勒氏評論報》刊文指出：「中國今天只有兩張真正的民間報，一張是中
　　　　間偏左的《文匯報》，一張是中間偏右的《大公報》。應彼此扶持、支持，而
　　　　不應冷眼旁觀，更不應投井下石。」《徐鑄成回憶錄》，三聯書店（北京），1998
　　　　年版，第126～127、145～146頁。

同出資創辦香港《文匯報》。僅此一點就足以說明：徐鑄成及《文匯報》放棄了一貫堅持的獨立立場，開始「向左轉」了。

那麼，徐鑄成的立場為何發生如此重大的轉變？是什麼因素推動了他與《文匯報》改變固有立場而「向左轉」？

徐鑄成態度的轉變，主要基於他對時局的判斷。對於腐敗的國民黨政權的壽命，他不認同吳紹澍的「五年之說」，更不同意陳布雷的「二十年之說」，認為「至多兩三年必垮臺」。「與汝偕亡」，自非所願；何以自處？必須抉擇。當然，徐鑄成選擇「左轉」，並不是見風使舵，搞政治投機，而是政治觀念一直比較進步的必然結果，也是「憑良心辦報」理念的邏輯結點。國民黨腐敗顢頇，人心背離；共產黨得道多助，眾望所歸。做了幾十年新聞工作，世事洞明如徐鑄成者，取捨之間自然不會猶豫不決。明乎此，就不難理解徐鑄成為什麼拒絕接受國民黨中宣部提出的條件而復刊上海《文匯報》，婉謝吳紹澍的盛請主持《正言報》，而願意與「民革」合作並徵詢共產黨方面的意見出版香港《文匯報》，還主動為國民黨要員、老朋友吳紹澍向共產黨方面「通款致意」。

除了徐鑄成個人的進步性，《文匯報》內部中共地下黨員的「潛移默化」，也是推動這份獨立的民間報紙最終「左轉」的重要因素。抗戰勝利後復刊的上海《文匯報》，擔任副總主筆的宦鄉、陳虞孫是中共地下黨員，採訪部主任孟秋江也是中共地下黨員。一家民間報有如此多的中共黨員擔任要職，是其他同類報紙中所沒有的。《文匯報》復刊初期，報紙上還不時出現不利於中共的言論；[註15] 而宦鄉、陳虞孫等進入《文匯報》後，這種情況就再也沒有發生過。宦鄉後來回憶說，在當時的國統區，共產黨被迫處於地下活動狀態，不能直接公開領導鬥爭，只能通過各種渠道和形式，把黨的正確主張和政策，融合到人民運動中去，形成強大的力量，領導全國人民進行轟轟烈烈

〔註15〕 如社論《請問毛澤東先生》（1945 年 11 月 1 日）說，毛澤東先生在重慶與政府當局會談，臨別寄語是「和為貴」。但是自毛氏返回延安以後，「華北各地的摩擦衝突，不僅未見消弛，而且日見表面化激烈化。」「一面盡力製造內亂的事實，而口口聲聲說政府調兵遣將，發動內戰。這種言行的矛盾，實在令人惶惑難解。」「我們只想先請教毛澤東先生一個問題，就是中共的根本政策，是不是真正主張中國的團結進步？」短評《向中共呼籲》（1945 年 11 月 30 日）說，「全國人民也只有一種主張，認為消弭內戰的辦法，只有絕對擁護中央。」「如果中共當局，執迷不悟，仍欲一意孤行，不惜引起內戰，使我民族陷於萬劫不復之絕境，則其為民族罪人，是不可饒恕的。」

的鬥爭，推動新民主主義革命的進程。「毫無疑問，文匯報是以這種間接方式忠實、有效地體現黨的領導的武器之一。」〔註16〕可見，上海時期中共地下黨員已經在悄悄地推動着《文匯報》轉向，香港《文匯報》實現「左轉」也就不足爲奇了。

多種內因、外因的聚合，促成了徐鑄成和《文匯報》獨立立場的轉變。這一轉變，有其歷史的必然性。

〔註16〕 宦鄉：《國統區的一面進步旗幟》，載文匯報報史研究室編《從風雨中走來》，文匯出版社，1993 年版，第 75 頁。

歡樂中的迷惘

　　1949 年新年剛過，徐鑄成接到潘漢年通知，他被列為第三批北上參加新政協籌備會的在港民主人士，要及早做好秘密離港準備。李濟深北上後留港主持「民革」事務的陳劭先找到徐鑄成，徵詢他走後《文匯報》總主筆人選，徐推薦金仲華、劉思慕、莫廼群可次第繼任。陳知道這三人都不會久於此位，又問以後該由何人接替。徐自嘲道：「我倒像諸葛亮安排後事了。」說罷兩人相視大笑。

　　2 月 28 日早晨，徐鑄成與陳叔通、柳亞子、馬寅初、葉聖陶、鄭振鐸、宋雲彬、王芸生、趙超構等 20 餘位民主人士，化裝乘「華中輪」離港北上。同行盡是豪英，前途充滿光明，平時忙於編報寫文、難有閒暇的徐鑄成，在船上和大家搓麻將、談掌故、唱京戲、講豆皮笑話，尤為活躍有趣。他與葉聖陶、鄭振鐸、宋雲彬四人每餐必飲，被柳亞子戲稱為「四大酒仙」。

　　3 月 5 日，船到煙臺靠岸；第二天下午，大家赴煙臺市區巡禮。徐鑄成在書鋪看到東北出版的紅布面一厚冊《毛澤東選集》，「如見異品，即購買一本，暇時詳讀，如獲至寶。」在解放區連日所見所聞，使他感慨萬端，「意識到我們已由舊世界、舊時代開始走進一新天地、新社會矣。」〔註 1〕

　　途經華東局及華東軍區所在地青州，參觀被解放軍俘虜的國民黨軍官團時，徐鑄成意外地與舊知、國民黨高級將領王耀武重逢。徐任桂林《大公報》總編輯時，王耀武率部駐防湘西常德一帶。王在桂林建有一幢闊氣的公館，不時回桂度假，兩人由此相識。徐鑄成曾應邀到王公館赴宴，對主人的評價

〔註 1〕　《徐鑄成回憶錄》，三聯書店（北京），1998 年版，第 180、181 頁。

是「很謙虛」。抗戰勝利後，王耀武奉派接收山東，任山東省主席兼綏靖區司令，直至濟南圍城被人民解放軍俘獲，送進被俘軍官團學習改造。當華東局宣傳部長舒同向被俘軍官團成員一一介紹參觀者時，王耀武才認出了徐鑄成，向徐微笑點頭示意。舒同得知徐鑄成和王耀武認識，就讓他找王個別談談，瞭解其最近的思想情況。一介書生的徐鑄成而今儼然成了共產黨的座上賓，自己卻淪為階下囚，風雲變幻，世事難料，王耀武心裏恐怕只有徒喚奈何了。

雖然路途顛簸，但所到之處受到新政權的非常禮遇，這讓徐鑄成一路心緒頗佳，並不覺得車馬勞頓。3月18日清晨，他們一行抵達北平，被安排住進六國飯店。幾天後，南京和談代表張治中、劭力子、章士釗等到北平，也住在同一家飯店。徐與和談代表中不少人是舊知，但只是在樓梯口或餐廳相遇時稍事寒暄——在政局如此微妙之時，自然不便於彼此深談。

北平是徐鑄成舊遊之地，在這裏求學、工作有五六年之久。一到北平，他就逛琉璃廠，到戲院看京戲，四處遊走，舊夢重溫，讓以前從沒到過京華的宋雲彬等羨慕不已。不過，期間也發生了一件讓他懊悔不迭的事情。

李濟深是第一批從香港北上的民主人士，住在北京飯店。某日徐鑄成去李濟深那裏「串門」，李一聽徐到北平後過得如此逍遙自在，就對他說：「你究竟是老北京，可以到處玩玩。我來平已匝月，一天到晚悶在飯店裏，很無聊，你有機會帶我出去玩玩好麼？」徐鑄成一口應承，第二天就請李濟深、蔡廷鍇等吃飯，然後帶着他們到開明戲院看戲。事後負責接待的人直埋怨他：「徐先生，你給我們開的玩笑太大了。你知道，任公這樣一個人物，去館子和戲院，要布置多少人暗中保護？目前北平城多麼不平靜，要出點漏子怎麼交代！」徐鑄成這才意識到闖了「大禍」，直後悔自己辦事孟浪。〔註 2〕從這件事也可以看出他畢竟是書生、報人，不像政治家那樣思慮周詳，行事謹慎。當然，他也不可能預料到半年後李濟深會出任新中國的國家副主席。

在香港負責《文匯報》的張稚琴電告徐鑄成，自己將攜一批鋼纜到解放區出售，以所得利潤補貼報紙虧損，盼他先到天津接洽。徐即請假到天津，拜訪《進步日報》孟秋江、徐盈、趙恩源等老友。徐盈出面幫助談價格，但未能成交。徐鑄成與張稚琴相偕回京，向李濟深報告了事情經過。李濟深即

〔註 2〕 《徐鑄成回憶錄》，三聯書店（北京），1998 年版，第 185 頁。

與華北人民政府負責人董必武聯絡，謀求解決之法。董必武瞭解詳情後，當即囑託姚依林辦理此事，並關照說：「這批電纜，由我們全部收購下來。不要講價還價，他們要多少，就給多少，他們是爲維持香港《文匯報》而籌劃經費啊！」〔註3〕這筆生意獲利約兩萬港元，足可維持香港《文匯報》兩個多月。徐鑄成對共產黨如此慷慨地支持《文匯報》，感激不已。

徐鑄成最關切的問題是復刊上海《文匯報》。抵達北平不久，中共中央統戰部長李維漢邀他談話，告訴他上海《文匯報》復刊沒有問題，並表示《文匯報》的老人，黨可以幫助爭取他們回去。李的表態使徐鑄成心裏塌實了許多，知道共產黨和新政權支持上海《文匯報》復刊。他不清楚新制度下如何辦報，就向李維漢提出了一個想法：將來報紙可以搞股份制，職工有股權，做多少年就給一定數量的股權。李維漢聽罷淡淡一笑：「你這個想法倒很先進，我們還沒有想到呢。」〔註4〕李隨後讓他開列一張復刊上海《文匯報》所需人員名單，以便調集，徐當然希望《文匯報》的老人最好都能回去，就把他們的名字一一列上。

1949年4月23日，人民解放軍攻佔南京，上海解放指日可待。5月初，徐鑄成、王芸生等文化界人士得到隨軍南下的允諾，周恩來在居仁堂親自爲他們設宴餞行。席間，周恩來談到《大公報》，說張季鸞、胡政之兩位先生的確爲中國新聞界培養出了不少人才。周還含笑對徐說：「鑄成同志，你不也是《大公報》出身的麼？」

與徐鑄成同行南下的有俞寰澄、邵力子夫人、王芸生、楊剛、李純青、趙超構、錢辛波等20餘人，鐵路局特意掛了兩節軟臥作爲他們的專車。徐氏一行到南京後，受到軍管會主任劉伯承、副主任宋任窮、市長柯慶施的歡迎和款待。第二天，南京報紙即登出「民主人士俞寰澄、徐鑄成等由平抵寧」的新聞，其中不少報紙則把徐的名字置於俞寰澄之上。〔註5〕徐鑄成認爲這是

〔註3〕《徐鑄成回憶錄》，三聯書店（北京），1998年版，第186～187頁。

〔註4〕徐鑄成：《新的轉折——文匯報第二次復刊的一段回憶》，載文匯報報史研究室編《從風雨中走來》，文匯出版社，1993年版，第107頁。

〔註5〕俞寰澄（1881～1967），名鳳韶，字寰澄，浙江德清人。清舉人，同盟會會員。辛亥革命爆發後任滬軍都督府參議兼財政總參議，後調任湖州軍政分府長。1945年參與發起成立民主建國會，任常務理事。1949年出席新政協第一屆全體會議。新中國成立後，歷任江南造紙公司董事長、中央財政經濟委員會委員、浙江省人民政府委員、民建中央常委、全國工商聯執委、第一、二、三屆全國人大代表。

因為《文匯報》與南京新聞界及廣大讀者有血肉感情，但報紙如此安排新聞，畢竟讓他感到自豪和快慰。在南京，「連日遊歷石頭城名勝，並與石西民兄及新聞界舊友飲酒於夫子廟某酒店。時我面對諸友，轟飲甚豪，酒後見長桌上空瓶成排，儼如排列之手榴彈。」〔註6〕他還應邀到中央大學演講，為全校師生講述自己在解放區的見聞和感受。

5月24日深夜，徐鑄成隨解放大軍進入上海市區，次日傍晚始到愚園路家中。當晚，嚴寶禮在南京路新雅酒店設宴給他洗塵。徐鑄成看見酒店對門新新公司懸掛的「解放全中國，活捉蔣介石」的大幅標語，不禁感慨萬千。抗戰勝利後他從重慶回上海籌備復刊《大公報》，看到新新公司大樓從四樓到三樓懸掛着蔣介石的巨幅畫像，配以「歡迎勞苦功高之蔣委員長」的標語。「前後相距不過四年，而形勢變化如此之速，誠可慨也。」〔註7〕

得知嚴寶禮已經做好了復刊《文匯報》的準備，自己的三個兒子白侖、福侖、復侖都參加了青年團，並且擔任小幹部，「一家歡樂前進」。徐鑄成當時的心情，用他自己的話說，就是「無比開朗」。

6月21日，上海《文匯報》終於復刊，徐鑄成任管理委員會主任兼總主筆，嚴寶禮任管理委員會副主任兼總經理，郭根為總編輯，金慎夫、唐海分任編輯部主任和採訪部主任。復刊當天，徐鑄成撰寫社論《今後的文匯報》，回顧這份苦難報紙的曲折歷程，為「中國三千年來的封建歷史、百多年來被帝國主義侵略奴役的歷史」被人民的勝利一掃而空歡呼。文末表示：

> 今後我們將好好學習，拋棄舊包袱，學習新經驗，真正和人民結合起來，把握住新民主主義建國的總方向向前進步，而在新聞和言論方面，將力求客觀的真實，為新民主主義的文化建設，盡其綿力。〔註8〕

這篇社論，徐鑄成稱其為「心聲之文」。我們有理由相信，文中的字字句句，是發自他的肺腑之作，絕非見風使舵，為謀求一己之私或其他目的而迎合、討好新政權。對徐鑄成和《文匯報》來說，一個舊時代——獨立報人、獨立報紙的時代結束了，迎接他們的將是一個全然不同的新聞生態。

心情「無比開朗」的徐鑄成，有時也不免迷惘無奈。李維漢讓他開列復

〔註6〕 《徐鑄成回憶錄》，三聯書店（北京），1998年版，第188頁。
〔註7〕 《徐鑄成回憶錄》，三聯書店（北京），1998年版，第189頁。
〔註8〕 《今後的文匯報》，1949年6月21日上海《文匯報》復刊社論。

刊上海《文匯報》所需人員名單時，他考慮到宦鄉〔註9〕已被周恩來委以重任，回《文匯報》的可能性很小，就把宦鄉的名字寫在名單的中間而不是排在前列，這引起了李的誤會，認為他不想讓宦鄉重回《文匯報》。南下途經江蘇丹陽時，好友金仲華告訴他李維漢為此事心存芥蒂，他大為詫異，當即寫信向李解釋，希望宦鄉仍回到《文匯報》。金仲華還告訴他：「黨的意思是讓宦鄉先在文匯報做一段時間的總編輯，你先當社長，因為解放後辦報紙的一套你不熟悉，讓報紙上軌道後，再把編輯部交給你。」〔註10〕雖然宦鄉沒有再回《文匯報》，但這件事使徐鑄成明白，他再也不能像以前那樣自做主張了。

《文匯報》原有地下黨員近20名，復刊時各有高就，僅剩下一候補黨員鄭心永。即便如此，報社還是「黨政工團」齊全，大家共同奮發，保持並發展報紙特色，以取得讀者的信任。「無奈解放後一些套套，每使人瞠目束手。舉例言之。在長沙解放之日，我們已在無線電中收到確訊，而翌日刊出，即被指為搶新聞，是資產階級辦報作風，因新華社尚未正式公告也。再如《論人民民主專政》發佈之日，要聞編輯鄭心永按所列問題，作分題以醒眉目，亦被指為離經叛道。如此重要文件，只能作經典鄭重排版，安可自由處理！總之，老區方式，蘇聯套套，只能老實學習，不問宣傳效果，此為當時必經之『改革』。因此，我對社論也艱以執筆，因素十年記者經驗，從不慣於人云亦云，思想未通即先歌頌，每以此為苦。老友李平心兄諒我苦心，輒陪我熬夜，我舒紙半日，尚未能下筆，輒請平心代勞。總計復刊一二年屈指可數之社論，以平心所撰者為多。」〔註11〕一向被稱作社論寫作高手的徐鑄成，舒

〔註9〕　宦鄉（1909～1989），貴州遵義人。1932年畢業於上海交通大學，曾赴日本、英國短期留學。抗戰期間，在江西為第三戰區司令長官顧祝同辦《前線日報》，任該報副社長兼總編輯。1946年離開《前線日報》加盟《文匯報》，任《文匯報》副總主筆。1948年7月加入中國共產黨。1949年2月中共將天津《大公報》改組為《進步日報》，任《進步日報》臨時管理委員會主任、總編輯。不久調往北平參與籌備新政協會議，任籌備會副秘書長。新中國成立後入外交部工作，先後任歐非司長，中國駐英國常任代辦，外交部部長助理兼政策研究室主任，中國駐歐共體兼比利時、盧森堡大使。1978年後擔任中國社會科學院副院長、國務院國際問題研究中心（後易名中國國際問題研究中心）總幹事、中國國際法學會會長、《世界經濟導報》名譽社長等職。

〔註10〕　徐鑄成：《新的轉折——文匯報第二次復刊的一段回憶》，載文匯報報史研究室編《從風雨中走來》，文匯出版社，1993年版，第107頁。

〔註11〕　《徐鑄成回憶錄》，三聯書店（北京），1998年版，第190頁。

紙半日竟無從下筆，說來真讓人無法相信！後來他到北平參加新政協會議，曾與同鄉儲安平有一席談話。儲告訴他《觀察》即將復刊，領導上大力支持；自己到東北旅行所寫的 25 萬字旅行記，材料甚新，特別注重人事制度及工作效率，胡喬木看後極為讚賞，力促付梓出版。儲又說，自己出發前及回來後，都與領導同志商談，反覆請教。儲的這番

1949 年 9 月，徐鑄成在北平參加第一屆全國政協會議。

話對徐鑄成刺激頗大，他在當天的日記中寫道：「甚矣，做事之難，《文匯報》之被歧視，殆即由予之不善應付歟？余遇事諾諾，唯唯聽命，《文匯報》亦不會有今日。以本性難移，要我俯首就範，盲目聽從指揮，寧死亦不甘也。」〔註 12〕可見，已經「左轉」的徐鑄成，骨子裏仍保留着一個獨立報人的精神，而這種精神顯然是不合時宜的。「舊報人」遇到了「新問題」，他的苦悶迷茫，是一個有思想的人在新舊交替、制度變遷之際，必然發生的心靈掙扎。

所幸時任上海市委宣傳部長的夏衍和副部長姚溱，能夠體諒老知識分子心態，遇事推心置腹，披瀝交談。上海《文匯報》復刊後，遇到的最大的困難是資金匱乏，嚴寶禮多方籌措，都無着落。夏衍指出，《文匯報》過去被國民黨查禁，現在復刊，應給予紙張和印刷方面的資助，幫助其渡過難關。因此，人民政府批准《文匯報》向國外訂購一千噸白報紙，紙張進口後再出售以賺取差價。《文匯報》復刊後相當長一段時間，就是靠賺取的這筆錢來維持的。總體而言，這段時期，徐鑄成和「文匯報人」心情是舒暢歡快的。

9 月 4 日，徐鑄成以「候補代表」資格赴北平參加第一屆全國政治協商會議。他每天記有日記，從中可以窺見《文匯報》當時的境況，也可看出他人在京城，卻念念不忘血肉相連的這份報紙：

9 月 4 日：中午，寶禮在家中為余餞行，被邀作陪者有克信、

〔註 12〕 《徐鑄成回憶錄》，三聯書店（北京），1998 年版，第 203 頁。

虞孫、柯靈、郭根諸兄，談報館今後計劃；蓋自上海解放，報紙復刊以後，對新的辦報方法，時不能適應，銷數遠不如《解放日報》及《新聞日報》、《大公報》。近月稍好，發行已超過二萬六千矣。

9 月 11 日：接寶禮及郭根函，知報已升至二萬八千，甚慰。

9 月 16 日：任嘉堯由滬來，聞報已漲過三萬六，甚喜。

9 月 22 日：接寶禮函，報已漲過四萬。

9 月 25 日：看到二十二日、二十三日本報，開幕日專電均當天登出，而《大公報》、《解放日報》則未見，可見熙修之努力和工作深有經驗。余亦先有布置，囑把握時間。又二十二日社論，想為平心兄執筆。大意都按我信中開列的幾點。比其它各報有內容，有新意。數月以來，我寫文章很少，主要是不善於人云亦云、照搬照抄，寫時下的標語口號式文章，而對有些新問題，確無深入研究。回滬後，當多多學習，多研究，多讀書，俾能多寫些有益於國家、人民的文章。

10 月 1 日：晚間，抽暇為報趕寫一通訊。

10 月 9 日：熙修電話，謂報館有電給余，報紙已漲過六萬，同仁咸感興奮云。

日記中，徐鑄成也記下了不少頗有意味的事情：

9 月 14 日，全體代表到西直門外參觀新落成的蘇聯展覽館。「二次大戰後，蘇實行新的五年計劃，成就斐然，尤注意保嬰事業。從產品中，看到他們的進步。」他在留言簿上寫了「我們應堅決向這個方向前進。」下午在北京飯店開座談會討論《共同綱領》。「因連日在討論中，多對共同綱領中不提社會主義，有疑問。因此，今天由周副主席解釋，說毛主席一再說，社會主義是遙遠將來的事，今天應集中力量於新民主主義建設，發展包括民族資本主義在內的四種經濟成分。如過早寫出社會主義，易在國內外引起誤會。」

9 月 25 日下午，政協開第五次會議，有 20 位代表發言，「最使全場驚奇者，吳奇偉發言末，舉手高呼『中國國民黨萬歲！』蓋原擬喊『中國共產黨萬歲！』因過去習慣，脫口而出也。此『精彩』錄音，定不能編入廣播矣。」

9月29日下午大會，通過《共同綱領》及《政府組織法》。會後徐鑄成與睽違20多年的無錫三師同班同學管文蔚暢談。管抗戰時曾任新四軍支隊司令員，國民黨關於新四軍問題的文件，每以陳（毅）、管並稱。「文蔚性爽直，又是老同學，故談話極坦率。他說大會甚成功，可以慶慰，但等名單發表以後，中下級幹部見有些國民黨人士及保守人員亦參加，頗有反感，要好好解釋。前此，已有『早革命不如遲革命，遲革命不如不革命，不革命不如反革命』之牢騷。」

9月30日下午，政協開最後一次全體會議。「此次政協之社會科學工作者代表，陳伯達居首席，陳紹禹反在其下。甚矣，余對共產黨歷史之少瞭解也！」會後全體代表乘車至天安門廣場南端為人民英雄紀念碑奠基。「當代表下車時，年高八十四歲之司徒美堂甫下車，同車之人急關門，將老人一指夾入，幸老人帶有一白金戒，未受重創，否則將發生一慘事了。」〔註13〕

作為一介書生、飽經憂患而冀求國家富強的報人，徐鑄成能夠參與討論建國大計，見證開國盛典，幾多興奮，幾多感慨。9月21日晚7時40分，人民政協全體大會在中南海懷仁堂隆重開幕，徐鑄成在日記中寫道：「朱德任執行主席，宣佈大會開幕，毛主席致開幕詞，最令人感動的一段話是：我們的民族從此列入愛好和平、自由的世界大家庭的行列，以勇敢而勤勞的姿態工作着，創造自己的文明和幸福，同時也促進世界的和平與幸福。我們的民族再也不是被人侮辱的民族。我們宣佈中華人民共和國的成立，我們從此站起來了！幾乎每句話都博得全場掌聲。……今日大會開幕時，忽雷電交加，大雨如注。散會時步出，已滿天星斗矣。」〔註14〕9月27日政協第六次大會通過國都設北平，恢復北京名稱，「一九二八年北京改北平，余在，剛做記者不久，今日又改稱北京，余參加決定，可謂有始有終。二十一年變遷，回顧有滄桑之感。」〔註15〕10月1日，中華人民共和國開國，「天安門廣場擠滿人群，紅旗似海，殆為我國歷史上空前之盛況也。」當毛主席宣佈中華人民共和國正式成立、大聲高呼「中國人民從此站起來了！」之時，徐鑄成「感極淚下」。他和郭春濤一起站在天安門城樓上，觀看人民解放軍檢閱式，回首前塵，不勝唏噓：

〔註13〕 《徐鑄成回憶錄》，三聯書店（北京），1998年版，第191～209頁；《徐鑄成日記》，三聯書店（北京），2013年版，第35～52頁。

〔註14〕 《徐鑄成回憶錄》，三聯書店（北京），1998年版，第197頁。

〔註15〕 《徐鑄成回憶錄》，三聯書店（北京），1998年版，第201頁。

余與郭春濤兄並倚城樓觀此盛況，回憶二十一年國民黨軍「底定」京津，亦在天安門舉行慶祝大會，群眾不過數千人，政分會主任張繼任主席，吳稚暉代表中央致詞，憶有「你不好，打倒你，我來幹，不要來而不幹」之精語。時春濤為二集團軍政治部主任，代表馮玉祥發言。余當時初當新聞記者，親自參加採訪。余提及此舊事，春濤亦記憶猶新。問有何感想？春濤沉吟有頃，說：「如蔣不如此倒行逆施，今日亦當為主角歟？」余謂歷史人物，往往如此：拼命抓權，排除異己，最後兩手空空，成為孤家寡人，殆即所謂歷史的辯證法歟？〔註16〕

對於蔣介石國民黨政府，徐鑄成「眼見他起高樓，眼見他宴賓客，眼見他樓塌了」，他早已厭棄，毫不惋惜和留戀；如今，他所憧憬的新時代終於到來，並且親自見證了人民共和國的誕生，歡欣鼓舞之情溢於言表。1949 年 10 月 6 日是中秋節，北京城下午、傍晚大雨滂沱，之後則「一輪皓魄，萬里晴空」。徐鑄成參加完晚宴後路過天安門廣場，「擡頭觀賞，當空無絲毫雲霧」。回顧風雲變幻的 1949 年，他慨歎「祖國的變化真大」！自己能在北京參加開國大典，並在這裏歡度中秋佳節，此情此景，猶如夢中。「祝願五億同胞，從此脫離苦海，年年歡度團圓節，共慶太平、自由、幸福，共慶國家日益富強康盛！」〔註17〕

這一年，徐鑄成 42 歲，剛過不惑。

〔註16〕　《徐鑄成回憶錄》，三聯書店（北京），1998 年版，第 205 頁。
〔註17〕　《徐鑄成回憶錄》，三聯書店（北京），1998 年版，第 207 頁。

從《文匯報》到《教師報》

　　在舊中國，《文匯報》飽受上海租界帝國主義者的壓迫、日本侵略者的摧殘和國民黨政權的封閉，報紙停刊的時間反而比出版的時間還要長，可謂命運多舛，歷盡艱辛。上海解放不到一個月，《文匯報》即得以順利復刊，報社上下一片歡欣鼓舞，從領導到職工都勁頭十足，希望報紙在新社會獲得蓬勃發展。但是事與願違，報紙復刊不久就遇到了意想不到的困境：銷路不振，廣告收入銳減，導致經費異常拮据，難以為繼。

　　《文匯報》復刊初期，日銷兩萬多份，1950 年 8 月下跌到不足一萬三千份。劫後餘燼，百廢待興，廣告源本來就少，再加上新政權規定報紙上不刊登商品廣告，每天僅有屈指可數且收費低廉的文娛戲目廣告供報紙刊登，廣告收入少得可憐。發行收入和廣告收入本來是報社的主要財源，可是《文匯報》發行局面打不開，廣告收入又微乎其微，入不敷出，報社月月虧損，少則七八千，多則兩萬元。《文匯報》復刊後上海市政府配給報社 1000 噸進口紙，由於發行量下跌，配給紙有多餘，負責經營的嚴寶禮就將部分配給紙向市場拋售，每噸可賺取 600 至 800 元的差價。拋售配給紙獲取的利潤仍不足以維持報社日常開支，嚴寶禮一籌莫展，只好以部分配給紙做抵押，向銀行、錢莊等金融機構借貸。從復刊到 1950 年 8 月，報社向金融機構借貸的總額高達 18.6 萬餘元，每月向銀行支付的利息占日常開支總額的 20%。最後竟到了資不抵債、借貸無門的境地。外面債臺高築，內部拖欠工資，「復刊初期職工工資發不出，僅給 10 元錢零用，以後常常脫期，還打折扣，年終雙薪也無着落。編輯部夜點僅供蘿蔔乾、稀飯，其它就無什麼福利可言。出報 14 個月，

報社已瀕臨難以維持的境地。」〔註1〕

無奈之下，《文匯報》不得不向政府告急。報社給上海市新聞出版處打報告稱，「我報因以往逐月虧損的結果，已達到不能維持的地步，這是我報自復刊以後最大危機，而且自身已經沒有克服這一危機的力量」，〔註2〕請求政府給予扶助。1950年8月底，華東新聞出版局、上海市新聞出版處和《文匯報》達成協議，《文匯報》從本年九月份起實行私營公助，由政府撥款八萬元，再由政府擔保向人民銀行借貸10萬元。1951年3月，報社再次向政府申請撥款10萬元。

政府的財政支持只能暫時解決運轉費用問題，卻無法挽救報紙發行的頹勢。1951年初，報社開源節流，廣徵訂戶，經營出版副業，《文匯報》銷數又突破兩萬大關，總算做到了收支平衡。隨後，《文匯報》為取悅讀者，一再改版，造成讀者對象遊移不定，報紙內容又無新意，致使銷數再度逐月回跌，到1951年底發行量僅有萬餘份，到了歷史最低點，虧損累計達74萬元。報社一些骨幹陸續離去，人心浮動，很多人擔心《文匯報》辦不下去了。

生死攸關之際，由報社黨員（當時報社還沒有成立黨支部）、工會、行政組成的生產委員會召開座談會，研究對策。徐鑄成、嚴寶禮都參加了座談會並發表講話。商討結果，決定全報社展開一場「起死回生」的「救報運動」：製版、排印等生產部門屬行節約，降低損耗；職工走上街頭宣傳推銷報紙；經理部緊縮預算，編輯部致力於再次改版工作。在大家的齊心協力下，特別是《文匯報》於1952年4月明確讀者對象以中小學教師為主，報紙向專業化（教育教學）、雜誌化（副頁為專刊）發展，受到讀者的歡迎，銷數逐漸上升，到1952年底終於實現了盈餘。大名鼎鼎的《文匯報》，在建國初期竟然是通過一場「救報運動」才擺脫了生存危機，至今說來真讓人難以置信！1953年元旦，《文匯報》宣佈公私合營，然後是退股公營，報社的性質發生根本轉變，再也不必為經營問題而勞神費力了。

《文匯報》復刊後陷入經營危機，表面上看來有兩大原因，即廣告稀少和銷路不暢。戰後工商業凋零，國民經濟正處於恢復階段，「巧婦難為無米之炊」，無廣告可登不是《文匯報》一家所面臨的問題，其它報紙大都如此。那

<hr>

〔註1〕 莊人葆：《憶「救報運動」》，載文匯報報史研究室編《從風雨中走來》，文匯出版社，1993年版，第111頁。
〔註2〕 戚家柱：《經營管理工作的曲折歷程》，載文匯報報史研究室編《在曲折中行進》，文匯出版社，1995年版，第556頁。

麼，《文匯報》的問題主要就出在銷路不暢了。一份報紙能否贏得讀者的青睞而暢銷，取決於報紙的內容能否滿足讀者的需求，即新聞是否豐富、時新，言論是否切中肯綮，對讀者有啓迪、指導價值。《文匯報》在復刊後正是在新聞來源和言論寫作方面遇到了困難，導致報紙內容質量下降，銷路不振。曾任《文匯報》副總編輯的張樹人先生撰文回憶，當時的《文匯報》面臨着這樣的尷尬局面：

一、報社對黨和國家的政策、指示知之甚少。當時文匯報沒有黨組，上面不單獨發文件，市委宣傳部傳達的指示、文件數量又很少，有時記者在採訪時聽到一些指示精神，有頭無尾，殘缺不全，很難作爲指導工作的依據。在這種盲目性很大的狀況下，工作十分困難，唯恐出錯，提心弔膽。在這種半封閉狀態下搞新聞工作，實在不易。

二、社論不好寫，發表言論比較少。主要原因是，在強調機關報的指導作用時，報紙社論可以代表領導機關要求讀者「應該」如何、「必須」怎樣，而《文匯報》作爲一張公私合營報紙，並非機關報，她能代表誰、指導誰呢？因此，只好不寫、少寫，即使發表評論，只能以「我們」或「我們認爲」說話，偶而也用「我們教育工作者」表態。

三、記者採訪困難。當時，有不少要聞《文匯報》採訪不到；有些重要新聞，由有關領導部門統一發稿。有些部門和單位，害怕記者把他們的工作「捅出去」，往往採取迴避的態度。《文匯報》是公私合營報紙，人家更加存有戒心，不肯提供所需情況。〔註3〕

張樹人1953年任《文匯報》社外編委，第二年正式調入任副總編輯，這已是公私合營之後的事。公私合營之前身爲私營報紙的《文匯報》，在新聞來源和言論寫作方面遭遇的尷尬，肯定比他在任時有過之而無不及。事實上，張樹人所言是當時私營報紙的普遍遭遇，《大公報》、《新民報》都遇到過類似問題，不獨《文匯報》使然。面對大環境下制約私營報紙發展的這些客觀因素，私營報紙顯得無能爲力，徒喚奈何。

私營報紙對國家政策、指示知之甚少，社論不好寫，記者採訪困難，這些客觀因素恐怕還是問題的表象，深層的原因在於私營報紙在舊社會賴以成功、引以自豪的辦報思想和方法，在新中國被作爲資產階級辦報思想和方法

〔註3〕 張樹人：《我在文匯報的三年》，載文匯報報史研究室編《在曲折中行進》，文匯出版社，1995年版，第143～144頁。

受到批判。1950 年春，新聞總署和中宣部共同召集，召開了全國新聞工作會議，徐鑄成也參加了這次會議。會議的主題，是圍繞「聯繫實際」、「聯繫群眾」、「開展批評與自我批評」這三個問題，作為辦好人民報紙的基本方針，反覆討論。從此提出報紙要反對刊載社會新聞，不得發表抒發個人感情及黃色、迷信的報導和作品；反對資產階級辦報思想，報紙宣傳要為黨的當前政策服務；新聞「寧可慢些」，但要真實。總之，一大套蘇聯模式的清規戒律確定下來了。〔註4〕

1951 年 9 月至 1952 年秋，新中國有組織、有計劃地發動了一場全國性的針對知識分子的思想改造學習運動。這場運動肇始於北京大學。1951 年暑假，剛剛接長北京大學的馬寅初有感於部分職員工作自由散漫，思想水準和主人翁意識不高，組織他們進行政治學習，成效甚好，遂和副校長湯用彤等有新思想的教授商議，準備將政治學習擴大到全校教職員。9 月 7 日，馬寅初將這一計劃寫成書面報告呈送政務院。中央認為這種政治學習對於全國高校都有必要，決定先組織京津地區高校教師進行思想改造學習，待取得經驗後再推向全國。為了統一領導這次運動，中央指定由彭真、胡喬木具體負責，並在教育部成立「京津高等學校教師學習委員會」，由教育部部長馬敘倫任主任委員，京津地區高校負責人馬寅初、陳垣、蔣南翔、茅以升任委員。京津地區各高校也相應設立了學習委員會分會。9 月 29 日下午，周恩來向京津地區高校 1700 多名教師做了《關於知識分子的改造問題》的報告。在長達五個小時的報告中，周總理現身說法，論述了知識分子進行思想改造的必要性、方法和途徑，要求大家通過思想改造逐步從「民族的立場進一步到人民立場，更進一步到工人階級立場」。〔註5〕周恩來的報告相當於思想改造學習動員，京津高校迅即發動。11 月 30 日，中共中央發出《關於在學校中進行思想改造和組織清理工作的指示》，要求全國所有大中小學校的教職員和高中學校以上的學生，必須立即開始準備有計劃、有領導、有步驟地進行初步的思想改造工作。這樣，由北京大學發起、針對京津高校教師的思想改造學習運動，發展為全國教育系統的一場運動。

繼教育界之後，文藝界、科學界、新聞界等先後加入這場運動，以知識分子為主體的民主黨派也不甘落後，積極響應。1952 年 1 月，全國政協常委

〔註 4〕 《徐鑄成回憶錄》，三聯書店（北京），1998 年版，第 212～213 頁。
〔註 5〕 《周恩來選集》下卷，人民出版社，1997 年版，第 59～71 頁。

會召開會議，作出《關於開展各界人士思想改造的學習運動的決定》，要求政協各界人士以自願爲原則，參加思想改造學習運動。至此，思想改造學習運動普遍展開，全國各界知識分子概莫能外，集體「洗澡」。其間，全國又開展了反貪污、反浪費、反官僚主義運動，中央要求思想改造學習運動與「三反」運動相結合，在「三反」鬥爭中解決資產階級思想問題。知識分子思想改造學習運動由此向縱深發展。

按照毛澤東的說法，大多數知識分子可以爲舊中國服務，也可以爲新中國服務，可以爲資產階級服務，也可以爲無產階級服務。新中國百廢待興，當然需要大批學有專長的知識分子進入體制，參加建設。如何使知識分子爲工人階級領導的人民民主專政的新中國服務？具有正確的世界觀在所必需。毛澤東認爲，世界觀在現代基本上只有無產階級與資產階級兩家，而無產階級世界觀顯然是唯一正確的世界觀。但是，我們現在的大多數知識分子，來自舊社會，出身於非勞動人民家庭，有些人即使是出身於工人農民家庭，在解放前受的也是資產階級教育，世界觀基本上是資產階級的，他們還屬於資產階級的知識分子。「這些人，如果不把過去的一套去掉，換一個無產階級的世界觀，就和工人農民的觀點不同，立場不同，感情不同，就會同工人農民格格不入。」〔註6〕那麼，採取什麼方法才能使無產階級世界觀在知識分子的「頭腦裏生根」，完全代替資產階級的世界觀？開展思想改造學習運動無疑是行之有效的方法，中共在這方面已經有 1942 年延安整風運動的成功經驗。因此，中共在建國初期發動的這場知識分子思想改造學習運動，「它的目的是要清洗西方的自由主義價值，再給知識分子灌輸馬克思列寧主義。」〔註7〕或者說，中共通過對全國知識分子進行思想改造，建立起馬列主義、毛澤東思想在意識形態領域的絕對統治地位，用無產階級世界觀完全代替資產階級世界觀。

在全國知識界思想改造學習運動的感召下，上海《解放日報》副社長、上海市新聞工作者協會中共黨組書記陳虞孫，於 1952 年 6 月起草了《上海新聞界思想改造學習計劃（草案）》，上報到上海市委宣傳部。該草案對上海新聞界進行思想改造學習提出了明確要求：「以檢查與批判新聞工作中的資產階

〔註6〕　《毛澤東選集》第五卷，人民出版社，1977 年版，第 384～385、406～407頁。

〔註7〕　〔美〕R・麥克法誇爾、費正清編：《劍橋中華人民共和國史・革命中國的興起（1949～1965 年）》，中國社會科學出版社，1998 年版，第 247 頁。

級作風，樹立工人階級思想領導，在思想提高的基礎上，聯繫到檢查貪污、浪費、官僚主義，以改進與提高工作。」〔註8〕7月1日，上海市委宣傳部將《上海新聞界思想改造學習計劃（草案）》上報中宣部，獲得批准。

1952年8月21日，上海新聞界「熱烈期待、籌備已久」的思想改造學習運動開始，副市長潘漢年、文教委員會主任夏衍、上海市委宣傳部長谷牧親自參加了動員大會。在動員大會上，谷牧就上海新聞界思想改造的意義、目的、要求、方針、步驟和方法，以及對待思想改造學習運動應有的態度，作了詳細的指示。他說：思想改造學習運動，不但是全國人民特別是知識分子當前的重要任務，而且對於新聞工作者來說，更有其特殊重大的意義。新聞工作者必須用工人階級思想把自己武裝起來，才能牢牢地掌握人民報紙這個武器，去和一切思想戰線上的敵人作鬥爭，並以工人階級的思想去教育各種不同階級或階層的人民群眾，幫助他們同心同德地和敵人作鬥爭，並鼓舞他們向人民民主事業勝利的偉大目標前進。谷牧在肯定了上海各報解放以來所取得的成績之後指出：上海各報三年來也曾宣傳了一些錯誤的思想，還沒有明確地、堅決地貫徹以工人階級的思想去團結和教育廣大人民群眾的方針。上海許多新聞工作者也還沒有完全地徹底地批判與拋棄掉腐朽的、舊的辦報思想、方針與辦法，上海的許多新聞工作者還必須進一步努力，明確樹立人民的立場，反對早已破產了的客觀主義集納主義，反對不注意思想內容、玩弄形式花樣的形式主義，反對脫離群眾、脫離實際的「專家辦報」路線，反對缺乏政治責任心和違反組織性、紀律性的自由主義。此外，在報紙的經營管理工作方面，上海各報也曾發生過某些將報紙的編輯方針屈服於錯誤的唯利是圖的業務方針的現象。從以上這些情況，可以看出上海新聞工作中不但存在某些錯誤的思想影響，而且這種影響是相當嚴重的。這種情況之發生，是和許多新聞工作者的階級出身、社會教養而又未經徹底改造有着密切關係。思想改造學習運動的目的，就在於經過學習文件和檢查解放三年來的新聞工作，檢查與批判這些錯誤的思想，明確工人階級思想的領導地位。〔註9〕

這場由華東學習委員會上海新聞界學習分會領導、實際上由上海新聞協

〔註8〕 《上海市新聞界思想改造情況（1952）》，上海市檔案館藏資料〔A22-1-1551〕，第46頁。

〔註9〕 《上海新聞界思想改造運動開始》，載1952年8月22日上海《文匯報》。

會黨組統一領導的思想改造學習運動，轟轟烈烈地進行了兩個月，到 1952 年
10 月 21 日才告一段落，上海新聞界參加學習的有《文匯報》、《大公報》、《新
聞日報》、《新民報》晚刊、《亦報》等五家私營報紙的編輯、經理兩部門工作
人員。名列上海新聞界學習分會副主任委員的徐鑄成，在運動中帶頭做了自
我檢查：自己從來沒有自覺地認清報紙是整個革命機器的組成部分，從來沒
有嚴肅注意報紙的群眾性，而是一直把報紙當作商品，依靠專家辦報，「客觀
主義」登載新聞，「形式主義」編輯稿件。他剖析這些錯誤的辦報方針路線，
主要是源自其小資產階級的「超階級」、「超政治」的錯誤思想。在檢查中，
徐鑄成還承認自己內心深處隱藏有嚴重的個人名利思想：「四九年三月我從香
港到北京的時候，抱着一肚皮『雄才大略』，想在北京搞一個《文匯報》，以
後至少全國有三個《文匯報》，我就可以成為新聞界的巨頭，名利雙收了。到
北京後，和宦鄉同志見面，知道這個計劃不可能實現，就灰心。回到上海，
另辦報紙的希望也沒有實現，於是就工作得不起勁。」他說，這次思想改造
學習運動，是黨和政府挽救了他，給了他最好的自我改造機會，表示一定要
把這些「髒東西」徹底清除，好好為人民服務。〔註10〕

關於這場思想改造學習運動的成效，《文匯報》曾做過這樣的報導：

> 經過學習，批判了錯誤的辦報思想，重要的如：無立場的強調
> 「新聞自由」和「有聞必錄」的客觀主義，標新立異、華而不實的
> 形式主義，「新聞記者是『無冕皇帝』」的無政府無組織無紀律的思
> 想作風，以及純經濟觀點的「業務第一、廣告第一」的錯誤經營方
> 針等；……在上海新聞工作者中，不僅樹立了工人階級的思想領導，
> 明確了報紙為人民服務的性質與任務和各報分工的必要，而且改變
> 了過去長期存在於各報之間搶新聞、搶訂戶、搶廣告等現象；各報
> 之間的合作和各報內部的團結都加強了。〔註11〕

一些私營報紙在舊社會確實存在依靠色情、迷信等社會新聞來吸引讀
者、唯利是圖等問題，對此進行批判無可厚非，拋棄這些辦報思想和方法也
是勢所必然。但是，用簡單的無產階級新聞觀點、資產階級新聞觀點二分
法，將專家辦報、爭搶新聞、講究形式、注重經營等辦報思想和方法，都貼

〔註10〕 徐鑄成著：《徐鑄成自述：運動檔案彙編》，三聯書店（北京），2012 年版，第
　　　　 1～9 頁。這篇標題為《徐鑄成同志的思想檢查》，原載華東學習委員會上海新
　　　　 聞界分會辦公室編《學習》第九號，1952 年 9 月 24 日。
〔註11〕 《上海新聞界改革工作勝利告一段落》，載 1953 年 1 月 18 日上海《文匯報》。

上「資產階級新聞觀點」的標籤而予以批
判和清理，顯然過於武斷，也違背了新聞
工作的一般規律。新聞工作有階級性，也
有共性和一般規律，並不因資產階級媒體
或無產階級媒體而有所不同。例如，及
時、新鮮是新聞的本質要求，搶新聞是新
聞界再普通不過的做法。徐鑄成就說過：
「新聞」以「新」字領頭，就決不是人云
亦云的舊聞，時隔三秋的往事。所以，新
聞要講時效性，盡可能快地報導。新聞當
然要強調正確真實，但在某種程度上，慢
就會挨打。如果出於保證新聞真實性的考
慮而禁止搶發新聞還可以理解，否則只能

1951 年 4 月，徐鑄成參加中國人民赴
朝慰問團，攝於朝鮮平壤南部某地。

說是無視新聞的本質屬性了。1953 年 3 月 5 日，斯大林明明已經去世，蘇聯
駐上海領事館已下半旗致哀，宣傳部門卻不允許上海《新民報》晚刊發布新
聞。上海黨政領導機關在人民廣場召開追悼大會，讀者拿到當天的《新民報》
晚刊一看，還是斯大林病況公報，氣得當場撕碎報紙大罵。〔註12〕

　　事實上，這些所謂的「資產階級」辦報思想和方法，正是《文匯報》這
樣嚴肅的私營報紙新聞豐富及時、言論獨立深刻、形式靈活多樣，從而在舊
社會受到讀者歡迎、實現良性運轉的根本原因，不管出於主動還是被動，一
旦拋棄便優勢不再。再者，樹立工人階級辦報思想、學會黨報的辦報方法也
非一朝一夕之事。因此，建國初期的《文匯報》等私營報紙，等於是以己之
短對黨報之長，銷路打不開局面、經營陷入困境也就不足為奇了。

　　《文匯報》復刊後銷路不振、經營維艱的原因，除了上述的客觀因素之
外，自身也存在報紙讀者定位不夠明確的問題。1950 年春召開的全國新聞工
作會議，曾對上海的四家報紙作出如下分工決定：《解放日報》作為華東局及
上海市委機關報，針對黨和政府組織；《新聞日報》以報導上海的經濟建設為
重心，主要聯繫工商界群眾；《大公報》立足上海，面向全國，偏重工商界和
高級知識分子；《文匯報》面向青年知識分子。上海《新民報》晚刊的自身定
位則比較清楚，就是以文娛、體育、衛生及社會生活為重心，以一般市民為

〔註12〕 張林嵐著：《趙超構傳》，文匯出版社，1999 年版，第 196 頁。

主要讀者對象。《文匯報》雖然有注重知識界的傳統，但原來畢竟是一份面向全國各界的綜合性大報。現在上級決定它以青年知識分子爲主要讀者對象，等於是強行窄化了報紙的讀者範圍。對於這種做法，徐鑄成等報社領導並不情願。因此，復刊後的《文匯報》雖然一再改版，終因辦報方針不明確，讀者遊移不定，導致發行量不斷下跌，虧損嚴重。《文匯報》到底該怎麼辦？出路何在？大家議論紛紛，莫衷一是。編輯部中共黨員、工會主席鄭心永向上海市新聞出版處處長陳虞孫反映了這個情況，希望領導進一步明確《文匯報》的辦報方針，並充實、加強黨的力量。陳虞孫解放前曾擔任過《文匯報》的副總主筆，對《文匯報》現在的處境深表同情。他建議《文匯報》：宣傳報導可側重於教育界，辦出自己的特色；同時考慮到減輕中小學教師訂戶的負擔，可以把大張改爲小張，出四開兩張，正張刊新聞，副頁爲專刊，副頁可以單獨訂閱。

報社領導接受了陳虞孫的建議，《文匯報》於 1952 年 4 月 1 日正式改版縮張，由對開大報改爲四開兩張。報紙在改版的同時還提出，《文匯報》將以中學教師、小學教師、大中學校學生、鄉村教師、職工業餘學校教師這五類讀者作爲自己的主要讀者。

《文匯報》的這次改版獲得成功，發行量逐步上升，數月間即升至 18 萬多份。讀者歡迎，領導讚譽，陳虞孫還專門寫信給報社表示祝賀。

1953 年 1 月，上海市委發出《關於上海新聞界思想改造後加強領導問題的通知》，以正式文件的形式明確了《文匯報》的辦報方針和任務：「文匯報應進一步明確以中小學教師、高中學生與一部分大學師生爲主要對象，並着重提高內容的質量。」隨後，市委組織部從市教育工會、市教育局、團市委抽調幹部擔任《文匯報》領導或參加編委會，報社內部機構也做了相應調整，從組織措施上保證編輯方針的貫徹落實。〔註 13〕

《文匯報》的這次改版及辦報方針的明確，使報紙「起死回生」，重現靈光。但是，明確以中小學教師、高中學生與一部分大學師生爲主要讀者對象後，報紙逐步向教育專業化發展，讀者對象日益狹小，不利於發揮報紙的傳統優勢。這次改版及辦報方針的明確，爲後來《文匯報》向《教師報》過渡埋下了伏筆。

〔註 13〕 葉夫：《從文匯報到教師報》，載文匯報報史研究室編《從風雨中走來》，文匯出版社，1993 年版，第 123～124 頁。

《文匯報》本來是一張以文化、教育、科技、衛生等各界知識分子爲主要對象的「有重點而又綜合的報紙」，現在收縮爲以中小學教師、高中學生與一部分大學師生爲主要對象的專業性報紙，身爲社長兼總編輯的徐鑄成，對事關報紙前途命運的這一轉變，當時持何態度，有何感受？已出版的《徐鑄成回憶錄》中，1952 年的部分語焉不詳，僅有寥寥數語：「除偶出演講、應酬外，潛心辦好報紙。但報紙發行總無大起色，跟不上《解放》、《新聞》等報。我也很少寫文章，有無可奈何之感。」1953 年的部分更爲簡略，徐鑄成用「報紙奉命轉向以中小學教師爲主要對象」一句話一筆帶過。〔註 14〕從這些片言隻語中，我們還是不難體會出徐鑄成當時的「無可奈何之感」：《文匯報》辦報方針不轉向，眼見死路一條；而所轉之方向又是出於「奉命」，非己所願。是自己和《文匯報》不能適應新的時代，還是當時的新聞政策不盡人意？在回憶錄中徐氏沒有妄加評說，可能有難言之隱吧。

不管如何，《文匯報》總是要辦下去的，轉向總比固守不變而走向死亡可取。爲鞏固和發展改版成果，徐鑄成提出「立足上海、面向華東和全國」的方針，經討論得到大家的一致贊同。《文匯報》開始加強北京的報導，並派記者到山東、江蘇、浙江採訪，擴大覆蓋面。報紙在各地教育部門和中小學的影響日益擴大，發行量直線上升，很快接近 30 萬份，讀者遍佈全國。

《文匯報》改版後的快速發展及在教育界的廣泛影響引起了國家教育部的關注。當時，教育部正在考慮出版一張全國性的專業報紙——《教師報》，以適應教育事業發展的需要。辦報所需的硬件設施教育部均具備，唯獨缺乏辦報人員和印刷工人。在這樣的情況下，教育部打起了《文匯報》的主意。1954 年 9 月，徐鑄成在京參加第一次全國人民代表大會期間，教育部領導找到他，開始試探性商談與《文匯報》合作之事。本年下半年，上海市委宣傳部長在傳達全國宣傳工作會議精神時透露：中宣部讓上海市與教育部商談，能否由《文匯報》與教育部合作，創辦《教師報》。由此看來，合作之事不僅僅是教育部的一廂情願，也是中宣部的旨意。

1955 年開春，《人民教育》雜誌主編劉松濤受教育部委託，經上海市委介紹，到《文匯報》瞭解工作人員和設備的詳細情況。不久，教育部副部長柳湜正式邀請徐鑄成、嚴寶禮、張樹人和黨支部書記孫葵君四人同赴北京商議合作的具體事宜。經過座談，雙方就以下主要問題達成一致意見：一、以《文

〔註 14〕《徐鑄成回憶錄》，三聯書店（北京）1998 年版，第 227～228 頁。

匯報》和《小學教師》、《教工通報》爲基礎籌辦《教師報》；二、《教師報》
作爲中華人民共和國教育部和全國教育工會的機關報，主要任務是指導全國
教育工作，主要對象是中小學教師和教育行政幹部；三、《教師報》由徐鑄成、
嚴寶禮負責，主持報社工作，教育部只派少數同志參加編委；四、《教師報》
的籌備工作立即開始，由《文匯報》按《教師報》的編輯方針進行試版，取
得經驗。

　　徐鑄成返回上海後在報社內部宣佈了這一決定。爲積累辦《教師報》的
經驗，先將《文匯報》改爲對開一大張，進行試刊。教育部特派劉松濤等來
滬負責試版工作。

　　1955 年 9 月 30 日，文匯報刊登《本報啓事》：「《文匯報》從一九五五年
十月一日起改爲周雙刊（每逢星期三、星期六出版），每期出版對開一張。改
出周雙刊後的《文匯報》將以蘇聯《教師報》爲榜樣，努力改進內容，全面
適合全國中小學教師和教育行政幹部的需要。」從此，《文匯報》開始正式向
《教師報》過渡。「向教師報過渡時，從讀者對象來看，雖然變化不大，但是
實質上卻意味着一個極爲深刻的變化，即從一張綜合性報紙向專業報紙過
渡，從一張非機關報向政府和工會的機關報過渡，從一張日報向每周二期過
渡。這個過渡越徹底，文匯報的傳統優勢就越難發揮。這種情況，大概是當
時報社領導所始料不及的。」〔註15〕

　　1956 年春節剛過，徐鑄成即忙於報館之結束及職工遷京工作。3 月底，
他離滬赴京籌備《教師報》。4 月 28 日，編號爲第 3404 號的《文匯報》，在頭
版頭條位置，刊登了徐鑄成親自撰寫的社論《終刊詞》：

　　　　教師報決定 5 月 1 日創刊，文匯報出版到這一期爲止。親愛的
　　讀者們！從今以後，我們要在教師報見面了！

　　　　當去年 10 月文匯報改爲三日刊的時候，我們就向讀者報告過：
　　中華人民共和國教育部和中國教育工會全國委員會爲了適應國家的
　　社會主義事業飛躍發展的新情況，爲了滿足廣大教師和教育行政幹
　　部的迫切需要，決定出版教師報。文匯報在教師報出版以前，決定
　　按照教師報的方針任務，改進內容，爲教師報積累經驗。現在，教
　　師報的籌備工作已經大體就緒，委託給文匯報的任務也已大體上順

―――――――――――――――

〔註15〕　張樹人：《我在文匯報的三年》，載文匯報報史研究室編《在曲折中行進》，文
　　　　匯出版社，1995 年版，第 143～145 頁。

利完成。因此，全國教工同志能夠在自己的節日——偉大的國際勞動節，看到自己的報紙的誕生。

文匯報全體職工以無限歡欣鼓舞的心情慶祝教師報的創刊，並以能夠參加教師報工作而感到極大的幸福。

文匯報創刊於 1938 年 1 月，轉瞬已歷十八寒暑了。十八年的時間不算長，但在文匯報的十八年，卻也像我們親愛的祖國所經歷的那樣，經歷了從災難深重到光榮幸福的奮鬥過程；在解放以前那一段艱苦的歲月裏，文匯報曾遭到當時上海租界帝國主義者的壓迫，遭到日本侵略者的摧殘，遭到國民黨反動政權的封閉，報紙停刊的期間比出版的時間長，職工則受迫害、拘捕，或逃亡、流浪，從來沒有一刻安定工作的時候。在這一段時間裏，由於共產黨的領導和廣大讀者的支持，才使文匯報能夠在抗日戰爭和民主運動中盡了一分應盡的力量。

解放以後的情況就完全不同了。在共產黨和人民政府的關懷和領導下，文匯報獲得了充分的發展，特別在 1952 年明確以中小學教師和教育行政幹部為主要讀者對象後，報紙的發行數不斷增長，最近每期已接近三十萬份，全國各地的讀者都予以熱烈的支持，在團結和鼓舞廣大讀者積極參加國家的社會主義建設和人民教育事業方面，文匯報也作了一定的貢獻。但是，在發展中，新的情況產生了，文匯報原是在上海出版的一張地方性報紙，而讀者則遍於全國，（近三十萬份報紙中，在上海只發行約三萬份）雖然中央教育部和中央其他機關經常給以大力的幫助，但在聯繫全國讀者群眾，聯繫全國普通教育工作的實際方面，畢竟是困難的，不僅困難，而且常常因為脫離實際、脫離群眾而造成工作中的錯誤。因此，在教育部和中國教育工會全國委員會邀請座談創辦教師報的時候，我們欣然地爭取參加教師報，以便進一步滿足國家的社會主義教育建設和廣大教育工作者對報紙的迫切要求。

結束文匯報，參加教師報，我們相信這個決定是完全正確的，也是廣大讀者所共同要求的。一切為了社會主義，是一切事業前進的指針。今天，我們國家的社會主義建設高潮正洶湧奔騰，文化建設的高潮也已不可避免地來到了，為了適應這個新的形勢，教育事

業必須跑步前進，作爲教育工作者自己的報紙，必須及時地反映全
國教育工作的基本情況，深入地宣傳國家的教育政策，交流教學工
作的經驗，鼓舞和指導全國教師和教育行政幹部，又多、又快、又
好、又省地完成國家計劃所規定的任務。這個艱巨而偉大的責任，
顯然不是文匯報所能擔負得了的。由此可見，結束文匯報，創刊教
師報，是符合國家飛躍發展的客觀要求的，因而是完全正確的。

　　……

　　讓我們熱烈歡呼教師報的創刊吧！文匯報的職工，今後將在教
師報更加努力工作，在偉大的社會主義建設和社會主義改造事業中
充分發揮自己的力量，以報答廣大讀者十幾年來對文匯報熱情的支
持和關切。我們懇切希望文匯報的讀者，今後與教師報緊密聯繫，
積極地愛護教師報，大家一起努力，把這張教育工作者自己的報紙
辦好。

　　終止《文匯報》而出版《教師報》，徐鑄成當時的心情，難道眞的如他在
終刊社論中所言，是「無限歡欣鼓舞」、「極大的幸福」嗎？恐怕未必。

　　1950 年春，徐鑄成在北京參加全國新聞工作會議期間，新聞總署署長胡
喬木有一天和他單獨談話，說團中央準備創辦一份報紙，介紹他去聯繫。
第二天徐到了團中央，廖承志、榮高棠和他談話，表示願意與《文匯報》合
作。徐鑄成希望能保留「文匯」名稱，報名或稱「青年文匯報」。這次商談
沒有得出結論。〔註 16〕商談沒有結論的原因，極有可能與徐鑄成希望保留
「文匯」名稱有關。後來團中央吸收開明書店一部分人參加，開始籌備《中
國青年報》。1951 年 3 月，徐鑄成參加赴朝鮮慰問團，團長廖承志途中找到徐
再次商談《中國青年報》（尙在籌備中）與《文匯報》合作之事，依然是沒
有談出什麼結果。1954 年 10 月 1 日，在京參加第一次全國人民代表大會的徐
鑄成在日記中寫道：「今天，（錢）俊瑞又告訴我，已通知教育部當家副部
長董純才同志，和我談合作出報事。十一時半，準備休息，窗外濛濛細雨不
歇。」〔註 17〕情由景生，景隨情移，當時的徐鑄成恐怕不是在簡單地寫景，
而是借「窗外濛濛細雨不歇」之景，抒發自己心中對《文匯報》可能被終止
的憂慮。

〔註 16〕　《徐鑄成回憶錄》，三聯書店（北京），1998 年版，第 213 頁。
〔註 17〕　《徐鑄成回憶錄》，三聯書店（北京），1998 年版，第 249 頁。

　　徐鑄成曾經自豪也可以說是自負地說過，《文匯報》是用他的墨汁「餵大」的。《文匯報》之於徐鑄成，就像孩子之於母親，彼此血肉相連，榮辱與共。世上有哪一個母親願意終止自己孩子的生命呢？因此，終止上海《文匯報》，徐鑄成率領一班人馬移師北京辦《教師報》，所謂的「無限歡欣鼓舞」、「感到極大的幸福」，絕非由衷之言！

　　1956 年 5 月 1 日，《教師報》在北京正式創刊，徐鑄成被任命為總編輯，他從一位民主報人變為一份機關報的負責人。

　　在新的工作崗位上，徐鑄成有職有權，教育部領導對其工作極為信任、支持；辦報經費無虞，辦公條件及職工待遇大為改觀，遠非《文匯報》時期可比；《教師報》創刊不久發行量即超過 50 萬份，勢頭喜人。徐鑄成再也不必像辦《文匯報》那樣，整日為報紙銷數、經費來源而勞力費神了。他在回憶錄中說：「我每周只須到報館看稿、審稿四天，其餘時間，盡可在家自學，並抽空遊覽京郊風景。此為我畢生最悠閒自得的時期。」〔註 18〕

　　徐鑄成當時的心情，恐怕也不全是「悠閒自得」。仔細品味回憶錄中的這幾句話，我們似乎也讀出了他志不得騁、髀肉復生的無奈。其實，當時就有人看出了他內心的複雜感受。大約在 1956 年 6 月初，中宣部副部長姚溱到《教師報》訪問。姚問徐：「你對目前的工作，情緒怎麼樣？」徐回答說：「情緒很好，我已安心把辦好《教師報》作為我下半輩子的工作。」姚聽後哈哈一笑：「這話，我不完全相信。一向搞慣日報的人，每周兩期的專業報，怎麼會使你過癮？」〔註 19〕姚溱畢竟是知識分子，瞭解知識分子的事業心，他知道《教師報》這個舞臺，是不足以徐鑄成施展抱負的。

〔註 18〕　《徐鑄成回憶錄》，三聯書店（北京），1998 年版，第 254 頁。
〔註 19〕　《徐鑄成回憶錄》，三聯書店（北京），1998 年版，第 255 頁。

《文匯報》「失而復得」

　　歷史的發展並沒有讓徐鑄成把安心辦好《教師報》作為自己下半輩子的工作。

　　1956 年被毛澤東稱作「多事之秋」：國際上，1956 年 2 月赫魯曉夫主持召開的蘇共二十大，公開批評斯大林的個人迷信，第一次揭露出蘇聯模式社會主義的弊端，表示必須有所變革；國內，社會主義改造異常激烈，正處於攻堅階段。

　　蘇共二十大對斯大林大搞個人崇拜的批評及對蘇聯模式社會主義弊端的揭露，引起毛澤東和中共高層的高度關注，不得不反思我們「一邊倒」學習「蘇聯老大哥」的種種做法。1956 年 4 月 5 日，《人民日報》發表編輯部文章《關於無產階級專政的歷史經驗》（陳伯達執筆起草，經毛澤東詳細修改、補充），公開表明我們對蘇共二十大的態度：「二十次代表大會非常尖銳地揭露了個人迷信的流行，這種現象曾經在一個長時間內的蘇聯生活中，造成了許多工作上的錯誤和不良的後果。蘇聯共產黨對於自己有過的錯誤所進行的這一個勇敢的自我批評，表現了黨內生活的高度原則性和馬克思列寧主義的偉大生命力。」「中國共產黨慶祝蘇聯共產黨在反對個人迷信這一個有歷史意義的鬥爭中所得到的重大成就。」這篇表態文章還把蘇聯發生的問題同中國的情況聯繫起來，要求「我們也還必須從蘇聯共產黨反對個人迷信的鬥爭中吸取教訓，繼續展開反對教條主義的鬥爭」。

　　4 月 25 日，毛澤東在中共中央政治局擴大會議上，作了《論十大關係》的重要講話。這是他以「蘇聯為鑒戒」、探索中國社會主義新路的第一次重大努力。在論及「黨與非黨的關係」時，毛澤東指出：「在我們國內，在抗日反

蔣鬥爭中形成的以民族資產階級及其知識分子爲主的許多民主黨派，現在還繼續存在。在這一點上，我們和蘇聯不同。我們有意識地留下民主黨派，讓他們有發表意見的機會，對他們採取又團結又鬥爭的方針。一切善意地向我們提意見的民主人士，我們都要團結。」即使「那些罵我們的」，「我們也要養起來，讓他們罵，罵得無理，我們反駁，罵得有理，我們接受。這對黨，對人民，對社會主義比較有利。」〔註1〕三天後，毛澤東又在這次會議上說，藝術問題上的「百花齊放」，學術問題上的「百家爭鳴」，應該成爲我國發展科學、繁榮文學藝術的方針。

5月26日，中宣部部長陸定一在中南海懷仁堂向兩千名來自不同學科的著名知識分子作報告，傳達和闡發「雙百」方針精神：「我們所主張的『百花齊放，百家爭鳴』是提倡在文學藝術工作和科學研究工作中有獨立思考的自由，有辯論的自由，有創作和批評的自由，有發表自己的意見、堅持自己的意見和保留自己的意見的自由。」〔註2〕在報告中，陸定一還對過去在思想文化領域進行的一些過火批評作了回顧，並對因《紅樓夢研究》而受到粗暴批評的俞平伯先生表示歉意。

徐鑄成應邀聽取了這次報告。「雙百」方針精神令他鼓舞，陸定一代表組織向俞平伯先生的誠懇道歉，他聽後也很受感動。

更使徐鑄成興奮的是上面已有讓《文匯報》復刊的意向。大約在六七月間，他去波蘭大使館參加慶祝該國國慶酒會，適遇《大公報》黨委書記常芝青，常向他透露了中央已經決定恢復《文匯報》的消息。徐鑄成聽後不露聲色，回到家立即約來浦熙修、嚴寶禮和在《人民日報》工作的欽本立，告訴他們這一意外之喜。大家聽後都興奮不已——雖然消息還無法證實，但常芝青的話肯定不是空穴來風。

果然，三天後中宣部分管報紙工作的副部長張際春即派部屬找到徐鑄成和浦熙修，讓他們即刻到部敘談。兩人不敢怠慢，火速趕往位於中南海的中宣部。張際春副部長親自接待並告訴他們：「中央已決定恢復《文匯報》，所以請你們兩位來，作爲正式的通知。希望你們盡快擬好兩個草案：一、《文匯報》復刊後的編輯方針；二、《文匯報》的復刊計劃，即復刊需要多少經費，

〔註1〕《毛澤東選集》第五卷，人民出版社，1977年版，第278～279頁。
〔註2〕陸定一：《百花齊放，百家爭鳴》，載1956年6月13日《人民日報》。陸定一的講話稿經毛澤東修改後在《人民日報》上發表。

包括房屋、機器設備和職工搬遷等所需費用，希望一一開列清楚。中央盼《文匯報》早日復刊，因此要求你們抓緊，送給我們，轉呈中央批准。」〔註3〕

幾天來一直懸在徐鑄成心裏的那塊石頭終於落地！復刊計劃比較簡單，嚴寶禮應承負責草擬。但擬定《文匯報》復刊後的編輯方針就不是一件容易之事，徐鑄成、浦熙修和欽本立一起苦思冥想了數天，除了積極開展「雙百」方針這一條外，其它都理不出頭緒來。

欽本立建議徐鑄成向自己的上司、《人民日報》總編輯鄧拓請教。作爲新聞同業，鄧拓對《文匯報》一直關愛有加。徐鑄成到京主持《教師報》後，一次偶遇鄧拓。鄧拓對徐鑄成說：「我覺得《文匯報》停刊很可惜。它有別的報紙所無法代替的特點。」〔註4〕徐鑄成1949年才與鄧拓相識，並無深交。鄧拓這兩句淡淡的話，觸到了徐鑄成難以向外人言說的隱痛之處，委婉地表達了對《文匯報》及其主持者的肯定，讓失意之中的徐鑄成頗爲感動。

徐鑄成和浦熙修登門拜訪鄧拓，受到了鄧拓的熱情接待。鄧拓先讓徐鑄成談了自己的想法，然後就像老朋友一樣暢談起來：「有幾條不成熟的意見，供兩位參考：一、中央希望《文匯報》及早復刊，自然希望能大力宣傳『雙百』方針，鼓勵知識界大膽鳴放，《文匯報》一向在知識分子中有特殊影響。二、應大力介紹國內外文化科學技術的新成就、新動向，以擴大知識分子的眼界。三、也要關心知識分子的物質和精神生活，不妨闢一專欄，廣泛介紹如何布置環境以及如何種花、養魚、布置書房等等。四、社會主義改造完成後，廣大農村將不可避免出現文化的新高潮，似應及時注意農村的文教事業，舊《大公報》旅行通信的經驗可借鑒，可以派記者去各地農村旅行。不必一定要層層寫介紹信下去，這樣，所得的材料往往是『報喜不報憂』的。可以直接深入合作社，去瞭解眞實的基層情況，組織報導。最後，希望《文匯報》多在西歐、美洲、日本、東南亞方面反映情況，發揮影響。目前，我們《人民日報》和新華社的影響，還大部限於東歐，在其它方面的影響，還不及《大公報》和《文匯報》兩報。你們似應注意多在這方面用力。」〔註5〕

鄧拓的這一席話使徐鑄成茅塞頓開，回家後一個上午即擬好了《文匯報》復刊後的編輯方針。這時，中宣部來電催詢編輯方針和復刊計劃的擬訂

〔註3〕 徐鑄成：《文匯報的第三次復刊》，載文匯報報史研究室編《在曲折中行進》，文匯出版社，1995年版，第158～159頁。
〔註4〕 《徐鑄成回憶錄》，三聯書店（北京），1998年版，第255頁。
〔註5〕 《徐鑄成回憶錄》，三聯書店（北京），1998年版，第258頁。

情況。徐鑄成和浦熙修帶着兩份擬就的草案，到中宣部面交張際春副部長。張副部長特別詳細地看了編輯方針後對他們說：不必等待中央批示，可以先按照計劃着手籌備復刊工作。

1950 年代初浦熙修在《文匯報》駐京辦事處。

星散的部下紛紛「歸隊」。特別是《人民日報》總編輯鄧拓，爲了支持《文匯報》復刊，慷慨「割愛」，讓欽本立（任《人民日報》國際部美洲組組長）回到《文匯報》任副總編輯，協助徐鑄成主持全局。除欽本立外，徐鑄成又安排柯靈、劉火子、郭根、浦熙修、唐海擔任副總編輯，分別負責編輯部的相關工作。

關於《文匯報》復刊後是留在北京出版還是遷回上海，曾一度出現過反覆。社內外一部分幹部主張在北京覓地復刊，這樣既有利於面向全國高中級知識分子讀者，又免於設備、職工搬遷耗費；更重要的是，大家都怕當時上海有名的「一言堂」的「一貫正確」領導。〔註6〕徐鑄成認爲，當年《文匯報》停刊，職工、設備被教育部「收編」，其中原因之一就是上海第一書記認爲上海報紙太多，不便於控制，主張《文匯報》停辦。〔註7〕因此，徐鑄成對《文匯報》留京出版的提議，也頗爲心動。於是，徐鑄成等向中宣部副部長張際春請示，希望《文匯報》留京歸中宣部領導，張表示中宣部沒有直接領導一家報紙的先例；又向文化部領導沈雁冰、錢俊瑞徵詢歸文化部領導，沈、錢表示十分同意，但茲事體大，他們無權決定。正在這時，新任上海市委宣傳部長的石西民因公到京，中宣部副部長姚臻特地做了一次安排，出面約請石西民與徐鑄成、浦熙修在《文匯報》北京辦事處進行坦率交談。浦熙修專門備了幾樣菜，四人邊酌邊談，心情十分舒暢。姚溱說上海是《文匯報》的發祥地，報紙不管在哪裏出版都歸中央領導，今後中宣部會及時把宣傳提綱發給《文匯報》，勸徐、浦兩人早做決定回上海出版報紙；石西民也誠懇地邀請《文匯報》「回家」，並表示將盡力解決報紙出版所遇到的問題和困

〔註6〕 指時任中共上海市委第一書記的柯慶施。
〔註7〕 徐鑄成著：《親歷一九五七》，湖北人民出版社，2003 年版，第3頁。

難。這一番推心置腹的談話，基本上打消了徐鑄成等人留京復刊《文匯報》的念頭。

留別，搬遷，半年之內，徐鑄成和《文匯報》員工經歷了報紙停刊與復刊、兩地播遷的悲喜苦樂，這在和平時期的世界新聞傳播史上，恐怕也屬極為罕見之事。

徐鑄成 1956 年 7 月下旬回到上海，住在賓館具體謀劃復刊事宜。不久，中央對《文匯報》復刊的批示下來了，除了「照准」二字外，還加了一句附文：「要讓徐鑄成同志有職有權。」〔註 8〕他看了這句附文，感激涕零，衷心感謝黨對自己的信任。

經與各方商談，報社管理層決定聘請周谷城、傅雷、陳虞孫等在滬專家擔任社外編委，北京的社外編委則聘請夏衍、姚溱、羅列（中國人民大學新聞系主任）擔任，以便就近指導北京辦事處的工作。為了探索《文匯報》復刊後的新路子，除了在京滬兩地召開一系列社外編委及各界著名人士座談會、向他們討教良策外，報紙業務科還發出了 30 萬份的《文匯報復刊告讀者書》，分送老訂戶及各階層人士，懇請大家獻計獻策，以收集思廣益之效。這樣全國範圍的大規模徵求讀者意見，在《文匯報》是個創舉。

與此同時，編輯部內部也發動起來，大家就報紙復刊後的特色展開了熱烈討論。為了革新版面，大家紛紛出謀劃策，還想方設法買來當時能夠買到的所有東歐、西歐及美國共產黨的報紙，又從其它單位借來《紐約時報》、《泰晤士報》等報紙，進行專題研究，借鑒它們的經驗。

在籌備復刊期間，徐鑄成主持召開了多次編委會，擬訂組稿計劃。他提出「人棄我取，人取我棄」的主張，根據《文匯報》的特色，多精心採寫獨家新聞和組織「言之成理、持之有故」的文章，這樣才能重點突出知識分子所關心的問題。在復刊前半個月，報社又召開了全體職工參加的誓師大會。徐鑄成在會上滿懷激情地動員大家：我們已經從「休整」進入「戰鬥」，現在的任務是努力學習，塌實工作，積極創造，使《文匯報》的步伐，能跟上時代前進的步伐，「一切為了加強團結，一切為了辦好《文匯報》。」〔註 9〕

〔註 8〕 徐鑄成：《文匯報的第三次復刊》，載文匯報報史研究室編《在曲折中行進》，文匯出版社，1995 年版，第 162 頁。

〔註 9〕 任嘉堯、蔣定本：《一座豐碑──回顧文匯報一九五六年的改革》，載文匯報報史研究室編《在曲折中行進》，文匯出版社，1995 年版，第 169 頁。

　　經過四次試版，1956年國慶節，《文匯報》正式復刊。社長兼總編輯徐鑄成親自撰寫了復刊社論《敬告讀者》：

　　　　文匯報今天繼續出版了。

　　　　在這國慶、報慶大喜的日子，讓我們向廣大讀者表示祝賀和感謝，祝賀一年來我們祖國社會主義事業的巨大勝利，感謝讀者對文匯報的熱烈支持。

　　　　自從文匯報繼續出版的消息宣佈後，讀者的來信即如雪片飛來，迄今為止，我們已收到的來信逾七萬件，都充滿著對文匯報的關懷、鼓勵和希望；對今後文匯報的內容，來信中也提出了很多寶貴的意見。從這裏，我們得到了很大的鼓舞，吸取了前進的力量。我們把讀者的意見認真地分析、討論，最後歸納出幾條，作為文匯報今後的編輯方針。

　　　　文匯報一向是一張人民的報紙，是一張知識分子的報紙。一張人民的報紙，主要應該以事實說話，以每天發生的新聞反映現實，宣揚真理。很多讀者來信指出，文匯報過去新聞太少，而且太偏於一個方面。這樣的批評是完全正確的，我們決心在今後的文匯報上改變這種狀況。我們已作了一些具體布置，使得文匯報能夠詳實地報導國內外的重大新聞，特別着重報導文化、科學、教育各方面的新聞。

　　　　作為一張知識分子的報紙，必須從各方面滿足知識分子的要求。知識分子是熱愛祖國、熱愛真理的。自從中共中央提出「百家爭鳴」的方針後，全國知識分子受到極大的鼓舞，學術上自由討論的空氣日益濃厚，這是十分可喜的現象。在這方面，文匯報將以一定的篇幅作為「百家爭鳴」的論壇，並組織報導，反映各方面爭論的問題，推動「百家爭鳴」，以繁榮我國的學術，加速向科學進軍。知識分子是熱愛知識、熱愛生活的。今後的文匯報有「筆會」「彩色版」「社會大學」「教育生活」「新聞窗」等副刊，有各種專欄，將從各方面滿足讀者的要求。

　　　　中國報紙有中國報紙的風格，文匯報也有它傳統的風格，這是讀者們所熟悉的。過去幾年來，我們學習蘇聯和其它兄弟國家新聞

工作的經驗，有了一定的收穫。今後的文匯報，將繼續學習各方優點，保持自己的風格，內容力求豐富多彩，形式力求活潑大方。

以上所述，都是根據讀者意見而確定的努力方針。在繼續出版之初，當然還不可能完全做到，主要還要讀者們今後經常支持我們，督促我們，指示我們。

我們的祖國正沿着社會主義的道路飛躍前進。今天普天同慶國慶節，看到我們各方面的光輝成就，也看到我們前進途中的不少困難。努力發揮我們知識分子的作用，根本改變我國知識、技術方面的落後狀態，將是我國克服困難、實現社會主義工業化的一個重要關鍵。黨的英明領導，黨對知識分子的關切與愛護，已為我們開闢了空前廣闊的前途。讓我們更加奮勇地前進，向科學前進，向社會主義前進！

這是《文匯報》的第三次復刊。

《文匯報》意外地「失而復得」，並且能夠回歸到知識分子報紙的傳統，徐鑄成難以抑制自己的興奮和喜悅，通過這篇復刊社論昭示於讀者之前。這種興奮和喜悅，發自肺腑，形諸筆端，與半年前他在《終刊詞》社論中所說的「無限歡欣鼓舞」、「感到極大的幸福」，不可同日而語。

我本將心向明月，奈何明月照溝渠

　　《文匯報》得以復刊，作爲主要讀者對象的知識分子自然高興，紛紛題詞、撰文表示祝賀。京劇大師梅蘭芳爲《文匯報》復刊題寫了 16 字賀詞，希望報紙「陳言務去，活潑清新，說古談今，百家爭鳴。」著名作家老舍撰寫了《賀文匯報復刊》一文，刊登在《筆會》副刊上：「好消息：文匯報復刊了！請接受我的祝賀！我從前就愛看文匯報，相信今後還愛看它；報紙和讀者理當成爲朋友。我願向我的朋友，文匯報，提出一些要求，我們的友誼不許我僅作泛泛的祝賀。」他希望《文匯報》保持和發展原有的獨特風格，多刊登些簡明的文章，造成一種言簡意賅的文風；記者的報導在結構和言語上放棄老套，有所創造。〔註1〕

　　復刊後的《文匯報》不負眾望，從內容到形式都煥然一新：

　　重視獨家新聞，開拓報導題材。在籌備復刊期間，徐鑄成就要求記者精心採寫獨家新聞，編輯在選稿時優先錄用獨家經營的新聞報導，避免「千人一面，萬人一腔」。報紙復刊後，派駐外埠的記者都把採寫專電、專稿作爲首要任務，各地特約記者、通訊員也紛紛提供具有特點的稿件，供報紙採用。復刊第一個月，《文匯報》第一、二版共刊登各類新聞 430 多條，其中本報自己採寫和組織的稿件超過 70%，足見編輯部對自家新聞的重視。同時，積極拓展報導題材，盡力改變以往報導面狹窄的狀況。在刊發的各類新聞中，有關文藝、教育、科學、理論、學術、體育、衛生等領域的報導，幾乎佔了一半以上。

〔註 1〕 老舍：《賀文匯報復刊》，載 1956 年 10 月 8 日上海《文匯報》。

新聞精編縮寫，以新聞價值的大小取捨、編輯新聞。徐鑄成規定一版的新聞條數每天應不少於 18 條。為此，他鼓勵記者多寫簡訊、花絮等一類的短消息短文章，要求編輯精編縮寫，對新華社的統發稿，視新聞本身的重要性、普遍性和可讀性，考慮本報的讀者對象，大膽取捨刪節。這樣，復刊後的《文匯報》第一版，刊登的均是當天國內外和本市最重要、最為讀者關注的新聞，內容豐富且多為本報自家新聞，成為名副其實的「新聞櫥窗」。

開展自由討論，活躍學術氣氛。貫徹「雙百」方針本來就是《文匯報》復刊時提出的首要編輯方針。因此，報紙一復刊，就把開展自由討論作為頭等大事來抓，相繼開展了尊師重教問題、麻雀問題、電影問題、人口問題的討論，「鑼鼓」敲得很熱鬧。有些問題比較敏感，編輯部打消顧慮，本着實事求是的態度，把這些問題作為學術問題展開探討，鼓勵持不同見解的人發表文章，相互切磋，大膽爭鳴，在社會上產生了深廣影響，有的收到了良好效果。

副刊多姿多彩，兼收古今中外。傳統副刊如《筆會》，新推出的專刊如《彩色版》（根據鄧拓的建議創辦），事不論古今，地不分中外，文不分

1956 年國慶節梅蘭芳為《文匯報》復刊題寫的賀詞。

新舊，兼收並蓄，圖文並茂，融知識性、趣味性、娛樂性於一體。這種內容健康、形式活潑的副刊、專刊，在當時全國各地的主要報刊中，完全稱得上獨樹一幟，別開生面。

打破僵硬模式，創造八欄編排。當時我國報紙的編排格式全盤仿傚「蘇式」，每個版面都是分成三欄，一律橫題橫文，呆板僵化，毫無生氣。《文匯報》復刊後，借鑒西歐報紙編排特點，設計出中文報紙八欄橫排的基本格式，並吸取中國直排報紙的優點，在橫排報紙中大膽使用直標題，使報紙版面顯得錯落有致，眉清目秀。《文匯報》的這一革新，是我國報紙從直排改為橫排

後在編排形式上的一次突破，很快在全國的大型報紙中推廣採用。

以如此風貌重新面世的《文匯報》，受到了廣大讀者的熱烈歡迎，報紙一復刊就行銷 13 萬份。1957 年 1 月，報社業務科隨報附發萬餘份《徵求讀者意見表》，徵詢大家對報紙改革的看法。不到半個月，即收到 1450 份反饋的意見表，其中大多為讚揚、鼓勵之詞。夏衍、周谷城、傅雷等文化界著名人士，在編輯部召開的幾次座談會上，也交口稱譽復刊後的《文匯報》「別具風格，有創造性」。新聞界領導鄧拓、范長江、金仲華等讚揚《文匯報》的改革站在同行們的前列，為新聞界創造出一種新的風格。鄧拓三次致函徐鑄成，支持他大膽嘗試，並派《人民日報》副總編輯王揖帶領本報職工到《文匯報》考察，借鑒其改革經驗。除了國內同業，外國記者也慕名而來，採訪報紙的革新情況。〔註2〕

更重要的是，《文匯報》受到了黨和國家最高領導人毛澤東主席的稱讚。1957 年 3 月 10 日下午，在全國宣傳工作會議期間，毛主席專門邀請與會的新聞出版界部分代表，到中南海自己的住處座談。受邀出席這次座談會的，有《人民日報》總編輯鄧拓、《光明日報》總編輯儲安平、上海《新民報》晚刊社長兼總編輯趙超構、《文匯報》社長兼總編輯徐鑄成、《大公報》社長王芸生、《新聞日報》社長金仲華等人。毛主席由康生陪同，親自在客廳門口迎接大家。當徐鑄成走上前時，毛主席緊緊地握着他的手說：「你們《文匯報》實在辦得好，琴棋書畫、花鳥蟲魚，真是應有盡有。編排也十分出色。我每天下午起身後，必首先看《文匯報》，然後看《人民日報》，有空，再翻翻別的報紙。」〔註3〕毛主席這幾句高度讚賞《文匯報》的話，像一股暖流，在徐鑄成的血液裏洶湧，使他感奮不已，也幸福無比。

座談會大約持續了兩個小時，毛主席親切地回答了大家在宣傳、貫徹「雙百」方針中遇到的種種問題。離開中南海後，徐鑄成叫汽車直駛燈市口《文匯報》北京辦事處，向駐京記者細細地復述了這次座談的詳情，讓大家分享自己的喜悅和幸福。大家公推記者姚芳藻一字不遺地記錄下來，記錄稿經徐鑄成審閱後，當晚即航寄回上海編輯部，不僅在報社引起轟動，社外人士如復旦大學教授周谷城聞訊後也親自到報社觀看。

〔註2〕 任嘉堯、蔣定本：《一座豐碑——回顧文匯報一九五六年的改革》，載文匯報報史研究室編《在曲折中行進》，文匯出版社，1995 年版，第 169～179 頁。
〔註3〕 《徐鑄成回憶錄》，三聯書店（北京），1998 年版，第 263 頁。

1957 年 3 月 28 日，徐鑄成率中國新聞代表團赴前蘇聯訪問，在莫斯科機場致辭。

《文匯報》第三次復刊後所取得的成績，與報社上下全體員工的共同努力分不開，更與總編輯徐鑄成的「全神貫注」分不開。徐鑄成曾經坦言，在自己主持《文匯報》工作的 30 餘年中，有三個令人難忘的「黃金時代」：第一個是抗戰勝利後的上海《文匯報》時期，第二個是香港《文匯報》創刊初期，第三個便是《文匯報》第三次復刊時期。《文匯報》的這三個「黃金時代」，都是徐鑄成「全神貫注」於這份報紙的時期。

在北京參加完全國宣傳工作會議，徐鑄成即被中央任命為中國新聞工作者訪蘇代表團團長，率團赴蘇聯參觀訪問。中央本來決定由中蘇友好協會總幹事林朗（中共黨員）擔任團長，徐鑄成副之。為了提高《文匯報》的聲望，欽本立去信鄧拓，建議改任徐鑄成為團長。鄧拓報請中央領導批准。毛主席說，為什麼一定要黨員當團長，徐鑄成是黨外人士，我看他當團長就很好嘛。〔註4〕有了毛主席的這句話，徐鑄成由副而正，成為這次外事活動的第一負責人。在當時，讓一個黨外人士任訪蘇新聞代表團團長，規格算是很高的。聽到這一消息，徐鑄成再次感激涕零，「對黨和毛主席的熱愛、崇敬，達到了最高峰。」〔註5〕

徐鑄成率代表團 3 月 27 日乘機離開北京，5 月 9 日返回，共訪問了蘇聯

〔註4〕 欽本立：《留在記憶裏的片段》，載文匯報報史研究室編《從風雨中走來》，文匯出版社，1993 年版，第 137 頁。
〔註5〕 徐鑄成著：《親歷一九五七》，湖北人民出版社，2003 年版，第 25 頁。

10 個加盟共和國，出色地完成了「瞭解各地情況，增進兩國友誼」的出訪任務。離蘇前一天，代表團成員還受到了蘇共中央總書記赫魯曉夫的親切接見。會談結束，赫魯曉夫挽着徐鑄成的手，在克里姆林宮自己的辦公室與大家合影留念。這張照片，在「文革」中被造反派抄家時一併抄去，成為徐鑄成是修正主義的「鐵證」，為此而多次嘗到「坐噴氣式飛機」的味道，這是他當時拍照時始料不及的。

徐鑄成回國時，國內黨外人士幫助共產黨整風的「鳴放」運動正在如火如荼地進行著。

1957 年 4 月 27 日，中共中央發出《關於整風運動的指示》，決定進行一次以正確處理人民內部矛盾的問題為主題，以反對官僚主義、宗派主義、主觀主義為內容的「和風細雨」式黨內整風運動。文件還特別指出：非中共黨員願意參加整風運動，應該歡迎，但是必須完全出於自願，不得強迫，並且允許隨時自由退出。

然而，黨外人士的反應並不積極。5 月 4 日，中共中央又發出毛澤東起草的《關於請黨外人士幫助整風的指示》，指示省部級黨組織，鼓勵黨外人士向共產黨提意見，作批評，形成社會壓力，收取整風實效。

為了貫徹這兩個指示，各地各系統都舉行了黨外人士參加的整風座談會。更重要的是，中共中央統戰部邀請各民主黨派負責人和無黨派民主人士，在李維漢部長的主持下，從 5 月 8 日開始舉行座談會，讓大家各抒己見，暢所欲言，幫助共產黨整風。座談會上的發言，《人民日報》都逐日做了詳細報導。

徐鑄成回滬後，在家集中精力寫《訪蘇見聞》交《文匯報》發表，打算撰寫完畢再正式上班。其時，上海市委宣傳部也仿照中央的做法，正在召開吸收黨外代表性人士參加的宣傳工作會議。宣傳部副部長白彥親自到徐鑄成家中，希望他與會談談。他說自己正在趕寫《訪蘇見聞》，現在《文匯報》黨員與非黨同志關係融洽，自己也沒有什麼意見可談，予以回絕。第二天，白彥再次登門，說會議開得很熱鬧，要徐鑄成一定去聽聽，並且把自己的出席證給了他。盛情難卻，徐鑄成當天就去了會場。

會議果然開得熱鬧異常，發言者爭先恐後，所講內容差不多全集中在如何消除黨與非黨之間的隔閡即「拆牆」問題上。徐鑄成深受感染和觸發，當場要求在次日的大會上發言。

　　5 月 18 日，徐鑄成根據自己的經歷和體會，在上海市宣傳工作會議上大談了一番「拆牆」問題。他說：《文匯報》在去年 10 月前是受到歧視的，內部的「牆」也是築得很高的。「在一個長時期內，文匯報內部不僅黨群有矛盾，黨內也有矛盾，牆內有牆，牆外有溝。」解放之初，中央對過去的一些報紙是重視的，希望我們充分發揮積極作用，「但是有些具體領導新聞工作的同志，卻對我們這些報紙採取歧視和排斥的態度，他們認為這樣性質的報紙在某些社會主義國家沒有，我國也不應該有，因此他們對我們這些報紙一向採取改造和逐步消滅的辦法，特別在彭柏山當宣傳部長的一個時期，我們文匯報和新民報被壓得都透不過氣來。在教條主義和宗派主義的高壓下，文匯報幾乎壽終正寢，幸虧中央發覺得早，才使文匯報又復刊了。」《文匯報》復刊時，中央和市委幫助我們解決了內部的一些矛盾，拆掉了我們內部的高牆。他指出《文匯報》復刊後成立了黨組織，但大家彼此尊重，互相討論，合作得很好，自己的體會是：第一，拆牆，固然要本單位的黨和非黨兩方面一齊動手，但領導方面必要時也應該動手；第二，作為一個非黨的負責同志，對黨的擁護，不在於對個別黨員的順從依附，而是對人民事業的忠誠；第三，任何事業總離不開黨的領導，每一個人都應該在自己的崗位上有職有權地工作，至於用什麼方式來結合黨委領導和個人負責，應該根據這個單位的具體情況。「我相信，不管我們的牆多麼高，我們是一定能夠把它拆掉的。」〔註6〕

　　會後，欽本立問徐鑄成這個發言要不要見報？徐認為自己是一片熱情，想介紹《文匯報》黨內黨外坦誠合作的事實，來平息大會上的爭論，問心無愧，當然要見報。於是，第二天的《文匯報》就以《「牆」是能夠拆掉的》為題，署名「社長兼總編輯徐鑄成」刊登了這個發言。

　　殊不知，中央已經悄然調整了整風運動的「風向」。

　　就在徐鑄成發言的前三天即 5 月 15 日，毛澤東寫出《事情正在起變化》，發給黨內高級幹部閱讀。在這篇文章中，毛澤東指出整風運動發動以來，「毒草共香花同生，牛鬼蛇神與麟鳳龜龍並長。」他把社會上人劃分為「左派」、中間派和右派三類，而最近這個時期，在民主黨派和高等學校中，右派表現

〔註6〕　徐鑄成：《「牆」是能夠拆掉的》，載 1957 年 5 月 19 日上海《文匯報》。徐鑄成所說的《文匯報》復刊時中央和上海市委幫助拆掉了報社內部的「高牆」，是指把不懂業務卻自作主張的一位黨員副總編輯和一位實際掌握管理大權的黨員秘書調離《文匯報》。

得最堅決最猖狂，他們跟我們爭奪中間派，「什麼擁護人民民主專政，擁護人民政府，擁護社會主義，擁護共產黨的領導，對於右派來說都是假的，切記不要相信。」文章尤其強調了新聞界存在的問題：「我黨有大批的知識分子新黨員（青年團員就更多），其中有一部分確實具有相當嚴重的修正主義思想。他們否認報紙的黨性和階級性，他們混同無產階級新聞事業與資產階級新聞事業的原則區別，他們混同反映社會主義國家集體經濟的新聞事業與反映資本主義國家無政府狀態和集團競爭的經濟的新聞事業。他們贊成民主，反對集中。他們反對為了實現計劃經濟所必需的對於文化教育事業（包括新聞事業在內的）必要的但不是過分的集中的領導、計劃和控制。」「新聞界右派還有號召工農群眾反對政府的跡象。」

　　毛澤東指出，幾個月以來，報紙上從右派手上飛出的扣向共產黨、民主黨派「左派」中間派和社會各界「左派」的帽子數不勝數。「大量的反動的烏煙瘴氣的言論為什麼允許登在報上？這是為了讓人民見識這些毒草、毒氣，以便鋤掉它，滅掉它。」「現在右派的進攻還沒有達到頂點，他們正在興高采烈。黨內黨外的右派都不懂辯證法：物極必反。我們還要讓他們猖狂一個時期，讓他們走到頂點。他們越猖狂，對於我們越有利益。人們說：怕釣魚，或者說：誘敵深入，聚而殲之。現在大批的魚自己浮到水面上來了，並不要釣。」最後，他給「右派先生」們指出了兩條出路：「一條，夾緊尾巴，改邪歸正。一條，繼續胡鬧，自取滅亡。」〔註7〕

　　5月16日，李維漢宣佈中央統戰部組織的民主黨派幫助共產黨整風座談會休會。四天後繼續開會，農工黨主席、民盟副主席章伯鈞第一個發言，提出政協、人大、民主黨派和人民團體要發揮「政治設計院」的作用。5月22日，民盟副主席羅隆基在座談會上發言，他建議由人大和政協成立一個委員會，其成員包括領導黨、民主黨派和各方面人士；這個委員會不但要檢查過去「三反」、「五反」、「肅反」運動中出現的偏差，還要公開聲明，鼓勵大家有什麼委屈都來申訴。接着座談會又休會七天，5月30日才再度進行。在6月1日舉行的最後一次座談會上，《光明日報》總編輯儲安平終於按捺不住，做了《向毛主席周總理提些意見》的書面發言。當晚，浦熙修用專電將儲安平的發言稿發給上海編輯部。第二天，《文匯報》在頭版加花邊予以刊登。

〔註7〕　《毛澤東選集》第五卷，人民出版社，1977年版，第423～429頁。

6月6日上午，章伯鈞在政協文化俱樂部召集民盟六教授曾昭掄、費孝通、錢偉長、陶大鏞、吳景超、黃藥眠開會，針對學校在整風中出現的問題，請大家討論民盟在運動中應該如何工作。史良、葉篤義、閔剛侯、金若年也參加了會議。教授們介紹了校園內的情況，講了不少「頭腦發熱」的話。言者慷慨，聽者興奮，

1957 年 7 月 9 日《人民日報》刊登的一幅漫畫。

大家熱血沸騰，都有點「忘乎所以」。最後章伯鈞做了總結性發言。他說：蘇共二十次代表大會以後，斯大林被批判了，各國共產黨員所遵循的唯一理論和行動的教科書——蘇共黨史也要修改，現在已沒有一個理論和實踐的標準了。列寧死後有兩個人，一個是南斯拉夫的鐵托成為反對派，另一個是中國的毛公繼承了列寧主義。這次整風運動，要黨外的人提出意見，其後果我想毛公一定是估計到的。民主黨派提意見向來總是客客氣氣的，但估計不足；沒估計到黨會犯這樣多的錯誤，現在出的問題大大超過了估計，真是「超額完成了任務」，弄得進退失措，收不好，放也不好。現在我們民盟有責任要幫助黨。〔註8〕

至此，不知中央整風風向已經轉變、「繼續胡鬧」的「右派分子」，終於「走到頂點」。

6月8日，大家一覺醒來，發現《人民日報》社論《這是為什麼？》的論調陡變：

> 在「幫助共產黨整風」的名義之下，少數的右派分子正在向共產黨和工人階級的領導權挑戰，甚至公然叫囂要共產黨「下臺」。他們企圖乘此時機把共產黨和工人階級打翻，把社會主義的偉大事業打翻，拉着歷史向後倒退，退到資產階級專政，實際是退到革命勝利以前的半殖民地地位，把中國人民重新放在帝國主義及其走狗的反動統治之下。……但是這一切豈不是做得太過分了嗎？物極必

〔註 8〕 朱正著：《1957 年的夏季：從百家爭鳴到兩家爭鳴》，河南人民出版社，1998年版，第 140～144 頁。

反，他們難道不懂這個真理嗎？

《人民日報》的這篇社論，無疑是一篇聲討右派的檄文，宣告中央從 5 月中旬開始準備的反右鬥爭，正式打響。

當時徐鑄成心裏還很坦然，因為《文匯報》復刊的編輯方針，是經過中央批准的，並且報紙還受到過毛主席的讚揚。即使 6 月 14 日《人民日報》發表編輯部文章《文匯報在一個時期的資產階級方向》，批評《文匯報》和《光明日報》在一個時期內利用「百家爭鳴」這個口號和共產黨的整風運動，發表了大量表現資產階級觀點的文章和帶煽動性的報導，兩個報紙的一部分人犯了「混淆資本主義國家的報紙和社會主義國家的報紙的原則區別」這一大錯誤，徐鑄成還認為編輯部文章中所說的「一個時期」，是指中央宣傳工作會議以後，而自己參加完這次會議後就去了蘇聯，歸來即忙於撰寫《訪蘇見聞》，尚未全面抓報紙工作，自己沒有什麼責任。

既然報紙被點名批評，況且《人民日報》在發表這篇編輯部文章前，鄧拓已電告欽本立，希望他們爭取主動，先自我檢查，《文匯報》沒有一點反應肯定是說不過去的。徐鑄成熬到半夜才勉強湊成一篇社論《明確方向，繼續前進》，與《人民日報》的編輯部文章一起登在 6 月 14 日的《文匯報》上。隔了一天，《文匯報》再次發表檢討社論《歡迎督促和幫助》。這兩篇表態社論大意為：《文匯報》在最近一個短時期內，由於片面地、錯誤地理解了黨的「鳴放」政策，造成工作中出現了很大的缺點和錯誤；《文匯報》十分感激新聞同業及讀者的善意批評和提醒，將進行深入檢查，端正辦報思想，提高報紙質量，更好地為社會主義事業服務。

如此檢討與表態自然無法過關。7 月 1 日，《人民日報》又發表毛澤東撰寫的社論《文匯報的資產階級方向應當批判》。社論指出：「文匯報寫了檢討文章，方向似乎改了，又寫了許多反映正面路線的新聞和文章，這當然是好的。但是還覺得不足。好像唱戲一樣，有些演員演反派人物很像，演正派人物老是不大像，裝腔作勢，不大自然。」社論認為《文匯報》根本沒有做自我批評，相反它在 6 月 14 日的社論中替自己的錯誤做了辯護。「文匯報在春季裏執行民盟中央反共反人民反社會主義的方針，向無產階級舉行了猖狂的進攻，和共產黨的方針背道而馳。」更嚴重的是，這篇社論指出，《文匯報》編輯部是該報鬧資產階級方向期間掛帥印的，「羅隆基－浦熙修－文匯報編輯部，就是文匯報的這樣一個民盟右派系統。」在這篇社論中，毛澤東還

創造了一個後來令不少「右派分子」耿耿於懷的名詞——「陽謀」：「報紙在一個期間內，不登或少登正面意見，對資產階級反動右派的猖狂進攻不予回擊，一切整風的機關學校的黨組織，對於這種猖狂進攻在一個時期內也一概不予回擊，使群眾看得清清楚楚，什麼人的批評是善意的，什麼人的所謂批評是惡意的，從而聚集力量，等待時機成熟，實行反擊。有人說，這是陰謀。我們說，這是陽謀。」〔註9〕

1957 年 7 月 1 日的《人民日報》頭版。

《人民日報》發表《文匯報的資產階級方向應當批判》時，徐鑄成已經離開上海，在北京參加一屆人大四次會議。上海市委宣傳部長石西民讓蔣文傑臨時突擊出來一篇社論，以《向人民請罪》為題發表在 7 月 2 日《文匯報》頭版。

《向人民請罪》社論首先承認《文匯報》「在這幾個月中確確實實成了資產階級右派章伯鈞、羅隆基聯盟向無產階級猖狂進攻的喉舌」，犯下了「反人民、反黨、反社會主義」的罪行，表示全社從即日起誓以徹底的自我揭露及自我批判的實際行動，來向全國人民、共產黨和毛主席請罪！接著，社論分析了《文匯報》「變質成為右派反黨反人民的工具」的必然性：

> 文匯報在最近這個時期變質成為右派反黨反人民的工具，並不是偶然的。章伯鈞、羅隆基這些野心家早就看中文匯報了，磨牙吮舌，已好多年。解放之後，羅隆基通過浦熙修拉去徐鑄成，奪取黨對文匯報的領導權，先是蠶食，然後得寸進尺，到今年春季則將文匯報編輯部大權全部控制到手了。最近幾個月來，文匯報編輯部在社長兼總編輯的徐鑄成和副總編輯兼北京辦事處主任的浦熙修二人劫持之下，忠實地執行了章羅聯盟的反共、反人民、反社會主義的方針。徐鑄成執行章羅聯盟的反社會主義路線，其性質很難說是一個被章、羅聯盟所利用的問題，而是徐鑄成本身的資產階級反動

觀點與章伯鈞、羅隆基一拍即合的問題。浦熙修就更不必談了，她和羅隆基的關係何止千絲萬縷。因此，徐鑄成、浦熙修走章、羅路線辦報，忠實地為右派服務是必然的事，只是由於我們編輯部的同志受到徐、浦散佈的毒素的欺騙與蒙蔽，事先看不清楚，以至長期受其愚弄利用罷了。

1957 年 7 月 6 日《人民日報》刊登的一幅華君武畫的諷刺浦熙修的漫畫。

為了表明《文匯報》「心悅誠服」地接受《人民日報》的批評，《向人民請罪》社論列出全社員工正在做四件事：一、徹底揭發和批判《文匯報》和右派的種種關係；二、徹底揭發和批判《文匯報》從春季以來的言論、報導、編排各方面的政治錯誤；三、全心全意投入反右派鬥爭，用我們的筆，與右派決一死戰；四、從今以後，堅決與資產階級新聞觀點和立場作不調和的不懈怠的鬥爭。這篇社論最後正告徐鑄成、浦熙修，全報社已經覺醒和行動起來，揭發兩人的反黨活動和報紙春季以來所犯下的各項政治錯誤，盼望兩人「敗子回頭」，立功贖罪，重新回到黨的懷抱中來，和大家一道辦好一張社會主義的《文匯報》。

這篇社論的作者蔣文傑回憶：7 月 1 日早上他剛上班，還未坐下，就被石西民叫去。石西民告訴他，反右鬥爭已經打響，《人民日報》社論《文匯報的資產階級方向應當批判》已經發表。石西民要蔣文傑馬上去文匯報社，根據揭發材料，學習《人民日報》社論，代《文匯報》寫篇社論檢討。蔣文傑匆匆趕到報社，看完《人民日報》社論，感到壓力很大，浦熙修、徐鑄成是完了，現在的問題在於救出報社、救出編輯部、救出《文匯報》黨組。來時石西民只交代了任務，沒有交代方針，他就以「三救」為指導思想，突擊出《向人民請罪》這篇社論。當晚，石西民帶他去柯慶施家中送審，順利過關，沒有什麼大的更改；於是第二天就登報發表。〔註10〕

〔註10〕 蔣文傑：《一九五七年的三篇社論》，載文匯報報史研究室編《在曲折中行進》，文匯出版社，1995 年版，第 285 頁。

　　7月2日、3日，《文匯報》還以「本報編輯部」的名義，發表了長達一萬多字的《我們的初步檢查》，一一羅列出報紙自去年 10 月復刊以來所犯下的種種「錯誤」。

　　《文匯報》發表的《向人民請罪》社論和《我們的初步檢查》編輯部文章，都表示接受「羅隆基－浦熙修－文匯報編輯部」這一「民盟右派系統」的說法。起初，徐鑄成、浦熙修和羅隆基都予以否認，但是在強大的政治攻勢之下，三個人才不得不相繼「承認」，「坐實」了這條「黑線」。

　　毛澤東所寫的《文匯報的資產階級方向應當批判》，對徐鑄成還算筆下留情，沒

1981 年召開浦熙修追悼會時，華君武給浦熙修治喪辦公室寄去的信。

有像對待羅隆基、浦熙修那樣毫不客氣地指名道姓，而是以「文匯報編輯部」一語代之。雖然明眼人一看便知，總算是還沒有挑明。

　　徐鑄成這次到京後，已經在多種會議上做了自我檢查與批評。《人民日報》社論《文匯報的資產階級方向應當批判》此文一出，更深入的自我檢查與批評在所難免。徐鑄成當時的心情，按照毛澤東的話說是「包袱很重」。1957 年7 月 5 日的日記，可以讀出他當時的處境和感受：

　　　　這幾天的教育，對我特別深刻，從來京後，反右鬥爭步步深入，無論什麼會場，都是反右鬥爭的戰場。三星期來，我的體會一天比一天深刻，對自己的認識也一天比一天提高。我初來京時，還沒有深刻認識自己的錯誤的嚴重性，後來，經過不斷鬥爭、檢查、分析，開始認識了，搞得滿身大汗。黨對我還是採取幫助和保護的態度（注：當時正在《北京日報》大禮堂舉行全國政協反右鬥爭大會，每天開一次會，主要是批鬥我和浦熙修同志，提法是「批判浦熙修的反黨罪行！」對我則為「批判徐鑄成的錯誤言行」，顯然有區別。大概我還是放在「火燒」階段，浦熙修同志早已列入「打倒」對象了）。一方面幫助我真正認識錯誤，從這裏汲取應有的教訓，一方面儘量保留餘地，給我交代改悔的機會。李維漢同志親自啟發

我，柯慶施同志和石西民同志也經常關心我的問題。（注：劉述周同志說：他們經常有電話問起我的近況。）劉述周同志更一次一次幫助我分析問題，還自己到辦事處找我，幫助我。黨對我的愛護，真可說是無微不至了。毛主席說要我放下包袱，可是，我還是解不開包袱，不是沒有決心，也不是有顧慮，而是不知從何解起。因此，迂迴曲折了一個時期，多挨鬥了幾次，特別是昨天，受到的教育更深刻些（注：會場的火力更猛）。幾天來，皮膚下面刻刻在發火，心往下沉，半月來幾乎沒有好好睡覺（那時天天晚上要寫檢查，以備第二天交代，而冥思苦想，常常寫不出一個字，每晚要抽兩包煙，到深夜，只能自己胡亂上綱，湊寫成篇，倒睡在床上，翻覆難眠，每晚必出幾身冷汗，汗衫透濕，入睡至多只有兩小時）。嘴裏發膩，吃不下東西，飯菜到喉頭就卡住了。陶陶（指現在已病死的我的長媳，那時她和我的大兒子常來看望我）說我瘦多了……今天的檢查，我是什麼都抖出來了，相信我已認識自己的錯誤，同志們的意見不多，是否算是通過了，我不知道。〔註11〕

徐鑄成在北京被持續批鬥了一個多月，一直到 7 月底才結束。8 月 1 日傍晚，他乘車回到上海。《文匯報》的社長和總編輯早已換了人，他被降職降薪，全國人大代表的資格也被撤消。

8 月 14 日，《文匯報》全體職工舉行座談會，責成徐鑄成全面交代他的「反黨反人民反社會主義的罪行」。會後，徐鑄成將「低頭認罪」之語寫成書面材料，交《文匯報》發表。他開口即承認自己是《文匯報》的罪人、人民的罪人，對黨、對人民、對《文匯報》都犯了大罪：「從 1946 年《文匯報》走上進步的道路後，黨無微不至地關懷和支持《文匯報》，過去和現在的絕大多數職工同志，都願意在黨的領導下，努力把《文匯報》辦好，對人民事業作出貢獻。但是我卻一貫地站在資產階級右派的立場，抗拒黨的領導，拉住《文匯報》的後腿。使得十年來《文匯報》走了許多彎路，為報紙、為人民事業造成極大的損失。特別在這次復刊以後，我獨斷專行，把《文匯報》拉上了資產階級方向，在大鳴大放和黨開始整風期間，變成了章羅聯盟反黨、反社會主義的宣傳工具，向黨展開猖狂進攻。」接着，徐鑄成列舉了《文匯報》第三次復刊以來自己所犯下的「嚴重反黨罪行」，剖析了自己反動思想的

〔註11〕 徐鑄成著：《親歷一九五七》，湖北人民出版社，2003 年版，第 40～42 頁。

歷史根源。最後，他感激黨對他這樣犯了嚴重罪行的人還仁至義盡，請求黨給他處分，表示決心徹底悔改，重新做人，從此老老實實跟着黨走。《文匯報》編輯部認爲，徐鑄成的這個交代比過去有所進步，但還不夠徹底，特別對他罪行的批判還很不深刻。「本報全體職工一致要他作進一步的深刻批判。」〔註12〕

又經過幾次疲勞戰術，深挖「錯誤」根源，處在「大魚」之列的徐鑄成毫無懸念地戴上了「右派分子」的帽子。然後，他與沈志遠、王造時等50餘位知名「右派分子」，被集中到上海郊縣的一個破祠堂裏，參加農業勞動和學習檢查。這段時間，除了徹底查出自己的「認識根源」、「階級根源」和「思想根源」外，握慣了筆桿的徐鑄成，還學會了鋤草、種菜、挑水、擔糞等體力勞動。1959年9月，他學習、改造期滿，被調離《文匯報》，調到上海市出版局參加重修《辭海》工作。從此，他再也沒回到《文匯報》主持者這個讓他自豪、也讓他傷心的崗位上來。

在這場反右派鬥爭中，文匯報社除徐鑄成外，還有浦熙修等五名編委和15名編輯、記者、職工被劃爲「右派分子」。他們大多妻離子散，一部分還發配到北大荒及其他邊遠地區，受盡了種種折磨和人格污辱。大約爲《文匯報》遭殃而自盡的，先後有10餘位，其中最使徐鑄成終生負疚的是梅煥藻。梅煥藻中英文流利，長期任《大公報》駐外記者，抗戰勝利後回國擔任《大公報》總經理胡政之的秘書。後來《大公報》北遷，他自願留在上海。1956年《文匯報》復刊時，徐鑄成再三登門邀請他擔任社長辦公室秘書。梅煥藻平時工作認眞負責，從不參與編輯部事務，但心直口快，敢說敢爲。反右鬥爭開始後，有位原《大公報》要員調《文匯報》任總編輯，找梅煥藻談話，問他對運動有何看法。梅煥藻只說了一句：「徐鑄成成爲右派，我思想有些不通。」此言一出，立即受到圍攻，要他當眾交代清楚。梅煥藻一言不發走出會場，跑上屋頂縱身從樓上跳下！

「文革」爆發後，徐鑄成被「兩報一刊」公開點名，說其把持的《文匯報》是中國的赫魯曉夫最賞識的報紙，已過花甲之年他被秘密押到文匯報社隔離審查了55天，「坐噴氣式飛機」，洗廁所，夫婦倆一塊兒被罰跪牆角，家

〔註12〕 徐鑄成：《我的反黨罪行》，載1957年8月22日上海《文匯報》。徐鑄成著：《徐鑄成自述：運動檔案彙編》，三聯書店（北京），2012年版，第10～27頁。

被抄，住房被強佔，下放到奉賢農村「五七幹校」接受勞動改造，飽受精神與肉體折磨。年邁衰病的母親受不了兒子遭此凌辱，齎恨以沒，親友無一人敢來弔喪。「樹欲靜而風不止，子欲養而親不待」，徐鑄成後來一想起勤勞一生的母親竟然因為自己的拖累而謝世，每每悲從心來，情不能堪。

十年浩劫結束，中共中央專門發佈文件，宣佈徐鑄成等 22 位「在國內外較有影響的愛國民主人士」的右派屬於「錯劃」，壓在頭頂的一片烏雲終於吹去！徐鑄成心存感激，滿腔興奮，賦詞「策馬陽關道，心紅人不老」，為自己立下「不計較過去、不服老、不自量力」的「三不」原則，全身心地投入到新生活中去了。然而，他畢竟是年逾古稀的老人，伏櫪「老驥」雖然「志在千里」，無奈力不從心，不可能再回到他摯愛的新聞一線崗位上了。他只好述「舊聞」，啟來者，為新時代奉獻自己的餘熱。「文革」結束後十年間，徐鑄成為我們貢獻了《報海舊聞》等 17 本書和大量文章，同時還在數所大學新聞系任兼職教授，為未來的新聞人傳道授業解惑。

1987 年 5 月，用兩年之力完成了回憶錄的徐鑄成恰好八十初度。回首前塵，他對自己所投身的新聞工作感慨萬千：新聞工作者長期晨昏顛倒，飲食無定，作息無序，所以易損健康，我國近代新聞史上可以無愧稱為報人的王韜、梁啟超、戈公振、鄒韜奮、張季鸞、胡政之諸人，類多「中壽」；新聞記者又必須明是非，辨黑白，敢於秉筆直書，我國又一向無新聞自由之習慣，因而被害者更屈指難數。即使如此，「我並不自悔以新聞為職業。從中學時代起，即立志以新聞為終身事業，即使後來歷盡坎坷，亦從無悔意。」〔註13〕

1991 年 12 月 23 日，徐鑄成在上海家中猝然去世，無疾而終。回憶錄完成時，徐鑄成寫了一首《自慰》詩以表心志。迻錄如下，聊以紀念這位「胸有是非，心無愧怍」的一代報人：

> 胸有是非堪自鑒，事無不可對人言。
>
> 清夜捫心無愧怍，會將談笑赴黃泉。

〔註13〕 《徐鑄成回憶錄》，三聯書店（北京），1998 年版，第 381～382 頁。

兩姑之間難爲婦
—— 王芸生與《大公報》

《大公報》社論作者是
「法西斯的有力幫兇」

　　1946 年 4 月 16 日，《大公報》上海版赫然登出了一篇題爲《可恥的長春之戰！》社評。社評說，東北的和平尚有希望之時，曾爲日寇竊據 14 年、被蘇軍統治了 200 多天的關東重鎮長春，蘇軍剛剛撤去，國軍接防立足未穩，中共的部隊卻從四面八方打來了。現在應該光復、回歸祖國懷抱的多難的長春，卻又在斫斫殺殺，災難愈深，流的都是中國同胞的血！中國人想想吧，這可恥不可恥！「殘忍到極點，也可恥到極點」的是，中共領導的東北民主聯軍，使用以徒手的老百姓打先鋒、機槍迫擊炮在後面督戰、消耗對方火力以後才正式作戰的進攻戰術。「我們坐在

1946 年 4 月 17 日重慶《大公報》社評《可恥的長春之戰！》。

關內深夜編報的報人，讀着這絡繹而來的電報，手在顫，心在跳，眼前閃爍，儼然看見兇殺的血光，鼻腔酸楚，一似嗅到槍炮的硝煙。」社評呼籲，東北是國家的，應該由國家收回，以恢復國家的完整。「謹爲國家祈福，謹爲生民乞命」，請快快軟下心腸放下屠刀，停止這可恥的長春之戰，由長春起，整個停止東北之亂；更由東北起，放出全國和平統一的光明。

1946年4月18日重慶《新華日報》社論《可恥的大公報社論》。

第二天，《大公報》重慶版、天津版都刊登了這篇社評。

這篇社評出自《大公報》總編輯王芸生之手。

《大公報》的這篇社評毫無疑問激怒了中共。4月18日，在周恩來的直接領導下，重慶《新華日報》針鋒相對地發表題為《可恥的大公報社論》的社論，嚴斥《大公報》的「可恥」言行。社論指出，世人皆知東北問題是由於國民黨頑固分子作祟，《大公報》不但不敢說出這種淺顯的真理，反而借長春戰爭為題，含沙射影，歸罪於中共和中國人民。這樣來替頑固派開脫罪名，並替頑固派幫兇，真是可恥極了！國民黨反動派在東北進行內戰已有五個多月，拿美國的槍炮，屠殺自己的同胞，卻一直沒有聽見《大公報》對這些罪行說過一句「可恥」，到現在「長春之戰」，《大公報》忽然說這一戰是「可恥」的了。對於《大公報》的社論作者，凡是國民黨法西斯反動派打擊人民、殘害人民、撕毀諾言、發動內戰的事情，哪怕天大的事情，都是不「可恥」的；只有人民對於這種反動派還一還手，那就不得了，那就是「可恥」的了。《大公報》社論作者如此反對人民，應該是夠「可恥」的了。《大公報》社論作者「最可恥」的，居然相信從專門造謠反共反人民的特務機關及其所辦報紙發佈的消息，污蔑東北民主聯軍，把自己降低到一個特務報紙的地位，「你在反人民這一點上，真正做到家了，真是『殘忍到極點，可恥到極點！』。」社論最後一語道破《大公報》社評作者的「原形」——「一個法西斯的有力幫兇」：

　　大公報裏是有好人的，但它的社論作者，原來是這樣一個法西
　斯的有力幫兇，在平時假裝自由主義，一到緊要關頭，一到法西斯
　要有所行動時，就出來盡力效勞，不但效勞，而且替法西斯當開路

先鋒，替吃人的老虎當虎倀，替劊子手當走狗，以便從法西斯和劊
子手那裏，討得一點恩惠，舔一點喝剩的血，嚼一點吃剩的骨頭。
大公報社論作者暴露其原形，不止一次。這一次，大公報社論作者
又把自己的原形暴露出來了！人民必須嚴重警惕！〔註1〕

　　誠如《新華日報》的這篇社論所言，《大公報》總編輯王芸生有意或無意
間替國民黨幫腔而開罪共產黨，僅抗戰勝利後就已經不止一次。

　　1945 年 10 月 25 日，《大公報》重慶版發表王芸生撰寫的《為交通着急》
社評，抨擊「有槍桿者」不顧老百姓死活，切斷鐵路，用破壞手段達到目的，
「在這些勢力集團本身來說，也是作踐人心，自掘墳墓。」文章雖沒有指名
道姓，但明眼人一看便知，針對的是八路軍、新四軍為阻止國民黨運送軍隊
進攻解放區不得已拆毀鐵路事件。11 月 20 日，重慶版又發表《質中共》社評，
特意對「當前局面中的一個主角」──中共講幾句話，「以期有補於時局」。
這篇社評依然出自王芸生之手。社評首先把抗戰勝利後國內重啟戰端、使全
國同胞震蕩惶惑的局面的演成，歸咎於朱德總司令在日本請降之初發布的「延
安總部命令」。8 月 11 日，在日本投降前夜，朱德以十八集團軍總司令名義發
布命令，責成解放區任何抗日武裝部隊，得繳敵軍之械，受敵軍之降，編遣
偽軍，「如有任何破壞或反抗事件發生，均須以漢奸論罪。」王芸生指出，這
項命令以獨特的統率，從事單獨的進兵與受降，顯然與中央的軍事委員會對
立；全國人看到朱總司令的命令，都為國家的前途擔憂，幸喜毛澤東應邀到
重慶商討國事，全國人的心情為之一鬆，「及至毛先生返回延安，廣大的北方
到處起了砍殺之戰」，這與毛先生在重慶時幾度在公開集會上大聲說的「和為
貴」、「忍為高」相違背；一個國家在勝利後有兩個系統的軍隊爭降爭地，絕
不應該，而北方的戰亂局面，很給人一種強烈的暗示，是中共意欲憑它的力
量，憑它的武力，造成國家被分裂成兩半的「南北朝」局面。社評最後呼籲
中共放下軍隊，以「政爭」取代「兵爭」：

　　　　凡是一個政黨，都是為了爭取政權而組成，所以政黨要爭取政
　　權是應該的。問題在於應該以政爭，而不應該以兵爭。以政爭，是
　　以政策及政績決定勝敗；以兵爭，則是以武力決定勝敗。以政策政績
　　勝的，是和平民主之路；以武力勝的，則必然是強權專制，那是禍
　　亂之源，絕對與民主背道而馳。中國共產黨的政治主張，可能博得

〔註 1〕　《可恥的大公報社論》，1946 年 4 月 18 日重慶《新華日報》社論。

眾人的同情，我們所最不敢同情的，是以兵爭政。……我們主張軍隊
國家化，就是只許國家有兵，不許人民有兵，也不許黨有兵。我們這
話雖對共產黨而言，其實也是對普天之下的政黨而言，凡是政黨，都
不應該有兵。政爭可問是非於人民，兵爭則必打到你死我活，人民
都要大量被殺害於爭王霸或寇賊的征戰中，誰還顧問什麼民意？更
有什麼是非？事情鬧到不論是非專門武力的時候，那還不天下大亂
嗎？破壞鐵路，陷民生於困散，爭城爭地，而使血肉橫飛，無論如
何，這不是人民的意思。在世界已進化到應用原子能的時代，我們
還在以驅市人為戰的方式打天下，也實在太落伍了。為共產黨計，
應該循政爭之路堂堂前進，而不可在兵爭之場滾滾盤旋。我們希望
共產黨為國家人民爭民主，爭憲政。在這方面，應該一切不讓。同
時我們也希望共產黨放下軍隊，為天下政黨不擁軍隊之倡，放下局
部的特殊政權，以爭全國的政權。與其爭城爭地驅民死，何如兵氣
銷為日月光？我們希望中共轉此一念，那不但是國家民族的大幸，
而延安諸公也將被全國同胞絃歌絲繡而奉為萬家生佛了！〔註2〕

執全國輿論界牛耳的《大公報》，在蔣介石撕毀《國共雙方代表會談紀
要》、積極擴大內戰之時發表如此論調的社評，引起了中共的高度關注。次
日，《新華日報》發表《與大公報論國是》社論，對《質中共》社評予以嚴屬
批駁：「大公報在抹煞受降辦法不合理的事實，隱瞞國民黨發動『剿匪』的事
實，並把國民黨當局要亂不要變的事實轉嫁給共產黨以後，配合着今天國民
黨軍敵軍偽軍乃至美軍向解放區的大舉猛烈進攻，跑到火線上來要求共產黨
強迫人民的軍隊放下武器，向反動派無條件投降」，這真是一位「妙舌生花的
說客」！「在若干次要的問題上批評當局，因而建築了自己的地位的大公
報，在一切首要的問題上卻不能不擁護當局。這正是大公報的基本立場，昨
天的社評當然不是例外。」

應該承認，《大公報》在抗戰前後對中共的態度明顯不同。抗戰前，《大
公報》堅決反對共產革命，主張取締中國共產黨，支持國民黨軍隊剿滅工農
紅軍。全面抗戰爆發後，《大公報》雖然也發表過《為晉南戰事作一種呼籲》
等反共文章，〔註3〕但在「國家至上、民族至上」的辦報宗旨下，基本上承認

〔註2〕 《質中共》，1945 年 11 月 20 日重慶《大公報》社評。
〔註3〕 1941 年 5 月，日軍大舉進攻中條山地區，國民黨軍隊慘遭敗績。先有日方傳

共產黨的合法地位，發表過不少讚頌共產黨及其領導的八路軍、新四軍的文章。抗戰勝利後，《大公報》在承認中共爲中國最有力量之第二大黨、認爲國家政局好壞主要取決於國共兩黨是否團結的同時，連續發表《爲交通着急》、《質中共》、《可恥的長春之戰》等社評，指責中共難辭挑起內戰之咎，要求中共交出軍隊，以政爭代替兵爭。這說明《大公報》只是把中共看成一般所謂「在野黨」，根本不瞭解共產黨是無產階級革命政黨這一基本性質。〔註 4〕正是因爲《大公報》發表的這幾篇反共文章，加之第二次國內革命戰爭時期對中共的態度，1949 年 1 月 23 日天津剛剛解放，中共中央就給天津市委發去電報，將《大公報》定性爲「過去對蔣一貫『小罵大幫忙』」，要求《大公報》必須改組，否則不能出版。從此，「小罵大幫忙」成爲王芸生及《大公報》同人永遠無法救贖的「原罪」。

插敘一下重慶談判期間毛澤東與王芸生的幾次接觸，也許有助於理解共產黨報紙《新華日報》後來何以毫不客氣地稱王芸生是「法西斯的有力幫兇」。

1945 年 8 月 29 日，在毛澤東到達重慶的次日，《大公報》發表了王芸生撰寫的題爲《毛澤東先生來了！》的社評。社評說，毛澤東先生應蔣主席電邀「翩然到渝」，是中國的一件大喜事，「爲今日的中國人民，真是光榮極了！」「現在毛澤東先生來到重慶，他與蔣主席有十九年的闊別，經長期內爭，八年抗戰，多少離合悲歡，今於國家大勝利之日，一旦重行握手，真是一幕空前的大團圓！」對共產黨領袖的胸襟和膽識，對國家在長期內爭外患

出謠言，說八路軍坐山觀虎鬥，不肯和國民黨中央軍配合作戰；國外通訊社亦有類似報導。國民黨媒體肆意傳播這種謠言，轉嫁戰敗責任。王芸生未明事實真相，引用國外通訊社相關報導，撰寫《爲晉南戰事作一種呼籲》社評，發表在 5 月 21 日重慶《大公報》上。王芸生在社評中指出，「第十八集團軍要反證這些說法，最有力的方法，就是會同中央各友軍一致對敵人作戰，共同保衛我們的中條山，粉碎敵人的『掃蕩』！」當晚，周恩來致信張季鸞和王芸生，以事實逐條駁斥國外通訊社對十八集團軍所作的歪曲報導，表明中共「敵所欲者我不爲，敵所不欲者我爲之」的立場，並希望《大公報》將此信公諸讀者，使敵人的謠言從此揭穿。5 月 23 日，重慶《大公報》全文刊登了周恩來的這封來信，並同時發表張季鸞撰寫的社評《讀周恩來先生的信》。這篇社評，肯定了中共領導的抗戰工作，但言辭之中，對中共亦有委婉諷誡。後來有學者將這段公案稱爲「《大公報》與中共的第一次論戰」。

〔註 4〕吳廷俊著：《新記〈大公報〉史稿》，武漢出版社，2002 年第 2 版，第 424～425 頁。

之後露出的和平曙光，王芸生的敬佩、欣喜之情，溢於言表。

9月1日，中蘇文化協會舉行雞尾酒會，慶祝《中蘇友好同盟條約》簽訂，毛澤東和王芸生均應邀參加。當有人介紹兩人相識時，毛澤東緊緊握住王芸生的手說：「久聞大名，如雷貫耳。希望你們新聞界的朋友多為和平而宣傳。」〔註5〕一個是叱吒風雲的共產黨領袖，一個是大名鼎鼎的民間報人，這是他們平生的第一次晤面。

9月5日下午，毛澤東在重慶紅岩新村中共中央南方局辦事處，會見了王芸生和《大公報》編輯主任孔昭愷、採訪主任王文彬三人，進行了約三個小時的談話。毛澤東向他們透闢講解了和平、民主、團結的方針和三者相互的關係，以及如何實現和平，如何實現民主憲政，反對獨裁，才能保護人民的基本利益，達到團結建國的目的。會談中毛澤東和王芸生談得最多，其他二人插話很少。會見結束後毛澤東留下三人便飯，然後派車將他們送回報社。9月20日，毛澤東第二次約見王芸生等三人，進行了長時間談話。當晚，《大公報》總經理胡政之以個人名義，在李子壩報社宴請毛澤東及中共代表團成員周恩來、王若飛、董必武等人。宴會進行中，王芸生頗為唐突地向毛澤東提出：「共產黨不要另起爐灶。」毛澤東當即回答：「不是我們要另起爐灶，而是國民黨爐灶裏不許我們做飯。」〔註6〕王芸生臨終前曾向子女談起過這樁「公案」，說當時氣氛很友好，毛澤東回答時帶有幾分幽默的口吻，不像外間所傳是「駁斥」、「怒斥」甚至「痛斥」。〔註7〕話雖這樣說，王芸生在觥籌交錯之時提出如此敏感的話題，無論如何是不會令客人愉快的。1953年9月17日，在中央人民政府委員會第27次會議上，毛澤東與梁漱溟發生爭執，對梁大加呵斥，斥責梁「比王昭君還美」！其間不知為何毛澤東突然話鋒一轉，冒出一句「當年有人不要我們另起爐灶」。王芸生立即站起來承認這話是自己說的，並再也不敢坐下。〔註8〕時隔八年之後毛澤東舊事重提，可見他當時對王芸生的話是耿耿於懷的。說者有意，聽者並非無心，只是當時的場合不便

〔註5〕 王芝琛著：《百年滄桑——王芸生與大公報》，中國工人出版社，2001年版，第213頁。

〔註6〕 王文彬：《重慶談判期間毛澤東主席與大公報負責人的幾次接觸》，載周雨編《大公報人憶舊》，中國文史出版社，1991年版，第239～240頁。

〔註7〕 王芝琛著：《百年滄桑——王芸生與大公報》，中國工人出版社，2001年版，第214頁。

〔註8〕 王芝琛著：《百年滄桑——王芸生與大公報》，中國工人出版社，2001年版，第214頁。

於「怒斥」而已。

　　重慶和談結束、毛澤東返回延安後的
11月14日，重慶《新民報》晚刊刊登了他
的舊作《沁園春‧雪》，這是毛澤東詩詞第
一次公開見報。這首「風調獨特，文情並
茂」〔註9〕的詞作發表後，步韻唱和之作
及品評文章紛紛見諸報端，褒貶之詞兼而
有之。當然，貶抑之作主要來自國民黨系
統的報紙。如12月4日國民黨軍方報紙
《和平日報》刊登的兩篇評論文章，說毛
詞「浮光泛影地透出些謀王圖霸的初衷，
人民的旗號下隱現龍袍」，「中國人民只求
能夠安居樂業，決不希望誕生這樣一位前
無古人的『英王霸主』。因為實在沒有這麼
多的老百姓的血，來做栽培『英王霸主』

1946年5月26日上海《大公報》刊登
王芸生的文章《我對中國歷史的一種
看法》。

的肥料！」〔註10〕王芸生讀過毛詞後寫信給傅斯年，慨歎「以見此人滿腦子
什麼思想也」。〔註11〕為此，王芸生將半年前寫就、「置於箱底」的長文《我
對中國歷史的一種看法》，加了「補識」，從1945年12月8日起，分四期連
載在《大公報》重慶版上。後來又相繼在天津版和上海版連載。王芸生在「補
識」中說：

　　這篇文章，早已寫好。旋以抗戰勝利到來，國內外大事紛紛，遂
將此文置於箱底。現在大家情緒起落，國事諸多拂意，因感一個大民
族的翻身不是一件小事。中華民族應該翻身了，但卻是從二千多年
專制傳統及一百多年帝國主義侵略之下的大翻身，豈容太撿便宜？
要從根清算，尤必須廣大人民之起而進步。近見今人述懷之作，還
看見「秦皇漢武」、「唐宗宋祖」的比量。因此覺得我這篇斥復古破
迷信並反帝王思想的文章還值得拿出來與人見面。翻身吧，中華民

〔註9〕　重慶《新民報》晚刊發表毛澤東的《沁園春‧雪》時所加的編者按語。
〔註10〕　轉引自蔣麗萍、林偉平著：《民間的回聲——新民報創始人陳銘德鄧季惺傳》，
　　　　新世界出版社，2004年版，第187～188頁。
〔註11〕　轉引自傅國湧著《追尋逝去的傳統》，湖南文藝出版社，2004年版，第229
　　　　頁。

族！必兢兢於今，勿戀戀於古；小百姓們起來，向民主進步。〔註12〕

在這篇洋洋灑灑的萬言文章中，王芸生發抒了這樣的史觀：中國幾千年的歷史被兩件無形的東西——「正統」和「道統」所支配、遮掩。中國歷史上打天下，爭正統，嚴格講來，皆是爭統治人民，殺人流血，根本與人民的意願不相干；所謂的道統，雖然起了文化的、政治的作用，但同時也滯塞了文化的發展，加重了中國專制政治的歷史。他希望大家把遮在眼前蒙在腦裏的「正統」與「道統」搬開，重新評價中國歷史上的事件與人物；今天我們應該明白，「非人民自己起來管事不足以爲治，也非人民自己起來管事不足以實現民主」，因此，大家「必兢兢於今，勿戀戀於古」，起來追求民治與民主。

就文章本身而言，《我對中國歷史的一種看法》不失爲一篇洞幽燭微的史論佳作。更具價值的是，作者借對中國歷史的評判而闡發了現代民治、民主思想。通讀全文，看不出作者直接在和共產黨領袖「唱反調」。問題在於，王芸生發表這篇文章的時機，特別是他在「補識」中所言，顯然是針對毛詞《沁園春・雪》的。因此，文章一發表就遭到了郭沫若、蔡尙思、周振甫等左翼學者的猛烈批評。郭沫若撰文說：「王先生的這篇文章並不是純粹學術性的論文，他寫的『用意』並不眞的向史學界提出一個新的歷史觀，而事實是批評的外表之下遂行他的政治任務的。」〔註13〕

身在延安的毛澤東應該看到過王芸生的這篇大作，他當時的感受我們無法揣測，想必不會以之爲然吧。

總之，在抗戰勝利後不久，王芸生和他主持的《大公報》，就已經數次得罪「中國最有力量之第二大黨」共產黨及其領袖。王芸生不但不以爲忤，而且「變本加厲」，指斥中共軍隊在長春之戰中使用的戰術「殘忍到極點、可恥到極點」，難怪共產黨報紙「回敬」他是「法西斯的有力幫兇」了。

〔註12〕 王芸生的《我對中國歷史的一種看法》這篇文章，完成於 1945 年 6 月 22 日。同年 11 月 25 日，他加了這段「補識」，放在文首，連同正文刊登於重慶《大公報》12 月 8 日、9 日、10 日、11 日。接著，天津《大公報》於 12 月 16 日、17 日、21 日、22 日也連載了這篇文章。1946 年王芸生「復員」到上海後，在原「補識」後又加了一句話「又此文曾發表於重慶及天津的大公報，今特發表於此，以求教於江南讀者」，再將這篇文章刊登於 5 月 26 日、27 日、28 日上海《大公報》。

〔註13〕 轉引自王芝琛著：《百年滄桑——王芸生與大公報》，中國工人出版社，2001 年版，第 133 頁。

「王芸生君是雙料的新華社應聲蟲」

王芸生指責共產黨爭城爭地，呼籲共產黨不要「另起爐灶」，放棄軍隊，以政爭代替兵爭，被共產黨報紙斥為「法西斯的有力幫兇」。按照常理，國民黨應該對王芸生青眼有加了。然而情況正相反，國民黨同樣對王芸生毫不假以辭色。

1948 年 7 月 8 日，國民黨政府援引《出版法》，勒令陳銘德、鄧季惺夫婦經營的南京《新民報》永久停刊。王芸生對當局的顢頇甚為不滿，於 7 月 10 日在上海《大公報》上發表親自撰寫的《由新民報停刊談出版法》社評，從歷史和法理的角度，條分縷析，指出當局封閉《新民報》

1948 年 7 月 10 日上海《大公報》社評《由新民報停刊談出版法》。

所援引的《出版法》，「實在不合時代精神」，應予廢止：

> 溽暑炎天之際，中國新聞界又出了不幸事件，南京新民報於前天奉命永久停刊。讀內政部發言人的談話，新民報受到如此嚴重的處分，全是為了報導與刊載軍事新聞失檢之故。這可見在國家不安定的時期做報之困難。我們既屬同業，實不勝關切與惶悚之情。
>
> 據內政部發言人談話，處分新民報，是因為該報「違反出版法第二十一條第二、三兩款出版品不得為損害中華民國利益及破壞公

共秩序之宣傳或記載之規定，乃依照同法第三十二條之規定，予以永久停刊處分。」這可見出版法對於新聞界的關係之重大。我們謹以滿懷惶悚之情，一談出版法問題。

國家不可無法，無法即等於無組織。法之重要如此。但這所謂法，是國家的大綱大法，而不是繁文細節的小章小法。嚴格說，一個國家不需要有汗牛充棟多不勝記的法律，只要有三部法律便可治國。一部憲法，規定國家性質、政府機構、人民的權利與義務；一部民法，組織社會，範疇人事；一部刑法，以裁出軌。此外若有法律，大致皆是可有可無的附屬性質。甚至若干枝節性質的法律，是有不如無。出版法，是個枝節性質的法律，我們敢冒昧的說，其有不如其無。這個法，是袁政府時代的產物，國民政府立法院雖略有修正，而大體仍因其舊，實是一件憾事。因為言論與發表的自由，是人民的基本權利之一，憲法例有保障的規定。出版法的立意，乃在限制言論與發表的自由，這與保障民權的精神是不合的。美國憲法明訂議會不得制訂剝奪公民權利的法律，是多麼可貴的一種精神！自然言論與出版的自由也不是漫無限制的。報章雜誌的言論記載若有犯罪，或妨害國家利益，或誹謗個人名譽，刑法上訂有罪刑，可為制裁。憲法方在實施，行憲政府自宜特重根本大法的精神，以與民更始。行憲立法院集會，我們曾為文呼籲，請立法院盡速整理現行法規，將重複枝節的繁文縟典加以清掃。出版法，就是應該加以清理的法規之一。聞出版法的修正草案即將提出立法院審議，我們敬盼立委諸君，本保障民權的精神，毅然決定將此法予以廢止。尤望新聞出版文化各界的立委積極主張並奮鬥之。

現行的出版法，實在不合時代精神了。試看該法第二十一條的規定：「出版品不得為左列各款言論或宣傳之記載：（一）意圖破壞中國國民黨或違反三民主義者，（二）意圖顛覆國民政府及損害中華民國利益者，（三）意圖破壞公共秩序者。」這是多麼廣泛多麼容易入人於罪的規定？依時代精神，國民黨已結束一黨訓政，進入憲政，故本條（一）項屬於國民黨特權的法律，應已無效。現代民主憲政國家，人民可以公開抨擊政府施政，在野黨在憲政軌道中尤其以推翻政府為其能事，那非但不犯法，且是一種特權。故本條（二）項

的上半截已不成問題；而本項下半截的「損害中華民國利益者」也
是極其寬泛容易羅織的。至本條（三）項「意圖破壞公共秩序者」，
也與（二）項下半截相同，運用起來，流弊至廣。這樣的出版法，
實在不容再存在於今日的時代了。

　　中國新聞界立言紀事，向來有一種極其畸形的現象，就是對政
府大官極不自由，動輒受到停刊封門等處分，而對社會個人則極度
自由，造謠中傷，惡意誹謗，受害者無可奈何。這種欺軟怕硬的情
形，是極醜陋無光的。在歐美民主國家，新聞界的情形恰恰相反，
對政府以至元首，只要不牽涉到私人問題，可以任意批評，而對社
會個人的新聞記載則極其小心翼翼，犯了誹謗罪，報館與記者都吃
不消。中國應該進步了！報紙，應該是進步中國裏的不可少的一種
要素。我們要求廢止與憲法牴觸的出版法，給新聞界以言論出版的
自由；新聞言論如有出軌，應引刑法制裁。我們也寧願立法院制訂
一種誹謗法，以防止新聞界濫用自由。〔註1〕

　「兔死狐悲，物傷其類」，王芸生挺身而出，當然是出於義憤，出於對同
業不幸遭遇的同情。但他的仗義執言，正如社評最後所言，更主要的是為中
國新聞界爭言論出版自由，爭自由批評政府的權利。《大公報》發表這篇社評
之後，接着又刊登了上海新聞界、文化界、法學界毛健吾、胡道靜、曹聚仁
等 24 人聯名提出的《反對政府違憲摧殘新聞自由，並為南京新民報被停刊抗
議》的抗議書。

　1946 年 6 月初，《大公報》連續遭遇多名記者被捕、天津版專電特稿大半
被檢扣等不幸事件。「為了國家的榮譽，也為了新聞界的職業自由」，王芸生
撰寫《逮捕記者與檢查新聞》社評，要求政府從速恢復被捕記者的自由，取
消新聞檢查，以體現尊重人權、保障人民的基本自由、尊重輿論等民主政治
的起碼條件。在他的呼籲下，新聞檢查雖然照樣進行，被捕記者畢竟陸續獲
得釋放。但是，兩年後的國民黨已經是日暮途窮，這時向其爭言論自由，無
異於與虎謀皮，反被虎噬。《由新民報停刊談出版法》發表後六天，國民黨南
京《中央日報》發表社論《在野黨的特權》，說王芸生的這篇社評，既影射了
國民政府為袁政府，又否定了《出版法》的效力，「但是這一石兩鳥的言論，
在實際上只有一個效用，就是使讀者得到一個印象，王芸生君是新華廣播的

〔註1〕　《由新民報停刊談出版法》，1948 年 7 月 10 日上海《大公報》社評。

應聲蟲！」〔註2〕

　　社評《由新民報停刊談出版法》代表的是大公報社觀點，《中央日報》社論卻混同大公報社和王芸生個人，並且對社評斷章取義，矛頭針對王芸生個人。自稱「從來不與人打筆墨官司」的王芸生不得不起來聲辯。7 月 18 日，他在上海《大公報》發表署名文章《答南京中央日報兩點》，駁斥南京《中央日報》的「極險辣」做法。

　　《中央日報》也不依不饒。7 月 19 日，《中央日報》又發表《王芸生之第三查》社論，「發起三查運動來檢討王芸生君」：第一查，查出王芸生自 1946 年 7 月至 1947 年 3 月，致力於國際干涉中國內政運動；第二查，查出王芸生自 1947 年 2 月以後以《大公報》貢獻於反美扶日運動，為共產國際策動的反美扶日運動努力。

　　　　今天我們等待着第三查。本月十日，中國共產黨中央委員會通過了一個決議，響應共產國際譴責南斯拉夫共產黨的決議，命令共匪黨徒「熱烈研究」共產國際情報局這一決議，加強教育一般黨徒，克服民族主義，為共產國際效忠。我們等待着王芸生君譴責南斯拉夫共產黨，特別是狄托元帥的論文和通訊，在大公報上發表，作為他效忠共產國際的證明。

　　　　王芸生向主張反對黨有顛覆政府的特權，指謫我政府是袁世凱政府，可謂已盡其響應新華社之能事。上面所舉國際干涉運動與反美扶日運動，更是王芸生君「查思想」「查作風」良好的資料。只這兩查，已足證明他是雙料的新華社應聲蟲，如果他再發表譴責狄托與南共的論文和通訊，即將證明他的雙料之上，還須再加上一料！

　　　　讀者們，大家瞧著吧！〔註3〕

　　《中央日報》連續發表的這兩篇針對王芸生的社論，為蔣介石授意國民黨中宣部副部長、《中央日報》總編輯陶希聖所寫。《大公報》的一篇社評為何引起蔣介石如此大動肝火，指使《中央日報》發起「三查王芸生」運動？

　　冰凍三尺，非一日之寒。張季鸞主持《大公報》時，雖然早期也抨擊過蔣介石發動「四·一二」政變，對其大開殺戒、口是心非的行經表示「極端

〔註 2〕　《在野黨的特權》，1948 年 7 月 16 日南京《中央日報》社論。
〔註 3〕　《王芸生之第三查》，1948 年 7 月 19 日南京《中央日報》社論。

抗議」，〔註4〕罵過蔣介石「離妻再娶，棄妾新婚」，譏其「不學無術，爲人之禍」，〔註5〕但在張學良「易幟」、蔣政權完成名義上的全國統一後，特別是抗日戰爭爆發後，《大公報》是把蔣介石視爲「國家中心」、民族領袖而加以擁護的。「西安事變」和平解決，張季鸞和《大公報》出力頗巨；〔註6〕抗戰一週年紀念，蔣介石發表的《抗戰週年紀念日告全國軍民書》，提出「國家至上，民族至上，軍事第一，勝利第一」口號，即爲張季鸞起草。當然，蔣介石也看重《大公報》的輿論影響力，據說，他每日必看《大公報》，在辦公室、公館、餐廳各置一份，以便隨時取閱。1929 年 12 月 27 日，蔣以國民政府主席身份通電全國報館，發出求言書，電文以「大公報並轉全國各報館鈞鑒」擡頭，可見《大公報》在其心目中的地位。1931 年 5 月 22 日《大公報》發行滿一萬號，蔣介石親筆題寫「收穫與耕耘」祝賀，在賀詞中稱《大公報》「改組以來，賴今社諸君之不斷努力，聲光蔚起，大改昔觀，曾不五年，一躍而爲中國第一流之新聞紙」。

張季鸞爲職業報人，不像陳布雷是蔣的僚屬，沒有直接爲蔣擘畫襄贊，兩人的關係若即若離。不過，對張季鸞的文采操守，蔣介石是器重有加的，一直以「國士」對待張季鸞。1934 年夏蔣在南京大宴百官，人們看到緊靠蔣而坐的竟是一介布衣張季鸞，而且還看到蔣頻頻爲張斟酒佈荣，與會者莫不有「韓信拜將，全軍皆驚」之感。1941 年 9 月 5 日，蔣介石得知張季鸞病危，親自到重慶歌樂山中央醫院探視。蔣坐在病榻旁，握着張的手，眼眶含淚，眉宇凝重。次日張病逝，蔣立即給《大公報》發去唁函：「季鸞先生，一代論宗，精誠愛國。忘劬積瘁，致耗其軀。握手猶溫，遽聞殂謝。斯人不作，天下所悲。愴悼之懷，匪可言罄。特電致唁，惟望節哀。」新聞界公祭張季

〔註4〕《黨禍》，1927 年 4 月 29 日天津《大公報》社評。

〔註5〕《蔣介石之人生觀》，1927 年 12 月 2 日天津《大公報》社評。

〔註6〕1936 年 12 月 14 日，天津《大公報》發表張季鸞撰寫的《西安事變之善後》社評，指出「國家必須統一，統一必須領袖」，「各方應迅速努力於恢復蔣委員長之自由。」16 日，天津《大公報》又發表張季鸞撰寫的《再論西安事變》社評，呼籲全國各方以大局爲重，張學良、楊虎城要「幡然醒悟」，尊蔣之中心地位。18 日，天津《大公報》再發表張季鸞撰寫的《給西安軍界的公開信》社評，稱蔣之熱誠爲國的精神，領導全軍的能力，「實際上成了中國領袖」，要求張、楊向蔣謝罪，「化戾氣爲祥和」。宋美齡派飛機空運數萬份載有這篇文章的《大公報》，飛臨西安上空散發。西安事變和平解決後，張季鸞撰寫《國民良知的大勝利》，稱這是「普天同慶、全國欣喜」的盛事。

鸞之日，蔣親率大僚前去弔唁，致送「天下慕正聲，千秋不朽；崇朝嗟永訣，四海同悲」輓聯，並於當日簽署了國民政府對張的「褒揚令」。第二年張季鸞靈柩歸陝，西安各界舉行公祭大會，很少出席這種儀式的蔣介石又親臨大會致祭。這一切都說明蔣對張的「隆遇」，即使僚屬也望塵莫及的。

張季鸞逝世後，王芸生繼任《大公報》總編輯，負責報紙的言論工作。陳布雷寫信給他，說自己和《大公報》及他個人的交情，將和張在世時一樣。此後，王和陳的接觸逐漸多了起來，陳布雷誇獎王之文章「得張季鸞十之八九」，王也待陳如師友。

張季鸞在世時，曾告誡王芸生：你在報紙上罵誰都行，就是不要碰蔣先生。1934 年夏天，蔣介石邀請各界名流學者到盧山給他講課，作出一番禮賢下士的姿態，因撰寫《六十年來中國與日本》而一舉成名的王芸生也在被邀之列。蔣特地請王給他講了「三國干涉歸遼」問題。34 歲的王芸生受此「殊榮」，難免對蔣產生幻想。然而，王芸生和蔣介石及黨國要員的交情畢竟無法跟張季鸞相比，他繼任《大公報》總編輯後，雖然謹遵張季鸞的告誡，沒有指名道姓直接罵過蔣介石，但他不通達國民黨上層的政情，出於熾烈的愛國之心和報人的良知，對舉措乖謬的國民黨政府和一些貪污顢頇的文武要員，多有抨擊，致使蔣對他的不滿、不信任逐漸加深。

日軍進攻香港時，《大公報》總經理胡政之身陷於此。王芸生請陳布雷設法救胡出來。陳很快答覆說，蔣委員長已經電告香港機場負責人，讓胡政之盡快搭機離港。可是，當報社派人到重慶珊瑚壩機場守侯迎接時，由港飛渝的最後一趟航班機門打開，不見胡政之，卻見孔二小姐帶着大批箱籠、幾條洋狗和老媽子浩浩蕩蕩地從飛機上下來。王芸生得知後極其憤怒，借國民黨五屆九中全會剛剛通過的《修明政治案》，於 12 月 22 日發表《擁護修明政治案》社評，呼籲國民黨政府要「肅官箴，儆官邪」，矛頭直指孔祥熙家族。「飛機洋狗」事件激起昆明、遵義等地大學師生示威遊行，喊出「打倒國賊孔祥熙」的口號。〔註7〕

〔註7〕 據歷史學家楊天石先生考證，「飛機洋狗」事件是一樁偽事件。太平洋戰爭爆發當日，日軍猛攻香港，形勢危急。當時不少黨國要人、社會名流寄居香港，有成為日軍俘虜之虞。重慶國民政府加派航班搶運這些要人名流，《大公報》社長胡政之亦在「搶救」名單之列。1941 年 12 月 10 日，從香港起飛的最後一架飛機抵渝，大公報社派往機場接機的工作人員，不僅未見胡政之等要人身影，卻看到孔祥熙夫人宋靄齡、二女兒孔令偉、老媽子帶着大批箱籠和幾

1942 年秋，美國戰時情報局邀請王芸生赴美訪問，蔣介石夫婦親自為他餞行。一切準備就緒，王芸生突然接到國民黨宣傳部電話，通知他說委員長不要他到美國去了。家人對蔣介石的出爾反爾甚為不解，王芸生一語道破其中玄機：「老蔣怕我到美國揭他的老底兒。」〔註 8〕事後得知，是潘公展請陳果夫給蔣上簽呈，說王芸生不可靠，不能讓他出國。

條洋狗下了飛機。次日，重慶《新民報》日刊登出題為《佇候天外飛機來——喝牛奶的洋狗又增多七八頭》的簡訊（為該報採訪部主任浦熙修根據現場見聞所寫），間接地曝光了這一「醜聞」。王芸生聽過接機人員的彙報，十分氣憤，10 天後借機國民黨五屆九中全會通過《增進行政效能，厲行法治制度以修明政治案》，寫成《擁護修明政治案》社評，無視國民黨新聞檢查機關「刪扣」禁令，毅然發表在 12 月 22 日重慶《大公報》上。這篇社評稱：「最要緊的一點，就是肅官箴，儆官邪。譬如最近太平洋戰事爆發，逃難的飛機竟裝來了箱籠、老媽與洋狗，而多少應該內渡的人尚危懸海外。善於持盈保泰者，本應該斂鋒謙退，現竟這樣不識大體。」12 月 24 日，昆明《朝報》將標題改為《從修明政治說到飛機運狗》，轉載了重慶《大公報》這篇社評。「飛機洋狗」事件發酵，在昆明、遵義等地引發學潮。重慶《大公報》發表這篇社評當日，蔣介石嚴令交通部徹查真相，同時向《大公報》詢問消息來源，要求報社負責查明內容，窮究屬實。12 月 23 日，《大公報》覆函說明「事屬子虛，自認疏失」。12 月 28 日，交通部部長張嘉璈致信大公報社，說明向中國航空公司調查結果：當日香港交通斷絕，電話不通，無法一一通知需搶救人員；因有空餘座位，故有航空公司人員搭機，並儘量裝載中國銀行已運到機場的公物，「決無私人攜帶大宗箱籠老媽子之事」；至於四隻「洋狗」，則係兩位美國駕駛員見仍有餘位，順便攜帶到渝。王芸生將該信標上「交通部來函」字樣，刊於 12 月 30 日報末。當時宋慶齡與宋靄齡同機離港飛渝，她本來想公開回應《大公報》的這篇社評，但是有人勸她「應保持尊嚴和沉默」。鑒於謠言傳播既快且廣，1942 年 1 月 12 日她私信宋子文，向弟弟敘述撤離香港的經過，稱《大公報》關於「飛機洋狗」的社評為誹謗不實之辭。1 月 22 日，王芸生在社評《青年與政治》中又提到：「關於飛機載狗之事，已經交通部張部長來函聲述，據確切查明係外籍機師所為，已嚴予申儆，箱籠等件是中央銀行的公物。……而此函又為中央政府主管官吏的負責文件，則社會自能明察真相之所在。」楊天石先生認為，在這件事上，從不屈服強權的王芸生卻「自認疏失」，宋慶齡是事件的親歷者，品行高潔，在私信中更無為姐姐一家「開脫」的必要。因此，飛機搶運「洋狗」是一篇貌似確鑿而嚴重違離真相的報導。「飛機洋狗」事件經《新民報》、《大公報》等媒體報導、評論後，以訛傳訛，不但成為孔祥熙家族生活腐化的「鐵證」，在當時也影響了國民政府的公信力。參閱楊天石《「飛機洋狗」事件與打倒孔祥熙運動——一份不實報導引起的學潮》、《關於「飛機洋狗」事件的再考證》，載 2010 年 3 月 18 日、7 月 1 日《南方周末》。

〔註 8〕 王芝芙：《憶父親王芸生》，載周雨編《大公報人憶舊》，中國文史出版社，1991年版，第 295 頁。

　　1942 年，河南大旱，餓殍載道，哀鴻遍野，餓死的暴骨失肉，逃亡的妻離子散，三千萬同胞深陷於飢饉、死亡的地獄。1943 年 2 月 1 日，重慶《大公報》刊登了記者張高峰寄自河南葉縣的通訊《豫災實錄》，詳細報導了這慘絕人寰的災情。次日，王芸生發表《看重慶，念中原！》社評，對比河南災民慘狀，痛斥重慶豪富奢靡生活。蔣介石看完這篇社評後大發雷霆，當晚便以軍事委員會的名義勒令《大公報》停刊三日。報紙被當局勒令停刊，這在《大公報》歷史上尚屬首次。

　　1944 年，盟軍在歐洲和太平洋戰場捷報頻傳，惟獨國民黨中國戰場節節敗退，還美其名曰「以空間換時間」。年底，日軍攻入貴州，重慶震恐。12 月 24 日，王芸生發表《晁錯與馬謖》社評，援引漢景帝殺晁錯而敗七國之兵、諸葛亮斬馬謖以正軍法的史例說明：「當國事機微，歷史關頭，除權相以解除反對者的精神武裝；戮敗將以服軍民之心，是大英斷，是甚必要。」〔註9〕文章主張除「權相」孔祥熙，戮「敗將」何應欽等人，直指國民黨政府當權顯要，恐怕也只有王芸生敢於這樣拼命放言。

　　抗戰勝利後，國民黨當局派往京滬的接收人員大肆搜刮民脂民膏，使收復區同胞傾家蕩產，飽受「凱旋帶來的痛苦」。又是王芸生拍案而起，在重慶《大公報》上連續發表《收復失土不要失去人心》、《莫失盡人心》、《為江浙人民呼籲》等社評，抨擊接收人員「骯髒的手，漆黑的心」，警告國民黨當局「莫失盡人心」！對此，《大公報》老報人、共產黨員李純青由衷讚歎：「我敬佩王芸生手無武松的哨棒，而敢提着一枝禿筆，傲然夜上景陽岡。」〔註10〕

　　1946 年 10 月 11 日，國民黨軍隊佔領張家口。蔣介石急不可待，立即下令召開「國民大會」。在此之前，王芸生和《大公報》就不贊成在國內形勢劍拔弩張、全國人民都心神不安之時開會制憲，主張國民大會暫緩舉行，先尋求安定的辦法，以解決內戰的恐怖。〔註11〕就在蔣介石下令召開「國民大會」後，《大公報》還發表社評，認為現在開會「很欠斟酌」。〔註12〕12 月 25 日，「國民大會」通過《中華民國憲法》，宣佈閉會。第二天，《大公報》即發表

〔註 9〕　《晁錯與馬謖》，1944 年 12 月 24 日重慶《大公報》社評。
〔註 10〕　李純青：《為評價大公報提供史實》，載周雨編《大公報人憶舊》，中國文史出版社，1991 年版，第 314 頁。
〔註 11〕　《國民大會可以緩開》，1946 年 4 月 23 日上海《大公報》社評。
〔註 12〕　《為國民大會著想》，1946 年 10 月 14 日上海《大公報》社評。

王芸生撰寫的《國民大會閉幕了》社評，對剛剛閉幕的大會和通過的憲法評頭論足：「所產生的這部《中華民國憲法》，就文字與精神，在這時代，均不算十分理想。」「這部憲法的最大缺點，還不在它的本身，而是這次的制憲國大缺少一個和平團結的規模。一個主要黨派未參加，而半個中國還在打着內戰，因此大大減損了這部憲法的尊嚴性。」〔註13〕蔣介石意欲通過召開「國民大會」制訂憲法使自己的政權「合憲」，而王芸生和《大公報》卻毫不配合，自然引起他的忌恨。

1947年春，應美國盟軍司令麥克阿瑟之邀，王芸生參加赴日記者團，對投降後的日本進行考察。回國後，他以《日本半月》爲題寫了12篇文章，發表在上海《大公報》上，告知國人美國爲了反蘇，正在扶植日本重走戰爭冒險之路。4月10日，王芸生請假偕妻女北歸掃墓省親。1936年9月他離開天津，已有十年沒見「北方父老」了。「十年長別離，一旦還故鄉，父老含笑看，勝利衣錦歸。」〔註14〕不過王芸生沒有得享榮歸故里的歡樂，迨他北歸之時，父老鄉親臉上勝利的笑顏早已消失，大家額頭上刻滿了生活艱難的皺紋，這使他頓起幻滅之感。更讓他傷心欲絕的是：1938年日軍決開運河大堤，父母的靈柩被洪水沖失！他悲痛地告訴子女：「你父不孝，祖墓不保，從此我家永不自營墓地。吾死之後，火化遺體，將骨灰沈於海底。」〔註15〕

此時，平津「反內戰、反飢餓、反迫害」學潮風起雲湧。王芸生應邀在北京大學、燕京大學、清華大學演講，揭露美國扶植日本軍國主義復活陰謀。5月20日，國民黨當局出動軍警，鎮壓平津、南京學生運動，釀成「5・20血案」。5月21日，《大公報》天津版第三版整版報導了平津和南京流血事件，並發表《演變中的學潮》社評，指出學生「爭民主，爭和平，已如日月經天，江河行地，成爲全國人民普遍的呼聲」，希望政府「首須理解學生，須尊重學生的立場，持大體，尚容忍，而無取乎任何方式的干涉或壓迫。因爲壓迫的結果，只有使學潮激蕩橫決，以至不可收拾。」同日，上海版發表短評《南京的不幸事件》，指出「5・20血案」完全是蔣介石及國民黨政府蓄意鎮壓所爲。5月22日，天津版發表王芸生署名文章《我看學潮》，公開表示同情學生：「由京滬搶米到平津學潮，使人人可以感到我們的社會的動蕩不安。在這時，

〔註13〕 《國民大會閉幕了》，1946年12月26日上海《大公報》社評。
〔註14〕 王芸生：《北歸雜記》，載1947年6月21日上海《大公報》。
〔註15〕 王芸生：《北歸雜記》，載1947年6月21日上海《大公報》。

青年學生發出『反內戰、反飢餓』的吼聲，這不單是青年學生的要求，實是全國善良人民的共同呼聲。」「我何以同情學生呢？因為我還保持着一顆青年的心，我還能理解青年。今天的中國青年，是被威嚴的煩悶圍困着。他們首先為國家煩悶，勝利後的中國為什麼要在連綿不休的內戰中趨於毀滅？其次他們為自己煩悶。……畢業則失業，前途茫茫，漆黑一片，竟無出路。再次，他們再看看他的家鄉以及社會大群，兵荒困苦，大家不得聊生，這更使他們煩悶。在這個時代大現實之下，青年發出『反內戰、反飢餓』的吼聲，悲憫痛苦，兼而有之，我怎能不同情他們？」

　　國民黨政府教育部為防止學生運動，於 1947 年 12 月修改《學生自治會規則》，上海《大公報》於 29 日發表李純青執筆的《何必防閑學生運動》社評，對此提出批評。《大公報》對學生運動的同情和支持又一次觸怒了蔣介石，他立即指令陶希聖組織文章攻擊王芸生。12 月 30 日，南京《中央日報》發表《愛護學校，愛護自己》社論，向王芸生和《大公報》發起攻擊：最近少數職業學生煽動學潮，「彼等不過欲乘勢在政府後方造成第二戰線，以響應共黨匪徒目前正在瘋狂進行的毀滅祖國之武裝叛亂而已。」「上海大公報竟著文響應，且涉及教育部最近公佈的學生自治會修正規則，謂教育部當局此舉乃『防閑學生運動』。此種言論與行動，淆亂是非，顛倒黑白，危害青年，破壞學術研究。」「至於大公報王芸生之流，其主義為民族失敗主義，其方略為國家分裂主義。主義與方略俱備，現在有行動了。他的行動就是繼以所謂『勸募寒衣運動』為煙幕這一行動之後而起的掀起學潮。」〔註 16〕對《中央日報》的無理謾罵、瘋狂攻擊，王芸生在上海幾次集會上提出抗議。為減輕王芸生的壓力，胡政之在上海《大公報》上發表署名文章聲明：《大公報》是書生論政的組織，其社評是由社評委員會開會共同討論的意見，根據結果，指定一人執筆；《大公報》社評言責在於報社本身。〔註 17〕

　　王芸生擔任《大公報》總編輯後，他和《大公報》已經有以上種種「不良」記錄在案；蔣介石罰令南京《新民報》永久停刊，王芸生又藉此大做文章，終於使國民黨最高當局忍無可忍，指令《中央日報》對他進行調查。《中

〔註 16〕　《愛護學校，愛護學生》，1947 年 12 月 30 日南京《中央日報》社論。「勸募寒衣運動」是指：1947 年冬，上海天氣寒冷異常，時有難民凍餒而死。王芸生為此撰文呼籲政府發放冬令救濟，社會團體起來進行勸募寒衣、救濟難民之公益活動。

〔註 17〕　胡政之：《兩點說明》，載 1948 年 1 月 1 日上海《大公報》。

央日報》「三查」之後，還算比較客氣地給「王芸生君」戴上了「雙料的新華社應聲蟲」的「紅帽子」。

「世界需要中道而行」

批評共產黨，共產黨斥其是法西斯的有力幫兇；抨擊國民黨，國民黨又罵其爲新華社的應聲蟲。王芸生和《大公報》猶如夾在兩個婆婆之間的受氣媳婦，左右不是，處境尷尬：「說來可憐，大公報一非『國特』，二不『尾巴』，在這天下滔滔，不歸於楊則歸於墨的情勢之下，大公報實在落於一條極狹極狹的夾縫當中。我們詛咒內戰，憤恨內戰，要安定，要進步。同一立場，兩面受敵。一面飛來紅帽子，使我們苦笑；另一面又罵你是『幫閒』，罵你是『法西斯幫兇』，更使我們莫名其妙。」〔註1〕

王芸生和《大公報》的尷尬，實際上是中國自由主義報人的尷尬，《大公報》「四不」辦報方針、「文人論政」傳統的尷尬。

王芸生曾是一個滿腔熱血的革命青年，早年加入過國民黨，經博古等介紹也加入過共產黨。「四·一二」政變後，因感觸時變，他在天津《大公報》刊登啓事，聲明不再與一切政團發生關係，謝絕政治活動，專心從事著述，藉以糊口謀生。從此，他成爲一個「徹頭徹尾的新聞人」，不再參加任何黨派，以獨立、自由的報人身份，用如椽之筆，記錄歷史，議論時政，「直接養成堅實的輿論，間接促進社會堅實的風氣。」〔註2〕

王芸生認爲，一個稱職的新聞記者，必須具備幾種異乎常人的條件：堅貞的人格，強勁的毅力，豐富的學識；對於人類，對於國家，對於自己的職業，要有熱情，要有烈愛，然後以明敏的頭腦，熱烈的心腸，冰霜的操守，發爲「威武不能屈，富貴不能淫」的勇士精神，兢兢業業地爲人類爲國家盡

〔註 1〕 《論宣戰休戰》，1946 年 5 月 29 日上海《大公報》社評。
〔註 2〕 王芸生：《新聞事業與國難》，1936 年 5 月 8 日在燕京大學新聞系演講辭。

職服務。〔註3〕

　　有鑒於此，更是爲了保持新聞記者的獨立性，出身貧寒的王芸生堅決抵制職業以外的政治誘惑，也從不收禮。1938 年 1 月，國民政府軍事委員會政治部部長陳誠聘請王芸生擔任第三廳宣傳部長，他婉言謝絕說：「我服從司馬遷一句話，『戴盆何能望天？』」言外之意，頭上已經戴上了新聞記者的「盆子」，便看不見別的了。在重慶期間，國民政府爲了更加有效地控制輿論，給新聞界不少要人以軍委會參議的名義，王芸生也接到了參議聘書。陳布雷親自給他打電話說，這是委員長的意思，好在只是一個空頭銜，請勉強收下。可到了月底，軍委會竟送來了數目不菲的薪水，王芸生即刻把聘書和錢款如數退回。〔註4〕國民黨某軍政要員爲提高自己的威望，非常想在《大公報》上登一篇文章。他託人說情，王芸生不予搭理，於是就趁其不在家送來厚禮，太太卻糊裏糊塗地收下了。王芸生回家知道後大發雷霆，當即寫信讓送禮的人把東西取回。唯一的例外是在重慶期間曾收下過周恩來送來的延安特產小米、紅棗，但把一同送來的比較貴重的延安產呢子布料當面退回。當時他的孩子穿的內衣內褲，有的是用報社處理的油墨布做成的，呢子布料對孩子們來說可是稀罕之物。他對家人解釋說：「正因爲我對周先生的人品和才能十分敬仰，才破例收下了小米、紅棗這帶有泥土氣息的禮物。我作爲一份民間報紙的發言人，要保持自己獨立的人格，我才有獨立的發言權，我才有資格說眞話，對國民黨才能嬉笑怒罵。同時，待國共雙方都必須一樣，是我一貫的原則。」〔註5〕

　　1926 年吳鼎昌、胡政之、張季鸞「三駕馬車」成立新記公司、接辦《大公報》時，就爲報紙定下了「不黨、不賣、不私、不盲」的辦報方針：

　　　　第一不黨。黨非可鄙之辭。各國皆有黨，亦皆有黨報。不黨云者，特聲明本社對於中國各黨閥派系，一切無聯帶關係已耳。惟不黨非中立之意，亦非敵視黨系之謂。今者土崩瓦解，國且不國，吾人安有中立袖手之餘地？而各黨系皆中國之人，吾人既不黨，故原

〔註3〕　王芸生：《招魂──一個新聞記者的罪言》，載《國聞周報》第 14 卷第 15 期（1937 年 4 月 19 日出版）。

〔註4〕　王芝琛著：《百年滄桑──王芸生與大公報》，中國工人出版社，2001 年版，第 158～159 頁。

〔註5〕　王芝芙：《老報人王芸生──回憶我的父親》，載《文史資料選輯》第九十七輯，文史資料出版社，1985 年版，第 61 頁。

則上等視各黨，純以公民之地位發表意見，此外無成見，無背景。
凡其行爲利於國者，吾人擁護之；其害國者，糾彈之。勉附清議之
末，以彰是非之公，區區之願，在於是矣。

第二不賣。欲言論獨立，貴經濟自存。故吾人聲明不以言論作
交易。換言之，不受一切帶有政治性質之金錢補助，且不接收政
治方面之入股投資是也。是以吾人之言論，或不免囿於知識及感
情，而斷不爲金錢所左右。本社之於全國人士，除同胞關係一點
外，一切等於白紙，惟願賴社會公眾之同情，使之繼續成長發達而
已。

第三不私。本社同人，除願忠於報紙固有之職務外，並無私圖。
易言之，對於報紙並無私用，願向全國開放，使爲公眾喉舌。

第四不盲。不盲者，非自詡其明，乃自勉之詞。夫隨聲附和，
是謂盲從；一知半解，是謂盲信；感情衝動，不事詳求，是謂盲
動；評詆激烈，昧於事實，是謂盲爭。吾人誠不明，而不願自陷於
盲。〔註6〕

秉此「四不」方針，《大公報》形成了既不同於政黨報紙、又區別於商業
報紙的特色，按照張季鸞、胡政之的話說，就是「文人論政」：「那麼大公報
的中心思想是什麼呢？用張、胡的話說，是文人論政或文章報國，這個概念
是中國士大夫即中國封建時代知識分子的傳統，而且應該說是中國舊知識分
子的好傳統。……這個傳統的主軸是對皇帝崇拜盡忠，不要農民流寇造反。
在統治階級中是擁護忠臣，反對奸佞，爲官要公正廉潔，也主張空泛的愛民
如子。我不是說大公報眞能做到這一點，只是說這個中國士大夫傳統對大公
報有深遠影響。但是大公報的文人論政不僅僅出於封建的中國知識分子傳
統，因爲處於現代世界，在西方文化包圍及影響之下，現代新聞報紙已經出
現。張季鸞、吳鼎昌、胡政之三人都是留日學生，受過資產階級思想的洗禮，
所以文人論政也包含着濃厚的資產階級民主思想在內，而其主要內涵是新聞
自由、民主概念和感情。」〔註7〕《大公報》研究專家吳廷俊教授，則將「文
人論政」的內涵概括爲「論政而不參政，經營不爲贏利，以言論報國，代民

〔註6〕 記者：《本社同人之志趣》，載1926年9月1日《大公報》續刊號。
〔註7〕 李純青：《爲評價大公報提供史實》，載周雨編《大公報人憶舊》，中國文史出
　　　 版社，1991年版，第308〜309頁。

眾講話」。〔註8〕

1948 年 1 月 8 日上海《大公報》社評
《自由主義者的信念》。

作為新記《大公報》的老報人、第二任總編輯，前輩們為報紙確立的「四不」方針和報紙所形成的「文人論政」傳統，對王芸生的影響是不言而喻的；同時，他也是這一方針、傳統的身體力行者和發揚光大者。因此，抗戰勝利後王芸生和《大公報》批評共產黨也好，抨擊國民黨也罷，正是報紙「四不」方針和「文人論政」傳統的一以貫之，體現了獨立、愛國的民間報人、報紙對國家和人民的摯愛，希望飽經憂患的國家走上和平、統一、民主、憲政之路，主觀上不存在揚此抑彼問題。俞頌華就曾稱讚王芸生：「他立言的長處是常以國家為前提，而站在人民的立場，說一般人民所要說的話。雖則格於環境，他有時恐未必能暢所欲言，可是他富於熱情，所說的話，常能打入讀者的心坎。所以他的文章，始終能動人心弦，不致與無黨無派的民意脫節。」〔註9〕當然，王芸生的性格與文章也有其短處，按照李純青的話說，「那時《大公報》社論，主要就是表現王芸生個人對時事的縱橫觀」，「不足處是看問題停留於表面，多未深入，而文如其人，不免有些驕蹇自滿，獨斷專行。」〔註10〕這恐怕是王芸生和《大公報》招致國共雙方攻擊的原因之一吧。

國共雙方都不聽勸告，內戰愈打愈激烈，不分出勝負看來不會罷休。王芸生和《大公報》處於無所適從、迷茫煩悶的境地。

1948 年 1 月 8 日，上海《大公報》發表《自由主義者的信念》長篇社評。社評指出：「自由主義不是一面空泛的旗幟，下面集合着一簇牢騷專家，失意政客。自由主義者不是看風使船的舵手，不是冷門下注的賭客，自由主義是一種理想，一種抱負，信奉此理想抱負的，坐在沙發上與挺立在斷頭臺

〔註 8〕 吳廷俊著：《新記〈大公報〉史稿》，武漢出版社，2002 年第 2 版，第 2 頁。
〔註 9〕 轉引自傳國湧著《追尋逝去的傳統》，湖南文藝出版社，2004 年版，第 220 頁。
〔註 10〕 李純青：《為評價大公報提供史實》，載周雨編《大公報人憶舊》，中國文史出版社，1991 年版，第 307 頁。

上，信念得一般堅定。自由主義不是迎合時勢的一個口號。它代表的是一種根本的人生態度。這種態度而且不是消極的。……在政治在文化上自由主義者尊重個人，因而也可說帶了頗濃的個人主義色彩，在經濟上，鑒於貧富懸殊的必然結果，自由主義者贊成合理的統調，因而社會主義的色彩也不淡。自由主義不過是個通用的代名詞，它可以換成進步主義，可以換爲民主社會主義。」這是對把自由主義視爲「妥協」、「騎牆」、「中間路線」的批駁。那麼，什麼才是眞正的自由主義呢？社評列舉了自由主義者所堅信的五條基本信念：一、政治自由與經濟平等並重；二、相信理性與公平，也即是反對意氣、志氣與武器；三、以大多數的幸福爲前提；四、贊成民主的多黨競爭制，也即是反對任何一黨專政；五、任何革命必須與改造並駕齊驅。社評最後說：

> 自由主義不止是一種政治哲學，它是一種對人生的基本態度：公平，理性，尊重大眾，容納異己。因爲崇信自由的天賦性，也即是反對個性的壓迫，它與任何方式的獨裁都不相容。又因爲它經濟生活的平衡發展需要制度上的規畫，它也不能同意造成貧富懸殊的自由企業，所謂「中間路線」絕對不是兩邊倒，而是左右的長處兼收並蓄，左右的弊病都想除掉。正因爲自由主義尊重個性，他們之間的意見也容有參差，同時，自由主義者既無意奪取政權，所以也談不到施政綱領。但對人生既具有了堅定而鮮明的態度，對事情自然便有了觀點。本文所述的五點不過是站在自由主義立場對當前現實所獲的結論。許多人認爲自由主義者目前必定萬分煩悶。其實，無信念，無抱負，永遠妥協，永遠騎牆的投機家才應該煩悶，因爲他們精神上既無所寄託，爲了看風使舵，還得四下張望，一個眞正堅信自由爭取平等的人是不會煩惱的。他只爲同類的遭際而憤怒悲哀：憤怒的是古今歷史的前鑒如此彰明，何必兜個大彎，塗炭千萬生靈，結果還得走上這條自由與平等，革命與改造並重的路；悲哀的是唯恐這個進入原子能時代的世界不肯等待這個古老的中國！這份悲憤，是有力的靈氣與勇氣，本着堅定的信念，他們將永遠爲自由平等及大眾利益奮鬥下去！〔註11〕

這篇社評出自蕭乾之手。蕭乾 1935 年 7 月進入《大公報》，主編文藝副

〔註11〕 《自由主義者的信念》，1948 年 1 月 8 日上海《大公報》社評。

刊。1939 年他離開香港館赴英國任教、學習，胡政之予以資助，邀請他兼任《大公報》駐英記者，後又任《大公報》駐英國特派員兼戰地記者。1946 年夏回到上海，任《大公報》社評委員，負責撰寫國際社評。

社評《自由主義者的信念》的發表，被新聞學界視為《大公報》開始打出「自由主義」旗幟，宣傳「第三條道路」，試圖走中間路線的標誌。解放戰爭時期，國統區曾出現過大量宣傳「第三條道路」的報刊。所謂「第三條道路」，就是持這種政見的人，既不滿國民黨的專制統治，也不希望中國在共產黨領導下實行人民民主專政，而是嚮往英美國家的議會政治。這類報刊以民盟為代表的中間民主黨派所辦的居多。

《大公報》老報人李純青回憶說，《大公報》曾經想走中間路線，這條路線的主軸是既反對國民黨，也反對共產黨。不過這只是幾個人在一段時間內發表過一些文章，並沒有佔據《大公報》的主流；思想概念也有點模糊——或者叫自由主義，或者叫改良主義，在這個人身上是受美國宣傳民主個人主義的影響，在另外一人身上又偏愛着英國工黨路線。〔註 12〕

如果撇開「第三條道路」主張興起的特殊歷史背景，如果把「自由主義」和「第三條道路」看作同一或相容的概念，李純青的這種認識似乎並不準確。實際上，自由主義一直是大公報人的理想和信念，「四不」方針，文人論政，可以說即是西方自由主義新聞思想的中國化。張季鸞就曾說過：「我們這班人，本來自由主義色彩很濃的。人不隸黨，報不求人，獨立經營，久成習性。」「中國報人本來以英美式的自由主義為理想，是自由職業者的一門。其信仰是言論自由，而職業獨立。對政治，貴敢言；對新聞，貴爭快。從消極的說，是反統治，反干涉。」〔註 13〕1941 年 5 月 15 日，《大公報》榮獲美國密蘇里大學新聞學院授予的外國報紙年度榮譽獎章，張季鸞、胡政之向美國公眾發表題為《自由與正義勝利萬歲》廣播致辭：「我們對任何人或任何黨派並無說好說壞的義務。除去良心的命令以外，精神上不受任何約束。我們在私的意義上，並不是任何人的機關報，在公的意義上，則我們任何人甚至全世界任何人，只要在正義的範圍，都可以把《大公報》看作是自己的機關報。」蕭乾 1946 年回國不久，王芸生就囑他撰寫了一篇《英國工黨執政一

〔註 12〕 李純青：《為評價大公報提供史實》，載周雨編《大公報人憶舊》，中國文史出版社，1991 年版，第 317 頁。
〔註 13〕 《抗戰與報人》，1939 年 5 月 5 日香港《大公報》社評。

年》社評，發表在 8 月 28 日《大公報》上海版上。文章認為，戰後上臺執政的英國工黨的改良主義，使國家避免了「赤化」，歐洲人也因此偏愛緩進的改良主義；所以，亞洲和中國應該學習英國工黨的改良主義。同年 10 月 1 日，國、共雙方已徹底決裂，內戰全面展開，《大公報》發表《世界需要中道而行》社評，指出「理想社會須兼有美、蘇之長」，「我們相信美蘇矛盾有一條中道可走，應走」，希望中國既不做美國的「衛星」，也不做蘇聯的「附庸」，而選擇「中道而行」。

1946 年 10 月 1 日上海《大公報》社評《世界需要中道而行》。

　　《自由主義者的信念》發表後不久，上海《大公報》又刊登了一篇社評，認為中國政治集團之間的爭執，猶如在爭搶蓋一所房子的設計權、建設權與管理權，最好的辦法是雙方合蓋，自由主義者所做的乃是「打基」、「填土」工作：

> 　　政治集團今天的爭執，似是在中國這塊土地上應蓋起怎樣一所房子，同時，也就爭執到誰來蓋，誰經管的問題。極明顯的是最好雙方合蓋，不但建築工作不必延擱，露宿中的人民也可以盡早安居，而且可以兼容兩大工程師的長處。無奈工程師的關切不盡在露宿中的人民，爭執的焦點始終是誰做主任工程師，誰做助手。自由主義者本身不願露宿，也不忍見流民露宿，所以誰做主任工程師，只要房子能蓋起來，他們能賣力氣處，都義不容辭。事實上雙方都帶有自己的木瓦匠，在現狀下，他不能也不屑為收漁人之利的第三位工程師。但他們卻甚關切露宿的流民，因為他們本身也是流民之一員。自由主義者並不是在甲乙工程師中有所抉擇，他是在嚷，不論誰蓋也好，你們別忘記留出透空氣引陽光的窗戶（民權），可也別忘記蓋個容量充足的飯廳（民生），因為飲食空氣陽光是健康的基礎。這麼一嚷，競爭者一定認為有所偏向；其實在建築開始前，窗戶飯廳都還不存在。有些露宿流民也一定看我們為迂腐，認為問題純然是誰蓋而已。殊不知無論誰蓋，這原則還是基本而又基本的。既然雙方

争奪工程師地位，自由主義或在內地清苦教書，或在拉鋸戰地帶從
事朝不保夕的生產工作，都在埋首做着局部的塡土打地基的工作。
這工作當然沒有參加爭奪戰的木瓦匠激昂爽快，也很有些塡土者或
不甘淡泊或因遭際而受了刺激，參加了任何一方的木瓦匠行列，但
我們也願慰問各地無聲無嗅的塡土者，你們的貢獻絕不比鬥爭更浪
費！你們有人記掛，有人尊敬！因爲中國如欲現代化，塡土打基的
工作的需要是千眞萬確的！〔註14〕

王芸生事後說，《大公報》當時打出自由主義的旗號，只是他在受到國共
兩方面的斥罵後，思想苦悶之時所採取的一種尋求排解的「精神勝利法」而
已。不過，馬歇爾和司徒雷登（時任美國駐華大使）卻十分認眞地把《大公
報》及其總經理胡政之納入「中國的民主個人主義者」之列進行拉攏。據《大
公報》老報人李俠文回憶，胡政之赴香港恢復《大公報》港版之前來到南京，
急於物色「民主個人主義者」來取代蔣介石獨裁統治的司徒雷登，鄭重其事
地派秘書傅涇波去拜訪胡政之，說準備了汽車洋房招待他，並試探他是否有
意出任行政院長。〔註15〕

但是，對《大公報》所打出的自由主義旗幟，國共兩方面都是反對的。
1947年10月，國民黨政府宣佈民盟爲「非法」團體，使「第三條道路」或者
說「自由主義」理想在中國的實現成爲泡影。包括《大公報》在內的報刊關
於「自由主義」和「第三條道路」的言論，引起了毛澤東的關注。1948年
1月14日，毛澤東電告香港、上海地下黨組織和文化機構：「要在報紙上刊物
上對於美帝及國民黨反動派存有幻想、反對人民民主革命、反對共產黨的某
些中產階級右翼分子的公開的嚴重的反動傾向加以公開的批評與揭露。」
〔註16〕緊接着，共產黨領導的香港左翼文化界首先對《大公報》發起了猛烈
批評。胡繩在《爲誰「塡土」？爲誰工作？——斥大公報關於所謂「自由主
義」的言論》一文中寫道：「公然爲舊勢力歌頌，詆毀和侮辱新勢力，這是一
種說法；以較含蓄的語句說，舊的縱然不好，新的也何嘗合於理想，眞正的
『理想』還遠得很呢，這是又一種說法。後一種議論雖裝出超然獨立的姿態，

〔註14〕《政黨·和平·塡土工作——論自由主義者的時代使命》，1848年2月7日上
　　　　海《大公報》社評。
〔註15〕李俠文：《我所認識的張季鸞、胡政之兩先生》，載周雨編《大公報人憶舊》，
　　　　中國文史出版社，1991年版，第270頁。
〔註16〕《毛澤東文集》第五卷，人民出版社，1986年版，第15頁。

但其實際企圖仍走在損害新勢力和新中國在人民中的信心，而給舊中國統治者尋覓苟存的罅隙。大公報近一月來先後發表過兩篇社論，提出什麼自由主義者的信念，又論什麼『自由主義者的時代使命』，就是這類議論的代表。」〔註17〕郭沫若則更不客氣，在充滿了大批判言辭的《斥反動文藝》一文裏，稱《大公報》是「集御用之大成」的「大反動堡壘」，直接將蕭乾等人定性為反動文藝的代表。

　　《大公報》左右被黜，「中道而行」也勢不可行，王芸生喟然長歎：「沒有出路了！」〔註18〕

〔註17〕轉引自李輝著《蕭乾傳》，江蘇人民出版社，1993年版，第280頁。
〔註18〕周雨著：《王芸生》，人民日報出版社，1996年版，第64頁。

胡政之「國門邊上」的努力

　　就在王芸生和《大公報》受到國共雙方夾擊、進退維谷之時，1948 年 1 月 25 日，總經理胡政之率領費彝民、李俠文等一幫年輕骨幹毅然離開上海，遠赴香港，籌備復刊《大公報》香港版。

　　復刊香港版，原不在胡政之設想的戰後《大公報》發展計劃之內。胡政之不止一次同王芸生、曹谷冰、金誠夫、李俠文等骨幹談過他對戰後《大公報》發展的設想。他分析道，抗戰勝利後國內存在的最大問題是國共兩黨之爭：共產黨雖然在政治上頗得人心，力量在抗戰中也有了很大發展，但是還沒有立即打敗國民黨的軍事實力；國民黨政府的統治雖然聲譽不佳，但有美國的援助，也不至於很快垮臺。因此，國共兩黨之間的鬥爭不可能很快結束。在這種新的對立的政治格局中，《大公報》是很有發展前途的。〔註1〕他計劃，在抗戰勝利後，除重慶版繼續出版外，恢復上海版和天津版，再創辦廣州版，佔領華西、華東、華北、華南四大據點，使《大公報》成爲中國報界盟主。之所以不恢復香港版而另行在廣州開闢事業，是因爲香港受英國人統治，他不願再寄人籬下。〔註2〕

　　1945 年春，胡政之以國民參政會參政員身份，被國民政府派往舊金山參加聯合國成立大會。在美期間，除參加正常的會議外，他訂購印刷設備，考察美國報館，延攬新聞人才，爲《大公報》在戰後的擴張進行着準備工作。

〔註 1〕 吳廷俊著：《新記〈大公報〉史稿》，武漢出版社，2002 年第 2 版，第 384～385 頁。
〔註 2〕 李俠文：《我所認識的張季鸞、胡政之兩先生》，載周雨編《大公報人憶舊》，中國文史出版社，1991 年版，第 265 頁。

11 月 3 日，他從美國返回重慶。此時，滬版已於兩天前恢復，津版的復刊工作也在緊鑼密鼓進行之中。同人們富於成效的收復工作使他滿意，遂打算撤消大公報社董監事聯合辦事處，〔註3〕成立新的管理機構，以適應新形勢下業務發展的需要。

1946 年元旦，胡政之在上海宣佈「大公報社總管理處」成立，隨後飛渝，以「社會賢達」身份出席舊政治協商會議。這次會議通過的《和平建國綱領》等五項協議，有利於國家和平、民主和民族資本主義的發展，更堅定了他擴展《大公報》事業的決心。會議結束後，他馬不停蹄地考察了渝、滬、津三館工作，3 月在上海草擬《大公報社總管理處規程》，初步擬定了總管理處及各館人事安排。按照他的指示，在國民政府宣佈還都南京前夕，王芸生率領部分同人於 4 月 13 日自渝飛滬。總編輯王芸生復員到滬，標誌着《大公報》的言論中心從重慶版轉移到了上海版，滬館成為總館。

7 月 13 日，董事會開會通過了胡政之草擬的《大公報社總管理處規程》，並宣佈實施。《規程》規定總管理處的職責為：一、綜理各館業務暨附屬各種出版事宜並決定編輯言論方針；二、統籌各館經濟事宜；三、核准各館預算決算，辦理本公司總預算決算；四、稽核各館賬目及現金；五、決定本處職員及各館主任以上職員之進退及調查並考覈全體職員之成績，分別獎懲；六、核定國內外直屬辦事處工作及特派員之遴選；七、統籌各館購料事宜；八、其它為各館共同需要各事項之統籌辦理。這表明總管理處總攬了報紙言論編輯方針及報社人、財、物等一切權力。

董事會還宣佈了總管理處及各館、國內外直轄辦事處負責人的人事安排，其中總管理處主要負責人：總經理胡政之，總編輯王芸生；副總經理曹谷冰、金誠夫，副總編輯張琴南。《大公報社總管理處規程》第一條即規定：「本社因業務上需要設總管理處於上海，由總經理主持之。」這說明《大公報》的大權仍掌握在總經理胡政之的手中。

〔註 3〕　大公報社董監事聯合辦事處成立於 1941 年 9 月 15 日，以胡政之、李子寬、王芸生三董事和曹谷冰、金誠夫二監事為委員，胡政之為主任委員，綜攬重慶、香港、桂林三館事務。1935 年吳鼎昌出任國民政府實業部長，離開《大公報》，報社由胡政之、張季鸞兩人領導；1937 年胡、張在上海分手，張先後主持漢口、重慶兩館，胡先後主持香港、桂林兩館，雖然在重大問題上互通聲氣，商量決定，但儼然是兩個系統。張季鸞逝世、董監事聯合辦事處的成立，使兩個系統得到了統一，開始了胡政之獨自領導整個《大公報》的時期。

大公報社總管理處的成立與《大公報社總管理處規程》的實施，表明胡政之凝聚內力，通盤考慮，要大展勃勃雄心，實現其中國報業托拉斯的夢想了。

1948 年，胡政之率領李俠文等恢復《大公報》香港版。圖為報社部分同人在香港淺水灣合影，前排右一為胡政之。

然而，精明練達、世事洞明的胡政之也沒有料到，國內形勢發展之快完全出乎自己的估計。1946 年 10 月全面內戰爆發後，《大公報》還發表社評說，「以國共的軍力對比，中共絕對無以武力打倒國民政府的可能，另一方面，政府要以武力完全消滅中共，也是不可能的」，〔註4〕但是僅僅一年之後，人民解放軍已轉入戰略反攻，國民黨政權呈瓦解之勢。1947 年 11 月，胡政之在《大公園地》發表文章說：「抗戰勝利以後，國事日非，仍然有許多人發議論，發牢騷，求痛快。我因辦報多年，尚為國人所知，近十多年來也嘗參與過國家政治，比過去更認清了中國政治問題的特質。」〔註5〕他內心很清楚，國民黨政權垮臺是早晚之事，而共產黨解放全國、建立政權後也不可能接受、保留《大公報》的老傳統。因此，他放棄創辦廣州版的計劃，轉而恢復香港版，作為日後《大公報》的退路和自己安身立命之所，猶如當年未雨綢繆創辦桂林版、作為香港版的退路一樣。〔註6〕

恢復香港版最大的困難是外匯，胡政之只得接受港人王寬誠先生入股兩萬美金作為復刊費用。當時，從內地湧來香港的人漸多，物價日漲，又鬧房荒，在香港辦報，拉廣告和打開銷路都很不容易。胡政之知道自己已屆「知天命」之年，這次香港復刊恐怕是他對事業的最後開創。因此，即使困難重重，他也義無反顧。他率領大家來港後，身先士卒，與同人「同住同

〔註4〕《不許破裂！必須和平！》，1946 年 10 月 7 日上海《大公報》社評。

〔註5〕《胡政之文集》（下），天津人民出版社，2007 年版，第 1118 頁。

〔註6〕1938 年 8 月 13 日，胡政之率部分同人創辦《大公報》香港版。1940 年日軍大舉南進，胡斷定香港必將不保，遂派部分同人先行離港籌辦桂林館，作為日後香港版的退路。1941 年 12 月 13 日，日軍侵佔九龍，香港版宣佈停刊，而桂林版已於同年 3 月 15 日出版，香港館多數員工輾遷移至桂林館。

食同勞動」。報館再次租用戰前曾經租過的利源東街那家小印刷所的二樓，供編輯、經理兩部辦公。地方狹小，兩部門同人雖只有 30 人左右，也容納不下，有些桌子只好輪流坐。據李俠文回憶，胡政之住在宿舍頂樓一個小房間裏，起居飲食都沒有人特別照顧，來回報館與宿舍之間都是坐巴士。有一次在巴士上被李碰見，人多找不到空位，胡站在車上，一手抓住扶手，一手拿着一小包花生米，逐粒送入口中，肥胖的身軀在汽車行進中搖晃，悠然自得。〔註7〕

經過五次試版，1948 年 3 月 15 日，《大公報》香港版終於正式復刊。那天，胡政之一夜沒有合眼，一直等到拂曉開機。當他看到從印刷機上取出來的第一份報紙時，興奮地連聲說「恭喜！恭喜！」在場同人無不為之動容。

胡政之還親自撰寫了《本報港版復刊辭》，在復刊號上發表。文章向世人說明《大公報》復刊香港版的理由：「現在政治的不安，經濟的動蕩，差不多成了全世界的一般現象。兩極端的政治思想熱烈的鬥爭着，相互的激擾着。最受苦的是愛好和平、傾心自由的善良人群，這些人的處境與中國民眾所處的地位正復相同。……中國幾千年來立國精神就是忠恕和平，與世無爭，一直到現在，我們的國民思想還是只求與人和平相處。中國的力量沒有參加世界任何國際鬥爭的資格，而為人類的全體利益計，也實在是應該大家都要保持和平，國與國之間應該保持親愛，努力祥和。我們不僅對於國內不贊成以武力解決政治問題，在國際，我們也不贊成大家劍拔弩張，壁壘森嚴，準備廝殺。我們這種意思雖然是微弱的，但在國際上一定有許多人與我們共鳴，所以我們願意在中國的國門邊上與世界愛好和平的有志之士共同努力。這又是我們到香港來的理由。」更重要的是，胡政之在《復刊辭》中重申了《大公報》的民間報紙性質和「文章報國」宗旨。他說，《大公報》是民間組織，營業性質，現在雖然有上海、天津、重慶、臺灣（以上海紙版航空遞寄到臺灣印行）和香港五個單位，但事業卻是整體的，「言論方針是各版一致的。」大公報人在八年抗戰中，由黃河流域而到長江流域，由長江流域而到珠江流域，飽受艱難困苦而事業不輟，「這並不是同人有什麼過人之能，實在我們覺得，在歷史上書生向來都有一股傻氣，我們之所以能在如此艱難困苦的環境下團結了同人，吸收了若干青年同事，就是我們不敢妄自菲薄，想代表中國

〔註7〕 李俠文：《我所認識的張季鸞、胡政之兩先生》，載周雨編《大公報人憶舊》，中國文史出版社，1991 年版，第 391 頁。

胡政之逝世一週年之際，王芸生（前排左一）率《大公報》同人在墓前致悼。

讀書人一點不屈不撓的正氣。」抗戰勝利後迅速恢復滬版、津版，又航寄臺灣印行，「其艱難困苦當爲識者所共喻。儘管如此，我們還是本着書生以文章報國的本心，恢復港版，想要利用經濟比較安全的環境，加強我們爲國家民族服務。」〔註8〕

　　胡政之在《復刊辭》中說，這次復刊香港版，不像10年前創辦香港版，只是爲了應付抗戰的臨時組織，而是希望在香港做長期努力。然而，香港版復刊不到兩個月，他這位掌舵人卻突然倒下了。4月24日晚，胡政之正在港館俯案工作時，突發疾病，很快確診爲肝硬化。得病之因，生活條件艱苦倒在其次，主要是國內戰事不已，報紙前途未卜，使他焦慮茫然，心情鬱結。27日，在滬館同人的懇求下，他戀戀不捨地離開香港，回上海療養。不料自此一病不起，輾轉病榻經年，於1949年4月14日在上海溘然長逝！

　　胡政之逝世時，距上海解放僅差一個多月。此時，總編輯王芸生不在上海，代理總經理曹谷冰在新舊交替中疲於應對。〔註9〕因此，他去世時遠沒有八年前張季鸞那樣的「哀榮」：既沒有政府的「褒揚令」和盛大的追悼活動，也沒有各界要人的輓聯、輓詩、輓詞，沒有來自四面八方的唁電、唁函。在

〔註8〕　《本報港版復刊辭》，載1948年3月15日香港《大公報》。
〔註9〕　1948年5月，董事會鑒於胡政之病情嚴重，推舉曹谷冰代理總經理。

他去世的第二天，《大公報》上海版發表了《回首一十七年》一文，藉此表示同人對他的懷念之情，這是六年前他爲紀念張季鸞逝世兩週年而寫的文章。一代報人就這樣寂寞謝幕，不能不讓人扼腕歎息！

關於胡政之對《大公報》的貢獻，論者常談及他的經營、管理有方。誠然，沒有總經理胡政之的善於經營與管理，《大公報》在舊中國不可能如此輝煌。事實上，胡政之對《大公報》自由主義精神和「文人論政」傳統形成的貢獻，也不亞於張季鸞，並且在張病逝後持之如故，這一方面常被人忽視。李純青就曾經頗爲不平地說：「如果把文人論政集中反映在張季鸞、胡政之二人身上來解釋，也許可以摸出一條線索來。光說張季鸞一人是不公平的，胡政之對《大公報》的貢獻不下於或者可以說大於張季鸞，他主持《大公報》的時間也比張多出七年。胡政之不僅善於經營，而且博學能文。」〔註10〕

1916年9月，王郅隆從英斂之手裏盤接《大公報》，聘請胡政之擔任經理兼總編輯。從此，他一生與《大公報》結下了不解之緣。王郅隆與安福系關係密切，《大公報》言論上親皖系軍閥和日本，聲譽日降，連年虧損，胡政之也無能爲力。1919年，胡政之以《大公報》記者身份採訪巴黎和會，並遊歷歐洲各國。次年7月回到天津，正準備整頓奄奄一息的《大公報》，不料直皖戰爭爆發，北方從此多事，即辭職離開。隨後，他主持國聞通訊社，創辦《國聞週報》，開始獨立經營新聞業。他說：「新聞紙者國民之喉舌，社會之縮影也」，「今之新聞記者，其職即古之史官，而盡職之難則遠逾於古昔。」輿論的發生，根於事實的判斷；而事實的判斷，則繫於報館的探求報導。如果報紙的報導即「輿論之根據」不確實，就不足以表現國民之眞正意志，形成健全輿論。因此，「新聞家之職務，要以搜求事實付之公論爲主，若夫記者個人之批評與主張，則僅能供公眾參考或促成輿論之用，而決不能遽冒社會輿論之尊稱，僭竊口含天憲之地位。」報人要建立輿論的權威，首當求事實的眞確發現與忠實的報導。他反覆強調「構成眞正輿論之資料」──社會各方之事實──對國民自由選擇、自由判斷、自由批評的重要性。〔註11〕這是自由主義新聞思想和「文人論政」宗旨在他早期新聞生涯中的靈光乍現。

〔註10〕 李純青：《爲評價大公報提供史實》，載周雨編《大公報人憶舊》，中國文史出版社，1991年版，第309頁。

〔註11〕 胡政之：《國聞通訊社緣起》（1921年8月）；《國聞週報發刊辭》（1924年8月）。載《胡政之文集》（下），天津人民出版社，2007年版，第1034～1037頁。

　　1926 年與吳鼎昌、張季鸞成立新記公司接辦《大公報》後，這份報紙成為胡政之和同人倡行自由主義精神和「文人論政」宗旨的有力工具。1938 年8 月 13 日，香港版創刊，胡政之發表《本報發行香港版的聲明》：「這一年的嚴重外患，毀壞了我們國家人民多少事業，本報是民族事業中的渺小一分子，當然亦不能例外。然所幸者，不獨人心不死，人亦不死。雖然備歷艱危，而一枝禿筆，卻始終在手不放。」1941 年 3 月 15 日桂林版創刊，他在《敬告讀者》中指出：「本報雖係營業性質，但不孜孜以『求利』，同人雖以新聞為業，但決不僅僅為『謀生』。」1943 年 9 月 6 日，在張季鸞逝世兩週年社祭會上，胡政之宣佈董事會新近制定的《大公報同人公約》五條，其中第一條規定「本社以不私不盲為社訓」。為什麼由「四不」變為「二不」，他隨後撰文解釋說：「我們的社訓，只有簡單的四個字，就是『不私不盲』。記得民國十五年九月一日本報的第一篇社評裏面，我們就曾經說明本報的基本立場，提出『不黨不私不賣不盲』八個字。而現在我們的社訓『不私不盲』，就是將以上八個字歸納起來說的。『不黨』可以歸納入『不私』，『不賣』可以歸入『不盲』。這『不私不盲』四個字，一方面是本社的最高言論方針；另一方面，也可以說就是本報同人對人對事的指導原則。」〔註 12〕有人認為，胡政之取消「二不」是意義重大的事，這等於《大公報》從此又黨又賣；這樣大的事情胡政之不可能自作主張，可能是吳鼎昌的決定，也可能是蔣介石的要挾。〔註 13〕不管如何，胡政之將「四不」變為「二不」，實踐中並沒有「又黨又賣」，放棄《大公報》的自由主義原則。

　　胡政之 1943 年 10 月 20 日在重慶《大公報》編輯會議上講的這段話，最能體現他的新聞理念與事業追求：

　　　　中國素來做報的方法有兩種：一種是商業性的，與政治沒有聯
　　繫，且以不問政治為標榜，專從生意經上打算；另一種是政治性的，
　　自然與政治有了關係，為某黨某派做宣傳工作。但是辦報的人並不
　　將報紙本身當作一種事業，等到宣傳的目的達到了以後，報紙也就
　　跟着衰歇了。但自從我們接辦了大公報以後，替中國報界闖了一條
　　新路徑。我們的報紙與政治有聯繫，尤其是抗戰一起，我們的報紙

〔註 12〕　胡政之：《本報「社訓」和「同人公約」的要義》，載《胡政之文集》（下），
　　　　　天津人民出版社，2007 年版，第 1058 頁。
〔註 13〕　曹世瑛：《〈大公報〉與胡政之》，載全國政協文史資料研究委員會編《文史資
　　　　　料選輯》第九十七輯，文史資料出版社，1985 年版，第 122～123 頁。

和國家的命運幾乎聯在一塊，報紙和政治的密切關係，可謂達到了
極點。但同時我們仍把報紙當作營業做，並沒有和實際政治發生分
外的聯繫。我們的最高目的是要使報紙有政治意識而不參加實際政
治，要當營業做而不單是大家混飯吃就算了事。這樣努力一二十年
以後，使報紙真能代表國民說話。現在我們還沒有充分做到這種代
表國民說話的資格。但只要同人努力，這個目的總會達到的。但看我
們過去一二十年的努力，就已做到報人可有政治意識而與實際政治
獨立，爲報界開闢了新天地，可知只要努力，就會成功。〔註14〕

　　爲保持自由主義精神，胡政之一貫主張「新聞記者要站在超然地位」，辦
報紙應該和政治保持一定的距離。新記《大公報》三巨頭吳鼎昌、胡政之、
張季鸞三人之中，胡與蔣介石的關係最爲疏遠。據徐鑄成回憶，胡政之生前
曾屢次對張季鸞的政治態度表示不滿，認爲張太靠攏蔣介石。他說：「我與社
會上層人物和達官權貴雖多交往，但只有公誼而無私交，所談皆國內外時勢
大事，從不涉私，這樣對於事業是有利的。」〔註15〕國民黨政府多次邀請他
做官，他都予以拒絕。1946 年 10 月蔣介石執意召開「國民大會」時，因共產
黨、民盟拒絕參加，蔣就逼迫黨外人士就範。胡政之根本不打算參加「國民
大會」，在大會召開前夕，蔣介石召見他，傅斯年在座。蔣滿臉怒氣一言不發，
傅說：「政之先生，你究竟是跟着國家走，還是跟共產黨走，今天應該決定了。」
胡政之感到毫無退路，只好硬着頭皮到大會簽到處簽了名，參加完開幕式後
就回到上海，再也沒有去開會。在一次社評委員會上，他說到：「爲了大公報
的存在，我個人只好犧牲。沒有別的辦法。希望你們瞭解我的苦衷，參加大
會不是我的本意。我是被迫的。」他在講這段話時面色慘淡，兩眼紅澀，聲
音近乎嘶啞，同人們從來沒有見過他如此沮喪和可憐。〔註16〕

　　爲中國報界開闢了一條「新路徑」、被外國報界視爲中國報界巨子的胡政
之走完了自己爲新聞的一生。他的黯然離去，實際上宣告了《大公報》自由
主義精神和「文人論政」傳統的終結。學者謝泳說：「在一定的意義上，胡政
之的死，就是《大公報》的死。」誠哉斯言。

〔註14〕　《胡政之文集》（下），天津人民出版社，2007 年版，第 1080 頁。
〔註15〕　轉引自傅國湧著《追尋逝去的傳統》，湖南文藝出版社，2004 年版，第 219
　　　　　頁。
〔註16〕　李純青：《爲評價大公報提供史實》，載周雨編《大公報人憶舊》，中國文史出
　　　　　版社，1991 年版，第 316～317 頁。

「我到解放區，我投降來的」

　　1948 年 9 月 1 日是記者節，上海《大公報》發表了一篇王芸生撰寫的耐人尋味的社評《九一之夢》，通過夢境寄託了自己對中國新聞業的理想：報紙成了人們每天非看不可的「第二食物」，人們不僅要在報紙上增益見聞，更要在報紙上得到關於處理和推進社會人群各種事務的意見，而且也要在報紙上發表自己的意見。大批大批的報，裝飛機上天，登火車出埠，下輪船入海，像穿花蝴蝶似的紛紛飛入每個人家；報紙種類數不勝數，內容五顏六色，記者們不必為尊者諱、為親者諱、為賢者諱，只要言之成理，百無禁忌，當道者遵奉「國家事就是眾人的事，人人得而議論」的理念，以報為鑒，對於報紙言論，錯誤者不理，有理者採行，絕不會出現封報館、打報館、抓記者、甚至殺記者之事；政府對報館毫無特別限制，一個新的報館出現，就如同添設一個小店鋪一樣，不需特許，不需登記，能開的開，要關的關，新聞界自我新陳代謝，不致有老牌報館壟斷的現象，新聞界也因而人才輩出；記者節萬眾參加慶祝，記者們興奮，讀者們更興奮：

　　　　「誰說新聞記者是無冕之王？我們今天給他們加冕！」讀者們
　　　一倡萬應，於是把手上的報紙折疊成王冠模樣，給老老少少、男男
　　　女女、高高矮矮、胖胖瘦瘦的記者們每人戴上一頂王冠，冠上平排
　　　寫上「真」「正」二字。這「真」「正」二字，用意很好，給記者戴
　　　上，就是說他是真正的記者，不是摻假的記者或打了折扣的記者；
　　　而且更代表的是真理與正義。加冕完畢，萬眾歡呼。〔註1〕

〔註 1〕　《九一之夢》，1948 年 9 月 1 日上海《大公報》社評。

1948 年，王芸生與上海《大公報》同人合影於冠生園農場。

　　王芸生當然知道這是癡人說夢，只不過借夢來一抒胸中塊壘罷了。自己前途何在？《大公報》事業何在？王芸生陷入極度苦悶焦灼之中。面對如此時局，身受多方撻伐，他甚至有了幻滅之感。他已很少到報館去，把自己關在家中，苦苦思索着《大公報》和個人的出路。

　　1948 年 10 月，《大公報》駐美女記者楊剛轉道香港突然飛回上海。楊剛1938 年加入中國共產黨，1939 年至 1941 年先後主編過《大公報》香港版、桂林版文藝副刊。1944 年赴美留學，兼任《大公報》駐美記者。她冒險來滬，是肩負着黨組織交付的一項重要任務，就是做通王芸生的工作，推動《大公報》轉向人民陣營，不要成為蔣政權的殉葬品。王芸生雖然和這位女同人共事時間不長，但對她的政治身份和這次來滬的意圖是知道的。他讓楊剛直接住進了自己的公館。

　　與此同時，和王芸生共事多年的《大公報》社評委員、中共地下黨員李純青也奉命開始「遊說」王芸生。李純青多次到王芸生家，和他進行深入談心。經過幾番試探，有一次李坦率地問：「王先生，我問你，您願不願意到解放區去？」王芸生說：「共產黨不要我啊！」過了幾天，李又去探望王芸生，鄭重地告訴他毛澤東主席邀請他參加新政協會議。王芸生偷偷地向某民主人士證實此言不虛後，向李表示：「甘願接受共產黨的領導，包括我本人和我所

能代表的大公報。」〔註2〕

在歷史轉折關頭，王芸生終於作出了明確抉擇。他和楊剛、李純青等商定：由香港《大公報》首先表態，逐步轉到公開擁護中國共產黨領導人民解放軍解放全中國，徹底反對國民黨政權。

1948年11月5日，王芸生攜夫人和小女兒從上海啓程，取道臺灣，於11月8日到達香港。爲防消息泄露而發生意外，他託詞到臺灣休假旅遊，把社務和子女都託付給了編輯主任孔昭愷照管。王芸生作出這番決定並沒有背着胡政之。他臨行前，親往胡公館探望。此時胡政之已病情嚴重，經常處於昏迷狀態。王芸生生前曾對孩子們說，他當時將室內醫護人員和家

1948年底，王芸生與夫人、小女兒合影於香港。

屬辭退，在胡的耳邊把實情與打算簡述了一下。胡的面部始終木然，當王離開房門時，似乎見到胡先生眼睛有星光一閃一閃。王說，這大概是淚花吧，王芸生流着淚離開了他。〔註3〕

11月10日，香港《大公報》發表王芸生撰寫的社評《和平無望》。文章指出，國人居危望安，懼亂思治，可南京《中央日報》痛斥南京一群教授上書當道呼籲和平是倡導投降，蔣總統在中央紀念周上發表長篇演說，堅決申明長期戡亂的決心：

> 時勢如此，和平無望。……康梁維新未曾損其毫毛，辛亥革命未曾挫其根株，北伐只完成一瞬的統一，抗戰僅於掙脫了一具近側的帝國主義的枷鎖，政協未曾解消內在的矛盾，三年戰亂又扯開了一切瘡疤，到現在，石走懸崖，箭已脫弦，其勢已無法挽轉，再難得簡易的和平了。那麼，難道就這樣亂下去了嗎？人類雖然不免戰亂，畢竟是需要和平生活的。而且戰亂是變，和平是常。我們所付

〔註2〕 李純青：《爲評價大公報提供史實》，載周雨編《大公報人憶舊》，中國文史出版社，1991年版，第319頁。

〔註3〕 王芝琛著：《百年滄桑——王芸生與大公報》，中國工人出版社，2001年版，第17頁。

戰亂的代價已甚高，希望歷史的輪子是向前進，在戰亂紛紛痛苦重
重中，讓我們獲得眞實而持久的和平。什麼是眞實而持久的和平？
一句話，是人民大眾的合理生存。和平即已不可遽得，且也不能廉
價取得，那麼我們便惟有忍痛掙扎，以爭取眞實而持久的和平了。
大局板蕩，生民塗炭，身在水火，憂心曷極。但要知道，眞正的歷
史創造者，並不是稀世的英雄，而是億萬生民。億萬生民的求生力
量，才是人類歷史的眞正動力。違逆了人民大眾的生存軌道，必無
治，摧折人民大眾的求生欲望，必亂；明白了這基本的道理，則如
何撥亂返治，自可不言而喻。看目前中國的亂局，人民眞是痛苦極
了，目前縱然和平無望，人民大眾終會走上合理生存之路。我國揮
淚跋涉，總希望這條眞實而持久的和平之路已在不遠！〔註4〕

　　在這篇文章中，王芸生一改以往反對兵爭、換取「簡易的和平」的態度，
呼籲大家忍痛掙扎，以爭取「眞實而持久的和平」。限於環境，他沒有直言，
實際上就是支持人民解放軍把解放戰爭進行到底，這樣才能實現「眞實而持
久的和平」。因此，社評《和平無望》的發表，標誌着香港《大公報》的立場
已經從「中立」轉向擁護共產黨。

　　王芸生滯留在香港，等待中共地下黨負責人安排乘船北上。潛伏在港的
國民黨特務和打手，一直對他進行監視，並用恐怖手段相威脅，逼他到臺灣
去。他不爲所動，不斷撰文更加激烈地抨擊蔣政權的種種舉措，對「和平、
民主、自由、平等、進步與繁榮的新中國」〔註5〕充滿期待。

　　這期間，發生了一件令王芸生和港館同人始料不及、大爲詫異的事情：
天津《大公報》易名爲《進步日報》！

　　1949 年 1 月 15 日，天津解放，軍管會接管國民黨《民國日報》，出版中
共天津市委機關報《天津日報》，同時命令其他舊有報紙一律停刊待命。《大
公報》天津版出完當天最後一號報紙便聽命停刊，報館上下一片茫然，人心
惶惶。不久，曾在《大公報》工作過的楊剛、孟秋江及宦鄉三人隨解放軍進
城來到報館，向大家傳達了中共中央改組天津《大公報》、出版《進步日報》
的決定。

　　中共中央對天津解放後如何處置聲名赫赫的《大公報》自然十分重視，

〔註4〕　《和平無望》，1948 年 11 月 10 日香港《大公報》社評。
〔註5〕　《展望中華民國三十八年》，1949 年 1 月 1 日香港《大公報》社評。

早在 1948 年冬，就責成中宣部把楊剛、孟秋江、宦鄉等同志召集到西柏坡，研究天津解放後《大公報》的處置問題。毛澤東、周恩來對此事還給予了具體指示。經商討，形成了以下幾條決定：一、按私營企業對待《大公報》，政府不予接管；二、發動《大公報》職工，對該報的錯誤進行批判；三、在天津《大公報》的基礎上，改組易名後繼續出版；四、按照巴黎公社的原則，由全體職工普選成立臨時管理委員會，實行民主管理；五、以全體職工的名義，發表宣言，宣布新生。毛澤東親自爲易名後的報紙取名爲《進步日報》，有人覺得這個名字革命味道不足，他說：「辦報的自我檢討、自我批判就是進步。解放了，大家都要進步嘛！」〔註6〕天津剛剛解放，中共中央就於 1 月 19日、23 日連續致電天津市委和總前委，就如何處理《大公報》等舊有報紙問題給予指示：「對大公報可告以因係全國性報紙已請平津前線司令部轉向中央請示，尚未得覆，同時經過其內部人員設法使其資財不致逃匿，以待楊剛等前來由該報內部解決，實行革命，然後重新登記，以便利用原有資財班底改名發刊。」「大公報不要讓它先出版，可即以接收其中官僚資本股份名義找該報經理公開談判改組，指出該報過去對蔣一貫小罵大幫忙，如不改組不能出版，以便和徐盈、楊剛等裏應外合。」〔註7〕

經過一系列政策學習、自我檢討與批判，1949 年 2 月 19 日，報社召開臨時職工大會，通過了四項決議：一、原天津版《大公報》改名爲《進步日報》；二、通過了《進步日報職工同人宣言》；三、通過了《進步日報暫行章程（草案）》；四、選舉張琴南、楊剛、宦鄉、徐盈、孟秋江、李純青、高集、李光詒、彭子岡等 9 人組成臨時管理委員會。次日，「臨管會」開會決定，由宦鄉和張琴南、徐盈分任「臨管會」正副主任，宦鄉任總編輯，李純青任副總編輯，楊剛任主筆，徐盈任經理，楊剛、宦鄉、李純青、張琴南、徐盈任社論委員會委員。同時，社內中共黨組織也建立起來，黨組書記由楊剛擔任。

2 月 27 日，《進步日報》創刊出版。在創刊號上，刊登了由張琴南、楊剛、徐盈、高集、彭子岡、李光詒等署名的「代發刊詞」──《進步日報職工同人宣言》，另一篇重頭文章是前天津《大公報》改革計劃委員會的報告《進

〔註6〕 方漢奇等著：《〈大公報〉百年史》，中國人民大學出版社，2004 年版，第 326頁。

〔註7〕 中國社會科學院新聞研究所編：《中國共產黨新聞工作文件彙編》（上），新華出版社，1980 年版，第 268～269、270 頁。

步日報是如何產生的——大變革中的一個故事》。

「代發刊詞」對《大公報》的「眞實面目」進行了無情揭露：「在北洋軍閥時代，大公報是依附於軍閥官僚買辦統治集團而生長起來的。等到蔣介石代替了北洋軍閥，建立了賣國獨裁的反動政權以後，它就很快的投到蔣介石的門下，成爲國民黨政學系的機關報。」至於《大公報》的主持人，他們「善於在所謂的『社評』宣傳上運用狡詐手段」，「他們懂得如果完全正面爲罪惡昭著的反動統治階級說話，是徒勞無功的，因此，他們總是竭力裝成『在野派』的身份，用『在野派』的口氣來說出官僚家要說而不便直說的話……小罵大捧是大公報的得意手法。它所罵的是無關痛癢的枝節問題，和二、三等的法西斯小嘍囉，它所捧的是反動統治者的基本政策和統治國家地位的法西斯匪首，即其所謂『國家中心』。長期處於言論不自由的情況下的讀者，看了大公報的小罵，覺得很舒服，無形中卻受了它的『大捧』的麻痹。大公報以『小罵』作爲欺騙讀者的資本，也以『小罵』來向他們的主人要索更多的代價……因此，大公報在蔣介石御用宣傳機關中，取得特殊優異的地位，成爲反動政權一日不可缺少的幫手。」文章最後，「有機會永遠脫離大公報這個醜惡的名義」的同人們，表達了今後認眞爲革命工作來自贖的決心。

《進步日報職工同人宣言》不僅將《大公報》定性爲「官僚買辦資產階級」報紙，承認是國民黨政學系的機關報，而且也認可了共產黨對其「小罵大幫忙」的定性。正如參與署名的李光詒（中共黨員）後來所說，這篇宣言等於是宣判《大公報》死刑的判決書。

《大公報》是不是「官僚買辦資產階級」報紙，或者說是不是官僚資本企業？這是從經濟方面定性的一個原則問題。英斂之、王郅隆時代的《大公報》故且不論，就新記《大公報》來說，從其原始資本來源（吳鼎昌獨資五萬元）、資產增值數量、經營方式和政治態度來看，應該是民族資本企業而非官僚買辦資本企業。〔註8〕即便定性爲民族資本企業，似乎還是在「階級分析」的框子裏「打轉轉」，其實民間報就是民間報。〔註9〕

至於把《大公報》稱作政學系的機關報，李純青後來撰文進行辯誣。他說，抗戰時期張群曾告訴王芸生：政學系其實並沒有組織，更沒有綱領、政

〔註8〕 吳廷俊著：《新記〈大公報〉史稿》，武漢出版社，2002年第2版，第29頁。
〔註9〕 王芝琛著：《百年滄桑——王芸生與大公報》，中國工人出版社，2001年版，第65頁。

策，只是自己和楊永泰、熊式輝等幾個人，行跡比較接近，就被人看成一系了。李純青指出，把政學系和《大公報》聯繫起來，就發生了幾個根本問題：第一，政學系只是幾個人，沒有組織，那麼誰來管它的機關報呢？第二，既然政學系沒有綱領政策，那麼《大公報》宣傳什麼呢？如何為政學系宣傳呢？第三，對機關報當然要給津貼。哪個政學系的人給《大公報》以錢財？第四，機關報要由領導機關來任命人事，《大公報》哪個人是政學系派來的？這四個問題都無從成立，因此，稱《大公報》是政學系的機關報顯然是站不腳的。〔註10〕

「小罵大幫忙」一說與《大公報》結緣於「九・一八事變」之後。日本出兵侵佔東北，國人抗戰呼聲日益高漲。《大公報》認為中日雙方力量懸殊，不應倉促開啟戰端，主張「明恥教戰，救亡圖存」。廣大讀者並不理解《大公報》的良苦用心，卻把「明恥教戰，救亡圖存」的主張與蔣介石的「攘外必先安內」主張混為一談，認為這是對蔣的「大幫忙」。當時就有南洋華僑指謫《大公報》「小罵大幫忙」。不過此說沒有流行起來，隨著「七・七事變」後《大公報》的力主抗戰，「小罵大幫忙」之說已近乎「銷聲匿跡」。〔註11〕

1945 年 11 月 21 日，《新華日報》發表《與大公報論國是》社論，對《大公報》社評《質中共》提出的共產黨要「政爭」而非「兵爭」予以駁斥：「在若干次要問題上批評當局，因而建築了自己的地位的大公報，在一切首要的問題上卻不能不擁護當局，這正是大公報的基本立場。」這其實是對「小罵大幫忙」一說的解釋。天津解放不久，中共中央給天津市委發去電報，稱「大公報過去對蔣一貫『小罵大幫忙』，如不改組，不能出版」。在《進步日報職工同人宣言》中，《大公報》同人也開始承認「小罵大捧是大公報得意手法」。從此，「小罵大幫忙」成為《大公報》長期擺脫不掉的政治「緊箍咒」。1958 年 9 月 30 日毛澤東和吳冷西說：「人們把大公報對國民黨的作用叫作『小罵大幫忙』，一點不錯。」〔註12〕1962 年王芸生、曹谷冰合寫的《1926～1949 年舊大公報》，多處自我承認《大公報》對國民黨蔣介石是「小罵大幫忙」。

〔註10〕 李純青：《為評價大公報提供史事》，載周雨編《大公報人憶舊》，中國文史出版社，1991 年版，第 305～306 頁。

〔註11〕 王芝琛著：《百年滄桑——王芸生與大公報》，中國工人出版社，2001 年版，第 57～58 頁。

〔註12〕 吳冷西著：《憶毛主席》，新華出版社，1995 年版，第 166 頁。

　　王芝琛認爲，「以階級鬥爭爲綱」是使《大公報》長期掙脫不掉「小罵大幫忙」之名的根源。「小罵大幫忙」之說，十分明顯地把黨派之爭的「站隊」，作爲衡量是非的唯一標準。「小罵大幫忙」之說，是一種嘲諷之說，它嘲諷《大公報》對國民黨揭露抨擊不力；「小罵大幫忙」又是一種埋怨之說，它埋怨《大公報》沒有完全站在人民大眾的立場。嘲諷也好，埋怨也罷，《大公報》畢竟是一張民間報。〔註13〕

　　關於這一歷史公案，還是「大公報人」唐振常的分析切中問題的肯綮。他指出，多年以來關於《大公報》爭論最多的，是「小罵大幫忙」說與「非小罵而是大罵」說，雙方各執一詞，互不相讓。雙方的觀點事實上都能成立，這樣便造成相持不下的局面。其實，《大公報》既倡文人論政，以其所見，是其是，非其非，必與小罵大幫忙或非小罵而是大罵均無關涉，須得就事論事，而不管所罵所批評的對象是誰。「獨立之精神，自由之思想」，並不只是學術研究的原則，文人論政辦報，亦求秉此原則。議論《大公報》，是議論歷史上的《大公報》，是研究歷史。研究歷史最重要的一條原則，是要納入歷史環境歷史條件去考慮去論斷，脫離了歷史的背景，甚而以今天的政策或所要求於今日報紙者，去作論斷，去要求一個歷史上的報紙，不是唯物史觀，是反科學的。這樣，也就不能從歷史中求史識。〔註14〕

　　中共中央決定天津《大公報》改名《進步日報》時，王芸生還沒有離開香港。據唐振常回憶：某夜，新華社一條電訊，謂天津《大公報》改名《進步日報》出版，電訊中有《進步日報》領導人名單，除了宦鄉、秋江，赫然有楊剛在。時夜班諸人都已上班，王芸老、李純公也來了，或立或坐於臨窗兩橫一豎的三張寫字臺前，瞠目結舌不能語。〔註15〕

　　《進步日報》創刊那天晚上，香港《大公報》正值蕭乾輪值全面負責報紙版面。他在剛送來的當晚新華社電訊稿中，忽然瞥見一條「天津《大公報》改名《進步日報》」的消息，及新華社轉發的《進步日報職工同人宣言》和《進步日報是如何產生的——大變革中的一個故事》這兩篇文章。「各版編

〔註13〕 王芝琛著：《百年滄桑——王芸生與大公報》，中國工人出版社，2001年版，第65頁。

〔註14〕 唐振常：《文人論政說是非》。本文爲唐振常先生爲王芝琛所著《百年滄桑——王芸生與大公報》一書撰寫的序言。

〔註15〕 唐振常：《香港〈大公報〉憶舊》，載《我與大公報》，復旦大學出版社，2002年版，第12頁。

輯統統放下工作，爭相來看這篇晴天霹靂的新聞稿，各個覺得眼前一片漆黑。」當時，港版《大公報》對新華社發來的電訊，隻字不改，一律照登。港版「要不要第二天早晨在香港以及全國各地千千萬萬讀者面前痛摑一通自己的嘴巴？」蕭乾雖然感情上難以接受，但政治上又擔當不起扣發的責任，於是就過海到九龍，請示代表中共地下黨負責同港版《大公報》聯繫的夏衍。夏衍翻閱着那篇新華社通訊稿，神色茫然，沉吟好一陣子後，咬着下唇果斷地對蕭乾說：一字不改地照發。「於是，港版《大公報》就在世界新聞史上開創了一個絕無僅有的新紀錄：在自己的報紙上登出痛罵自己的社論。」〔註16〕

王芸生正巧在《進步日報》創刊的那天晚上，在喬冠華、潘漢年的周密安排下，與陳叔通、柳亞子、馬寅初、葉聖陶、曹禺、徐鑄成、趙超構等 20 餘位民主人士，化裝乘「華中輪」離港北上。王芸生何時聽到或看到《進步日報》發表的那兩篇文章不得而知（新華社播發了通稿），不過，作為《大公報》的總編輯，他聽到或看到時，想必是「別有一番滋味在心頭」吧。

在海上航行了一周，3 月 5 日王芸生一行到達煙臺，然後改乘汽車、火車，18 日到達新解放了的北平，受到沈鈞儒、郭沫若等的迎接，北平市長葉劍英在六國飯店為他們洗塵接風。

王芸生這次在北平住了兩個月，總的說來心情很興奮。他後來說：「在這個偉大年代裏，人民革命震動了全中國，縱使在極冷清角落的一潭死水，也要屢起漣漪而終於波動起來。我是一個職業報人，二十幾年來，百憂感心，萬事勞形，國家興旺，息息關心，但因為在做報期間始終抱着司馬遷『戴盆何能望天』的觀念，未能直接參與政治，總還與『匹夫有責』隔了一層。但到了 1949 年，我再也不能做微起漣漪之水了，毅然投入洶湧前進的洪流。1949 年春天，我曾經到『北平』住了兩個月，清算了自己，改造了自己，拋棄了消極玩世而自以為清高的習性，鍛鍊起積極振作而為人民服務的精神，以期對人民的新中國能盡滄海一粟的努力。」〔註17〕

王芸生當然知道，像他這樣的人投身革命洪流，首先必須進行一番自我「清算」與「改造」。4 月 10 日，他在《進步日報》上發表《我到解放區來》

〔註16〕《風雨平生——蕭乾口述自傳》，北京大學出版社，1999 年版，第 220～221 頁。

〔註17〕王芝琛著：《一代報人王芸生》，長江文藝出版社，2004 年版，第 196 頁。

一文，稱自己到解放區來，在個人的生命史上具有「劃時代」意義。文章簡述自己去年離開上海、取道臺灣、留居香港、離開香港進入華東解放區、到達北平的經過。他說，「百聞不如一見，我們在華東解放區所見到的一切，非但一一粉碎了國民黨反動派對解放區的一切謠言和污蔑，而且使我們見到了中國自有歷史以來所未曾有過的新事物」：第一，在人民政府的政權下，政府的工作人員雖然多數是知識分子，但是都已成為農民型的了，他們沒有絲毫的官架子和官僚氣，是切切實實為人民服務的公僕，這在一向是「官世界」的中國就是一個大革命；第二，看到了人的生活和人民的力量；第三，看到了人民解放軍政治教育的偉大。文章後半部分是王芸生的「痛切反省」：

> 首先使我反省到：我雖是出生於貧無立錐之地的苦孩子，且在五四以後投身過大革命的洪流，但基本上仍是走的舊知識分子的路，苦讀勤修，出人頭地。所謂「出人頭地」，就是在既成社會中向上爬。結果自己看看爬到反動的上層，沾染上渾身的小資產階級的氣習。在生活與意識上，脫離了人民大眾。儘管個人始終固守着一份做人的矜持，也止於舊知識分子「窮則獨善其身，達則兼濟天下」的想法，不是深入民間的，縱有熱情與正義感，卻是一種施與式的悲憫，不是與人民大眾的疾苦血肉相連的。縱有強烈的愛國心，使我始終站在反帝國主義的陣線上，但未能把握到階級立場，籠統的國家觀念，是常會被反動的統治階級利用的。這樣，儘管個人在主觀上不作惡，在客觀上常常會遠離了人民，給反動的統治階級利用了。這是最應該反省警惕的。尤其在生活意識方面，沉浸於都市的享受，是極不應該的。今天看看解放區人民以及工作幹部的生活，這種單純樸素的樣子，中國人不正該如此生活嗎？到北平後，聽到一位教書朋友的痛切話，他說，看了中共人員的生活，彼此一對照，使我痛切感到我們這群人簡直不是中國人。從小嬌生慣養，長大了上洋學堂，出洋留學，滿腦子裝了資本主義正統派的學說觀念。回來仍在都市裏混，由生活到意識都是買辦的，這還行嗎？我深以這位朋友的話為然，由生活到意識，都必須由半懸空中爬回來，腳踏實地回到人民大眾中來。

> 其次使我反省到：我從事了二十多年的新聞工作，策勵自己要

做一個好記者；但自己未曾堅決的把握到階級的立場。儘管主觀上要做好，而實際已脫離了人民大眾，甚至給反動統治階級利用了。離開了人民大眾的立場，所謂好，是沒有標準的。個人的立場既如此不明確，我所服務的報，其中即有官僚資本，主持人又甚接近反動的統治階級，其基本的屬性是反動的，實際給反動的統治階級起了掩護的作用。我與我的同志們儘管要把它做成獨立的報，而事實上是離開了人民大眾的利益的，相反的卻爲反動階級服務了。況且所謂「獨立」，實際就是離開了人民。前幾天我在新聞工作者座談會上發言，曾說明了一種認識：「一個新聞記者，在人民與反人民之間沒有中立，在帝國主義反侵略之間也沒有中立。」所謂「獨立」，也同樣不通。我這次到解放區來，不是來「中立」的，也不是來「獨立」的，乃是向革命的無產階級領導的中國新民主主義的人民陣營來投降。

　　再次使我反省到：流行於小資產階級的國際觀念中，籠罩着一種對蘇聯的誤解。他們不懂得馬列主義的理論體系，也不瞭解工農無產階級的共同立場，因此也將蘇聯與美帝國主義等量齊觀。用強權政治的眼光看當前的國際關係，以爲蘇聯也是強權政治中縱橫捭闔的角逐者。其實，若把握定了階級立場，就會懂得，奉行馬列主義的蘇聯，它是世界無產階級的領導者，社會主義的燈塔。它與帝國主義搏鬥，是爲了掙脫世界大多數人的枷鎖，使人類永無人剝削人的制度，實現「各盡所能，按勞取酬」的社會主義的社會。在民族立場上，也與階級立場相統一。蘇聯在民族立場上，它同情一切被壓迫的民族，而援助他們獲得解放。在此立場上，蘇聯在世界上是革命勢力，決不是侵略勢力。

　　由於以上幾點的反省：在我個人的今後修養上，需要鍛鍊着下面的四句話：

　　拋棄舊習慣，丟掉舊成見；
　　一切重新學，一切從頭幹。

　　嬌生慣養養尊處優的舊習慣，是知識分子的第一個大包袱，必須首先拋棄。從古老的聖經賢傳到近代資本主義哲學，這三千年來中外混合的舊成見，是中國知識分子的第二個大包袱，更要徹底丟

掉。此外可能還有許多包袱，也要一齊丟掉。丟掉這些包袱，個人的精神解放了，誠心誠意的歸入新民主主義的人民陣營，糾正方向，堅定立場，然後一切重新學習，一切從頭幹起。以前的錯誤，應該時加警惕；以前對於人民若有一些微勞，應該一切不算，今後只有虛心學習，忠誠地爲人民大眾服務。〔註18〕

在這篇文章中，王芸生用階級分析的方法，對自己和《大公報》的立場進行了深刻反省，聲明自己這次到解放區來，不是爲了謀求「中立」、「獨立」，而是「向革命的無產階級領導的中國新民主主義的人民陣營」來「投降」。一個月後，王芸生從北平返回上海，把刊有《我到解放區來》一文的那天的《進步日報》給孩子們看。據他的女兒王芝芙回憶，她拿過報紙大聲朗誦起來，讀着讀着不覺淚眼模糊，喑啞無聲。分別只有半年，父親已判若兩人。當讀到「我這次到解放區來，不是來『中立』的，也不是來『獨立』的，乃是向革命的無產階級領導的中國新民主主義的人民陣營來投降」時，她不自覺地提高聲調重複了「投降」二字，簡直有些吃驚，瞪起眼睛嚴肅地問父親：「不是毛主席請你去北平參加新政協的嗎？你又不是『國民黨』，『投降』二字從何談起啊？」王芸生輕輕地笑了一聲，平靜地問：「你覺得這兩個字太刺激了嗎？我可決不是爲嘩眾取寵。爲這兩個字我冥思苦想了很多天，把自己前半生所走過的曲折道路作了一番認眞思考，懷着痛苦的心情與過去決裂，才產生了眞正回到人民隊伍中來的眞情實感。我那顆多年來一直懸浮着的心才落實下來，眞可以說是水滴石穿，終於找到了馬列主義眞理，見到了久已渴望的太陽。」〔註19〕

不過，另據王芸生的兒子王芝琛回憶，王芸生臨終前對他談及此事時十分激動，特別囑咐不許錄音：「我是毛主席邀請來解放區開新政治協商會議的。」「我是光榮的一員，怎麼能說成是『投降』呢！」「那樣的話，我，乃至於大公報豈不是『反動派』了嗎？」「那樣的話，不是我一個人，前前後後在大公報工作的上千口子人，以至於他們的子女，這口『黑鍋』可背不起！」〔註20〕

〔註18〕 王芸生：《我到解放區來》，載 1949 年 4 月 10 日天津《進步日報》。

〔註19〕 王芝芙：《老報人王芸生——回憶我的父親》，載《文史資料選輯》第九十七輯，文史資料出版社，1985 年版，第 77～79 頁。

〔註20〕 王芝琛著：《百年滄桑——王芸生與大公報》，中國工人出版社，2001 年版，第 11 頁。

　　王芸生臨終前說的這番話，恐怕是事過境遷後的懊悔之辭，並不能否定他曾經用過「投降」一詞來表明自己立場的轉變，因為《我到解放區來》這篇文章，白紙黑字地刊在 1949 年 4 月 10 日的《進步日報》上，誰也無法撕去這已成為歷史的一頁。如果王芝芙記憶不虛的話，他當時用「投降」這兩個字還是經過冥思苦想、認真思考的，不是一時的急不擇言，感情用事。使用「投降」一詞雖然不準確，卻正是他當時心態的真實寫照——徹底否定「昨日之我」，「誠心誠意的歸入新民主主義的人民陣營」。

上海《大公報》宣佈「新生」

　　王芸生居留北平期間，一度去過天津。他對時任《進步日報》副總編輯的李純青說：「我們就是把大公報獻給國家，獻給人民。我想通了，不要『大公報』這個名稱了。我到解放區，是投誠來的。」〔註1〕話雖這樣講，對於在《大公報》工作了 20 個春秋、整個生命已融入了這份報紙的王芸生來說，「大公報」這一名稱無疑是他最為珍視的，它不僅是一份報紙的招牌，更是一種精神的象徵。他在香港獲悉天津《大公報》易名《進步日報》，懊喪不已，要李純青到北平後力爭存名。取消天津《大公報》是中共中央的旨意，既成事實後他也無力迴天，只能無可奈何地接受。現在，他最擔心的是總館上海館能不能保住「大公報」這個「金字招牌」。

　　上海解放前夕，周恩來告訴王芸生：「《大公報》不必改名了。你隨軍南下，繼續主持上海《大公報》。我們不來干預。當然，有困難我們還是要幫助的。」有了周恩來的這番話，王芸生心中的一塊兒石頭終於落地。李純青從天津到北平遇見他，他把李拉到一邊，氣足神清地向李復述了周恩來的話，由此可見王芸生對上海《大公報》之名能夠保全的興奮之情。〔註2〕至於中共高層何以作出如此決定，王芸生多年後才知道其中原委：天津《大公報》被中共易名《進步日報》出版，引起西方尤其是英美新聞界一片譁然，這讓中共高層始料不及；毛澤東得知西方新聞界的強烈反應後，當即決定上海《大

〔註 1〕　李純青：《為評價大公報提供史實》，載周雨編《大公報人憶舊》，中國文史出版社，1991 年版，第 320 頁。

〔註 2〕　李純青：《為評價大公報提供史實》，載周雨編《大公報人憶舊》，中國文史出版社，1991 年版，第 320 頁。

公報》不易名、不改組、不更人，也暫不發動報館職工開展揭批活動，原封不動照常出版，以免再起波瀾。〔註3〕看來，是外國同行的輿論支持保全了上海《大公報》之名。

1949 年 5 月 27 日，王芸生在楊剛陪同下，隨人民解放軍三野部隊進入上海。他沒有回家，直接到了報館，先安排上海解放後報紙出版事宜。當身穿軍裝、頭戴軍帽、臉黑人瘦的王芸生，突然出現在急切盼望父親歸來的孩子們面前時，孩子們全都愣住了：父親由文弱的書生變得頗有些軍人風度了。

上海《大公報》與天津《大公報》不同，沒有因城市的解放而停刊，而是一邊向軍事管制委員會申請登記一邊出版。6 月 16 日，上海市軍管會發給《大公報》新字第八號《報紙雜誌通訊社臨時登記證》，宣佈《大公報》「經審查合格，准予出版發行」。次日，上海《大公報》在頭版顯著位置，發表了王芸生撰寫的長文《大公報新生宣言》：

> 上海業已完全解放了。在這短短的二十幾天中，上海六百萬市
> 民全體獲得解放，他們不再受國民黨匪幫壓榨、剝削、搶掠、凌
> 辱，以至抓殺屠戮的恐怖，開始享受了自由，看見了天日。看了人
> 民解放軍的嚴明紀律，誰不衷心感歎這才是我們人民自己的軍隊；
> 看了人民政府的樸素認真的作風，誰不衷心感歎這才是我們人民
> 自己的政府。這一解放，要知道並不是上海一地目前一時的解放，
> 這基本上是全中國解放的重要一環，更是三千年來的歷史大解放。
> 中國受了三千年的封建統治，一百年的帝國主義侵略、壓迫與剝
> 削，近二十幾年來尤其受着國民黨匪幫官僚買辦勾結帝國主義的聯
> 合統治。半封建半殖民地的中國，上海地方是個典型核心；成為
> 中國人民革命對象的帝國主義、封建主義及官僚資本主義，都薈萃
> 於上海。因此，上海的解放是大不尋常的。看國民黨匪幫是怎樣
> 的捨不得離開上海，再看國民黨匪幫又怎樣的想在上海拖帝國主義
> 者下水，夢想搞出所謂第三次世界大戰，就會知道上海的解放是
> 意義非常重大的。上海的解放，實際是國民黨匪幫的反動政權徹
> 頭徹尾的滅亡，是全中國獲得新生。在這重大時刻大公報也獲得了
> 新生。

〔註 3〕 王芝琛著：《一代報人王芸生》，長江文藝出版社，2004 年版，第 194 頁。

　　大公報有將近五十年的歷史，創辦於清末開明貴族之手，民國初年曾落入安福系政客的掌握，一九二六年大革命開始之年續刊，一部資本出於官僚，政治意識淵源於封建政客及新興資產階級。大公報的根源如此，它的政治屬性自然不會跳出這個範疇。蔣介石叛變了大革命，十足顯現了買辦資產階級竊奪政權的本相，帝國主義向他垂青，官僚地主爭相奔赴，大公報雖然始終穿着「民間」「獨立」的外衣，實際是與蔣政權發生着血肉因緣的。

1949 年 6 月 17 日上海《大公報》頭版刊登的《大公報新生宣言》。

大公報始終維持一種改良主義者的面貌，它在中上層社會中曾有一定影響，即由於此。但是，歷史上所有改良主義者在實質上無不成為反動統治階級的幫閒甚至幫兇。在過去二十幾年的人民革命浪潮中，大公報雖然不斷若隱若現的表露着某些進步的姿態，而細加分析，在每個大階段，它基本上都站在反動方面。在大革命破裂之後蔣介石的「剿匪」時代，大公報是跟着喧嚷「剿匪」的。在九一八事變東北淪陷之後，大公報是主張緩「抗」與「攘外必先安內」的。在對日抗戰初期，大公報站在民族主義立場，為抗戰盡了些力；但是由於它反對抗日民族統一戰線，極力宣揚「國家中心」論，把蔣介石捧上獨裁的寶座，經常宣傳「軍令政令統一」的說法，以壓制八路軍和新四軍的發展，因此，在抗戰中期和後期，大公報的領導思想在抗日問題上有些搖擺。到抗戰已近勝利之時，大公報還不贊成聯合政府的理論，而想替國民黨維持獨霸的局面。大公報曾贊成政協的決議，但到國民黨反動派撕毀政協決議時，大公報的負責人反而參加偽「國大」去「制」憲。蔣介石既撕毀政協決議，又勾結美帝發動「戡亂」內戰，人民解放戰爭已於東北開始之時，大公報卻發表了《可恥的長春之戰》社評，為蔣介石也即是為美帝撐腰。當人民革命浪潮已把反動勢力震盪得搖搖欲墜之時，大公報又提倡

所謂「自由主義」「中間路線」，以自別於反動統治階級；其實人民與反人民之間絕無所謂「中」，而所謂「自由主義」既根源於買辦資產階級，這「金外絮中」的外衣更是混淆是非，起着麻痺人民的作用。

以上檢討，不過是舉舉大者，而一向看似開明進步的報紙其內含竟爾如此。要知道這絕不是偶然的。大公報基本上屬於官僚資產階級，與過去的反動政權是難以分離的，總的方向是跟着反動統治走的。其基本性格既然如此，因此在國際關係上，基本上是親美反蘇的。無論在階級感情上，或在政治觀念上，大公報都屬於親美型，在抗戰中尤其表現了這一特色。直到兩年前他們親眼看到了美帝是那樣明目張膽的扶植日本反動勢力，它才從民族觀點上開始懷疑美帝，而盡力於反扶日運動。在抗戰初期，大公報也曾有親蘇之名。但它的親蘇姿態，絕非發生於傾向社會主義的感情，尤其談不到階級的觀點，而完全是基於縱橫捭闔的強權政治的看法，要蘇聯牽制強權，甚至更想借着親蘇的路線以壓制中共所領導的中國人民革命。由於此故，大公報在基本感情上，非但不親蘇，實際是反蘇的。它遠在九一八事變前奉系軍閥搶奪中東路時，也把蘇聯看作帝國主義者。尤其在近年來的旅大問題上，弦外之音，也把蘇聯看成侵略者。殊不知蘇聯之借用旅順港，正是防止這遠東要隘落於美帝與蔣匪的聯合陣營之手，這正符合於中國人民的利益，尤其符合於中國人民解放革命的利益。假使旅大與中長路落於美蔣聯合的手掌，不用說中國東北人民暫時不易解放，整個人民解放戰爭都要遭逢大困難；而從太平洋全局看，日本、南韓、東北，全入美帝之手，形成對蘇聯的東方包圍，世界和平將受更大的威脅。從此分析，並加深思，便知蘇聯之借用旅順港，非但不是侵略，而且是一種和平的定力。這非但符合中國人民的利益，而且也符合世界和平的利益。從正確立場上看這問題，這非但正是社會主義國家和平力量的運用，而在民族立場上，這正是援助被壓迫民族，以反抗帝國主義與封建反動勢力的侵略與挑釁。但過去的大公報，卻沒有這樣去瞭解，也不可能有此理解的。

現在中國人民解放戰爭基本上業已完成勝利，全中國業已基本

上獲得解放，帝國主義的勢力就將退出中國，反動政權業已滅亡，官僚資本就要普遍沒收，新民主主義的中國誕生，舊的過去，普遍新生。當此重大時代，在新民主主義的中國，大公報是具有政治與文化兩重機能的私營企業，它檢討過去，開拓未來，也正是揚棄舊污，開拓新生。大公報有一部分官僚資本，這留待人民政府清查處理。大公報同人對過去的錯誤，內心是愧疚的，當今新生，提高警惕，痛感責任，黽勉前進，努力為人民服務。從今天開始，上海大公報從機構到版面，都經過重大改革，內容固期嶄然一新，機構也已民主化。今後的大公報，從經濟觀點上說，是私營企業，而在精神上，是屬於人民的。大公報全體職工同人，業已鄭重確定了工作態度：向人民負責。言論、記事，以至廣告，都要向人民負責。一字之錯，一語之非，都不許含糊，都要勤於檢討，勇於改過，尤其方向不許有錯。我們必努力而小心的這樣做，更誠懇請求廣大讀者給我們幫助，給我們督責。今後的大公報，已不是官僚資本了，也不單是我們服務人員的，而確定是屬於廣大人民的了。

中共毛主席領導的新民主主義革命，本質上是工、農、小資產階級知識分子及民族資產階級四個階級的聯盟。人民解放戰爭的勝利，還大部限於軍事的勝利，今後還大大需要政治、文化、經濟、生產各方面的建設。今後大公報的方向是新民主主義的，是走向社會主義的；今後大公報的任務，是鞏固新民主主義下四個革命階級的聯盟，在工農階級領導之下，努力爭取小資產階級知識分子及民族資產階級向新民主主義靠攏，努力發展生產，從事經濟建設。今後的大公報，將特別着重於照顧進步知識分子及民族工商界的利益，並努力反映這兩個階級的意見，在毛澤東主席的旗幟下，大踏步走向新民主主義國家的建設！〔註4〕

這篇文章對《大公報》歷史的評價，與《進步日報職工同人宣言》的評價如出一轍，只不過「調子」略低了一點，稱《大公報》「基本上屬於官僚資產階級」報紙。王芸生一向是寫社評的高手、快手，而這篇文章發表時上海解放已經過去了三周，他在起草這篇文章時想必是舉筆難下、斟酌再三的吧！把《大公報》的過去定性為「總的方向是跟着反動統治走的」，對王芸生來說

〔註4〕《大公報新生宣言》，載1949年6月17日上海《大公報》。

畢竟有切膚之痛。據說，王芸生完成草稿後，經過楊剛的「審閱」，甚至連周恩來都不止一次看過。〔註5〕

《大公報新生宣言》的發表，在該報歷史上具有非同一般的意義。因為上海館為《大公報》總館，文章雖為王芸生個人撰寫，但是以「上海大公報」的名義發表的，不但表明了王芸生個人政治立場的徹底轉變，更表明了整個《大公報》的「揚棄舊污，開拓新生」——走向新民主主義，走向社會主義。文人論政，直言讜論，民間立場，客觀中立，這正是《大公報》能夠卓立於中國報界的特異之處，也可以說是《大公報》的「報魂」，但是它們都被王芸生作為《大公報》的「舊污」而揚棄了。從某種意義上說，上海《大公報》獲得了「新生」，而「大公」精神也隨之消亡。難怪有學者不無惋惜地說，新記《大公報》第二代總編輯王芸生，「在他手裏繼續捍衛了民間報紙『文人論政』的傳統，當然也是他參與掐斷了這一傳統。」〔註6〕

〔註5〕 王芝琛著：《一代報人王芸生》，長江文藝出版社，2004年版，第195頁。
〔註6〕 傅國湧著：《追尋逝去的傳統》，湖南文藝出版社，2004年版，第220頁。

躬逢開國盛典，慶幸此生不虛

　　獲得「新生」的上海《大公報》由王芸生擔任社長兼總編輯，楊剛、李純青任副總編輯。《大公報》總管理處名義上仍然存在，主任一職由總經理曹谷冰繼續擔任。

　　從此，「覺今是而昨非」的王芸生和他領導的上海《大公報》，開始竭誠歌頌中國共產黨，讚美人民解放軍，謳歌推動歷史前進的人民群眾，記錄新舊更替的時代巨變。1949 年 7 月 1 日，上海《大公報》發表王芸生撰寫的《慶賀七一，偉大的共產黨的誕生！》社評，稱頌中國共產黨是新中國的「舵手」和「燈塔」，號召終於能夠昂首挺胸、擡頭做人的廣大人民，來慶祝「我們的領導政黨的生辰」。7 月 31 日，上海《大公報》邀請駐滬解放軍指戰員與報社員工聯歡，慶祝人民解放軍建軍 22 週年。第二天，王芸生又發表《慶祝解放軍的生日》社評，「慶祝解放軍的生日，感謝解放軍解放上海。讓我們向毛主席、朱總司令，向陳毅將軍，向三野戰軍全體將士，致以敬禮！」

　　9 月 4 日，王芸生同梅蘭芳、惲逸群、金仲華、徐鑄成、趙超構等一起，乘火車離滬北上，到北平參加中國人民政治協商會議。會議籌備期間，他參加了《共同綱領》、《中央人民政府組織法》和《中國人民政治協商會議組織法》草案的分組討論。21 日下午 7 時，中國人民政治協商會議第一次全體會議在中南海懷仁堂隆重開幕，王芸生作為新聞界正式代表，光榮與會。他用如椽之筆，記下了這一「驚天動地」的歷史事件：

　　　　89 位主席團成員和秘書長登臺就位，水銀燈通明，開麥拉大動員，這是人民政協的第一個鏡頭。毛澤東同志昂然立在正中，朗聲宣佈「中國人民政治協商會議開幕」。在這時，樂聲大作，場外鳴禮

炮 54 響，全體代表一致起立，熱烈鼓掌，象徵參加人民政協的 54 個單位。毛澤東同志致開幕詞，碩大聲宏，字字沉着有力，立言雄偉，是一篇開國的大文章。在會議進行中，天降大雨，雷聲隆隆，到深夜散會時，又復滿天星斗。開會時的一陣雷雨，可能是禮炮震盪了雲層所致。總之，人民政協開幕，是象徵 4 億多中國人民站立起來了，這當然是一件驚天動地的大事。

1949 年 10 月 6 日上海《大公報》刊登王芸生的文章《中華人民共和國的開國盛典》。

能夠躬逢盛事，參與討論新政權國是，王芸生心情異常興奮。畢竟，人民政協中新聞界正式代表僅有七人，他能夠身居其一，說明共產黨和新政權對他不計前嫌，依然看重有加。更讓王芸生感到無比尊榮和激動的是，10 月 1 日，他和代表們一起登上了天安門城樓，參加了中華人民共和國開國大典：「舉目天安門前的人民廣場，人如大海，旗翻紅浪，平時未曾見過的一個大場面就在眼前。我慶幸個人此生不虛，更慶幸中國由此進入了一個人民民主的時代。」「我做了二十多年的新聞記者，此番參加了中華人民共和國的開國盛典，也就不虛為新聞記者了。一個職業記者，對一切總取旁觀的態度，這種舊的觀念應該揚棄了。我這次躬逢人民新中國的開國之盛，既感光榮，又感幸運，置身其中，越見得時代的偉大。」〔註 1〕

王芸生沒有忘記自己是一名新聞記者，這次赴京開會期間，他筆耕不輟，撰寫了《中國人民大憲章的討論》、《慶祝人民政協勝利閉幕》、《中華人民共和國的開國大典》、《人民政協隨記》等專文、社評和新聞報導，發回上海《大公報》發表。

〔註 1〕 王芸生：《中華人民共和國的開國盛典》，載 1949 年 10 月 6 日上海《大公報》。

何意百鍊鋼，化爲繞指柔

新中國成立後，王芸生以旺盛精力和愉快心情，領導上海《大公報》，對共產黨和新政權開展的鎮壓反革命、抗美援朝、土改、「三反」、「五反」等各項運動，主動地予以輿論配合和支持。特別是上海《大公報》關於「三反」、「五反」的宣傳，搞得有聲有色，他寫的一篇文章《上海是虎穴，必多大老虎》，被毛澤東指定爲「五反」運動的學習參考文件之一。

不過，在舉國歡忭、蓬勃昂揚的大樂章中，王芸生身歷的幾個意想不到的小插曲，使他頗爲困惑，心頭隱隱有了一絲挫折感。

首先是在加入新組織的問題上遇到了麻煩。新中國成立後，仍屬民營企業的上海《大公報》也照例建立了「工會」。王芸生曾獲得《大公報》的「勞績股」，這樣屬不屬於資方（即資本家），能不能加入工會，報社內部甚至其他報社在下面議論得沸沸揚揚，上海《大公報》黨組織也不敢做主，只好上報上海市委，還上報到了政務院。最後上面傳達下來，王芸生可以加入工會，不過附有說明：王芸生加入工會，並不等於說他已經是工人階級一員了。另外一個組織是中蘇友好協會。那個年代參加中蘇友好協會是進步的象徵，幾乎成了全民的事情，只要填個表甚至簡單地說一聲就算是協會會員。但是有人說王芸生長期以來一貫「反蘇」，不應該吸收他爲該協會會員。最後依然是請示上級後才如願以償。

解放後王芸生的小兒子在上海虹口中學讀書，該校教導主任就通過他多次邀請王蒞臨學校做報告。盛情難卻，又是自己孩子就讀的學校，王芸生就到該校爲全體師生做了一次題爲《新中國、新上海、新氣象》的演講。

演講中，王芸生特別談到了一段「三毛流浪記」的故事。《三毛流浪記》

是張樂平創作的連環漫畫，1947年至1948年在上海《大公報》上連載，引起很大社會反響。王芸生告訴大家，自己一家也非常喜歡看《三毛流浪記》，自從《大公報》登出「推車上橋」和「得不償失」兩幅畫頁後，他們夫婦再坐三輪車過橋時，都會主動下車，讓「流浪兒」推空車過橋，並送給不薄的「小費」。故事講完後，師生們報以熱烈的掌聲。不料報告一結束，這位教導主任要求大家都不要離開，他當着仍坐在主席臺上的王芸生，對其所做的報告進行「革命的大批判」。在談到《三毛流浪記》時，教導主任提高嗓音道：「我們無產階級決不要資產階級的『臭錢』！」王芸生十分愕然，面色煞白地呆坐着，不知如何是好。他認為這位教導主任的「大批判」是有來頭的，否則為什麼要請他做報告，而演講完後又毫無情面地當面給予批判？從此，他謝絕一切演講的邀請，也再不談「三毛流浪記」的故事了。〔註1〕

建國初，上海各報負責人經常在一起開會。某次，大家扯起一件小事，時任華東新聞出版局副局長的張春橋誇誇其談，說得牛頭不對馬嘴，甚至是常識性的無知。王芸生漫不經心地打斷了他的話，說了句「不是那麼回事」，並習慣性地揮了揮手。誰知張春橋勃然變色，冷嘲熱諷地說：「我是打仗進上海的，原是土包子，不像王先生那樣和大人物往來，見過大世面。說錯了，請你王先生指教。」王芸生頓時語塞，大家也相顧無言，場面非常尷尬。唐振常頗為不平地說：「一向不是那麼屈居人下和馴服的王芸老，居然隱忍而不發，一聲不響了。」〔註2〕

建國後王芸生經歷的第一場政治運動是「知識分子思想改造」運動。由於他屬於高級知識分子，被安排在上海市委特別組織的班裏學習。在一次座談會上，他發言中談到自己到解放區是來「投效祖國和人民的」。但是會議主持者最後做總結時，卻說「我們歡迎王芸生先生向祖國和人民投降」，並且「投降」二字後來還上了會議簡報。

這樁樁情事使王芸生逐漸明白，無論自我「反省」與「清算」多麼深刻、徹底，對共產黨和新政權多麼擁護，自己仍然屬於被改造的資產階級一分子。「親不親，階級分」，他領悟到了這句話的真正內涵。

這些事情的發生是王芸生始料不及的，他沒有充分的思想準備，因此有

〔註1〕 王芝琛著：《一代報人王芸生》，長江文藝出版社，2004年版，第202頁。
〔註2〕 王芝琛著：《一代報人王芸生》，長江文藝出版社，2004年版，第201～204頁。

時會感到失落和沮喪。不過，遭遇種種不快之事的王芸生，雖然做不到泰然處之，但也不至於耿耿於懷，畢竟這些事情主要關乎個人憂樂，像他這樣經歷過風雨、以《大公報》事業爲重的人，不會太斤斤計較一己之得失與榮辱。

眞正使王芸生感到焦慮的是上海《大公報》的生存面臨着前所未有的困難。解放初期，上海《大公報》發行量還挺大，日銷 16 萬份。但是好景不長，到 1952 年下降到六萬多份，廣告收入也隨之大減，僅爲四年前的 40%。到 1952 年 10 月，報館賠累折合美元約 20 萬元，當年向政府借款總數已超過報館總資產的一半以上。獲得「新生」的上海《大公報》仍然是私營報紙，經營收入主要來自發行和廣告兩大項。當時，城市新興的黨報實行公費訂閱，相當程度上影響了私營報紙的銷售；長期戰亂導致百業凋零，廣告源枯竭，而本來就不多的客戶更願意在黨報上登廣告，使私營報紙雪上加霜。更深層的原因恐怕在於，建國初期黨和政府機關限制私營報紙的記者採訪本部門新聞，重要新聞都交黨報刊出，使私營報紙的影響力遠遠不及於黨報。時任上海《大公報》採訪部記者的唐振常回憶說：「當時，各機關多封鎖新聞，對《大公報》尤甚。爲此，楊剛還在上海的時候，找了中共上海市委宣傳部負責人舒同，由軍管會主任陳毅具名印了近乎命令式的介紹信，說明對《大公報》記者採訪應予便利。記者持此信赴各機關採訪，求見負責人被拒，由秘書接待，一問三不知，且態度傲慢。此後我持信再往該機關，以爲可以順利一些了。誰知還是那位秘書接待，他接信在手，不無諷刺地說：『你拿這封信，還是我接待你。』對所提問題，仍是避而不答。這是當時一些機關對宣傳的普遍態度，於非黨報尤然。」〔註3〕

王芸生感到自己無力挽救上海《大公報》的頹勢，考慮再三，於 1952 年夏天給毛澤東主席寫了一封長信，託中宣部部長陸定一轉呈，報告報社的情況，請示解決之途。一周之後即接到北京來電，要他立即進京等候主席接見。王芸生即刻整裝北上，到京後的第三天，由彭眞、胡喬木陪同，在中南海豐澤園見到了毛澤東。剛剛游完泳的毛澤東請大家坐在藤椅上，仔細聽完王芸生的彙報後當即指示：「上海《大公報》與天津《進步日報》合併遷京，擇地建新址。報名仍叫《大公報》，作爲全國性報紙，報導分工是國際新聞和財經

〔註 3〕 轉引自方漢奇等著《〈大公報〉百年史》，中國人民大學出版社，2004 年版，第 340～341 頁。

政策。兩報合併遷京後，富餘人員由津滬兩地政府負責接收，安排適當的工作。」這突如其來的喜訊使王芸生激動得說不出話來。他擔心兩報合併後不好管理，同時擔心兩報的編採人員不熟悉財經業務，難於擔當宣傳報導財經政策、新聞的重任。毛澤東笑着鼓勵他說：「你們兩家本來是一家人嘛！《大公報》人才濟濟，團結起來，鑽進去，三年五年不就熟悉嗎！」上海《大公報》與天津《進步日報》合併、出版北京《大公報》的方案就這樣確定下來。王芸生起身告辭時，毛澤東握着他的手風趣地說：「大公王，恭喜你收復失地了啊！」〔註4〕

王芸生沒有想到自己的一封信竟使《大公報》柳暗花明，再次成為全國性大報。他回到上海，告訴同人和家人這一喜訊時，是欣慰，是感慨，自己也說不清楚，只知道對毛主席的魄力由衷佩服，對共產黨的作風深為折服：黨辦事真是雷厲風行，意見明確，做法果斷，行動敏捷。〔註5〕的確，毛澤東作出的這一決定，無疑使《大公報》獲得了第二次新生。

政府為《大公報》在北京籌建新館需要時日，上海《大公報》北遷與天津《進步日報》合併後，於 1953 年元旦暫時在天津出版《大公報》。王芸生任社長，孟秋江、李純青任副社長；總編輯張琴南，經理曹谷冰。黨組書記由孟秋江擔任。中共中央對《大公報》的改組非常重視，於 1953 年 1 月 14 日專門下發「通知」，要求各中央局、分局，各省市委，中央政府各部門黨組，重視運用《大公報》。「通知」說：「《大公報》在改組後，已按照中央意見，重新確定了編輯方針。即：除加強國際問題的報導外，確定以報導和討論財經問題，特別是公私合營關係和勞資關係為主。各級黨委應領導和督促各有關部門重視運用這份報紙，使之成為自己發表意見、解釋政策、交流經驗的工具。中央一級的財政部門，……應指定專人和《大公報》取得經常的聯繫，指導其編輯採訪和評論工作。目前，中央宣傳部正在審查《大公報》和有關機關聯繫的人員及記者的名單，各有關機關包括各地的有關機關在內，應給《大公報》經過正式介紹的工作人員以必要的幫助和便利，糾正過去有意無意加以排斥和冷遇的傾向。」1954 年 10 月 6 日，中宣部又下發《關於〈大公

〔註4〕 王芝琛著：《一代報人王芸生》，長江文藝出版社，2004 年版，第 207～208 頁；方漢奇等著：《〈大公報〉百年史》，中國人民大學出版社，2004 年版，第 341～342 頁。

〔註5〕 王芝芙：《老報人王芸生——回憶我的父親》，載《文史資料選輯》第九十七輯，文史資料出版社，1985 年版，第 81 頁。

報〉若干問題的通知》：《大公報》實際上已是黨領導的公私合營的報紙，但
爲了適應國內外的政治情況，目前對外仍保持私營的面目，各級黨組織應根
據中央的這一指示精神對待《大公報》，並予以應得的協助；《大公報》編輯
部的主要部分逐步由天津遷往北京，由中宣部通過該報黨組實現黨的領導，
但天津市委仍應負責領導和管理該報在天津部分的日常工作和黨的生活，協
助其逐步解決所需的工作幹部，純潔和整頓該報的編輯部；各級財經部門黨
組織和黨的負責人，應對《大公報》的宣傳報導工作予以指導和協助，例如
吸收其黨員幹部參加有關會議和閱讀有關文件，指導其記者進行採訪工作，
審閱《大公報》有關的言論等。〔註6〕

談到《大公報》的公私合營問題，需要說明的是，上海《大公報》北遷
之前，對《大公報》的股份進行了析分處理，宣佈《大公報》爲公私合營性
質的企業。當時《大公報》共有六萬股，分三種情況處理：一、可確定爲公
股的有22000股，其中吳鼎昌的9500股沒收後成爲公股；二、王芸生、曹谷
冰、金誠夫、李子寬等願意交出「勞績股」，計有16000股；三、在私股部分
的19500股中，李國欽、王寬誠所佔的7000股，在香港《大公報》股權未清
理前暫不處理；胡政之、張季鸞所佔的12500股，由上海《大公報》按月給
其家屬不等的生活補助費。如此一來，解放初期內地的《大公報》，實際上已
經是國有企業了。〔註7〕《大公報》從私營企業改造成公私合營企業，所有董
事包括持有「勞績股」的王芸生、曹谷冰等27人在內，都是一分錢的「定
息」也沒有。曾有人問過上頭，這是怎麼回事？回答是：王芸生撰寫的《大
公報新生宣言》說《大公報》「基本上是官僚資產階級」報紙。王芸生曾做過
爭辯：「這是楊剛起草的《進步日報職工同人宣言》定的調。」接下來的說法
是《進步日報職工同人宣言》登不了「大雅之堂」，主要是看《大公報新生宣
言》。〔註8〕

附帶說明一下重慶《大公報》的情況。國民黨當局鑒於《大公報》香港
版、上海版相繼轉向，於1949年8月15日電令西南長官公署行政長官張群
查封重慶《大公報》。經理王文彬得知這一消息後，立即遣散職工，轉移物資，

〔註6〕 方漢奇等著：《〈大公報〉百年史》，中國人民大學出版社，2004年版，第344
　　　　～345頁。
〔註7〕 方漢奇等著：《〈大公報〉百年史》，中國人民大學出版社，2004年版，第350
　　　　頁。
〔註8〕 王芝琛著：《一代報人王芸生》，長江文藝出版社，2004年版，第218頁。

以自動關門相抗。國民黨重慶當局遂決定暫緩查封，轉而強迫該報公開表明政治態度。王文彬依然故我，讓報紙發了一篇似是而非的「表態」社評應付了事。國民黨重慶當局無計可施，於 9 月 17 日派彭革陳（曾任國民黨中宣部新聞處長）為重慶《大公報》發行人兼社長、唐際清（曾任國民黨中央通訊社編輯主任）為總編輯，乾脆「劫收」報館，非法出版重慶《大公報》和《大公晚報》。11 月 30 日，重慶解放，彭、唐等人撤離，重慶偽《大公報》和《大公晚報》共出版了 74 天。

重慶解放後，王文彬重回報館主持工作，《大公報》在軍管會領導下繼續出版，人民政府承認其為合法的民營報紙。但是，重慶《大公報》遇到了跟其他民營報紙同樣的困難，發行量驟降，廣告大減，人心不穩。有人建議把報紙獻給重慶市委，辦成黨報，才有依靠。王文彬派人到上海總管理處，商討妥善解決之法。1951 年 11 月，《大公報》總管理處代表曹谷冰、李純青等抵達重慶，與重慶市委商定：先將重慶《大公報》改為公私合營，仍用原名繼續出版，積極創造條件，待時機成熟後再轉為市委機關報。12 月 1 日，曹谷冰代表《大公報》總管理處宣佈，渝館自即日起與中共重慶市委聯合經營。1952 年 1 月，重慶《大公報》改為公私合營。8 月 4 日，重慶《大公報》停刊；第二天，中共重慶市委機關報《重慶日報》在原重慶《大公報》的基礎上正式創刊。

1956 年國慶節，暫時在天津出版的《大公報》正式遷往北京新館出版，王芸生繼續擔任社長，袁毓明任總編輯（後由常芝青接替），曹谷冰任經理。10 年後的 9 月 14 日，北京《大公報》終刊。紅衛兵在羅列《大公報》的「罪狀」時，除重彈《進步日報職工同人宣言》的舊調外，又新增了一條：《大公報》解放後一貫為修正主義路線效勞！

報社北遷兩報合併後，王芸生只擔任《大公報》社長一職，不再主持編輯業務。報社內部負擔驟然減輕，社會活動逐漸頻繁起來。1953 年 9 月，王芸生出席最高國務會議，不料會上毛澤東和梁漱溟發生激烈爭論。毛澤東在批駁梁時，話鋒突然一轉，說當年有人不要我們另起爐灶。王芸生立即站起來誠惶誠恐地承認這話是自己說的，一直站着等待「發落」。毛澤東稍停片刻後說：「王先生請坐下！」幸虧沒有人順着這一話題引申開來，大家的矛頭都集中在梁漱溟的身上，王芸生方才逃過一劫。這是他解放後經受的第一次嚴峻考驗，回去向報社同人傳達會議精神時，依然流露出恐懼緊張情

緒。〔註9〕

《大公報》本來是綜合性全國大報，而毛澤東爲北京《大公報》確定的任務是報導國際新聞和財經新聞，這說明《大公報》實際上成了專業性報紙。從綜合性報紙轉爲專業性報紙，有豐富辦報經驗的王芸生，當然知道這對《大公報》意味着什麼。但是此後他對毛主席親自訂下的辦報方針奉行不渝，1957年報社內有人建議《大公報》加強文教版，王芸生也沒有動搖過。他一再重申堅持毛主席提出的方針，決不走回頭路。

《文匯報》1957 年 7 月 4 日頭版刊登的一篇文章，報導王芸生等在新聞工作座談會上的發言。

1957 年中共整風運動開始時，王芸生正在在文化部舉辦的哲學班學習，沒有參加新聞界座談會和統戰部召開的民主人士座談會。反右鬥爭開始後，他正慶幸自己未曾「鳴放」，不料在中華全國新聞工作者協會召開的一次批判會上，突然點了他的名。沒有思想準備的王芸生驚恐萬分，心想這一次肯定在劫難逃，自己不但會被劃爲右派，肯定還是大右派！正在惴惴不安之時，曹谷冰奉命來家傳話，告訴他只要在某些問題上做些檢查就可過關。王芸生如法炮製檢查稿，總算躲過了這場劫難。數年後才知道，原來是毛澤東發話才將他保了下來。毛澤東認爲，當時三家全國性黨外報紙，《文匯報》總編輯徐鑄成、《光明日報》總編輯儲安平都已劃爲右派，《大公報》的王芸生就不宜再劃爲右派了。〔註 10〕王芸生雖然幸免於難，但爲在檢查中傷害了老朋友李純青而深感內疚，長時間悶悶不樂，從此患上了糖尿病。

反右鬥爭對王芸生身心的傷害是不言而喻的，從此他再沒有過問報社的具體業務，而把主要精力用在撰寫舊《大公報》史和修訂舊作《六十年來中國與日本》上。1962 年底，他和曹谷冰經過兩年努力，終於完成了《英斂之時期的舊大公報》和《1926 至 1949 的舊大公報》兩篇長文。在《1926 至 1949 的舊大公報》一文中，王芸生不僅對自己，也對吳鼎昌、胡政之、張季鸞等

〔註 9〕 周雨著：《王芸生》，人民日報出版社，1996 年版，第 72 頁。
〔註 10〕 王芝琛著：《一代報人王芸生》，長江文藝出版社，2004 年版，第 217 頁。

人使用了極爲刻薄甚至污穢的語言，自己後來稱其爲「平生最大的違心之作」。本來，總結舊《大公報》歷史並非王芸生所願，他曾向上面拒絕說自己不是合適人選，因爲作爲當事人寫史，對於若干人和事的衡量，難免有失公允。後來他得知這是毛主席的意思，只好勉強接受下來，與曹谷冰一起親自「打碎《大公報》這張許多新聞從業者心中的楷模」。當文章在全國政協出版的《文史資料選輯》上連載後，王芸生感歎到：「想不到《大公報》還是由我蓋棺定論。」他生前多次說，「大公報史將來仍需重新寫過。」〔註11〕

可以說，作爲報人的王芸生，其生命實際上在 1957 年就已經結束了。

1980 年 5 月 30 日，王芸生在北京病逝，享年 79 歲。6 月 19 日，全國政協爲其舉行了隆重的追悼會，鄧小平、葉劍英等敬獻花圈以示哀悼。趙樸初輓詩云：

少年苦學歷荊榛，終作浮天擊水鯤。

人海燃犀嘗燭鬼，論壇主筆仰扶輪。

朝宗百折溪流志，報國千端老病身。

十載論文風雨共，淚揮遺著勉重溫。

〔註11〕 王芝琛著：《一代報人王芸生》，長江文藝出版社，2004 年版，第 219～220 頁。

自由主義者的悲歌
——儲安平與《觀察》

「《客觀》就是《觀察》的前身」

　　儲安平早年雖然有做過報紙編輯、主筆的經歷，但他以報人名世，是從抗戰勝利後主編《客觀》周刊開始的。

　　1945 年 11 月，輾轉流亡於湘桂之間的儲安平回到陪都重慶，與張稚琴合作創辦了時政周刊《客觀》。張稚琴任發行人，儲安平任主編，編輯有吳世昌、陳維稷、張德昌、錢清廉和聶紺弩五人。關於出版這份刊物的目的，儲安平後來為《觀察》第一卷所寫的報告書中有簡略的追述：「在三十四年冬天，我們有幾個朋友曾在重慶編過一個周刊——《客觀》。……那時正是抗戰剛告勝利，政治醞釀改變的時候，多年以來，在『抗戰第一』的大帽子

《觀察》創刊號封面。

下遮蓋着的許多積鬱，我們這時秉筆直書，亦確能言所欲言。」〔註1〕這段話表明：儲安平等一幫知識分子朋友出版《客觀》這份刊物，是為了對抗戰勝利後中國的政治走向發抒己見，繼承「文人論政」的優良傳統。當時，不少自由主義知識分子紛紛創辦報刊，闡述自己對國事的看法，希望國家通過和平協商走上民主憲政之路。《客觀》即為抗戰勝利後驟然湧現出的眾多自由主

〔註 1〕 儲安平：《辛勤·忍耐·向前——本刊的誕生·半年來的本刊》，載《觀察》
　　　　 第 1 卷第 24 期。

義刊物中的佼佼者。

《客觀》只籌備了三個星期便於 1945 年 11 月 11 日出版了創刊號。這是一份八開 16 頁的大型周刊，除廣告占去一部分篇幅外，每期有六萬餘字的文章。如此倉促出版，儲安平後來回想起來，也認為這是一次「過分的冒失」。不過，事實證明了儲安平的眼光和魄力：《客觀》一問世就倍受歡迎，許多讀者每星期都在等候着星期六這份刊物的出版；不少自由思想而保持超然獨立地位的前輩學人，也鼓勵編者繼續在這一方面努力。

《客觀》能得到自由主義知識分子的肯定和鼓勵，是因為儲安平把這份刊物設計成為一個自由主義的論壇。他撰寫的以「本社同人」名義發表的《我們的立場》說：

> 我們認為這就是目前中國最需要的一個刊物。編輯部同人每周聚餐一次，討論每期的稿件支配，並傳觀自己的及外來的文章，我並不承認我們彼此的看法、風度和趣味完全一致，我們也不要求彼此什麼都一致，我們所僅僅一致的只是我們的立場，以及思想和做事的態度。我們完全能夠對於一個問題作保留的陳述，而服從多數人所同意的意見，其權仍在作者；其間絕不至引起「個人的情緒」問題。我並願在此鄭重聲明：在《客觀》上所刊的文字，除了用本社同人的名義發表者外，沒有一篇可以被視為代表《客觀》或代表我們一群朋友「全體」的意見，每一篇文字都是獨立的，每一篇文字的文責，都是由各作者自負的。〔註 2〕

在這篇類似發刊辭的文章中，儲安平還一再聲明：《客觀》絕對是公開的而非少數人的刊物，只要基本立場一致，不管作者的看法和編者相同與否，都願刊載，但其觀點不一定為編者所同意。這種開放論壇、尊重作者思想自由的辦刊理念，自然會引起自由主義知識分子的共鳴與支持。

《客觀》能夠贏得讀者，得力於主編儲安平悲天憫人的情懷、敢於直言和對時局的深刻分析。《客觀》設置有「客觀一周」專欄，針對一周來國內外大事進行評論。發表在這個專欄上的政論文章，除第 6 期由吳世昌撰寫外，前 12 期都出自儲安平的手筆（署名「安平」）。儲安平為「客觀一周」撰寫的這些政論，貫穿着一條主線：反對內戰，以和平統一恢復國家元氣；循民主憲政軌道革新政治，謀求國家富強和民生康樂。

〔註 2〕 本社同人：《我們的立場》，載《客觀》第 1 期。

　　儲安平指出，戰爭本是凶事，人類遭受戰禍實為不幸。中國為求民族獨立和主權完整，奮起抗擊日本入侵，事非得已；「和日本打了八年，總算邀天之幸，靠別人的福氣，未蹈亡國之禍，可是國力民力，已是筋疲力盡，怎麼還經得起內戰！」〔註3〕抗戰勝利後，醫治戰爭創傷唯恐不及，我們今日又何忍再擴大災難，加重損失，加深痛苦？我們一方面要外國朋友來救濟我們，另一方面卻兄弟鬩牆、自相殘殺，這種現象，「不僅在理論上非常矛盾，在人情上亦不可通。」〔註4〕所以，從人民的立場上看，沒有人願意內戰，沒有人不反對內戰！

　　對於當時的兩大政治力量——國民黨和共產黨，儲安平在文章中都進行了深刻剖析。他用「一團糟」這三個字來評價抗戰勝利後中國的現狀：軍事處處仰求美國援助，財政捉襟見肘、顧此失彼，工業到處停業倒閉、請求救濟，經濟建設始終拿不出一個成功的辦法，交通是交而不通……。而「一團糟」現狀的造成，作為執政黨的國民黨負有不可推諉的責任。他分析國民黨有兩大病症：一是腐化，一是缺少一種高度新陳代謝的機能。兩者互為因果，實際上是一回事。因為國民黨缺少一種高度新陳代謝的機能，使有能力有朝氣的青年黨員，不易在黨內發揮積極的力量，導致腐化日益嚴重；也正因為在重重的腐爛之下，使潛在的新生力量不易成長。

　　不過，儲安平對國民黨的批評，是在承認其統治的現實合理性前提下展開的。他認為，當時的中國除共產黨外，沒有一個政黨有推翻國民黨的企圖，沒有一個真正超黨派的中國人願意國民黨崩潰，而形成中國政治上不可想像的混亂。絕大多數，還是關切國民黨的，這不是基於任何理論或思想上的理由，而是基於現實的原因。國家政治重心寄落在國民黨身上，有遠見的人都希望國民黨進步，因為在當時中國的實際局面下，國民黨的進步或腐化，直接影響到中國人民的幸福、希望和榮譽。我們必須在多方面努力，以促進國民黨的革新與進步；國民黨自身也應該多憑藉「人心」來統治中國，在中國歷史締造光榮的記載。〔註5〕

　　關於共產黨，儲安平的總體評價是既有長處又有缺點。他認為，共產黨的長處即吸引人的地方一是社會主義，二是刻苦精神。「我並不承認極端的

〔註3〕　儲安平：《客觀一周‧內戰解決得了一切嗎？》，載《客觀》第2期。
〔註4〕　儲安平：《客觀一周‧自相矛盾、不近人情》，載《客觀》第3期。
〔註5〕　儲安平：《客觀一周‧一團糟的責任問題》、《客觀一周‧進步與刺戟》，載《客觀》第1期、第2期。

社會主義能適行於中國。同時，我也不相信，假如共產黨取得了政權的話，他能完全實行他原來的主義。中國人總是中國人，中國的共產黨執政後，它的施政較之今日他們所揭櫫者，恐將打一個大折扣，然而打了一個大折扣以後的共產黨政策，又可能相當地為中國人民所接受。」共產黨的刻苦精神，正是今日國民黨的短處。至於共產黨的主要缺點，儲安平認為是過度宗舉外邦（蘇聯），喪失了自我的獨立意志和獨立人格。〔註6〕儲安平關於共產黨與民主自由之關係的分析也很引人注意。在他看來，在一個講究「統制」、「一致」的政黨統治下，人民不會有真正的自由，也不會有真正的民主。〔註7〕儲安平對共產黨的分析和評價，學者謝泳認為是他比同時期自由主義知識分子在政治上更為成熟的一面，是他《客觀》時期最為成熟的思想表現。〔註8〕

國共和談，美國調停，停戰令下，政協召開，這一切似乎都不能驅散籠罩在國土上空的內戰陰雲。儲安平憂心如焚，剴切忠告國共雙方負起對人民的責任心，勿動干戈。他理性地分析道：今日中國確有無槍桿子即無法生存的情形存在，這種情形導致國共雙方恐懼對方實力擴張，必處心積慮以消滅對方的力量。「事實上，共產黨恐未嘗無以暴力奪取政權之念，而國民黨則臥榻之旁，當然不令他人鼾睡。所以國共兩方，純粹從『黨』的立場著眼者，似乎走上了這樣一個看法，以為非用武力不足以打開當前的局面。」〔註9〕但是，現代文明國家已很少用戰爭的方式來解決國內的政治糾紛了。他呼籲國民黨反躬自省釜底抽薪，從本身改善革新做起，改組政府，結束一黨專政，而非一味地只知道攻擊共產黨，企圖消滅共產黨；共產黨也不能任性行動，漠視民意，應該走和平的憲政路線爭取政權，而不是付諸暴力革命。總之，「我對於國民黨之強欲以武力統治中國的論調，固然反對，對於共產黨之以擁有為自衛的論調，亦不謂然。」〔註10〕

除了國共兩大政黨之外，儲安平還寄希望於知識分子和中產階級在國家實現安定、民主進程中發揮積極作用。他說，知識分子思想開明、擁戴民主、愛好自由、憎惡黨爭，是一個國家裏可以造成社會安定的力量。因此，無論

〔註6〕 儲安平：《客觀一周·共產黨與中國政治上的需要》，載《客觀》第2期。
〔註7〕 儲安平：《客觀一周·共產黨與民主自由》，載《客觀》第4期。
〔註8〕 謝泳著：《儲安平與〈觀察〉》，中國社會出版社，2005年版，第21頁。
〔註9〕 儲安平：《客觀一周·某一種結論》，載《客觀》第2期。
〔註10〕 儲安平：《客觀一周·共產黨在爭取政權中所走的途徑》，載《客觀》第4期。

是美國、其他友邦或是中國國內,「都應當認清,未來中國的安定和希望,實多少繫於今日中國這一批進步的中產階級知識分子身上。」〔註11〕儲安平指出,近代的民主政治可以說是一種以中產階級爲骨幹的政治,要中國有健全的民主政治,先得使中國有一個有力的中產階級。「爲了達到造成一個民主國家的中國的目的,我們應當用種種方法鼓勵中國的中產階級擡頭,成爲民主政治的幹部。其中特別對於自由思想的大學教授及著作家等,應鼓勵他們出面說話,建立一個爲民主國家所不可缺少的健全的輿論。」〔註12〕中國的知識階級素來關心政治,但由於時間、財力的限制,使其發動的各種政治運動缺乏組織和持久。現在,中國的中產階級正在締造之中,有經濟基礎的工商界人士也出來過問政治、爭取民主,儲安平敏銳地意識到這是中國政治運動中一個前所未有的特色,他期望工商界人士與知識分子聯繫起來,對中國的民主運動發生實質的力量。〔註13〕

《客觀》原計劃在重慶出版 12 期,因爲儲安平等認爲政治重心很快就會東移。可是第 12 期出完後,政治局勢仍然處於高速發展之中,變化莫測,出乎預料。儲安平主編完第 12 期,將編務交給吳世昌,自己去上海籌劃出版一份新的刊物《觀察》。1946 年 3 月 21 日,《客觀》在出滿了 17 期後停刊。關於離開《客觀》另立《觀察》的原因,儲安平後來做了如是解釋:「我們平常有一種基本的理想,即立言與行事應當一致。假如一個言論機構,在紙面上,它的評論寫得頭頭是道,極其動聽,而這個言論機構的本身,它的辦事原則和辦事精神,與它所發表的議論不能符合,我們認爲這是一種極大的失敗。假如我們主張政府負責而我們自己做事不負責任,要求政治清明而我們自己腐化,這對於一個懷有高度理想的人,實在是一種難於言說的苦痛。當時的《客觀》只由我們主編,並非我們主辦。我們看到其事之難有前途,所以戛然放手了。」〔註14〕

主編《客觀》的這段經歷,爲儲安平後來創辦《觀察》打下了良好基礎:給《客觀》寫文章的人,後來多數成了《觀察》撰稿人;《觀察》的讀者尤其是西南地區的讀者,不少是由《客觀》承轉而來。更重要的是,儲安平

〔註11〕 儲安平:《客觀一周・中國未來局面中的一個安定因素》,載《客觀》第 3 期。
〔註12〕 儲安平:《客觀一周・中產階級與知識分子》,載《客觀》第 7 期。
〔註13〕 儲安平:《客觀一周・知識分子、工商階級、民主運動》,載《客觀》第 12 期。
〔註14〕 儲安平:《辛勤・忍耐・向前——本刊的誕生・半年來的本刊》,載《觀察》第 1 卷第 24 期。

辦《觀察》的立場與態度，直接來自於《客觀》周刊：「在精神上，我們未嘗不可說，《客觀》就是《觀察》的前身。」〔註 15〕

〔註 15〕 儲安平：《辛勤·忍耐·向前——本刊的誕生·半年來的本刊》，載《觀察》第 1 卷第 24 期。

「替國家培養一點自由思想的種子」

1946 年 3 月中旬，儲安平乘飛機離開重慶，來到中國報業最爲發達的城市上海，開始籌劃《觀察》周刊的出版事宜。

實際上，本年的 1 月 6 日，儲安平還在重慶主編《客觀》之時，已經舉行了《觀察》第一次發起人會議，決定了刊物的名稱、緣起和徵股簡約。可見，儲安平創辦《觀察》並非離開《客觀》後的一時衝動，而是早有謀劃準備。

這份刊物問世後能否維持下去，是儲安平首先要考慮的現實問題。關於這個問題，儲安平當時籠統地建立在兩個假設之上：「一、國內擁有極廣大的一群自由思想學人，他們可以說話，需要說話，應當說話。當時國內還缺少一個帶有全國性的中心刊物（在抗戰中，昆明重慶等地都有水準很高的刊物，但因戰時郵遞困難，環境限制，都未能佈及全國）。假如我們自己確是不偏不倚，秉公論政，取稿嚴格，做事認眞，則各方面的前輩及朋友，無論識與不識，一定樂於支持我們，爲本刊寫稿。二、中國的知識階級絕大部分都是自由思想分子，超然於黨爭之外的，只要我們的刊物確是無黨無派，說話公平，水準優高，內容充實，則本刊當可獲得眾多的讀者。」另外，儲安平還認爲當日中國極其需要有這樣一個刊物，「實因我們深切相信，這種眞正的自由思想分子的意見，對於今日中國的言論界實具有一種穩定的力量，而此種穩定的力量正爲今日中國所迫切需要者。」﹝註1﹞事實證明，儲安平的這些預判是正確的，「特別是他認爲中國的知識階級大部分都是自由思想分子

﹝註1﹞ 儲安平：《辛勤・忍耐・向前——本刊的誕生・半年來的本刊》，載《觀察》第 1 卷第 24 期。

這一判斷，可以說爲《觀察》日後成爲自由主義知識分子的論壇作了力量上的估計。」〔註2〕正是由於廣大自由主義知識分子的踴躍撰稿、潛在讀者的衆多和時代的需求，使《觀察》一創刊便風行全國，經營上幾乎不存在生存之虞。

設想畢竟是設想，要在上海出版一份「既無政治集團在後指使、亦無經濟集團在後支持」的純粹民營刊物，決非易事。首先是股款不易籌措。刊物的經辦資金集股而成，儲安平他們當初根據上海的物價行情預定股額爲 1000 萬元，認爲籌足此數應該不會有什麼困難。但是當眞正按股收款的時候，這幫大多以教書爲生的清貧朋友，常常止於「口惠」，其間還遇到使人極爲難堪的事情。雖然有一些讀者入股支持，無奈杯水車薪，儲安平離渝飛滬時只帶來了一小部分股款，而上海的物價又激漲不已。一直到 7 月底，股款才大體收足。事務方面的第二大件大事是找房子。在當時的上海，手裏沒有金條是不敢妄談租房子的。穿行於大街小巷，懷揣「戈戈之數」的儲安平望「房」興歎，「幾如登天之難」。後來幸得朋友之助，終於在牯嶺路 34 號租到了一間小得不能再小的房間，權做社址。在籌備《觀察》的這段艱難日子裏，儲安平不是沒有來自外界的誘惑，南京方面就曾經兩次委任他高級公務員的職位，他都婉言謝絕，不爲所動。他認爲做人做事，不應該半途而廢，見異思遷；創業雖然艱苦，但可以鍛鍊自己的情操。後來憶及這段歲月，儲安平飽含深情地說：「就在這一個遠東第一豪華的大都市裏，我落寞地守了好幾月。這些日子是黝暗的，但我還有着一盞明亮的燈，這盞燈掛在我的心底裏，吹不滅，搶不掉；這盞燈發射光亮，沖散着周圍的昏暗。」〔註3〕

1946 年 9 月 1 日，在儲安平傾盡心力的「催生」下，《觀察》這份在中國新聞史上熠熠閃光的大型時政類周刊，終於正式與讀者見面。

那麼，在黨爭不已、國事蜩螗之時，儲安平以全副力量和持久決心來從事出版報刊這樣一種清寒艱苦的事業，是出於什麼樣的目的？或者說，以「爲理想而生活」自期的儲安平，創辦《觀察》是爲了實現自己什麼樣的理想？

1947 年 1 月 21 日晚上是農曆除夕之夜，儲安平給胡適寫了一封言辭懇

〔註2〕 謝泳著：《儲安平與〈觀察〉》，中國社會出版社，2005 年版，第 24 頁。
〔註3〕 儲安平：《辛勤・忍耐・向前——本刊的誕生・半年來的本刊》，載《觀察》
　　　　第 1 卷第 24 期。

切的信，在向胡適表白了創辦《觀察》的
目的及自己的志趣、人格後，懇請他同意
擔任《觀察》的撰稿人：

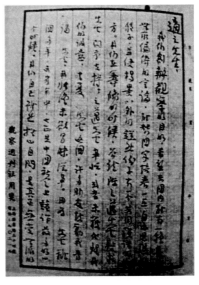

儲安平1947年1月27日致胡適的信。

適之先生：

我們創辦《觀察》的目的，希
望在國內能有一種真正無所偏倚的
言論，能替國家培養一點自由思想
的種子，並使楊墨以外的超然分子
有一個共同說話的地方。我們在籌
備時候，曾請陳之邁先生轉求先
生，賜予支持；之邁先生事忙，或
者未獲代致我們的誠意。去夏，先
生返國，許多朋友鼓勵我晉謁先
生，我始終未欲冒昧從事。因為先生離國多年，這幾年中，也正是
中國社會上詭詐最多的一個時候，我們自己雖然撫心自問，是真正
無黨派的，但先生何能相信？先生對於一個不為先生所熟知的刊
物，決不會給予任何關切與支助。所以我們認為假如那時冒昧晉
謁，徒然僨事。《觀察》創刊迄今，忽忽半載，目下第一卷二十四期
即將出完。我們曾按期寄給先生，請求指正，從過去二十幾期中，
先生能得到一個大概印象：這確是一個真正超然的刊物。居中而稍
偏左者，我們吸收；居中而稍偏右者，我們也吸收，而這個刊物的
本身，確是居中的。過去各期內容，尚有許多缺點弱點，總因我們
能力有限，人力不夠，力與願違。從籌備時候算起，我已花了整一
年的心血，全力灌注在這個刊物上。在籌備時候，要集款，要找房
子，要接洽撰稿人。刊物出後，買紙，核賬，校閱大樣，簽發稿
費，調度款項，都是我的事情。在最近的五個月中，我沒有一天不
是工作至十二小時之多。一方面稿子不夠，一方面要顧到刊物的水
準，一個人獨立孤苦撐持，以迄於今。所幸我自己有此決心，能以
長時期來經營這個刊物，以最嚴肅認真的態度從事，長線放遠箏，
三五年後或者可有一點成就。在先生的朋友中，比較瞭解我亦最鼓
勵我的，大概要算陳衡哲先生了。我和孟真先生往還甚淺，但傅先

生也給我許多指示。我希望這個刊物能得到許多前輩的支持和指教，慢慢的發展和穩固，我現在正着手計劃第二卷的方針。我寫這封信給先生，是想以最大敬意請先生俯允擔任《觀察》的撰稿人。先生對於這個請求，自須加以考慮，不致輕諾。但是先生或能想到，在滔滔天下，今日到底有幾個人能不顧一己的利益，忘私從公，獻身於一種理想，盡心盡智，為國家造福。到底有幾個人，能這樣認認真真，實實在在，做人做事。當我在籌備本刊最艱苦的時候（去年春天，股款迄難籌足），南京方面約我幾次，我都未加考慮，因為今日之士，太慕功名，太希望從政，但是我覺得一個有為之士，他應當看得遠，拿得定，做他最好的，以盡忠於他的國家。刊物出版以後，我除了我寓處、社裏、學校三處之外，任何集會不參加，任何人不周旋，這就表示，我不以這個刊物為私人進身之階，不以這個刊物為活動的根據。今日中國需要者，就是有浩然之氣的人，我們請求先生俯允擔任《觀察》的撰稿人，是為了對於我們的鼓勵，並非要先生鼓勵我個人，而是鼓勵並讚助我們這種理想，這種風度，這種精神。後輩需要得到前輩的道義責任，因為我們共同努力者，乃是一種有關國家福利的事業。茲掬最大誠意，並坦率陳述一切，如承先生俯允，刊物幸甚。我們並想求先生為第二卷第一期寫一篇文章（二月十五日前擲下），希望是個大題目，以便排在第一篇用光篇幅，並為號召。如何之處，佇候賜教。專肅，即請

　　大安

　　　　　　　　　　　　　　　後學儲安平敬上

　　　　　　　　　　　　　一月二十一日，農曆大除夕〔註4〕

　　10 天之後，儲安平在為《觀察》第一卷所寫的報告書中，再次向世人申述了這份刊物的性質及創辦意圖：

　　　　我們這個刊物是一個自由主義的刊物。自由思想的主要精神，就是容許各人陳述各人的意見，在今日這種「兩趨極端」的局面下，我們認為最最需要提倡這種「自由」與「寬容」的精神。……

〔註4〕　張新穎編：《儲安平文集》（下），東方出版中心，1998 年版，第 324～325 頁。

我們自承我們所做的工作，是一種影響思想的工作，我們有我們自己的基本原則，基於這些基本原則，論評國事。但我們做的是一種言論工作，而非組黨工作。中國「熱心」於組黨的人太多了，你一個黨，他一個黨，我們認為在中國現行局面下，黨派的林立徒然增加政治的紊亂。就編者個人而言，我極其贊同張東蓀先生所言：士的使命在「幹政」，而不一定要「執政」（見第 13 期張文）。「幹政」就是一種「輿論」的做法，而「執政」必須是一種「組黨」的做法。我們無意組黨，所以我們談不上「具體主張」；我們無意組黨，所以我們無意擔任組訓青年的工作。我們做的是一種影響思想的工作，這個工作是替「國家」做的，不是為了「我們」做的，我們絕無意思要本刊的讀者成為我們的「群眾」。我們的目的乃在替國家培養一點自由思想的種子，因為我們認為替國家培養這種「種子」，就是替國家培養元氣。〔註 5〕

可見，儲安平創辦《觀察》的目的，或者說藉此來實現自己的理想是：傳承自由主義精神傳統，「替國家培養一點自由思想的種子」，以公正言論「影響思想」，造福國家。

崇尚個體獨立自主、思想自由並蓄、社會寬容理性的自由主義思潮，興起於 17 世紀的歐洲，並逐漸成為西方社會的主流思想和基本政治信念。由於自由主義對社會「本體」——個人的價值、幸福的優先強調和對專制主義的天然抗拒，使其在近代西方由一種哲學思潮而成為一種社會體制建構和政策取向。對自由主義思想價值的認同和制度化保障，導致了西方社會近代以來的科學進步、政治昌明和國家強盛。

對中國來說，自由主義是地地道道舶來品，不是中國固有文明自發嬗變衍化的結果。鴉片戰爭後，西方傳教士接踵而來，他們不但帶來了基督教神學，也帶來了自由主義思想的吉光片羽。突然遭遇的民族危機，使中國知識分子開始反思彼盛我衰之由，探求轉危為安、復興國家民族之途。自由主義思想的傳入，為中國第一批「睜眼看世界」的知識分子王韜、康有為、梁啓超、嚴復等提供了思想文化層面的比照坐標，成為他們進行思想啓蒙和社會改革的部分精神資源。不過，眼界的局限和沉重的歷史文化包袱，使他們不

〔註 5〕 儲安平：《辛勤・忍耐・向前——本刊的誕生・半年來的本刊》，載《觀察》第 1 卷第 24 期。

可能完全理解自由主義的眞諦並成爲其忠實信徒。

　　自由主義的眞正中國知音是 20 世紀初負笈歐美的中國留學生。他們一般先就讀於國內的新式學校，然後遠渡重洋，在西方國家大學受到了嚴格、系統的現代教育。長期的國外求學、生活經歷，使他們對西方文化有了比較完整、直接的認知；滋養他們成長的自由主義已經內化爲他們的精神信仰、生活態度和政治信念。這些留學生學成歸來，很少再走「學而優則仕」的傳統士大夫老路，而大多從事教書、辦報、撰述等獨立職業，在中國播撒自由思想的種子。

　　胡適毫無疑問是這批中國眞正的自由主義者的代表，窮其一生他都沒有動搖過自由主義信念。1917 年夏，留美歸來受聘於北京大學的胡適，即滿懷熱忱地加盟《新青年》，向舊道德、舊文化發起猛烈攻擊，成爲新文化運動的中堅分子。胡適之所以熱忱加盟《新青年》，最重要的原因就是希望通過傳播新知識、新思想，努力把當時的青年教導成爲一個既不「受惑」，又有獨立思想和能夠自由表達意志的全新的自由主義者群體。曹聚仁先生就說過，《新青年》這一派文化戰士，也是等到胡適回國後，才有了井然一套完全的社會觀、人生觀、宇宙觀和方法論的。可以說，中國的自由主義者到了胡適或者說從胡適開始，才可以被稱作是自覺的知識群體了。〔註6〕視新聞工作爲自由主義者最合適職業的胡適，與陳獨秀等激進主義者分道揚鑣後，相繼創辦或參與了《努力周報》、《現代評論》、《新月》、《獨立評論》等刊物，堅持不懈地在中國傳播自由主義思想，成爲中國自由主義者持久的「精神領袖」。

　　在中國自由主義思想譜系中，小胡適 17 歲的儲安平顯然屬於第二代。他是「五四的兒子」，啜飲着自由、民主、科學的「乳汁」發育成長。1928 年，儲安平考入上海光華大學英國文學系讀書。其時，胡適、王造時、羅隆基、潘光旦、張東蓀、錢基博、徐志摩等中國第一代自由主義知識分子中的重量級人物，不約而同地執教於光華大學，使這所著名的私立大學彌漫着自由的空氣。思想氣質正處於涵育期的儲安平置身於此，眾多的自由主義師長對他的影響是不言而喻的。1935 年 11 月至次年春，大學畢業不久的儲安平在上海

〔註 6〕　曹聚仁著：《文壇五十年》，東方出版中心，1997 年版，第 111 頁；張育仁著：《自由的歷險──中國自由主義新聞思想史》，雲南人民出版社，2002 年版，第 218、222 頁。

主編過一份《文學時代》月刊。在這份刊物的「編輯後記」裏，儲安平揭示「尊重思想上的自由」的辦刊理念，自由主義師長對他的潛移默化由此可見一斑。隨後，他獲得留洋獎學金和去歐洲報導 1936 年在德國柏林舉行的奧運會的機會。奧運會報導工作完畢，他進入倫敦大學政治經濟學院，師從著名的自由主義思想家拉斯基教授。倫敦大學的學習雖然因抗戰軍興而中斷，但是儲安平獲得了同胡適等師長們那樣的海外求學、生活經歷，英倫議會政治、言論自由的耳濡目染，更加堅信了他的自由主義信念。

20 世紀 20 年代以來，左翼力量的逐漸強大和民族救亡的現實需要，不斷打擊、壓制着自由主義思想在中國的生長。即使如此，由於胡適等第一代自由主義知識分子的身體力行，使這種思想在中國不絕如縷，顯示其頑強的生命力。在抗戰勝利後中國政治走向與自由主義者的理想背道而馳的關頭，儲安平「這位沐浴着《新月》陽光成長起來的自由主義知識分子，終於接過了他前輩的事業」，〔註7〕毅然創辦《觀察》，自覺地肩負起傳承自由主義思想的歷史使命。

值得注意的是，儲安平宣稱自己創辦《觀察》、傳承自由主義思想的更高價值指向是爲了國家，即他給胡適信中所說的「爲國家培養一點自由思想的種子」。在《觀察》創刊號，儲安平就開宗明義地宣稱以公正、沉毅、嚴肅的言論挽救國運、造福國家的辦刊取向：

> 抗戰雖然勝利，大局愈見混亂。政治激蕩，經濟凋敝，整個社會，已步近崩潰的邊緣；全國人民，無不陷入苦悶憂懼之境。在這種局面下，工商百業，俱感窒息，而文化出版事業所遇的困難，尤其一言難盡。言路狹窄，放言論事，處處顧忌；交通阻塞，發行推銷，備受限制；物價騰漲，印刷成本，難於負擔；而由於多年並多種原因所造成的彌漫於全國的那種麻痺、消沉、不求長進的風氣，常常使一個有尊嚴有內容的刊物，有時竟不能獲得廣多的讀者。在這樣一個出版不景氣的情況下，我們甘受艱苦，安於寂寞，不畏避可能的挫折、恐懼甚至失敗，仍欲出而創辦這個刊物，此不僅因爲我們具有理想，具有熱忱，亦因我們深感在今日這樣一個國事殆危，士氣敗壞的時代，實在急切需要有公正、沉毅、嚴肅的言論，以挽救國運，振奮人心。

〔註 7〕 謝泳編：《儲安平：一條河般的憂鬱》，中國青年出版社，1999 年版，第 4 頁。

　　我們感到現在大多數人只知道追逐權勢，追逐利欲；人人以一己為先，國家的禍福竟成為末要而少人過問。是非不明，正氣不張。許多人常在一種衝動下，流露他們愛國的情緒；很少能在生活、工作、良知及人格上，表現他們對於國家的忠誠，盡他們對於國家的責任。但要抗禦外敵，自強圖存，顯非單憑感情所能濟事；而建設國家，改革社會，尤需有眾多的能夠咬得緊牙關、站得住腳跟、挺得起胸膛的人民。環顧海內，種種現狀，固足使人疾首痛心，而瞻望來日，尤使人不勝疑懼憂慮。在這樣一個混沌悲痛的歷史中，有志之士，實應挺身而出，不顧一己的得失毀譽，盡其天良，以造福於他所屬的國家。這誠然是一個充滿著禍亂災害的痛苦時代，但這也是一個大足以鍛鍊我們的意志和情操的時代。〔註8〕

　　在《觀察》「報告書」中，儲安平也多次談到，自己所從事的工作是替國家培養元氣，本乎良知、發為議論的動機只有一個，就是為了國家的前途。

　　西方自由主義者雖然不排斥集體、社會乃至國家的價值，但是更強調個人自由的優先性，他們認為個人自由是一個社會最基本的出發點，也是所有社會政策和立法的基礎。儲安平的自由主義「國家價值」取向，繼承了嚴復以降的中國自由主義者謀求國家富強的文化功利思想和中國知識分子「言論報國」的傳統理想，呈現出與西方自由主義者頗為異趣的思想理路。

〔註 8〕 儲安平：《我們的志趣和態度》，載《觀察》第 1 卷第 1 期。

民主・自由・進步・理性

　　《觀察》如何才能實現自己傳承自由主義精神傳統、以公正言論「影響思想」、造福國家的理想？儲安平在 1946 年 9 月 1 日出版的《觀察》創刊號上，發表了一篇類似發刊辭的長文《我們的志趣和態度》，為這份歷經艱辛終於問世的刊物確定了「民主、自由、進步、理性」之放言論事的基本立場，亦即本刊同人共守的信約：

發表於《觀察》創刊號上的《我們的志趣與態度》。

　　　　一、民主　民主是今世主流，人心所歸，無可抗阻。我們不能同意任何代表少數人利益的集團獨斷國事，漠視民意。我們不能同意政府的一切設施措置都只是為了一部分少數人的權力和利益。國家政策必須容許人民討論，政府進退必須由人民決定，而一切施政必須對人民負責。民主的政府必須以人民的最大福利為目的：保障人民的自由，增進人民的幸福。同時，民主不僅限於政治生活，並應擴及經濟生活；不但政治民主，並須經濟民主。

　　　　二、自由　我們要求自由，要求各種基本人權。自由不是放縱，自由仍須守法。但法律須先保障人民的自由，並使人人在法律

之前一律平等：法律若能保障人民的自由與權利，則人民必守法護法之不暇。政府應該尊重人民的人格，而自由即爲維護人格完整所必要。政府應該使人民的身體的、智慧的及道德的能力，作充分優性的發展，以增進國家社會的福利，而自由即爲達到此種優性發展所不可缺少的條件。沒有自由的人民是沒有人格的人民，沒有自由的社會必是一個奴役的社會。我們要求人人獲有各種基本的人權以維護每個人的人格，並促進國家社會的優性發展。

三、進步　我們要求國家進步，我們絕對反對國家停滯不前。不跟着世界大勢前進的國家必將遭受自然的淘汰。我們要求民主政治，要求工業化，但要民主政治成功，工業化成功，先須大家有科學精神，現代頭腦。我們要求在政治、經濟、社會、教育、軍事各方面的全盤現代化。我們希望人人都有現代化的頭腦。唯有現代化了，才能求得更大更迅速的進步，才能與並世各國並駕齊驅，共同生存。我們反對一切的停滯不前，故步自封，甚至大開倒車。停頓、落後、退步，都是自殺。我們要求中國在各方面都能日新又新，齊着世界主流，邁步前進。

四、理性　人類最可寶貴的素質是理性，教育的最大目的亦即在發揮人類的理性。沒有理性，社會不能安定，文化不能進步。現在中國到處都是憑藉衝動及強力來解決糾紛，甚至正在受着教育的青年也是動輒用武。我們完全反對這種行爲。近幾十年來中國的教育在這方面完全失敗。我們要求政府及社會各方面能全力注意這點。只有發揮理性，社會始有是非，始有和平，始有公道。我們要求一個有是非有公道的社會，我們要求各種糾紛衝突都能運用理性來解決。唯有這樣，才能使一切得到合理的發展，才能加速一切建設的成功。

我們謹以上陳四義，作爲我們追求努力的鵠的，並本此以發言論事。我們的態度是公平的、獨立的、建設的、客觀的。只要無背於前面的四個基本原則，在這一個刊物上面，我們將容納各種不同的意見。我們尊重獨立發言的精神，每篇文章各由其作者負責；而在本刊發表的文字，其觀點論見，並不表示即爲編者所同意者。發刊之始，謹述其志趣與立場如上。尚祈全國賢達，不吝指教，惠予

匡助，本刊幸甚，國家幸甚。〔註1〕

《觀察》之前的自由主義報刊，其創辦者也多有闡發本報（刊）立場、方針的文章揭示於眾，但在立論的高度全面、義理的綜括精深、情感的沉厚激昂方面，很少能與儲安平的這篇《我們的志趣和態度》相提並論。「可以想像，儲安平當時是以起草一個劃時代的歷史文獻的嚴肅和激昂來撰寫這份發刊詞的——在這篇名叫《我們的志趣和態度》的自由主義宣言中，他較之前輩和同輩的民間報人更全面系統和高水平地闡述了這本刊物所堅持和追求的自由主義『志趣、風度和立場』。」〔註2〕即使在半個多世紀的今天，當我們重溫這篇文章，也不能不被儲安平所闡揚的自由主義「志趣、風度和立場」震撼、感發！

儲安平是這樣說的，也是這樣做的。作為《觀察》的主編暫且不論，作為獨立的作者，儲安平在這份刊物上放言論事，確實秉持了「民主、自由、進步、理性」的基本立場。

從《觀察》創刊到 1948 年 12 月被國民黨查封，儲安平在《觀察》上發表了近 30 篇署名政論。這些政論的論題及觀點主要集中在五個方面：評析中國主要政治力量；抨擊國民黨腐敗政治；同情和支持學生運動；維護言論自由價值；批評美國對華政策。

一、評析中國主要政治力量

《中國的政局》是儲安平在《觀察》時期撰寫的最有分量的一篇政論。在這篇萬言長文中，儲安平以他的如椽之筆，深入剖析了當時影響中國政局的主要政治力量。

首先是對執政黨國民黨的剖析。儲安平指出，馬歇爾的離華、共產黨的不妥協、一般輿論對於政府的抨擊、民心的渙散、經濟的崩潰、軍事上的沒有把握，使國民黨的高級核心人物已經深感大勢日非；這種心理上的巨大變化是自國民黨執政以來所未有的。國民黨政權不但失去了挽回頹勢的力量，而且也失去了挽回頹勢的自信心。這種情勢的造成，在於國民黨政權當讓不讓、可和不和、應改不改、要做不做，一味地迷信武力，希圖以武力來解決一切。但是，「武力肅清不了病入膏肓的貪污風氣，武力振作不了推託鬼混的

〔註1〕 儲安平：《我們的志趣和態度》，載《觀察》第 1 卷第 1 期。
〔註2〕 張育仁著：《自由的歷險——中國自由主義新聞思想史》，雲南人民出版社，2002 年版，第 556 頁。

行政效率，武力挽救不了已如堤決的經濟危機，武力收拾不回麻痺死去的人心，甚至武力也決定不了前線的戰局。」今日國民黨心目中的最大敵人是共產黨，然而其所作所為，無不引起大家對國民黨的不滿、反對甚至痛恨，這無疑於為淵驅魚，是國民黨自己在培植共產黨，替共產黨製造有利的政治形勢。儲安平認為，國民黨只要有誠意和決心，民心未嘗不可收拾。不過，已經執政 20 年的國民黨「病得太深，走得太遠」，他又懷疑執政者具有把局勢「拉回來」的大氣力。

儲安平指出，共產黨力主組織聯合政府只是一個步驟，獲得政權則是其最終的政治目標。他承認爭政權是一個政黨的常情，在國民黨這種沒有槍就沒有發言權、甚至沒有生存保障的政治作風下，共產黨不肯放下槍桿也在情理之中，但是不希望共產黨採取武力的方式奪取政權。儲安平贊成成立一個聯合政府，希望共產黨在聯合政府中對國民黨形成政策上的制衡作用；並且，由於共產黨是一個組織堅強、有整套不同於其它政黨的政治計劃與政治作風的黨，所以在政治做法上，共產黨在這個聯合政府中或許能發生一種領導作用。共產黨即使要獲取政權，也必須認識到：「中國共產黨是中國的共產黨。他的黨員是中國人，他所企圖起而統治的一個國家是中國。中國有中國的民性，中國有中國的傳統。完全不顧他們所屬於的這一個國家的民性傳統，必將減少他們成功的希望而拉長他們離開成功的距離。……假如共產黨能在政治生活方面，修正其政策，放寬其尺度，則將更能增加他們獲得成功的希望。」

在剖析了國民黨、共產黨兩大政治力量後，儲安平轉向對自由思想分子組織——民盟的評析：

> 在中國，散佈於國共以外的自由思想分子，為數極多。不過他們較為散漫，甚少嚴密的組織。其中組織較大的就是民盟。我們現在先就民盟作一個大概的論述。我們可以拿兩句話來批評民盟，即「先天不足，後天失調」。民盟是一個很勉強集合而成的政團，民盟裏的人物，各有各的教育背景，各有各的政治看法，各有各的歷史環境，他們只是在一個相同的情緒下集合起來的，就是「反對國民黨」，這是他們唯一聯繫的心理中心。民盟到底是一種政黨的做法，還是一種運動的做法呢？就過去情形觀之，似屬後者而非屬於前者。民盟的歷史已有數年，而其出頭則為前年的政協時期。不過在

過去，一般人似乎有一種印象，即政府來藉重他們時，有了「民盟」，不來藉重他們時，就沒有「民盟」了，所以有「和談」，民盟就大大熱鬧，沒有「和談」，民盟就冷清清的無事可做；這情形至少在過去是如此。照近來的趨勢看，他們似已企圖改向政黨的做法一途發展。中國社會上的封建味道本來還很重，民盟的領導人物還大都是前一代的老輩。我們若將民盟的領導人物分析一下，就可以知道這個政團是非常脆弱的。我們不能不承認：像張表方（瀾）、沈衡山（鈞儒）等幾位老先生，實在都是過去的人物了。民盟領導人物中實際政治經驗最豐富的當推黃任之（炎培）先生，但是我們也不能不說，黃先生也是過去的人物了。張君勱先生（現已脫離民盟）在政治生活方面，他是一個憲政學者，一個最好的政論家，然而他只是一個論政的人物，而不是一個從政的人物，他至多只宜於任國會議員，而不宜於掌行政責任。張東蓀先生也不適宜從事實際的政治生活，他是一個哲學家，一個思想家，他在政治方面最能貢獻的還是在思想及言論方面。若以現代的標準言之，嚴格說來，在今日民盟的領導人物中，適宜於實際政治生活者，恐怕只有羅努生（隆基）先生一人。羅氏中文英文都好，口才文筆都來，有煽動力，有活動力，而且對於政治生活真正有興趣。可惜羅氏的最大弱點是德不濟才。從各方面分析，民盟實是一個貌合神離的團體，而所以能勉強集合起來，完全是由於實際的政治環境逼成的。但單靠對國民黨的一種不滿情緒來維繫一個政團，這顯然是一個極其脆弱的結合。照我個人的觀察，民盟諸君子，可以共患難，不一定能共富貴。這句話或許說得太率直，我們將來再看吧。

至於現在一般人都說民盟太左，成為了共產黨的尾巴，關於這種批評，我認為無甚價值。凡是進步的政治集團，當然是比較左的；世界大勢如此。成為共產黨尾巴一點，純然是惡意的侮蔑。要知實際政治不能完全擺脫權術，從戰略上看，民盟和共產黨互為呼應，實為必然，兩者的目的都要削弱國民黨，在這個前提下，兩者當然要並行聯繫的。假如一定要說如此就是民盟被共產黨利用，則我們也未嘗不可說，民盟也利用了共產黨。故此事不足奇，亦不足為民盟之病。只要國民黨一日保持其政權上的優勢，民盟與中共可能繼

續維持其聯繫的步調。但是一旦國民黨在政權上已不佔優勢時，在那個時候，中共與民盟恐將分途而未必再能互相呼應了。

對於中國政局的改變，儲安平寄厚望於民盟和民社黨這些組織之外、散佈於大學及文化界的自由思想分子的道德力量。他說，這批自由思想分子，數量很大，質亦不弱，但是彼此相通是道義的而非利害的，有背脊骨硬之長，也有胸度狹窄、個人主義之短，再加上國民黨政府長期以來的抑制，沒有形成堅強的組織。這批人所擁有的力量，只是一種潛在的力量，而非表面的力量；只是一種道德權威的力量，而非政治權力的力量；只是一種限於思想影響和言論影響的力量，而非一種政治行動的力量。這批自由思想分子雖然散漫無組織，但是其力量正在日益滋長之中。「凡是道德的力量，常常是無形的，看不見，抓不着，但其所發生的力量，則深入而能垂久。這股力量在社會上有根，在人心裏有根。不過若從目前中國的政治局面看，這種僅僅限於道德方面的力量顯然失之消極。今日絕大多數的人，既不滿意國，也未必歡迎共。絕大多數的人都希望國共之外能產生一種新的力量，以穩定今日中國的政局。這個要求是時代逼出來的。我們認為中國在最近的幾年之內，一般情景還是很黯淡的；說得遠一點，則我們這一代，大概也已注定了是一個『犧牲自己，為後代造福』的時代。然而我們可以犧牲自己，而不可以不為後代造福。今日中國這批自由思想分子，大都在苦悶地憂慮着國家的前途，但他們實不該止於消極的焦愁憂慮。自由思想分子可以起來，應該起來；這不是他們高興不高興，願意不願意的問題，而是他們的一個歷史上的責任問題。」〔註3〕

剖析黨派的政治性格，是儲安平的強項，《中國的政局》中的基本思想，他在《客觀》時期就已具雛形。儲安平在《中國的政局》中對國民黨、共產黨、民盟等主要政治力量的透闢分析，他的膽量氣魄與遠見卓識，是同時期論政者很少能達到的。尤其是他評價民盟「先天不足，後天失調」這句話，已被公認為評價中國自由主義知識分子的至理名言。

二、抨擊國民黨腐敗政治

《觀察》甫一創刊，儲安平即撰文批評國民黨20年的統治是「失敗的統治」：人民物質生活愈來愈艱難，社會道德愈來愈敗壞，不僅國民黨自己的聲

〔註3〕 儲安平：《中國的政局》，載《觀察》第2卷第2期。

譽、地位、前途日見衰落，國家社會也給弄得千瘡百孔，不可收拾。「國民黨有主義，有理想，當初也是滿懷熱血，以救國救民爲己任；志士仁人，前仆後繼。」這樣的政黨爲何執政 20 年竟使自身和國家落得如此下場和局面？儲安平一針見血地指出，國民黨執政失敗的主要原因，在於其只知以加強「政治的控制」來維護既得政權，而不是像歐美政黨那樣以施政的政績來維護其政權。20 年來，國民黨爲求政權的鞏固，傾其全力於消極的政治控制，大大影響了其在積極方面的種種建設工作，「政績窳敗，人心怨憤；人心怨憤，政權動搖；政權動搖，執政者的控制勢須加緊；壓制越緊，反動更烈。如此循環，互爲因果，而終必全盤傾潰，不能收拾。」太重視消極的政治控制，必然同時促成道德的墮落：政治控制是以力取人而不以德服人，主使這種政策及執行這種工作的人，必爲無道不德之徒，流風所至，遺害無窮；在一個以力而不以德治人的社會中，那些有骨氣的人心難甘服，於是偏激者「逼上梁山」，中庸者潔身自好，柔弱者頹靡消沉；在唯力是視的社會上，斷無是非公平可言；要求政權鞏固，自然不願政局發生不必要的波瀾，於是老朽之輩，雖庸碌一無成就，亦可尸位十載而不易，「忠實」之徒，雖惡行多端，眾口所誅，亦能安如磐山，行其所行。總之，一味加強政治控制的國民黨使「賢不肖不復有別，而國家取士之道盡失」矣！〔註4〕

儲安平在《觀察》初期對國民黨的批評，基本上延續了《客觀》時期的態度，言辭還是比較溫和的。他對國民黨還抱有一定幻想，同時也基於現實政治的考慮，在文章中總是以分析和勸告的語氣指出國民黨的過失，希望她趕快改變作風，換條路走，大刀闊斧地做幾件福國利民的大事，用政績贏得民眾的支持，挽救政黨頹勢，謀求國家的尊嚴和前途。然而，國民黨的一意孤行、專橫顢頇逐漸使他失去耐心，他對國民黨的批評也由溫和轉向激烈。1948 年 8 月，國民黨政府發行金圓券來抑制嚴重的通貨膨脹；僅僅過去 70 天，國民黨政府就放棄了當初信誓旦旦「只許成功不許失敗」的金圓券限價政策。老百姓的血汗積蓄被掠奪殆盡，國民黨卻藉此去支持自己打內戰，搞得民窮財盡，烽火遍地。儲安平怒不可遏，痛斥國民黨的作爲：「70 天是一場小爛污，20 年是一場大爛污！爛污爛污！20 年來拆足！爛污！」〔註5〕對於國民黨的「政治失常」，以議論政事爲己任的儲安平也無奈地慨歎：「我們平

〔註4〕 儲安平：《失敗的統治》，載《觀察》第 1 卷第 3 期。
〔註5〕 儲安平：《一場爛污》，載《觀察》第 5 卷第 11 期。

日的職司，就是議論政事，然而處此危局，幾乎無政可論，無政足論；仰望長空，廢筆三歎！」〔註6〕

三、同情和支持學生運動

在《觀察》創刊時，儲安平就明確指出，這個刊物除了要對國事發表意見外，還有一個同樣重要的目標，就是希望對於一般青年的進步和品性的修養，能夠有所貢獻。「多年以來，青年實在煩悶。在多年的煩悶中，意志軟弱的，漸漸趨入麻痹、消沉及自我享樂的道路；剛強的則流於偏激。今日大多數青年，不是偏狹衝動，盛氣凌人，就是混混沌沌，莫知其前程何在！我們瞻念國家，中心憂懼，莫此為甚！我們都是愛好自由思想的人，所以就政治上的信仰而言，我們對於青年，一無成見，他們信右信左，盡可信其所信；而且他們能夠信其所信，無寧且為我們所鼓勵並器重者。我們所欲一言者，即思想的出發較之思想的歸宿，遠為重要，所以信從一種政治上的思想，必須基於理性而非出於感情；而於重視自己的思想自由時，亦須同時尊重他人的思想自由。此外，在做人的根本條件上，我們期望每個青年都有健康的人生態度——人生的目的非僅圖一己的飽暖而實另有所寄；都有現代化的頭腦——思想的方法現代化，做事的方法現代化。我們國家一線前途，全繫於今日一般青年肩上。衝動、偏狹、強橫，都足以造亂而不足治亂；自私、麻木、消沉，帶給國家的是死氣而非生氣。我們極望這一個刊物所發表的文字，它所包含的看法、態度、氣息，能給一般青年讀者以有益的影響。」〔註7〕基於這樣的辦刊目標，儲安平在《觀察》時期對於學生運動給予了極大的關注。

1947 年 5 月，國統區學生運動風起雲湧，如火如荼。儲安平在《觀察》上連續發表《大局浮動，學潮如火》、《學生扯起義旗，歷史正在創造》兩篇文章，對學潮的動因、性質、意義進行分析和評價。他指出，凡是一個社會現象，必然有這個現象的原因。學生罷課、請願絕非受他人利用，而是整個局面的良心喪盡、道德蕩然、綱紀廢弛、人心麻痹，使學生由苦悶、彷徨、失望而憤怒，鬱結在他們心中的怒火碰上機會自然就發泄出來。學潮的激蕩反映了政治的腐敗和黑暗。因此，當局應該從學潮中吸取教訓，反躬自問那些學生為什麼要喊出「反內戰反飢餓」的呼聲，為什麼全國的學生都那樣萬

〔註6〕 儲安平：《政治失常》，載《觀察》第 5 卷第 13 期。
〔註7〕 儲安平：《我們的志趣和態度》，載《觀察》第 1 卷第 1 期。

眾一心地遊行示威，拿出良心和辦法來一一見之實行，而不是一味地訓斥學生甚至施以殘暴，因為今日中國的學生已非嚴厲訓斥或強力彈壓所能駭退得了。今日這一代學生，他們的活動能力、組織能力、處理能力和宣傳能力，都遠非 20 年或 10 年以前的學生所能比擬。他們已建立了他們的尊嚴。在多年多種的鍛鍊下，他們不僅完全成熟，而且沉着堅韌，有感情有理智，並且能使感情約束於理智之中。有賴這批青年，才使我們在黑暗中看到一點國家新生的希望；學生們挺身而出，對國是表示一種抗議，實亦為他們在這個時代中所應肩負的責任。「總之，我們認為這次全國的學潮，完全是政府逼出來的。學生的意志絕對是自發的，而非被動的；他們的動機絕對是純潔的，而非卑鄙的；他們的精神絕對是勇敢的，而非怯懦的。……我們堅信，在當前這種黑暗危急的局面下，學生將永遠發揮其力量，以挽救國家的命運。在這樣轟轟烈烈的學生運動中，終會爆出光彩奪目的火花，而新的中國就在這火花中孕育生長！」〔註8〕

儲安平不僅自己撰文同情、支持和高度評價這次學生運動，而且對《大公報》在這次學生運動中所表現的「不孚眾望」頗有微詞。1947 年 5 月 20 日，正是國民參政會開幕的當天，南京、上海、蘇州、杭州四市學生聚集南京，舉行「挽救教育危機聯合大遊行」。蔣介石出動全市警察、憲兵，打傷學生百餘人，逮捕 20 餘人，釀成震驚全國的「五・二〇」血案。第二天出版的上海《大公報》，在第 3 版用《首都一不幸事件　學生請願與憲警衝突》的標題報導了這一事件。5 月 22 日的上海《大公報》社評，認為學生近來的行動「太天真幼稚」，直為「小孩玩火」。《大公報》對這次學生運動的淡化報導和「灰色」評論，儲安平頗不以為然，他撰文責問《大公報》：對於這樣震動全國而有強烈政治意義的新聞，《大公報》竟用一個輕描淡寫的標題，並且還不肯編在第二版要聞版中，請問這是什麼編輯態度和編輯技術？他認為，《大公報》關於這次學潮的言論如此「灰色」，不能領導當前的潮流，可能與王芸生的適有北行有關，但他還是不無失望地說：「我讀《大公報》前後十幾年，實在從來沒有看到《大公報》有過這樣違反民心的評論。」〔註9〕

國民黨政府不可能聽從儲安平的建議，切實拿出良心和辦法來安定民

〔註8〕　儲安平：《大局浮動，學潮如火》，載《觀察》第 2 卷第 13 期；《學生扯起義旗，歷史正在創造》，載《觀察》第 2 卷第 14 期。

〔註9〕　儲安平：《論文匯・新民・聯合三報被封及〈大公報〉在這次學潮中所表現的態度》，載《觀察》第 2 卷第 14 期。

心，造福社會，而是一如既往地一切舉措都以自己的利害爲出發點，使部分學生與政府之間的距離越來越遠，敵視的程度越來越深。1948 年 4 月，儲安平撰文對一年來此起彼伏的學潮進行總結。他指出，在這一年中，學生運動有幾個引人注目的特徵：第一，學生已經成爲了人民利益的發言人；第二，在學生運動的技術上，他們業已達到前所未有的程度，這就是他們所常常歌唱的「團結就是力量」；第三，學生在運動中的表現勇敢、堅定，完全成熟。「他們在現實的分析，理想的追求，辦事的能力，奮鬥的精神上，均已表現出驚人的成就；他們已隱然成爲一個推動時代的巨輪。」〔註 10〕

儲安平也承認，學生所追求的目標有時不免失之過高，感情不免容易衝動，他們的每一句話、每一件事未必都對。但是，他對學生運動總體上是抱着同情和支持態度的，他對學生運動的基本評價是：學生常常站在正義的一方。

四、維護言論自由價值

在倫敦求學時，儲安平就對英國的言論自由程度歆羨不已：「國會以內議員言論自由，固已成不變之定律，而在國會以外，亦蔚然成風氣，無人敢出而侵犯。」〔註 11〕他認爲，中國要實現眞正的民主政治，應該首先使人民能自由言論，「要人人愛好自由思想，人人有容忍異己的態度，人人能憑理智討論及處置一切事務。」只有這樣，每個人在日常生活及日常意識中，才能有充分的民主修養，政治上的民主制度才能根深蒂固而不致徒有虛名。他還在文章中專門羅列了言論自由的內容：公共場所演說的自由，出版報刊的自由，採訪新聞及拍發新聞電報的自由，私人通信的自由，印刷著作物的自由，演戲的自由。「凡上種種，俱不受官方或半官方之任何公開的或不公開的限制、干涉、壓迫及威脅。行使上述種種自由權利時，如有觸犯法律之處，政府得依法於事後追懲之。」〔註 12〕

正是體認到言論自由關乎政治民主，儲安平對國民黨政府干涉言論的做法深爲不滿。1948 年 7 月，國民黨政府罰令南京《新民報》永久停刊，《觀察》等報刊亦有被封之虞。儲安平撰寫《政府利刃指向〈觀察〉》一文，揭露當局禁售、檢扣《觀察》和威脅該刊經銷商的行徑。更值得推重的是，儲安平竭

〔註 10〕 儲安平：《第二個聞一多事件萬萬製造不得》，載《觀察》第 4 卷第 10 期。
〔註 11〕 張新穎編：《儲安平文集》（上），東方出版中心，1998 年版，第 314 頁。
〔註 12〕 儲安平：《客觀一周·民主·自由》，載《客觀》第 7 期。

力維護言論自由，不只是爲了自己這份刊物，而是爲了整個言論界。1947 年 5 月 24 日，淞滬警備司令部一次查封了上海《文匯報》、《新民報》晚刊、《聯合晚報》三家報紙。儲安平在當期的《觀察》上發表文章公開宣稱：我們在同業的立場上，不能不向被封的文匯、新民、聯合三報同人，表示我們最大的同情。查封已經是一個事實，我們希望政府善爲補救，設法使上述三報早日復刊，以恢復民主國家新聞事業的常軌。〔註 13〕上海《大公報》對三家報紙被封之事，始終不發一言以示同情。儲安平認爲《大公報》對同業的這種態度顯然失當，令人遺憾。在文章中他特別聲明：自己和《聯合晚報》裏的同人一個都不認識；《新民報》晚刊高級負責人中雖有幾個朋友，但是彼此都忙，已很久沒有謀面；自己曾函約《文匯報》總主筆徐鑄成擔任《觀察》撰稿人，「但是徐先生爲人傲慢，吝賜一覆」；惟獨《大公報》裏自己的朋友最多，其中有六位先生是《觀察》的撰稿人。「但是我們今天所檢討的問題，不是任何涉及私人恩怨的問題。我們今日從政也好，論政也好，必須把私人的感情丟開！這就是今日我們需要鍛鍊自己的地方。當此一日查封三報，警備車的怪聲馳騁於這十里洋場之日，我們仍舊不避危險，挺身發言，實亦因爲今日國家這僅有的一點正氣，都寄託在我們的肩上，雖然刀槍環繞，亦不能不冒死爲之；大義當前，我們實亦不暇顧及一己的吉凶安危了。」〔註 14〕在《文匯報》等三家報紙被封事件中，儲安平挺身而出，仗義執言，爲整個言論界爭自由；其不計私人恩怨、不顧一己安危的胸襟與勇氣，確實令人感佩不已！

　　儲安平也認識到言論自由應包括兩個方面：一方面人民之言論，政府不予干涉；另一方面人民自由言論時，不能損害公共利益及私人利益。〔註 15〕他同意政府以法律來事後懲治損害公共利益和私人利益的越界言論，但不贊同政府專門制訂《出版法》來約束出版事業。1947 年 10 月 24 日，國民黨政府行政院臨時會議通過《出版法修正草案》，送立法院審議。儲安平在《觀察》上發表《評〈出版法修正草案〉》一文，在指出該《草案》條款的語焉不詳和前後矛盾之處後說：「在根本上，我們反對另設《出版法》來約束出版事業；

〔註 13〕 儲安平：《論文匯・新民・聯合三報被封及〈大公報〉在這次學潮中所表示的態度》，載《觀察》第 2 卷第 14 期。

〔註 14〕 儲安平：《論文匯・新民・聯合三報被封及〈大公報〉在這次學潮中所表示的態度》，載《觀察》第 2 卷第 14 期。

〔註 15〕 張新穎編：《儲安平文集》（上），東方出版中心，1998 年版，第 315 頁。

出版品的一切責任問題，盡可照民刑法的規定予以處理。」〔註16〕由此可見，儲安平雖然也承認言論自由具有法律「底線」，但是他更推崇和維護言論自由不受政府干涉的一面。

五、批評美國對華政策

《客觀》時期的儲安平，雖然建議美國對華政策須極端審慎、對華援助不宜操之過度，慨歎中國的和平竟然仰仗馬歇爾元帥調解「是一種國家的恥辱」，但是他對美國在戰時、戰後給予中國的援助是感激和敬佩的，對馬歇爾元帥來華也充滿了尊敬和期待。基於中美友好已成為傳統，他認為美國對中國前途的關切自在人情之中。他也告誡國人馬歇爾元帥來華是為了美國的利益，「不過，能夠達到民主、和平、團結、進步，也正就是目下中國及中國人民的利益；在這一點上，中國的利益和美國的利益正是平行的，相符的。所以，我們應當利用目前這個機會，以促進國家的安定與進步。」〔註17〕總之，儲安平在《客觀》時期對美國及其對華政策的評價是很高的。然而短短數月之後，他對美國的態度就發生了明顯轉變。

1946 年 11 月，儲安平撰寫了《我們對於美國的感覺》一文，對美國在戰時的作為表示感激和敬佩之後，指出「今日之美國已非昨日之美國」，轉向批評美國的對華政策。他的批評主要集中於兩個問題：美軍駐華和美國參加調解中國內爭。儲安平認為，在中國事實上已經是一個全面內戰的局面下，美軍駐華及物資轉讓、經濟貸款等行為，足以使內戰雙方中的任何一方，在心理上得到一種傾向內戰的鼓勵，使本來已經非常複雜混亂的中國內政徒增更多的意外糾紛。因此，「美軍繼續駐華確是一種不合時宜的行為。」解決中國政治問題的項目很多，解決黨爭雖然非常迫切，但是還有最重要的項目，就是提高勞苦大眾的生活，培植中產階級的力量，鼓勵開明進步、有現代化頭腦的民主自由分子擡頭。「美國既然過問中國問題，就須一方面調解目前這個政治上最迫切的黨爭問題，一方面亦須從根本上壓迫政府作事實上的種種改革。」然而過去幾個月來美國在這些方面一無努力，只是一味地支持國民政府。「在法律上，美國承認的中國政府是國民政府，美國當然尊重國民政府。在政治上，我們絕對非常公道地同情：美國之欲支持國民政府，誠亦事理之常。但是，美國之支持國民政府應該是有條件的。易言之，美國

〔註16〕儲安平：《評〈出版法修正草案〉》，載《觀察》第 3 卷第 15 期。
〔註17〕儲安平：《客觀一周‧馬歇爾元帥來華與中國》，載《客觀》第 8 期。

之支持國民政府，必須這個政府真能向民主之路進行。而我們歷觀往事，面視實際，我們實難發見任何足使美國必須支持今日中國這樣一個政府的理由。」〔註18〕

1947 年 7 月，美國前駐蘇聯、法國大使蒲立特，受美國《時代》、《生活》周刊發行人魯斯委派，來中國考察。三個月後，蒲立特完成長達萬言的《訪華報告》，交《生活》周刊發表。該報告的基本內容是揭露蘇聯的對華陰謀和在東北肆意危害中國國家的行為，並為美國設計出一個合理可行的援華方案。中央社用電報將報告全文拍回，國內報紙紛紛刊載，官方及其報紙且不乏頌揚之辭。對於蒲氏的《訪華報告》，儲安平深不以為然。他在《觀察》上發表《評蒲立特的偏私的、不健康的訪華報告》一文，稱蒲氏的中心思想是反蘇防蘇，其全力援華目的乃在「阻止斯大林霸佔中國」，使中國淪為美國的附庸。「老實說，美國和蘇聯，沒有一個是好東西，大家都想犧牲他人，替自己打算，使中國成為他們的衛星，成為他們的附庸。」他進而指出，蒲立特所建議援助的，實際上不是「中國」而是「中國的國民政府」；國民政府迄今在法律上雖然仍是國內外所公認的政府，但它已經與人民脫節，在政治上已經不能代表中國人民。因此，「我們認為蒲立特先生的整個出發點是偏的，而他的動機是自私的，甚至是不道德的。」〔註19〕

今天看來，儲安平的《觀察》政論也並非完全理性、公允。例如他評價學生運動的那些激情洋溢的文字，很難說對學潮沒有助長之勢。僅從文章標題《大局浮動，學潮如火》、《學生扯起義旗，歷史正在創造》來看，其產生的鼓動力恐怕就不容小覷。要知道，發行量高達 10 萬份的《觀察》，四分之一的訂戶分佈在學界。

儲安平批評美國對華政策的文章，也存在同樣問題。他反對美國在抗戰勝利後駐軍中國，無疑是正確的。但是他指謫美國的參加調解不得要領，認為中國有比黨爭更重要的問題，需要美國在調解黨爭的同時「壓迫」國民政府來解決，恐怕就有點不分緩急和「騖遠」之失。程巢父先生就認為，儲安平的這個看法顯然是對局勢的一個極大誤判：「蓋黨爭止，則內戰停，內戰停，則國家轉入溫和的改革和建設，其它問題則在有利的環境下逐步得到改

〔註18〕 儲安平：《我們對於美國的感覺》，載《觀察》第 1 卷第 11 期。
〔註19〕 儲安平：《評蒲立特的偏私的、不健康的訪華報告》，載《觀察》第 3 卷第 9 期。

進、改善直至逐項解決。」〔註 20〕再者，儲安平在《我們對於美國的感覺》一文中說，「我們看到現在中國的美國人，橫衝直撞，任意毆打學生，調戲婦女，碾死行人，簡直目無『中國』。」通觀美國人的在華行為，這樣講恐怕就失之片面和感情用事，不夠客觀公允。關於蒲立特的《訪華報告》，胡適的看法則與儲安平大相逕庭：「我覺得蒲立德（即蒲立特）的《訪華觀感》寫得很好，也很公平。他對中國最近廿年來歷史的演變看得十分清楚，批評得很公道。我想就是讓最公正的中國人自己來寫，也不過如此而已。我個人對他的看法是完全贊同的。蒲立德認為中國是應該幫助的，也是值得幫助的，他這種態度是極嚴正的。」〔註 21〕揆諸事實，胡適的看法顯然比儲安平的評價客觀公允。

儲安平對學生運動的大力支持，對美國對華政策的激烈批評，其邏輯起點是對國民黨執政 20 年拙劣表現的極度不滿。他太厭惡、痛恨這個腐敗顢頇的政權了，因此支持學生起來對抗它，反對外邦援助它，不顧一切地促其速亡，這體現了他追求民主、自由、進步的一面。然而，這一放言論事的邏輯起點，使他的一些《觀察》政論「激情有餘，理性不足，冷靜亦遜」。〔註 22〕

不過，我們絕不懷疑儲安平的人格操守和關心國事民瘼的論政動機，他以個人身份發表在《觀察》上的政論，雖然有不盡理性和公允之處，但總體上秉持了「民主、自由、進步、理性」之放言論事的基本立場。儲安平所確立並踐行的「民主、自由、進步、理性」信條，被稱作中國自由主義的「墓誌銘」，〔註 23〕為中國後繼者樹立了永遠的價值標杆。

〔註 20〕 程巢父：《儲安平致胡適的五封信》，載《溫故》（之一），廣西師範大學出版社，2004 年版，第 98 頁。

〔註 21〕 胡適：《援助與自助》，載《中央周刊》第 2 卷第 2 期。

〔註 22〕 程巢父：《儲安平致胡適的五封信》，載《溫故》（之一），廣西師範大學出版社，2004 年版，第 102 頁。

〔註 23〕 費正清主編：《劍橋中華民國史》（第二部），章建剛等譯，上海人民出版社，1992 年版，第 454 頁。

同聲相應，同氣相求

《觀察》創刊號封面的下端，赫然印着 68 位「撰稿人」名單：

卞之琳	王芸生	王迅中	王贛愚	伍啓元	任鴻雋	呂　復
沈有乾	吳世昌	吳恩裕	吳澤霖	李純青	李浩培	李廣田
沙學濬	宗白華	柳無忌	周子亞	馬寅初	徐　盈	孫克寬
高覺敷	許君遠	許德珩	陳之邁	陳友松	陳衡哲	陳瘦竹
陳維稷	夏炎德	曹　禺	梁實秋	張印堂	張沅長	張忠紱
張東蓀	張德昌	笪移今	黃正銘	郭有守	馮友蘭	程希孟
傅斯年	費孝通	楊　剛	楊　絳	楊人楩	楊西孟	曾昭掄
趙家璧	趙超構	雷海宗	葉公超	潘公旦	劉大杰	蔡維藩
錢端升	錢能欣	錢清廉	錢歌川	錢鍾書	鮑覺民	戴文賽
戴世光	戴鎦齡	蕭　乾	蕭公權	顧翊群		

　　徵求撰稿人並將其名字印在《觀察》的封面，可以說是儲安平的深謀遠慮之舉。在重慶籌備《觀察》時，儲安平他們就擬好了一張「擬約撰稿人名單」，分別去信商洽。隨信附有刊物創辦緣起、「擬約撰稿人名單」和擬就的覆信三種印件，便於收信人作出「遵約擔任」或「不克擔任」的決定。「函附『擬約撰稿人名單』的目的，乃在使收信人於考慮允任或不允任時，獲得一種參考材料。」[註1] 為了表示最大誠意，儲安平他們在徵求對方意見時，除了以上三種印件外，大都還附有私人的親筆長信。

〔註 1〕　儲安平：《辛勤・忍耐・向前——本刊的誕生・半年來的本刊》，載《觀察》
　　　　第 1 卷第 24 期。

　　儲安平他們的懇請得到了大家的積極響應。在發出的幾十封商洽信中，只有《文匯報》總編輯徐鑄成覆函「不克擔任」，其餘大都函覆「遵約擔任」，並附有私人信件，鼓勵儲安平他們創辦這份刊物。這就是印在《觀察》創刊號封面上的 68 位撰稿人。隨着《觀察》的正式出版，同意擔任撰稿人的不斷增多：到第 1 卷第 7 期，撰稿人名單增加了胡先驌、馮至兩人；從第 2 卷開始，季羨林、胡適、章靳以、樓邦彥加入；到第 3 卷，何永佶、周東郊、傅雷、韓德培的名字也出現在封面下端，《觀察》的撰稿人達到了 78 位之多。

　　有不少刊物，在沒有徵得對方允諾的情況下，就貿然將其列為「特約撰稿人」，把名字印在刊物之上。儲安平非常不贊成這種做法，他認為：「允任撰稿人的意義是雙重的，第一表示願為本刊撰稿，第二表示至少在道義上支持這個刊物。」因此，關於撰稿人的確認工作，儲安平不厭其煩，一定要在對方確實回函同意擔任後，方才將其姓名列出。在《觀察》第 1 卷的撰稿人名單中，就沒有胡適的名字。1946 年除夕之夜，儲安平給胡適寫了一封長信，懇請他「俯允」擔任撰稿人，胡適的名字才出現在第 2 卷第 1 期（1947 年 3 月 1 日出版）的封面下端。今天我們雖然沒有發現胡適的覆函，不過按照儲安平的辦事態度，胡適肯定在第 2 卷第 1 期出版之前回覆過儲安平，表示同意擔任《觀察》撰稿人。同時，《觀察》也不用「特約撰稿人」一詞，而是一律稱為「撰稿人」，「目的在使本刊的撰稿人在精神上能和本刊發生更關切的感情。」〔註 2〕

　　列為《觀察》撰稿人的這批知識分子的確名副其實，他們當中有三分之二給這份刊物寫過稿，費孝通、吳世昌、張東蓀、傅斯年、笪移今、蕭公權、楊人楩、陳衡哲等人，在《觀察》上發表的文章有數篇甚至幾十篇之多。其中屬於第二代自由知識分子的費孝通筆耕最勤，見諸《觀察》的文章竟達 43 篇。他後來憶及這段以筆為旗的崢嶸歲月，不無自豪地說：「《觀察》是日本投降後到解放前這一段內戰時期知識分子的論壇。知識分子就是好議論。《觀察》及時提供了論壇，一時風行全國。現在五六十歲的知識分子很少不曾是《觀察》的讀者。當時我年華方茂，剛身受反動勢力的迫害，豈肯默默而息。於是仰首伸眉，振筆疾書，幾乎每期《觀察》都有我署名或不署名

〔註 2〕儲安平：《辛勤・忍耐・向前──本刊的誕生・半年來的本刊》，載《觀察》第 1 卷第 24 期。

的文章。」〔註3〕

　　正如儲安平所期望的，《觀察》撰稿人不但源源不斷地供給稿件，而且能夠「在道義上支持這個刊物」。在這方面，傅斯年可謂典型代表。傅斯年是前輩自由知識分子中爲《觀察》寫稿較多的撰稿人，也給過儲安平不少具體的建議，這可以從儲安平致傅斯年的信中看出：「手教奉悉，承賜鼓勵，至爲感激。一年以來，我們確是以全國來辦此刊，只是環境太難，我們只能以辛勤忍耐應之。先生所云《觀察》語調缺乏共同性一點，我們也深切感到；並因這個原因，減少發行量。我們應當有若干在基本觀點及風度上相同的朋友，經常聚會，共同討論發爲文章，易生力量。《觀察》非無基本的寫稿人，只是南北分散，不易集中，其情形與昔日之《獨立評論》完全不同，這是《觀察》極大的弱點，而一時無法可設。」〔註4〕在《觀察》出版過程中，傅斯年更給予過「道義上的支持」。1947年初，儲安平到南京拜訪傅斯年，傅留他用餐，對他經辦《觀察》多有指教；儲安平「暢聆教益，欣幸無似」。席間談到傅斯年不久前在國民參政會上「炮轟」行政院長宋子文，主張清查宋、孔產業之壯舉，傅告訴儲安平，自己將爲《世紀評論》連寫兩篇文章，敦促宋子文下臺。儲安平這次在南京期間，無意中聽到一些流言，說《觀察》與孔祥熙有關係。爲此，儲安平返滬前特意給傅斯年寫了一封信，請求他把爲《世紀評論》寫的文章分賜一篇給《觀察》發表，並希望在文章中對孔祥熙也予以激烈抨擊，使流言不攻自破：「今日之世，乃恒以小人之心度人，鑒於本刊過去批評國民黨、共產黨、民主同盟，並曾抨擊宋子文，遂推測或與孔有關。此事原不足辯，惟覺先生文章中，能對孔亦施以激烈之抨擊，則外間讕言本刊，亦將因先生之文可以洗清矣。」〔註5〕一周後出版的《觀察》第2卷第1期上，果然刊出了傅斯年撰寫的《論豪門資本之必須剷除》、《這個樣子的宋子文非走不可》（文摘）和《宋子文的失敗》（文摘）三篇文章，可見他是應了儲安平所請的。以傅斯年的影響力，他的這組文章爲《觀察》消弭外間流言，肯定起到了不辯自明的作用。傅斯年此舉，毫無疑問是對這份自由主義刊物的道義上的支持。

〔註3〕 轉引自林元：《從〈觀察〉到〈新觀察〉》，載《新文化史料》1989年第1期。

〔註4〕 1947年1月13日儲安平致傅斯年信，載《儲安平文集》（下），東方出版中心，1998年版，第327～328頁。

〔註5〕 1947年2月16日儲安平致傅斯年信，載《儲安平文集》（下），東方出版中心，1998年版，第329頁。

　　我們很難對每一位撰稿人及其在《觀察》上發表的每篇文章進行逐一介紹和分析。不過，僅從前五卷的部分文章標題，就足以看出他們所關心的話題和論政風格：

　　王芸生：《中國時局前途的三個去向》（第 1 卷第 1 期）

　　吳世昌：《誰能替人民說話》（第 1 卷第 4 期）

　　胡先驌：《中美英蘇之關係及世界和平》（第 1 卷第 5 期）

　　李純青：《戰從義・政從仁》（第 1 卷第 8 期）

　　戴世光：《中國經濟往何處去》（第 1 卷第 10 期）

　　孫克寬：《人心・國是・現狀》（第 1 卷第 20 期）

　　楊人楩：《國民黨往何處去》（第 2 卷第 3 期）

　　笪移今：《物價往何處去》（第 2 卷第 5 期）

　　陳衡哲：《民主園中的嘉木與惡草》（第 2 卷第 5 期）

　　楊西孟：《中國當前的經濟禍患應由既得利益階級負責》（第 2 卷第 17 期）

　　許德珩：《魏德邁回國後美國將如何的對中國？》（第 3 卷第 1 期）

　　韓德培：《人身自由的保障問題》（第 3 卷第 11 期）

　　蕭公權：《教育的矛盾與急救的治標》（第 3 卷第 13 期）

　　費孝通：《關於「日本復興會不會威脅中國」》（第 4 卷第 1 期）

　　潘光旦：《讀「自由主義宣言」》（第 4 卷第 3 期）

　　樓邦彥：《如何能粉飾得了太平》（第 4 卷第 5 期）

　　季羨林：《忠告民社黨和青年黨》（第 4 卷第 13 期）

　　趙超構：《論政府大捕學生》（第 5 卷第 2 期）

　　張東蓀：《知識分子與文化的自由》（第 5 卷第 11 期）

　　……

　　在《觀察》發刊詞中，儲安平曾明確宣稱，這份刊物的第一個企圖就是要對國事發表意見：「意見在性質上無論是消極的批評或積極的建議，其動機則無不出於至誠。這個刊物確是一個發表政論的刊物，然而決不是一個政治鬥爭的刊物。我們除大體上代表着一般自由思想分子，並替善良的廣大人民說話以外，我們背後另無任何組織。我們對於政府、執政黨、反對黨，都將作毫無偏袒的評論；我們對於他們有所評論，僅僅因為他們在國家的公共生活中佔有重要的地位。毋庸諱言，我們這批朋友對於政治都是感覺興趣的。

但是我們所感覺興趣的『政治』，只是眾人之事——國家的進步和民生的改善，而非一己的權勢。同時，我們對於政治感覺興趣的方式，只是公開的陳述和公開的批評，而非權謀或煽動。政治上的看法，見仁見智，容各不同，但我們的態度是誠懇的，公平的。我們希望各方面都能在民主的原則和寬容的精神下，力求彼此的瞭解。」〔註6〕披閱《觀察》撰稿人的一篇篇文章，的確如儲安平所言，幾乎都是對當時的政局、戰局和經濟、文化、社會生活等重大國事的討論，而且能夠保持客觀、公正的立場，直言讜論，無所偏袒，彰顯了自由知識分子的良知和責任。

《觀察》的撰稿人，幾乎囊括了當時中國所有知名的自由主義知識分子。《觀察》的成功，離不開這批自由思想精英的鼎立支持。如此眾多的自由思想精英能夠聚集在這份刊物旗下，造成一種雄闊精猛的言論局面，一方面是出於主編儲安平的誠意、氣度和自由主義人格魅力的感召，另一方面，是大家對《觀察》所倡導的「民主、自由、進步、理性」精神的認同。這正應了中國的一句古話：同聲相應，同氣相求。在非楊即墨、黨爭不已的當下，儲安平不失時機地創辦了《觀察》這個「獨立的、客觀的、超黨派的」開放平臺，尋求同志，結為陣營，共同「為國家培養一點自由思想的種子」；富於良知和責任心的自由知識分子，也需要借助一定的平臺，為國家、民族的前途和命運，發出自己的骨鯁之聲。於是登高一呼，應者雲集，《觀察》的刊行，成為一次中國自由思想分子的大集結。

謝泳先生從年齡、籍貫、教育背景、專業、1949 年後的去向和 1957 年反右鬥爭中的遭遇等幾個方面，考察了《觀察》78 位撰稿人的情況，發現他們有幾個共同的特徵：

第一，《觀察》撰稿人大體上屬於兩個年齡段。其一是 19 世紀末出生的曾經參加過五四運動的自由知識分子，以胡適、馬寅初、許德珩、任鴻雋、傅斯年、張東蓀、蕭公權、馮友蘭、胡先驌為代表，約占 10%。在《觀察》時期除個別人外，這批人不是最活躍的。撰稿人中最活躍的是 20 世紀初出生的第二代自由知識分子，這批人當時都在 50 歲以下，其中多數人不滿 40 歲，無論在專業、思想還是勇氣和精力上都處在人生的最佳時期。

第二，他們當中有像楊剛、徐盈、李純青這樣的共產黨人，但多數是無黨派人士。

〔註6〕 儲安平：《我們的志趣和態度》，載《觀察》第 1 卷第 1 期。

　　第三，他們幾乎都在國內的北京大學、清華大學、燕京大學、復旦大學、光華大學等高校受過完整的高等教育，然後留學海外，且絕大多數是留學歐美。

　　第四，從職業分佈看，除個別人是政府官員外，大部分是當時名牌大學的教授；從專業分佈看，多數從事社會科學研究，其中尤以經濟、法學、社會學、新聞和文學居多。

　　第五，1949 年以後，他們當中約有 10 人先後到了美國和臺灣，絕大多數則留在了大陸。如果從個人生活的基本情況看，他們當中的許多人都有離開大陸的條件，但他們沒有離開。

　　第六，1957 年夏天，他們當中多數人被打成了「右派」。〔註 7〕

　　沐浴歐風美雨，崇尚民主自由，富於良知責任，繫念民族國家，這就是《觀察》撰稿人或者說是中國自由主義知識分子的「集體性格」。性格決定命運，儲安平和《觀察》週刊以後的遭遇，與《觀察》撰稿人的命運，如出一轍，至今令人唏噓不已。

〔註 7〕 謝泳著：《儲安平與〈觀察〉》，中國社會出版社，2005 年版，第 152～155 頁。

動盪時局中的那顆平靜之心

《觀察》出版後受歡迎的程度，大大超出了儲安平的預料。

因為事先無法得到科學的根據，《觀察》創刊號究竟應該印多少份，儲安平他們心裏並沒有譜。慎重起見，決定創刊號印五千份，看一看社會反應如何；而儲安平的一些朋友甚至懷疑，《觀察》這樣的硬性高級刊物，是否能夠銷過三千份。不料創刊號一問世，各方面的反應非常良好，刊物很快被購買一空，批銷人、書店紛紛要求添批、加寄，上海本社及駐南京辦事處應接不暇。為了在發行方面造成一種搶購的現象，增強購買人和批銷人對於《觀察》的心理重量，儲安平他們使用「商業政策」，在各方面渴望得到這份刊物的時候，仍舊控制印數和批數，第 2 期照樣印五千份。後來在各方的殷切要求之下，創刊號和第 2 期只好再版、三版甚至四版。「在再版三版之中，許多讀者親至本社索補，即使只剩了破缺的，讀者也一律愉快購去。」〔註1〕

《觀察》出版到第 1 卷第 13 期，發行量即增至一萬份，距創刊僅僅兩個月。這時，儲安平在出版界的朋友認為，根據經驗，《觀察》已經達到了它「可能的發行數」，不可能再有突破。儲安平自己也對銷量的繼續上升不存奢望，「因為我們深切瞭解當前的環境太艱難，許多條件都是不利於像我們這樣一個刊物的發展的。從政治環境說，本刊是一個政論的刊物，許多意外的阻礙自在意料之中。就教育程度說，本刊是一種高級刊物，自不能像軟性刊物之那樣易於吸引讀者。就經濟情形說，現在一般讀者的購買力非常薄弱，特

〔註 1〕 儲安平：《辛勤·忍耐·向前——本刊的誕生·半年來的本刊》，載《觀察》
第 1 卷第 24 期。

別是公教人員和學生，而本刊的讀者，公教人員和學生占很大的比率。再從業務環境說，交通如此困難，郵資一再加價，都是影響刊物的發行。」〔註2〕但是後來的事實證明，包括儲安平在內，大家對這份刊物的發行預期都太保守，《觀察》的發行量始終在很穩健的增加狀態中，一萬份遠不是它的極限：第2卷結束時（1947年8月）達到一萬七千份，第3卷結束時（1948年2月）兩萬五千份，第4卷結束時（1948年8月）五萬份。《觀察》的最高發行量曾經達到過十萬五千份，這個發行數字在當時中國的新聞出版界絕對是首屈一指的！作為一份定位高端的時政類周刊，在眾多不利因素下發行量依然能夠節節攀升，足以說明它受歡迎的程度。

從直接訂戶的不斷增多也可以看出大家對《觀察》的喜愛。直接訂戶是一個刊物的基本讀者，也是這個刊物最忠實的讀者。《觀察》創刊號出版前，直接訂戶僅有 63 人。在周刊社基本上沒有進行人為推動的情況下，《觀察》的實際訂戶增勢不斷：第1卷約一千六百名，第2卷約兩千五百名，第3卷約三千三百名，第4卷則達到了九千名左右。並且，《觀察》的老訂戶在訂費用罄時，大都續訂，中止的很少，可見大家對這份刊物的忠誠度。同時，這些訂戶也非常關切《觀察》的發展。第 1 卷結束時，周刊社籲求原有訂戶介紹新訂戶，出乎意外地獲得可觀成就。不少訂戶熱情地分頭介紹，給予無條件的支持。「有不少讀者附來長信，慷慨陳辭。他們認為，在平時，我們在服務，他們在享受，而他們欣慰他們亦終於獲得一個機會，讓他們也能對《觀察》盡一點力量。他們認為，假如一個人永遠只是享受他人的努力，坐視他人的努力，那是一種不可恕的自私，因之他們非常高興他們也有機會略盡一點義務。」〔註3〕還有不少讀者提出向周刊社捐款，以增強其經濟力量，被儲安平婉言謝絕。

《觀察》不但擁有高發行量，而且其發行分佈普遍。當時，報刊出版主要集中於平津和上海，但是在發行上，平津出版的報刊大都局限於華北東北一隅，上海出版的報刊則以京滬杭等東南一帶為主要市場，能夠分佈全國的報刊少之又少。《觀察》雖然在上海出版，但它的發行分佈並不限於東南一隅，以京滬杭為中心的東南一帶在發行額中僅占三分之一，其餘三分之二都分佈

〔註2〕 儲安平：《艱難·風險·沉着──本刊第 2 卷報告書》，載《觀察》第 2 卷第 24 期。

〔註3〕 儲安平：《艱難·風險·沉着──本刊第 2 卷報告書》，載《觀察》第 2 卷第 24 期。

在華北、華中、華南及西南西北各地，廣州、武漢、昆明、重慶、西安、北平、臺灣等地還出過航空版。儲安平當初的願望就是把《觀察》辦成一份全國性刊物，從《觀察》的讀者分佈區域看，他的這一宏願確實是實現了。他不無自豪地說，發行分佈普遍是《觀察》最大的一個特色，是本刊在中國出版界中最特殊的一個情形。「關於這一點，今日國內恐怕沒有一個刊物甚至一個報紙，可以和本刊比擬」；《大公報》如果把上海、天津、重慶三版合爲一體，其分佈之廣大約與本刊相似，但若三版各自分開，我們便難相信臺灣的讀者能看到重慶《大公報》，昆明的讀者能看到天津《大公報》，西安的讀者能看到上海《大公報》。〔註4〕

《觀察》的忠誠讀者眾多，而且讀者結構也高端多元。關於《觀察》的讀者，儲安平當初的定位是高級知識分子，《觀察》是給高級知識分子看的高級刊物。後來的情況並非如此。1948 年 8 月，儲安平在爲《觀察》第 4 卷所寫的報告書中，對刊物的讀者構成照例進行了說明：「本刊的主要讀者約可分爲三類：即青年學生（包括教育界人士）、公務員（包括軍人）以及工商界人士，除這向來有的三種主要讀者以外，這個刊物的影響已向多方面放射出去。政府高級官員的閱讀本刊，已極普遍。我們並不是說，政府高級官員閱讀本刊，足以增加本刊的身價；我們不是這個意思。只是說，講到後來，本刊究竟是一個政治性的刊物，本刊應當打進他們的閱讀生活。軍人方面看本刊的也越來越多，多到幾乎要在本刊原有的三大類主要讀者以外，成爲另外獨立的一類了。廣大職業群眾，這些群眾平時甚至可說沒有任何閱讀習慣的，現亦接受本刊的影響。」〔註5〕有意思的是，儲安平當初曾明確指出，在《觀察》的基本編輯方針上，中學生不在它的讀者對象範圍之內。但是，1947 年夏清華、北大、南開三校招生，公民試題有《評日常所閱讀的日報及刊物》一題，試卷上反映絕大多數投考中學生都閱讀過《觀察》。可見，這份刊物確實已經打進了社會，產生了重要的社會影響。

抗戰時期跟儲安平在湘西一起辦過報的馮英子說：「《觀察》已經在上海出版了，而且很快受到了讀者的歡迎特別是在知識分子中有較大的影響。應當說，從《觀察》的出版到後來的被迫停刊，這個刊物一直是辦得比較成功

〔註4〕 儲安平：《艱難・風險・沉着——本刊第 2 卷報告書》，載《觀察》第 2 卷第 24 期。
〔註5〕 儲安平：《吃重・苦鬥・盡心——本刊第 4 卷報告書》，載《觀察》第 4 卷第 23、24 期合刊。

的。」〔註6〕綜合發行量、發行區域分佈、讀者結構、社會影響力等因素,《觀察》豈止是「比較成功」?說它辦得「非常成功」也不虛妄。

《觀察》的成功還體現在它的經營業績上。儲安平他們原定《觀察》的試辦期爲一年,一千萬元的本錢賠完,就關門大吉,因爲辦刊物照例是賠本的。誰知半年後周刊社的賬面已超過兩千萬元,刊物可以自給;到1947年9月,周刊社盈餘2.33億元,一年間竟賺了20倍!要知道,《觀察》的收入主要來自發行,廣告所佔份額微不足道。在沒有任何黨派、財團支持的情況下,《觀察》這樣的純粹民營刊物,僅僅出版一年竟達到如此好的經營狀況,讓儲安平始料不及,也大大增強了他堅持刊物超黨派性和純粹民營性的信心:「在經濟上,本刊的發行數足以證明本刊可以自給,無須仰求『外援』,因此我們認爲,本刊的經營足以爲中國言論界開闢一條新的道路,並給一切懷有成見的人們以新的認識:即辦刊物不一定要靠津貼,刊物本身是可以依賴發行收入自給的。」〔註7〕

《觀察》的成功,主要在於其倡行的「民主、自由、進步、理性」之自由主義思想,贏得了眾多自由知識分子撰稿人的支持和廣大讀者的喜愛。當然,作爲刊物的主編,儲安平認眞負責的辦事態度,任事敬業、嚴於律己的精神品質,於《觀察》的成功也大有助益。

《觀察》每年出版兩卷,每卷24期。在每卷的最後一期,儲安平都要親自撰寫一篇「報告書」,向大家報告半年來《觀察》的發行、財務、編輯等情況。儲安平一共爲《觀察》寫了4篇「報告書」。第5卷出至第18期被國民黨查封,沒有出滿,自然就沒有總結報告;第6卷爲復刊後的《觀察》,基本方針已變,他也就沒有像前4卷那樣爲其撰寫「報告書」。儲安平所寫的「報告書」,內容非常豐富、詳細,諸如《觀察》的每期發行量,訂戶地域分佈及職業分類,紙價、刊物定價、郵資、排印費用、稿酬的變化,甚至還有編者的苦衷和想法。這些「報告書」,成爲我們今天研究《觀察》、研究儲安平心路歷程的最重要的材料。可以想見,儲安平當時撰寫「報告書」肯定花費了不少心血,因爲其中包含的大量數據、圖表,絕非一時可以完成。儲安平對《觀察》及其讀者、作者認眞負責的態度,確實讓我們肅然起敬。

〔註6〕 轉引自謝泳著《儲安平與〈觀察〉》,中國社會出版社,2005年版,第25頁。
〔註7〕 儲安平:《艱難・風險・沉着——本刊第2卷報告書》,載《觀察》第2卷第24期。

　　儲安平本來是《觀察》的主編，主要任務爲選編稿件。但是初期周刊社人員少，事務工作無人承擔，他的大部分精力都花在了事務方面，實際上等於是在主辦這個刊物：調度款項、核對賬目、管理人事、購買紙張、兜拉廣告、各種設計、校閱大樣，以及對外一切交涉，都由他負責並具體操持。自從《觀察》創刊後，儲安平每天工作的時間，平均在 11 個小時左右，有時多至 13 個小時。除了辦《觀察》，他還在復旦大學政治系、新聞系講授《各國政府與政治》、《比較憲法》、《評論練習》等課程——復旦大學教授是他這一時期的正式身份。第 1 卷出完後，昔日一塊兒在重慶編《客觀》的吳世昌復員東下，協助他編輯《觀察》並分擔一些事務性工作，儲安平的工作強度才有所減緩。可以說，在當時紙價激漲等諸多因素均不利於民營報刊的情況下，《觀察》能夠不脫期出版，這與儲安平任事堅毅、勤勞敬業是分不開的。

　　儲安平的律己之嚴，也值得我們敬佩。在經濟方面，他對自己的要求是絕對「乾淨」，在良心和人格上絕無弊端。在籌備刊物時期，他從未開支過一文車錢，也從未開支過一文交際費。甚至刊物開辦的時候，也沒有用過什麼開辦費，爲節省支出，一切傢具都是借用舊的。所有比較大的支出，比如買紙、付印刷費等，都由他親自辦理。儲安平這樣嚴格要求自己，一是認爲這是自己第一次在社會上主持獨立的事業，信用和前途較之金錢遠爲珍貴；二是要踐行言行一致的基本思想：「我們平常有一種基本的思想，即立言與行事應當一致。假如一個言論機構，在紙面上，它的評論寫得頭頭是道，極其動聽，而這個言論機構的本身，它的辦事原則和辦事精神，與它所發表的議論不能符合，我們認爲這是一種極大的失敗。假如我們主張政府負責而我們自己做事不負責任，要求政治清明而我們自己腐化，這對於一個懷有高度理想的人，實在是一種難於言說的苦痛。」〔註8〕

　　身爲《觀察》的主編，儲安平完全有機會借助這份廣有影響的刊物，爲自己謀取私利。但儲安平沒有這樣做，爲保持刊物的超然地位，避免刊物成爲個人活動的工具，他從不參加任何政治的集會和活動。「此事包括着兩個原則：一，一個刊物要維持他超然的地位，這個刊物的編者必須是眞正絕對超然的，二，我們這個刊物是全國自由思想分子的共同刊物，這個刊物所代表的理想是全國自由思想分子的共同的理想，這個刊物絕不能成爲編者個人活

〔註 8〕 儲安平：《辛勤‧忍耐‧向前——本刊的誕生‧半年來的本刊》，載《觀察》
　　　　 第 1 卷第 24 期。

動的工具。大家支持這個刊物是為了要支持這一個理想，而非支持任何個人；任何個人都不該利用這個刊物以達到他為了私人利欲的目的。」〔註9〕

尤為令人欽佩的是，儲安平能夠在困境重重之中，始終保持著一種平靜、沉着的辦刊心態，這與他作為獨立的撰稿人，在文章中經常表露出對當局的憤激之情頗為不同。

《觀察》是一份「要對國事發表意見」、「評論時事」的刊物，這種性質注定了它無法逃避也不會逃避現實。因此，時局愈艱危，刊物遭遇風險的可能性就愈大。然而，《觀察》創刊後，當局措置乖戾，國事糜爛窳敗，它所生存的政治環境日益險惡。在1947年5月學潮的一段動盪環境中，《觀察》「幾乎每一期都是處身於死亡的邊緣」。〔註10〕同年10月下旬出版的第3卷第9期，刊載的《評蒲立特的偏私的、不健康的訪華報告》一文，引起國民黨上海領導人的極大反感，國民黨上海市黨部遂於11月初行文上海市政府，要求停止《觀察》的發行。刊物雖然沒有被查封，但是儲安平的個人安全因此而受到威脅，被迫暫時離開原來的寓所。

除了政治危機外，還有不斷增大的經濟壓力。雖然《觀察》創刊一年後即實現了盈利，但是各種開支的激增還是讓儲安平「最透不過氣」。在各種開支中，紙張是最大的一筆支出。第1卷結束時，紙價還沒有超過5萬元一令，到第2卷第1期付印時已漲到15萬元左右，短短半月內上漲三倍以上；第2卷結束時漲至32萬元，第3卷時曾衝至230萬元，第4卷第24期時則飆至4200萬元一令。《觀察》的用紙都是向市場零購，紙價的激漲對於它實在是一種難於忍受的打擊。另外，排印費、裝訂費、稿酬、同人薪金等支出，在物價飛漲之下，都無一例外地「水漲船高」。

但是，日益嚴峻的政治危機與經濟壓力，並沒有使儲安平懊喪、躁動、退縮、甚至放棄；他一如既往地「以單純應付複雜，以沉着克服困難」。在《觀察》「報告書」中，我們始終能夠讀出他那種寧靜平和的心態：「這半年是一段風暴的日子。無論經濟環境或者政治環境，都使我們如履薄冰，兢兢業業。只是我們雖然精殫力竭，然而心情卻極寧靜。」〔註11〕「這半年真是一

〔註9〕 儲安平：《辛勤‧忍耐‧向前——本刊的誕生‧半年來的本刊》，載《觀察》第1卷第24期。

〔註10〕 儲安平：《艱難‧風險‧沉着——本刊第2卷報告書》，載《觀察》第2卷第24期。

〔註11〕 儲安平：《艱難‧風險‧沉着——本刊第2卷報告書》，載《觀察》第2卷第

段熬煉人們靈魂的日子，既需要勇氣，又需要忍耐。一面是政治性的危機，一面是經濟性的壓迫——後者尤較前者使我們疲憊吃力。但是無論我們的處境如何風險，經費如何艱難，我們的一貫方針是：撐住舵、沉住氣、向前撐。我們相信，這還僅僅是遭遇困難的一個開始，更大的困難也許還在後面。」〔註12〕1947年11月11日晚，儲安平出於個人安全的考慮，決定暫時離開原來的寓所，到外面尋覓一宿。深夜11點鐘，踽踽獨行的儲安平經過外灘，「想到這地方白日車水馬龍，熙熙攘攘，何等熱鬧，而這時江水泊泊，大地如死，整個的人世被托在一片月色中，構成了一幅淒涼的人生畫圖時，我心中亦寧靜雍容，既不悲傷，亦無憂慮。」〔註13〕

那麼，儲安平何以有如此寧靜平和的辦刊心態？他在《觀察》第3卷「報告書」中的告白，應該能夠回答這一問題：「在這一個風浪時期，本社同人始終照常工作；編者雖然暫時離開寓所，但工作並未中斷，因此本刊仍得照常按期出版。環境縱有波折，我們的心境始終寧靜。在我們的心底裏，我們有一種無可搖撼的信念：我們必須本着我們的良心，為祖國的前途努力奮鬥。我們一切都為了國家，我們另無其它。請看今日天下，芸芸眾生，奔波終日，究為何事？爭得臉紅耳赤，打得頭破血流，還不是為了幾張鈔票，為了若干權勢。可是國家已經糟到這個地步，假如我們每個人還都在一己或一派的得失上打算盤、轉念頭、絞腦汁，我們的國家怎麼得了？假如人人只知為私，國家的事情誰管？我們不敢妄自菲薄，隨波逐流，我們有我們的理想，我們有我們的原則，我們也有我們的勇氣，向前邁進，義無所辭。」〔註14〕

儲安平堅信，自己所從事的事業是為了國家，不是為了一己之私。無私者無畏，無畏者坦然。也許，正是由於儲安平的這份坦然，《觀察》周刊才能夠持續出版兩年之久，創造了一個「言論出版自由的奇蹟」。

24期。

〔註12〕儲安平：《風浪·熬煉·撐住——本刊第3卷報告書》，載《觀察》第3卷第24期。

〔註13〕儲安平：《風浪·熬煉·撐住——本刊第3卷報告書》，載《觀察》第3卷第24期。

〔註14〕儲安平：《風浪·熬煉·撐住——本刊第3卷報告書》，載《觀察》第3卷第24期。

自由主義者往何處去

　　1947年1月7日，馬歇爾元帥發表離華聲明，在華一年調停國、共爭端的美國總統特使無功而返。1月29日，美國宣佈退出國、共、美三方組成的軍事調處執行部。2月21日，國民黨當局迫使軍事調處執行部中共代表葉劍英等返回延安，緊接着又限令中共駐南京、上海、重慶三地代表董必武、吳玉章及有關工作人員於3月5日前全部撤離。中共在重慶出版的《新華日報》也被封閉。至此，所有和談大門均被關閉，國共關係徹底破裂，中國自由思想分子最不願意看到的局面，還是不以他們的意志而出現了。

　　馬歇爾在離華前發表的聲明中曾預言，中國問題的解決，「自余視之，須使政府中及各小黨之自由分子獲得領導權，此種人物頗爲優秀，惟無政治權力以運用其控制力量。」〔註1〕在國家前途、命運攸關之時，國共之外的自由思想分子何去何從，應該扮演什麼樣的角色，承擔什麼樣的歷史使命與責任？1947年至1948年，自由思想分子通過《觀察》周刊，開展了一場頗有聲勢的「自由主義者往何處去」的討論。

　　直接引起這場討論的是北京大學教授、《觀察》撰稿人楊人楩。1947年5月，楊人楩在《觀察》第2卷第11期顯著位置，發表了題爲《自由主義者往何處去？》的長文。以後關於「自由主義者往何處去」的爭論，大都是圍繞這篇文章展開的。楊人楩指出，爲了明白自由主義者應該往何處去，首先必須探究自由主義究竟是什麼。他根據歷史對自由主義的內涵進行了分析，從而總結道：「自由主義是個創造的力量，因創造而求進步，要進步必須反靜態，反靜態即反現狀，反現狀必須反干涉，反干涉必有待於鬥爭，鬥爭的持

〔註1〕　《美國國務院發表馬帥離華聲明全文》，載1947年1月9日天津《大公報》。

續有待於教育，鬥爭可能暫時失敗而教育不會失敗，惟不妥協的精神始可發揮鬥爭之教育意義，而達到所當追求的進步。中國自由主義者所能特異之處，只在其所懸的進步之標準而已。根據現狀，中國自由主義者至少要提出下列的標準：停止內戰以安定人民生活，重人權崇法治以奠定民主政治，反復古尚寬容以提高文化水準。」關於中國自由主義者的向來缺乏組織，楊人梗指出，自由主義者並非一定要憑藉組織才能發揮力量，他們所賴以鬥爭的武器是口與筆，所賴以見重於人的是一種不屈不移的堅強人格；如果能堅守此人格而不辭口筆之勞，自能表現其力量。自由主義

《觀察》第 2 卷第 11 期登載的楊人梗的文章《自由主義者往何處去？》。

者可以無組織，但是為了追求進步，必須注意三個方面的問題：第一，「自由主義者如欲暢行其志，當然希望能掌握政權；可是，不能暢行其志的政權，必致舉棋不定而攪亂自己的步調。趁機會分享權位，必將付出很大的代價：始則須降低鬥爭精神，繼而可變成反進步勢力的工具，終則自掘墳墓。……自由主義者要參加實際政權，必須堅持一個最起碼的條件：議會能發揮其所能發揮的權力。」其次，「必須掌握政權始可起作用」的觀念是絕對錯誤的觀念，在野也可以同樣起到促成國家進步的作用。目前，在全國人民要求真正民主的運動中，自由主義者的責任不但要領導人民，而且要教育人民；唯有以在野的地位，才容易盡到這種責任。中國如果真能出現一個由人民自由選舉而產生的議會，那麼在政府未能完全接受自由主義的領導以前，自由主義者與其分享政權，還不如形成議會中的反對派更有力量。最後，「中國的政治果能進步到自由主義者掌握政權的一天，則政權在握的自由主義者千萬不能忘本，始可保全自由主義的創造力。」

可見，關於「自由主義者往何處去」這個問題，楊人梗的回答是自由主義者應該以口與筆為武器、以在野的地位，發揮監督政府的作用；至少在當前不宜參加實際政權。在文章最後，楊人梗提醒今後的執政者，「即使不願接受自由主義，也不宜消滅自由主義。」因為，（一）要消滅自由主義必須用

暴力，憑藉暴力的政權也會遭到憑藉暴力的抵抗；自由主義是棄絕暴力的，唯有保全自由主義的精神，始可防止暴力；（二）自由主義之被消滅只是暫時的，使用暴力亦不足以保全靜態，不如容許反靜態的力量而使其能在動態中求進步；（三）自由主義之消滅雖只是暫時的，但此一暫時的打擊可能阻遏民族文化的進步，損害民族的創造力；（四）民族創造力如果因爲自由主義之暫時消滅而消滅，則人民將無力量阻遏可能發生的災難，更無力量來恢復災難以後所應有的民族自信。「自由主義可能是件使執政者感覺頭疼的東西，然而，爲着保全民族的創造力與自信心，爲着促進民族文化，爲着消滅暴力，稍有眼光的執政者，必須忍受着這一點點頭疼，而容許自由主義之存在。」〔註2〕

事實上，楊人楩發表《自由主義者往何處去？》之前兩個月，儲安平在《中國的政局》一文中，已經對中國自由思想分子的特質、難於形成堅強組織的原因等進行了深刻分析，他指出中國極其需要自由思想分子擡頭，自由思想分子也可以、應該起來肩負歷史的責任。遠在美國康橋的陳衡哲看後寫信給儲安平，稱讚《中國的政局》中關於自由思想分子一節可謂「眞知灼見」。不過她也表達了自己的疑惑：「政黨必須藉重權力方能發揮力量；而中國自由思想分子的傳統精神，又是道義的而非利害的；則假使要他們用權力來組織一個政黨，用利害來維繫它，這不正與那個傳統精神相反？這不是吃熱的冰淇淋？」她認爲自由思想分子在目下的迫切使命，不能以組織政黨的方法來發揮；比照西方文化的尺度，中國的自由思想分子應該是：「（一）略等於英國的反對黨，而缺少組織。（二）略等於英國及美國的新英倫區域的智識份子，立於文化道德及思想的領袖地位。（三）略等於歐美的教士，立於道德的領袖地位，但缺少維持生活的薪資。」陳衡哲指出中國自由思想分子的最終目標是組成英國那樣的政黨，但遠水救不了近火，最近的使命應該仍然以精神上的領袖爲限，然後再由此企求達到最終目標。那麼如何才能達到最終目標？她建議國內的自由思想分子先把以下三個問題做一番考量與研究：「第一，如何方能糾正好人不管閒事的傳統惡習慣？第二，如何去栽培那『雅量』與『大我』的人生觀。第三，如何去造成一種穩健清潔的輿論，使得主持公道的人士，可以得到社會上的道德支持。」〔註3〕

〔註2〕 楊人楩：《自由主義者往何處去？》，載《觀察》第2卷第11期。
〔註3〕 陳衡哲：《關於自由思想分子》，載《觀察》第2卷第12期。

　　這一時期的楊人楩非常活躍，作為自由思想分子中的一員，他不僅關心自由主義者的前途與命運，也思考着當時中國對峙的兩大政治力量——國民黨、共產黨的何去何從。1947 年 3 月，楊人楩就在《觀察》上發表了《國民黨往何處去？》一文，建議國民黨重整黨紀，健全自身組織，成為真正為民眾謀福利的政黨；今後一個階段中的統治，應該把獲得人民的信任放在首位；調整今後的黨政關係，立即放棄「以黨統政」、「黨政融化」的原則，表示其還政於民、實施憲政和領導民主運動的誠意與決心。〔註 4〕楊人楩計劃再為《觀察》寫一篇《中共往何處去？》，可是經過長期思索，他覺得無從下筆，只好放棄。1947 年 9 月，他給儲安平寫了一封信，講了其中原委。儲安平以《關於〈中共往何處去？〉》為題，將這封信發表在《觀察》第 3 卷第 10 期上。

　　在信中，楊人楩講了「無從下筆」寫《中共往何處去？》一文的三個原因：第一，自己是一個不大容易接受宣傳的人，不易得到寫作所需的材料：中共宣傳所繪出的色彩似乎過於美麗，反中共的宣傳也使人產生『桀紂並不如是其惡』的感想。第二，假使寫出這樣一篇文章，雖然不一定能起什麼大作用，至少希望中共能聽得進去。現在內戰變成了「內亂」，中共恢復為「共匪」，由「戡亂」而『「總動員」以至於「剿匪」，兵連禍接，第三者已沒有說話的餘地。第三，中共的理論與策略誠然有若干是我們所不能接受的，但在殺紅了眼而頭腦不能冷靜的時候，一經爭論起來，被中共罵作「幫閒」無關要緊，果使真被利用來做了幫閒的理論，便屬罪過。由第三個原因生發，楊人楩在信中着重談了目前自由主義者應該如何對待中共的問題。他說：自由主義與共產主義本來就有距離，兩者無法妥協；自由主義者中，有同情中共者，也有反對中共者，反對中共並不一定基於個人的恩怨與好惡，而是由於一種獨立的認識；在目前情況下，自由主義者是無法贊同內戰的，假使他無法阻止內戰，至少不應助長內戰。「在政治主張上，我們實在不敢贊同『非甲即乙』的說法；在甲與乙之外，可能還有其他。自由主義並不是介於三民主義與共產主義之間的；它是與二者對立的；故此，自由主義並非中間路線，自由主義者也不是居間取巧的第三種人。假使中共認為自由主義者是些『幫閒』的『小市民』，正如國民黨罵自由主義者是中共的尾巴一般，同樣不合事實。……我們不能緘默，我們要在兩面不討好的情況之下來爭取和

〔註 4〕楊人楩：《國民黨往何處去？》，載《觀察》第 2 卷第 3 期。

平。」〔註5〕

楊人楩的文章不久即得到了他人的回應。1948年1月，李孝友在《觀察》第3卷第19期發表《讀〈關於中共往何處去〉兼論自由主義者的道路》，對楊人楩的一些觀點表示異議。李孝友認爲，自由主義與共產主義並非無法妥協，在中國兩者之間的距離也有縮短到最小的可能。他指出，自由主義是一種人生觀，是對於社會的一種態度，因其所處的社會背景、時代背景不同，其態度與特性因之而異。但是萬變不離其宗，「無論任何時代的自由主義者都是基於個性的自覺和價值和企求個性能得到完美的自由發展爲出發的」，因此對於任何壓抑個性的社會制度，自由主義者必挺身反對。「自由主義者對於一切事物態度，固然是出於個性的自覺，但這種個性的自覺卻具有雙重的特性。一方面具有個人性功利性，一方面又具有社會性與正義性。基於前者，所以自由主義者對於集權主義富於干涉性的共產主義所造成的整個社會的改觀與對個人自由的限制不能同意；基於後者，每一個有良知的自由主義者，目睹資本主義所造成的罪惡又不能不對這被污辱與被損害的一群，寄以深切的同情。」李孝友不贊成脫離中國時空背景而談論中國自由主義者的道路與使命的做法。他指出，中國社會是半封建半殖民地社會形態，中國自由主義者的使命就是摧毀這個封建的社會。中國的自由主義者自「五四」後要求改革現狀、反帝反封的呼聲不斷，但是對於整個社會的本質，以及根深蒂固的封建勢力卻未能動其毫末，這不能說不是中國自由主義者的悲劇。自由主義者所以失敗的原因，就是只斤斤注意於個人的自由，忽略了多數人的福利，未能生根於廣大的人民尤其是廣大的農民中去，更未能根本瞭解中國問題的癥結在於農民的覺醒與土地的改革。「自由主義者溫和的乾草二花失效之餘，中國共產黨遂乘機投之以猛烈的虎狼之劑。而這劑『革命』之藥，卻已使整個的封建勢力戰慄不已。」目前，中國的自由主義者遭遇雙重苦惱：一方面受全世界兩大潮流——「自由」與「平等」的激蕩，一方面中國又有着特殊的國情。「歷史交與中國自由主義者的課題有二：一是摧毀封建社會（與共產主義者一致），二是使每個人的個性得到完美的發展。就自由主義者與共產黨的政治路線來看，這兩個課題中的前一個工作自由主義者與共產黨並非格格不入，但後一個工作則二者見解懸殊，互異其趣。」李孝友對自由主義者與中共的「妥協」——促使中共造成承認異己尊重異己的民主態度和發揚個性沖

〔註5〕 楊人楩：《關於〈共產黨往何處去？〉》，載《觀察》第3卷第10期。

淡黨性的溫和氣氛持樂觀態度，因為他相信大半出身於中產階級的中共會接受自由主義者善意的批評。〔註6〕

這期《觀察》除了刊登李孝友的這篇文章外，還在「觀察文摘」專欄轉載了朱光潛為獨立評論社撰寫的社論《自由分子與民主政治》。朱光潛指出，自由分子不屬於一個政黨。自由分子為何不參加一個政黨呢？原因有三：第一，自由分子專心致志於自己特殊的職業，沒有工夫、興趣去作黨的活動；第二，覺得有黨就有約束，妨礙自己的思想與行動自由；第三，在黨與黨的紛爭中，一部分人如果能保持一個中立超然的態度，於國家社會有健康的影響。自由分子雖然不屬於一個政黨，沒有組織，但他們的思想卻有一個重心與共同傾向。他們占大多數，因為中立超然，所以對國家重要問題能客觀地從全局着想，所見公是公非而不是黨是黨非。自由分子在一個民主國家裏是一個不可忽視的保持平衡的力量，是政黨的清化劑，也是政黨衝突中的一種緩衝。「因為這個道理，站在任何一個政黨的立場，我們不應仇視自由分子。」但是在今日中國，自由分子被擠在夾縫裏，左右做人難：「在朝黨嫌他太左，在野黨嫌他太右。」〔註7〕

緊隨李孝友、朱光潛之後，早年曾參加過中共的施復亮在《觀察》上發表《論自由主義者的道路》，參與到這場論爭之中。一看標題便知，施復亮的這篇文章，是針對楊人梗的《自由主義者往何處去？》有感而發的。不過，他沒有直接辨析楊人梗觀點的是非對錯，而是正面闡述了自己對自由主義者應走道路的思考和看法。施復亮指出，現在國民黨要「戡亂」，共產黨要「革命」，內戰已經全面化、持久化。在這樣的局勢下，自由主義者應該有自己的道路，也能夠走自己的道路：「假使中國當前政治鬥爭的結果，只有兩個可能的前途：不是殖民地化的法西斯蒂的前途，便是社會主義革命勝利的前途，那麼自由主義者自然只有選擇後一個前途而不能有所遲疑。可是從當前國際和國內的情勢看來，上述的第一個前途固然絕無實現的機會，而第二個前途也還很少有實現的可能；在最近的將來所能實現的前途，恐怕還只是新民主主義的政治和新資本主義的經濟。這正是『今日中國自由主義者』所要走的道路；而且這條道路的實現，自由主義者要負極大的責任。」那麼，自由主

〔註6〕 李孝友：《讀〈關於中共往何處去〉兼論自由主義者的道路》，載《觀察》第3卷第19期。
〔註7〕 朱光潛：《自由分子與民主政治》，載《觀察》第3卷第19期。

義者如何才能走通這條「正確」的道路呢？施復亮告誡自由主義者，必須跟廣大人民站在一起，承認自己是廣大人民之間的一部分或一分子，以廣大人民的利害為自己的利害，以廣大人民的要求為自己的要求，「自由主義者必須認識自己所走的道路，只有獲得廣大人民的同意和支持，才能完全實現。」

施復亮強調，進步是自由主義的基本精神，沒有進步，就沒有自由主義。因為自由主義者所要求的「自由」，只有在進步的環境中才能實現。所謂「進步」，就是更多的人民獲得更多的「自由」。因此，團結、聯合進步的力量，推動中國走上進步的道路，這應該是今天中國自由主義者責無旁貸的責任。當然，自由和民主要人民自己爭取，國民黨和共產黨都不會恩賜。自由主義者在國民黨統治之下應當努力爭取自由，在共產黨統治之下也要有勇氣爭取自由；但他所爭取的應當是多數人的自由，不應當是少數人的自由。「只有到了一國的政權真正被掌握在多數人民的手裏，由多數人民的意志來決定一國的政策，才算真正實現了民主，才能切實保障人民的自由。……自由主義者倘若能夠跟廣大的人民共同爭取自由和民主，能夠在民主運動中表現自己的力量和作用，也就必然能夠保證自己和廣大人民的自由。……而且自由主義者的自由，主要是用來保障廣大人民的自由的，不僅是用來保障自己的自由的。倘使自由主義者能夠這樣來利用自己的自由，那就一定能夠獲得廣大人民的支持。我認為這是今天中國自由主義者爭取自由的正確道路。」

施復亮也承認自由主義者的道路不一定是奪取政權，自由主義者所應爭的是實際的工作，努力促成自己的政治主張的實現，但不一定要在自己的手裏實現。因此，不能以奪取政權或參加政權與否來判定自由主義者的成敗。自由主義者以往過高估計知識或理性的作用，重視「理論是非之爭」，但是政治畢竟是「力量強弱之爭」，導致自由主義者在政治上屢屢失敗。「這在政治上雖然是自由主義者的弱點，但在教育上未始不是自由主義者的優點。現在是人民逐漸覺醒而且逐漸獲得解放的時代，『力量強弱之爭』必然要與『理論是非之爭』連結在一起，而且『理論』本身就是一種『力量』，『是』的『理論』遲早會變成一種『強』的『力量』。」自由主義者堅持以改良求進步，但是遇到統治者頑固反動、絕無改良的希望的時候，也會毅然決然走上革命的道路。「自由主義者固然希望避免流血的革命，但他更痛恨頑固的反動。革命是反動的結果，不是反動的原因，假使要反對結果，首先要消滅原因。因此，真正的自由主義者，即使不去參加或同情革命，至少也不應當站在反動方面

去反對革命——即反對以暴力對抗暴力的爭取自由的人民。」

對自由主義在中國的前途，施復亮充滿信心。他說，自由主義者不相信「路只有一條」，決定中國前途的力量，不僅是國共兩黨，還有自由主義者和國共兩黨以外的廣大人民。這是第三種力量，也是一種民主的力量。這一力量的動向，對於中國前途的決定，具有舉足輕重的作用。「一個自由主義者，只要他肯始終站在廣大人民的中間，始終『反靜態』，『反現狀』，『反干涉』，『求進步』，求『創造』，跟特權者（即壓迫者）『鬥爭』，我相信必然會有他光明的前途；即使因此而被犧牲了生命，也會獲得他應得的代價。」〔註8〕

1948年2月，聲稱「從未自居為自由主義者」的燕京大學教授張東蓀，在《觀察》上發表《政治上的自由主義與文化上的自由主義》，「亦來湊熱鬧一討論自由主義」。

張東蓀把自由主義分為兩種：政治的自由主義與文化的自由主義。政治的自由主義即單純的自由主義或叫舊式自由主義，在今天20世紀已經過時。為什麼呢？當初自由主義在經濟方面主張放任，放任經濟助長了生產，增加了財富，使資本主義得以形成。但是資本主義愈長愈大，其弊乃現：「對內愈見貧富不均；對外愈趨於侵略。政治離不了經濟；經濟或反為政治的主幹。」由於經濟放任的緣故，政治的自由主義演變成今天的千瘡百孔。張東蓀指出，全世界的資本主義正在推車撞壁、西方已經有人在提倡自由的社會主義或社會的民主主義之時，中國再像西方18世紀那樣實行政治的自由主義（包括經濟在內），顯然是太不瞭解時代了。那麼中國應該怎麼辦？張東蓀引入「生產」這個範疇，主張實行計劃經濟。他說，大家只從「自由」與「平等」兩個範疇爭論政治自由與經濟平等的關係，都沒有鞭闢入裏。「在自由與平等的打算中必須把生產列為最重要的一個決定因素」，因為無論如何講自由、講平等，如果與生產發生衝突或者說使生產反而降低，都絕不能成功。計劃經濟能夠大量增加生產，是「社會主義的救命湯」，「用計劃經濟以增加生產遂使社會主義站得住，這乃是蘇聯對於人類的一個無上之貢獻。」

中國為了增加生產必須採用計劃經濟，但經濟方面一有計劃勢必影響其他方面的絕對自由。如何解決這一矛盾？張東蓀開出的藥方是保留文化上的自由主義。文化的自由主義是人類文化發展上學術思想的生命線，它雖然「只是一個批評的精神與一個忍容的態度」而不是具體的主張，但在西方「自由

〔註8〕 施復亮：《論自由主義者的道路》，載《觀察》第3卷第22期。

主義的根底本在於文化」。「須知在計劃社會中政治經濟等是沒有絕對自由
了，但我們還不能不要絕對的自由。這個絕對的自由應該在文化與思想方面。
如果社會因具有計劃性而有些呆板，則我們尚留一個活潑的田地在其旁
邊。……文化上沒有自由主義，在政治上決無法建立自由主義。中國今後在
文化上依然要抱着這個自由精神的大統。文化上的自由存在一天，即是種子
未斷，將來總可發芽。所以使這二者（即計劃的社會與文化的自由）相配合，
便不患將來沒有更進步的制度出現。」張東蓀把中國比喻為沒有上過中學就
進入大學的學生，現在要補習「中學課程」：養成良好的自由傳統，充分培養
個人主義的良好方面——自由主義的要點在於建立個人價值，養成與平等原
則絕不衝突的個人的責任心與自尊心。〔註9〕

　　1948年10月，這場論爭的引發者楊人梗在《觀察》上發表《再論自由主
義的途徑》，算是對一年多來各種關於自由主義的批評與爭論的答辯。他說，
一年多來，自由主義者不但遭受左右夾攻，就是在自由主義者之間也存在着
激烈爭執。「無論自由主義者彼此所見是如何的不同，至少他們要有一個共同
之點，就是：不滿於現狀而求變，求進步，否則便是濫用自由主義。」他認
為一年前自己在《自由主義者往何處去？》一文中的看法仍然是站得住的，
然後對各種觀點進行了辨析：

　　楊人梗首先指出，自由主義與個人主義不同：個人主義可能是自由主義
的動力，但不是自由主義努力的目標。自由主義所要求的進步是指整個社會
的進步。有人認為自由主義不合於知識水準低下的民族，得不到廣大民眾的
擁護而自趨沒落。楊人梗不贊成這種觀點。他說，任何政治理論都不是一般
人民所能瞭解的，共產主義和三民主義也是如此；在共產黨和國民黨都不得
不用口號來刺激的情況下，自由主義仍在以理論與事實來說服民眾。有人批
評自由主義不夠刺激，不能滿足青年的熱情要求。楊人梗回應說：一種政治
理想不是為着要刺激青年而存在的；自由主義者希望以理論來說服青年，不
願以簡單的言辭來刺激青年。有人指責自由主義者不能抵抗強權，容易為暴
力所屈服。楊人梗反駁說這種屈服是暫時的，自由主義並沒有被消滅，本身
也並未承認失敗。有人說自由主義者的態度可上可下，不上不下，兩面討好，
投機取巧，是一種灰色的騎牆派。「對於這種指摘，我們可以一點來解釋：假

―――――――――――

〔註9〕　張東蓀：《政治上的自由主義與文化上的自由主義》，載《觀察》第4卷第1
　　　　期。

使自由主義是一種可以兩面討好的東西，便不會遭受左右夾攻；假使自由主義者是投機取巧的，那麼，在這動盪不安的局面中，頂好不推出具體的主張，更不必表明與國民黨或共產黨之不同的看法。」有人說自由主義者是逢人皆罵，自許超然。楊人梗說自由主義者是無法超然的，因為他要在他所生存的社會中求進步。要在現實中求進步，便無法逃避現實；自由主義者也不是逢人皆罵，因為他不相信罵人是一個有效的工具，自由主義者的工具是說服。楊人梗也不認同自由主義是中間路線或第三路線的說法。他說，中間路線是介乎左右之間的路線，而自由主義是始終不滿於現狀、不斷追求進步的，如果「左傾」是象徵着進步的話，自由主義是左而又左的。至於按照數目次序將自由主義排在第三位，楊人梗也不以為然。他指出，何以會定出這個次序是很難解釋的，何況同一時代可能有三種以上的主張存在。言外之意，自由主義是不斷追求進步、有自己主張的一種思想，決不是夾在左右之間的中間派，也不會甘居第三的地位：「自由主義的要義在於變，因此她是一個創造歷史的動力；歷史在不斷地變，自由主義本身所要求的也在不斷地變。在這個歷史的路線中，她曾一再地與其他求進步的勢力合流，等到此等其他勢力已不再求進步的時候，她便與之分手，而指示出更進一步的目標。自由主義是始終走在前面的，始終不滿於現狀而要求進步，所以她始終為掌握着權力的一方所厭惡。」

在當時的兩大政治力量中，自由主義者遭受的來自共產黨一方的責難可能更多。楊人梗在《再論自由主義的途徑》中指出，共產黨的同情者給予了自由主義者兩個厲害的打擊：「一、自由主義者一面討厭舊秩序，一面害怕大革命；他們代表小市民階級的利益，害怕共產革命足以破壞他們的優裕生活，這種心情使自由主義者拒絕流血的革命而趨向於改良主義。二、因為是改良主義，自由主義者崇奉英美式的民主，忽視了經濟民主；在目前的情況中，一碗飯應當較一張票更重要，假使兩者不可得兼，寧肯犧牲一張票而要一碗飯。」對於這樣的責難，楊人梗說表面看來言之成理，可惜它的根據是很脆弱的：中國的自由主義者誠然是以小市民為主，但是今日中國的小市民已無優裕生活可言，事實上已大半淪為無產階級；自由主義者所要努力的並非保全小市民階級的既得利益，而是想以改良或革命的方法來提高勞苦大眾的生活水準，消滅各階層在生活水準上的距離，因此自由主義者決不怕「清算」，而且渴望能實現經濟民主，進而希求知識民主；在自由主義者看來，一張票

與一碗飯同樣重要。

在《再論自由主義的途徑》一文中，楊人楩重申了自由主義者要行使其歷史使命、與其在朝不如在野的觀點。不過，他也認識到組織不嚴密是自由主義的一大弱點，建議今後自由主義者不妨有所組織，因爲組織就是力量，這樣可以發揮更大的作用。

楊人楩也承認，在國共兩大勢力相爭中，實際政治需要擇一而「事」，否則便會兩面不討好而被排除於政治舞臺之外。但是自由主義者並不認爲只有國共兩條路可走，在事實上沒有擇一而事的必要，在理論上也沒有被迫而加入國共之一方的道理。正因爲自由主義者不受這兩條路的限制，所以才「反對內戰，爭取人權，呼籲法治」：「在目前國共兩大勢力對立的局面中，最現實的態度是『擇一而事』。要兩面討好是不可能的，兩面不討好卻是最不『現實』的，最聰明的辦法是暫時保持緘默，待機而動。自由主義者卻要採取這麼一種既不現實又不聰明的態度；因爲科學的精神使他們有這麼一種認識，他們的知識決定了他們所採取的途徑。」〔註10〕

在這場關於「自由主義者往何處去」的論爭中，《觀察》發表的最後一篇文章，是張東蓀撰寫的《知識分子與文化的自由》。這篇文章發表於《觀察》第 5 卷第 11 期（1948 年 11 月 6 日出版），距《觀察》被封不到兩個月。在文章中，張東蓀慰勉知識分子在今天的大轉變局勢下不必害怕，因爲他依照個人對中國社會的分析與診斷，料定將來無論有何政治上經濟上的大改變，「知識分子自有其始終不變的重要地位」；只要知識分子眞正能夠瞭解本身的時代使命，「不但不必怕被人清算，而且還能造成比今天更好的光明前程。」他認爲，大部分大學教授恐懼將來的變局會使學術自由與思想自由完全失掉，這完全是一種誤會和杞憂。張東蓀也承認，今天的中國，在事實上已早沒有政治性的自由主義存在的餘地，但他對中國學術自由的前途並不悲觀。因爲，「中國接受西方文化雖只短短將近五十年，然而卻居然在思想界文化界中養成一種所謂 Liberal Mind。此字可譯爲『自由胸懷的陶養』，乃是一種態度，或風格，即治學、觀物、與對人的態度或性情，亦可說是一種精神。不過這個精神不是一旦隨便能得的，乃必須積若干學養而後方可致之。在此又非指一二人能如此而言，實謂整個文化界含有這樣的風度。這種精神卻正是西方文化中最寶貴的地方。」「我始終相信人類的知識一經開放，便無法再退回

〔註10〕 楊人楩：《再論自由主義的途徑》，載《觀察》第 5 卷第 8 期。

到蒙蔽的狀態。中國在這數十年中居然已養成這樣的自由思想的風氣，誰也無法再壓倒下去。所以我們的任務還是如何把它發揚光大，總要比現在更自由些。對於自由風氣的不能保全，卻不必擔憂。我個人在生活方面雖願意在計劃社會中做一個合乎計劃的成員，但在思想方面卻依然嗜自由不啻生命。」〔註11〕

1947年至1948年，知識分子通過《觀察》展開的「自由主義者往何處去」的討論，完全是自發的，《觀察》並沒有號召、組織和引導。這場討論，既反映出那一代知識分子關心國家命運、以天下為己任的胸懷，也透露出他們對自由主義在中國的前途的焦慮。

到1948年底，國民黨軍事上的不斷慘敗，加上孤注一擲的貨幣改革的慘敗，使儲安平和其他大多數自由主義者相信，國民黨快點垮臺是結束中國的痛苦的最佳方式。「在大多數自由主義者希望早日結束戰爭的同時，並不是所有的人都不考慮中共取得勝利可能產生的後果。許多人害怕共產黨和國民黨一樣不給知識分子自由。甚至更為樂觀的、已經在盼望社會主義中國的張東蓀也不能肯定文化自由主義——包括學術自由——能否在新中國行得通。總的來說，如楊人楩教授在1948年12月所說，中國的自由派『以一種既怕且喜的複雜感情』等待着新時代的曙光。」〔註12〕

〔註11〕 張東蓀：《知識分子與文化的自由》，載《觀察》第5卷第11期。
〔註12〕 汪榮祖：《儲安平與現代中國自由主義》，載《公共論叢‧直接民主與間接民主》，三聯書店（北京），1998年版，第371頁。

欲採蘋花不自由

　　1947 年 8 月《觀察》出滿第 2 卷，儲安平向讀者報告說，「至少到目前爲止，政府沒有對本刊施用過任何壓力或干涉。」〔註1〕然而好景不長，這句話剛說過三個月，《觀察》就遭遇了第一次政治性困難。問題出在第 3 卷第 9 期儲安平所寫的《評蒲立特的偏私的、不健康的訪華報告》上面。國民黨在上海的領導人物對這篇文章極其反感，指使市黨部行文市府要求停止《觀察》的發行。11 月 7 日，南京、天津兩地的報紙首先披露了《觀察》所面臨的政治危機，隨後上海、香港、重慶、成都、昆明等地報紙也陸續報導了此事。就在 11 月 7 日，主管官署上海市社會局以公函召儲安平到社會局談話，兩天後上海市黨部秘書長也約他談了一次。儲安平正被上海市社會局和市黨部相繼約去談話的時候，聽說中樞已有致市長吳國楨等的急電到上海，不主張查封《觀察》。儲安平暗自慶幸這個事件應該可以過去了，不料想在 11 月 11 日晚上，他的個人安全受到威脅，不得不暫時離開原來的寓所。不過，由於各方前輩朋友發乎內心的支持所形成的道德力量，這次事件到 11 月下旬終於漸漸地緩和下來。

　　1948 年上半年，在《觀察》出版第 4 卷時，懸在頭頂的「達摩克利斯劍」越來越低，不斷有傳言說政府要查封《觀察》。傳言絕非空穴來風。3 月 20 日，儲安平接到上海市政府新聞處來函，邀他前去一談。在新聞處，負責人私下給儲安平看了內政部給《觀察》的警告公文，罪狀是「言論偏激，歪曲事實，爲匪張目」。不過，內政部的這一公文始終沒有下達到《觀察》編輯部；4 月

〔註 1〕　儲安平：《艱難・風險・沉着──本刊第 2 卷報告書》，載《觀察》第 2 卷第
　　　　　24 期。

8 日《大公報》報導《時與文》和《世界知識》受到政府警告，也沒有提及《觀察》。——這讓親眼看到過該公文的儲安平大惑不解。

1948 年 7 月 8 日，國民黨政府勒令南京《新民報》永久停刊。連日來，南京政界、文化界、新聞界又盛傳《觀察》將繼《新民報》之後遭受停刊處分，儲安平也從多方證實此言不虛。一時間風聲鶴唳，人心惶惶，「政治風雲，變化莫測，本刊命運，存亡難卜。」在未接到停刊令之前，儲安平在《觀察》上發表《政府利刃‧指向〈觀察〉》一文，「對政府公開說幾句話」：

　　一、政府現在自稱「行憲」，並在「行憲」以前，大吹大擂，說得一般人心癢癢地，好像從此中國，就要換個局面。其實，上海人一句話，大舞臺對面「天曉得」！我們希望政府當局，撫心自問，你們行的到底是什麼「憲」！人身之無保障如故，集會結社之不自由如故，而言論之遭受摧殘，只有變本加厲。即以本刊而論，雖然截至今日，仍在出版，但在各地所受迫害，可說一言難盡。或者禁售，或者檢扣；經銷《觀察》的，受到威脅；閱讀《觀察》的，已成忌諱；甚至連本社出版的《觀察叢書》，也已成為禁書，若干地方的郵檢當局，一律加以扣留。讀者申訴，日必數起，諒解我們的，把政府痛罵一陣，不明實情的，責怪我們何以款到而書不寄；每讀來函，如坐針氈。此種情形，不僅《觀察》一家，其它同業，亦有同樣經驗。我們創辦刊物，獻身言論，其目的無非想對國家有所貢獻。國家是一個有機體，其組織既極繁雜，其活動尤極錯綜，全賴所有分子，群策群力，各在崗位，有所建樹；分而言之，各盡一己之獻，合而言之，充實國家之命。政府雖是治理國家事務的一個最重要的機關，但是政府並不就是國家；政府官吏，受民之託，出而掌政，但是政府官吏並非國家禍福最後主宰之人。我們不僅認為執政人物，假如他們政策錯誤或不盡職責，可以令之去職，同時，對於過問國事，我們堅決認為，這既是我們的權利，亦復為我們的義務。在朝執政和在野論政，其運用的形式雖異，其對國家的貢獻則一。所以歐美民主國家，在國會裏無不有與政府相對的反對黨，在一般社會上，亦無不有健全的公共輿論：如無反對黨派和反對意見，亦即不成其為民主政治。所以英國反對黨的官銜是「英皇陛下的反對黨」，而英儒戴雪復稱公共輿論為政治的主權者；凡此皆為歐美憲

政的精義所在。今茲政府既稱行憲，不可昧於此義。若以為今日之事，可以由一二人主宰之，未免昧於事理；而欲禁止人民議政，務使一切民間報章雜誌歸於消滅，尤可謂糊塗太甚。抑有進者，批評政府與不忠國家絕為二事。《出版法》上有一條，謂不得有「意圖顛覆政府或危害中華民國」的記載，這種限制，可謂滑天下之大稽。所謂「顛覆政府」者，亦即叫舊有的政府下臺，讓新的政府上臺之謂也。以言英國，丘吉爾執政時，工黨固無時無刻不處心積慮以求丘吉爾政府之顛覆，現在工黨上臺，保守黨人又肆意攻訐，以求工黨政府之垮臺，然昔日之艾德禮無罪也，今日之丘吉爾亦無罪也。再觀美國，杜威華萊士不正扯起堂堂之旗幟，以求杜魯門之垮臺乎，未聞有美人入杜威華萊士於顛覆政府之罪也。就說中國，數月以前為「國民政府」，現在則稱為中華民國政府，此豈非舊的「國民政府」已被顛覆，新的中華民國政府已告成立之謂乎？此「國民政府」既被顛覆矣，然則亦有人蒙顛覆「國民政府」之罪名乎？說來說去，實在說不通。但是我們的政府，一看見有人批評它，便臉紅耳赤，度量既小，疑心又重，總以為人家要「顛覆」它；殊不知政府人物固無不可替換者，政府制度尤無不可更改者。拆穿了講，毫無稀奇可言。只有那些佔了毛坑不拉屎的人，才怕人家把他拖下來，於是今天想封這家報館，明天想封那個刊物，說到頭來，還是為了自己的私權，不是為了國家的福利。但是既要行憲，就得把國家放在第一，一切愛國的人都有發言論政的權利，一切愛國的人都有辦報辦刊物的權利，沒有人可以剝奪人民這種權利。我們反對政府一切摧殘輿論的行為和任何摧殘輿論的意圖，我們希望政府認真檢討自己的作風，封報館封刊物的作風，是萬萬要不得的。

　　二、現在大家不滿意政府是事實，然而政府應當平心靜氣的想想，你們過去所作所為，對於國計民生，有何改善？今日所作所為，對於當前局勢，又有什麼補救！今日一般國民，想到國家前途的暗淡，目睹一般子民的流離，無不悲從中來，欲哭無淚！在這種情形之下，要叫大家不講話，不出悲憤之言，這是做得到的事嗎？在政府裏供職的朋友，或者接近政府的朋友，平時一開口就希望我們多作建設性的建議，其動機固不能謂不善，但是請問，今日的時代是

一個建設性的時代嗎？今日的政府又是一個建設性的政府嗎？請問今日政府自身，又在做些什麼建設性的工作？假如政府完全在做破壞性的工作，我們發點建設性的言論，政府能採納嗎？又能實行嗎？我們一貫的態度是希望結束內戰，這難道不是天字第一號的建設性的建議嗎？然而政府能採納我們這個建議嗎？今日普天之下，皆無飯吃之民，無衣穿之民，無屋住之民，我們現在建議，請政府給無飯吃的人以飯吃，無衣穿的人以衣穿，無屋住的人以屋住，這不是又一個天字第一號的建設性的建議嗎？然而政府能採納之而一一見之於行嗎？再退一萬步說，就說本刊 3 卷 13 期所刊陳之邁先生所作《中國行政改革的新方向》一文，此文曾引起國內外讀者廣泛的重視，並譽為一極有建設性的文字，然而該文發表以來，已有日矣，政府果曾採納實行嗎？政府果能勵精圖治，做幾件福國利民的事，則又何懼乎民間輿論之抨擊；假如政府百事不為，只管自私，則又何能以一手而堵塞天下之怨詬！今日大局日非，政權浮動，政府欲加緊其政治控制，取締一切不利於政府的言論，就其自私之立場言之，固未嘗不近情近理，但就解決國家之困難而言，固南轅北轍，無補實益。假如政府害怕一般社會的動亂因而影響其政權，則政府應以有效方法，以蘇民困，民困得蘇，社會之動亂自平，此與封不封報紙雜誌，風馬牛毫不相關。重慶搶米，是出於報紙雜誌煽動的結果嗎？寧波搶米，又是出於報紙雜誌煽動的結果嗎？老實一句話，今日造成社會普遍不安的，就是政府；政府自身在製造社會的不安，而反將其責任嫁移到我們言論界身上，可謂不平之至。我們不相信封了一個《新民報》，再封一個《觀察》，社會即能趨於安定。《文匯報》被封，業已一年，社會秩序又何嘗因《文匯報》被封而稍改善。我們在此忠告政府，你們要挽回你們的頹局，就得全盤檢討，痛改前非，人民受你們的迫害，已經到了歷史上少見的程度，假如你們以為封幾個報紙刊物就能挽回你們的頹局，那就大錯特錯了！

最後，我們願意坦白說一句話，政府雖然怕我們批評，而事實上，我們現在則連批評這個政府的興趣也已沒有了。即以本刊而論，近數月來，我們已很少刊載劇烈批評政府的文字，因為大家都已十

分消沉，還有什麼話可說？説了又有什麼用處？我們替政府想想，一個政府弄到了人民連批評它的興趣也沒有了，這個政府也就夠悲哀的了！可憐政府連這一點自知之明也沒有，還在那抓頭挖耳，計算如何封民間的報紙刊物，眞是可憐亦復可笑！我們願意在此告訴一切關心我們的朋友們，封也罷，不封也罷，我們早已置之度外了。假如封了，請大家也不必惋惜，在這樣一個血腥遍地的時代，被犧牲了的生命不知已有多少，被燒毀了的房屋財產也不知已有多少，多少人的家庭骨肉在這樣一個黑暗的統治下被拆散了，多少人的理想希望在這樣一個黑暗的統治下幻滅了，這小小的刊物，即使被封，在整個的國家的浩劫裏，算得了什麼！朋友們，我們應當挺起胸膛來，面對現實，面對迫害，奮不顧身，爲國效忠，要是今天這個方式行不通，明天可以用另個方式繼續努力，方式儘管不同，但我們對於國家的忠貞是永遠不變的！〔註2〕

這篇措辭激烈的文章發表後，居然平安無事，這讓儲安平也感到十分意外。骨鯁在喉必吐之，是儲安平一貫的行事風格；至於是否因此而招致不良後果，不是他考慮的首要問題。政府當局沒有立刻作出反應，查封《觀察》或對儲安平採取措施，可能是礙於輿論壓力。國民黨政府查封《新民報》，曾引起中外輿論強烈譴責；政府當局再顢頇，總也得顧及中外觀瞻。在這樣的情形下，儲安平和《觀察》暫時逃過一劫。

讓儲安平啼笑皆非的是，由於《觀察》遲遲沒有受到政府當局的查封，反而在社會上引起無數的流言：有人懷疑儲安平他們和政府當局有「勾結」，有人乾脆說《觀察》已經出賣給 CC 派了。懷疑儲安平他們和政府當局有「勾結」的人的理由是：假如《觀察》和政府當局沒有「勾結」，爲什麼《觀察》會出版到現在？特別是 1948 年 4 月 8 日《大公報》登了《時與文》和《世界知識》被政府警告的消息以後，這種懷疑格外普遍。因爲《觀察》不僅沒有「問題」，甚至警告也沒有，其中必有「花樣」。〔註 3〕正如儲安平所言，「這社會是一個神經極度衰弱的社會」，也難怪大家有各種各樣的想法。有好心的讀者、朋友寫信給儲安平，提醒他三人成虎，人言可畏，對這種已經散佈得

〔註 2〕 儲安平：《政府利刃・指向〈觀察〉》，載《觀察》第 4 卷第 20 期。
〔註 3〕 儲安平：《吃重・苦鬥・盡心——本刊第 4 卷報告書》，載《觀察》第 4 卷第 23、24 期合刊。

頗廣的惡意流言不要不理睬，勸他站出來闢謠。但是儲安平除了正式去函上海《時代日報》和天津《益世報》、要求其更正有關《觀察》的不實報導外，沒有做任何闢謠的解釋：「我們對於一切誤會、傳說、曲解，不急急於辯護、闢謠或解釋。只要我們自己腳跟站定，我們相信『時間』終將替我們洗刷一切謠言。」〔註4〕

「時間」很快就替儲安平他們洗刷了一切謠言。1948年12月24日，國民黨上海市警備司令部、上海市警察局、社會局「終於」派人送來了內政部的查封令：

> 查觀察週刊，言論態度，一貫反對政府，同情共匪，曾經本部予以警告處分在案。乃查該刊近竟變本加厲，繼續攻擊政府，譏評國事，為匪宣傳，擾亂人心，實已違反動員戡亂政策。應依照總動員法第二十二條及出版法第二十三條之規定，予以永久停刊處分。
> 相應電請查照辦理，飭繳原領登記證送部註銷。〔註5〕

據當時負責編輯《觀察》的林元回憶，這次《觀察》被查封的「爆發點」是第5卷第14期（1948年11月27日出版）發表的「觀察特約記者」發自南京的一篇軍事通信《徐淮戰局的變幻》。這篇通信的內容是闡述戰爭進行中的變化因素和所謂國軍「大捷」、共軍「潰退」的真相；報導了國軍統帥部在這一戰中的戰術改變和新武器的大量使用，因而造成共軍的「大量傷亡」以及「聽說美國方面曾向當局『調用日本兵來應急的建議』，飛虎將陳納德的請纓」；還有「分析陳布雷之死與翁文灝之拖」等等。蔣介石斥責這篇文章洩露了軍事秘密，導致「國軍」在淮海戰役大敗，盛怒之下親自下令查封觀察社，追捕這個「《觀察》南京特約記者」。〔註6〕

《觀察》的特約記者，一般都是儲安平自己或託人邀請，通信稿凡是不具名的，文責都由社負，作者姓名從不外洩，社裏同人也從不查問。林元也是後來才知道，這個「《觀察》南京特約記者」本名叫張今鐸，用「張邨民」的假名與儲安平保持單線聯繫，其它方面知之不多。1992年，跟張今鐸「亦師亦友」、當年護送他逃離上海的唐寶璋在《上海灘》上發表回憶文章，才第

〔註4〕 儲安平：《風浪・熬煉・撐住——本刊第3卷報告書》，載《觀察》第3卷第24期。
〔註5〕 《觀察社被國民黨反動政府迫害經過追記》（集體執筆），載《觀察》第6卷第1期。
〔註6〕 林元：《從〈觀察〉到〈新觀察〉》，載《新文化史料》1989年第1期。

一次詳細披露了這個「《觀察》南京特約記者」的真實情況。

張今鐸，山東東平人。年輕時就讀於天津北洋大學，後來去廣東參加大革命，任黃埔軍校教官，與周恩來相識。北伐時在馮玉祥手下做事，馮玉祥任河南省長時，張任財政廳長。30 年代初在天津從事革命活動被捕，抓到南京坐牢，經馮保出，從此一生反蔣，矢志不變。以後又曾隨周恩來去延安抗大任教，再轉新四軍葉挺教導隊，皖南事變前離開。抗戰勝利前，在昆明擔任東南亞盟軍心理作戰部顧問，對軍事、哲學頗有研究。因當時讀者非常希望瞭解國共戰爭形勢發展的真實情況，儲安平聽說張今鐸對軍事問題極有研究，分析深刻，就邀請他寫軍事通信。張問儲：「你約我寫稿，如內容份量重一些，你敢登嗎？」儲回答說：「只要你敢寫，我就敢登！」其語氣、態度之堅決讓張今鐸和在場的唐寶璋佩服不已。從 1948 年 10 月上旬開始，兩個月內，張今鐸在《觀察》上發表了《濟南之戰》、《徐淮戰局的變幻》等多篇軍事通信。由於他瞭解戰局情況，掌握有大量的軍事信息，又有敏銳的分析能力，因此所寫文章使讀者瞭解到不少戰局動向，非常受歡迎。在第 5 卷第 16 期上，他還以黃伯韜和陳布雷的自殺來譏評蔣介石：「黃伯韜之自殺和上月陳布雷之自殺，一文一武，先後輝映，在人心士氣上的影響如何，深值研究。」「如果說陳布雷的『感激輕生』大大影響了政局人心，則黃伯韜之『慷慨捐身』也就大大影響了戰局和軍心。」這幾篇文章無一不直觸蔣介石的痛處，等到淮海戰役一敗塗地，蔣就以《徐淮戰局的變幻》泄露軍事秘密為藉口，下令查封《觀察》，捉拿儲安平和「《觀察》南京特約記者」。〔註7〕

幸虧儲安平在編好《觀察》第 5 卷第 16 期後，已於 12 月 11 日離滬飛平，找許德珩、潘光旦、錢端升、費孝通等北大、清華的作者商量這份刊物今後的命運去了，否則後果難料。儲安平臨行前，將社務交給了林元、雷柏齡負責。

12 月 14 日，北平便進入「圍城」階段，林元、雷柏齡與儲安平的聯繫斷絕。兩人找到《觀察》周刊發起人和撰稿人之一、復旦大學教授笪移今商量。笪移今又陪他們一起去到復旦大學找張志讓先生。張說：「《觀察》有那麼多的讀者，已經成為社會的事業，大家應該支持它，這是大家的責任。」這樣，在北平報紙已遍登《觀察》被查封的情況下，林元、雷柏齡通過笪移今和張志讓的關係，又聯繫了一些上海的進步文化界人士，組織了一批稿子，編輯

〔註7〕 唐寶璋：《民主雜誌〈觀察〉封閉前後》，載《上海灘》1992 年第 7 期。

出版了最後兩期。〔註8〕

在收到勒令「永久停刊處分」的公文後，林元、雷柏齡和筦移今等作者商量，決定《觀察》援引被封的《時與文》等刊物的做法，再出一期停刊號。但是情況比預料的要嚴重得多。12月26日是星期日，觀察社工作人員照常上班。臨近下班時，位於北四川路的觀察社突然被國民黨上海警備司令部的特務團團圍住，一群全副武裝的特務衝進辦公室進行搜身，將「主犯」林元和雷柏齡逮捕。在王造時家開完九三學社會議的筦移今到觀察社審閱文稿，剛進門就發覺社址已被特務佔據，急中生智，假裝腹痛，馬上去廁所，將隨身帶來的會議記錄撕碎，丟進抽水馬桶沖掉。當特務盤問他時，筦說自己在上海商業儲蓄銀行工作，來這裏是做黃金、美鈔買賣的。即使如此，筦移今也被當場逮捕。〔註9〕當晚，特務一邊把林元、雷柏齡、筦移今押送到警備大隊部審訊，一邊封鎖觀察社，張網捕人。觀察社被封鎖一個多月，先後有60餘人被扣留，其中有來訪的作者、買書刊的讀者、書店的店員、報販、職工的朋友和親屬等。其時張今鐸也在上海，幸虧林元機智，又有朋友和中共地下黨幫助，他才沒有被國民黨特務搜捕到，在唐寶璋的陪同下逃離上海，輾轉衡陽、廣州，最後到達香港，通過宋雲彬、夏衍找到了中共黨組織。

經黃炎培的幫助和王造時的擔保，筦移今被關押一個月後獲釋，其他被扣人員也先後獲得自由，「主犯」林元、雷柏齡卻在1949年1月28日農曆除夕這天被解往國民黨上海警備司令部監獄。4月3日，當南京的軍政人員紛紛南逃的時候，林、雷又被解往南京，押在南京羊皮巷國民黨國防部第二廳的秘密看守所，那是關押重大政治犯的地方。4月23日，人民解放軍渡過長江，已經打到南京郊區，看守所的特務來不及處治政治犯就倉惶逃命，林、雷兩人才免遭毒手，終獲自由。

儲安平在北平也並不平安。國民黨上海警備司令部的特務在闖進觀察社對職員進行搜身時，從林元身上搜到了一封寄到北平燈市口《大公報》辦事處徐盈收轉儲安平的信，知道了儲在北平的聯絡地點。12月30日晚，10餘位特務闖入《大公報》北平辦事處，限制徐盈等辦事處人員的自由，等着抓捕儲安平。幸虧儲安平事先得到消息轉入地下，在清華、北大、燕大等不少

〔註8〕　林元：《從〈觀察〉到〈新觀察〉》，載《新文化史料》1989年第1期。
〔註9〕　筦移今：《回憶解放前我與民盟的一段交往》，載上海市政協文史資料編輯部編著《上海文史資料選輯（九三專輯）》2007年第3期，總第124期。

教授的照料下，才平安脫險。

　　1948 年 7 月 8 日南京《新民報》被國民黨當局查封時，輿論為之大嘩，上海《大公報》、《正言報》，甚至美國的《舊金山紀事報》等中外報刊，紛紛予以報導，不少報刊還發表了評論，抨擊國民黨政府摧殘言論的顢頇行為。但是 5 個月後《觀察》被封，遠沒有南京《新民報》被封時的群情激憤。可能是大家認為這是意料之中的事情，見怪不怪；或者是大家已經對國民黨當局絕望，失去了批評它的興趣。倒是南京的《大學評論》，在 1949 年元旦發表了一篇《論〈觀察〉停刊》的短評，為《觀察》這個「文化戰士」在大局即將明朗化的前夕倒下而倍感惋惜：

　　　　在政府的顢頇政策之下，一個在人民大眾心中已經有了深厚基礎的刊物──《觀察》──被迫停刊了。我們聽到這項消息，雖然感到氣憤，但並不認為是意外，因為我們知道《觀察》的勒令停刊，只不過是時間遲早的問題。

　　　　隨著勝利復員，三年來《觀察》在儲安平先生主持之下，日益進步，在通訊上對讀者作了詳實的報導，在論文上對於一些重大問題也對讀者提供過不少寶貴的意見，《觀察》可以說已經盡到了她在文化崗位上應盡的任務。現在，在大局即將明朗化的前夕，這個勇敢的文化戰士倒下去了，自然叫人倍覺惋惜！現在，《觀察》雖然停了刊，但我們相信她會繼續生存在萬千讀者的心中。

　　　　本來，辦刊物的目的是要在文化上為讀者服務而不是怕封門，只圖保全刊物。如果為讀者服務與不封門二者不可得兼時，辦刊物的人是寧肯封門而不願放棄為讀者服務的志願的。我們辦《大學評論》的目的是一樣。我們隨時都有被封門的危險，但這一點絕不能絲毫改變我們為讀者服務的志願的。

　　　　奇怪的就是政府所憎恨的刊物，都是為人民大眾所歡迎的刊物。政府的意志為什麼總是與人民的意志相違反？一個違反人民意志的政府，它的前途還能夠想像嗎？

　　　　《觀察》被迫停刊，我們知道儲安平先生一定不會放棄他為讀者服務的志願。〔註10〕

〔註10〕　《論〈觀察〉的停刊》，《大學評論》第 2 卷第 9 期短評。

　　接着，《大學評論》又在第 2 卷第 10 期發表了《觀察七同仁被捕記》，是本刊記者乘元旦去滬之便，到北四川路觀察社拜訪儲安平的所遇所見所聞。同期社論，對當局箝制言論、摧殘人權的做法提出了嚴正抗議：「《觀察》被迫永久停刊後，沒有想到在上月二十六日，當局復捕去觀察社林元等七位同仁，並派特工人員晝夜監視其餘各同仁的行動。讀者數十人被連累下獄，本刊記者前往拜訪也險遭不測。我們對當局這種箝制言論，摧殘人權，迫害民主人士，阻撓和平實現的反動措施，提出嚴正抗議！」

此《觀察》非彼《觀察》

　　正如《大學評論》發表的短評《論〈觀察〉的停刊》所言，儲安平不會放棄為讀者服務的志願。1949 年 5 月上海解放後，儲安平即向中共請求復刊《觀察》。當時代表中共領導和聯繫《觀察》復刊的是胡喬木、胡愈之、范長江、胡繩等人。胡喬木向周恩來彙報了《觀察》的情況，請示是否同意復刊。周恩來說，《觀察》既然有那麼多讀者，當然可以復刊。〔註1〕經過籌備，《觀察》在新中國成立後一個月即 1949 年 11 月 1 日復刊。由於此時北京已成為全國的政治中心，儲安平將復刊後的編輯部設在北京交道口北吉祥胡同；觀察社仍在上海北四川路舊址，由林元、雷柏齡負責，從事發行刊物和出版「觀察叢書」等工作。

　　復刊後的《觀察》刊期改為半月刊，卷次排為第 6 卷。在復刊號即第 6 卷第 1 期上，刊登了一篇題為《我們的自我批評・工作任務・編輯方針》、署名「本社同人」的文章。這篇文章顯然出自儲安平之手，文末署的日期是「10 月 16 日」，就是說在復刊號出版前半個月已經完成，應該經過胡喬木等過目並同意發表。這篇文章分三部分：一、自我批評・學習改造；二、工作任務；三、編輯計劃・工作態度。其中第一部分是文章的核心，「本社同人」對以往的《觀察》基本上進行了否定，表示今後要努力學習馬列主義和毛澤東思想，改造自己，跟著中國共產黨走，在毛澤東的旗幟下，按照新民主主義的政治要求，為人民服務，為人民民主事業努力：

　　　　我們創議發刊《觀察》，正在日寇投降之後，舊政協召開之日。

〔註1〕 林元：《從〈觀察〉到〈新觀察〉》，載《新文化史料》1989 年第 1 期。

蔣介石竊國當權，前後垂 20 年，20 年專政的結果，民生日蹙，國運日蹙。日寇既告戰敗，正是中國翻身的千載良機；毛主席赴渝商談，尤為國運黯淡中最最令人鼓舞的消息。我們籌出《觀察》，是想稍盡人民責任，加強民主力量，督促國家建設。無如蔣介石這個法西斯大流氓，一意孤行，逞強作亂，撕毀政協，迫害民主。他只顧他一己的權勢，無視國家的前途；縱容他的皇親國舅，家奴黨棍，到處搜刮，吸吮民脂，對於人民苦痛，漠無所動。還要昧盡天良，舔着美帝的屁股，殘殺本國的人民，使人切齒痛恨。憂國之士，目擊這種腐敗黑暗的反動統治，迫於義憤，誓難緘默。自從本刊創刊以來，我們始終以人民的身份，一本正義，滿懷熱情，對於蔣介石國民黨的反動統治，痛加抨擊，堅決鬥爭，即使特務環伺，刀槍當前，亦仍言所欲言，一往直前。

坦白言之，我們在政治上不是沒有理想的。在那個時候，消極地，我們認為蔣介石國民黨這個反動政權是絕對要不得的，絕對沒有理由讓它繼續存在下去；積極地，我們希望改造我們的社會制度，改善人民的生活狀況，我們希望我們的國家能夠達到獨立、民主、和平、統一、富強的境界。但是用什麼方法才能實現上述的理想，走怎樣一條道路才能達到上述的目的，在我們的內心裏是空洞的、彷徨的。我們有理想，但這個理想是抽象的、籠統的、沒有具體內容的；我們有熱情，但這股熱情是虛浮的、飄蕩的、沒有一定寄託的。

解放以後，我們的生命、我們的思想、我們的感情，都跨進了一個嶄新的境界。這個新的境界和我們過去所接觸的、所瞭解的、所追求的，在基本是完全不同的。毛主席在《論人民民主專政》一文中說：「中國人向西方學得很不少，但是行不通，理想總是不能實現。每次奮鬥，包括辛亥革命那樣全國規模的運動，都失敗了。國家的情況一天比一天壞，環境迫使人們活不下去。懷疑產生了，增長了，發展了。」但是由於中國有了一個有紀律的、有馬恩列斯的理論武裝的、採取自我批評方法的、聯繫人民群眾的中國共產黨，以及由這樣一個黨所領導的人民革命武力——人民解放軍的日益壯大，今天，武裝的革命力量打垮了武裝的反革命力量，把中國的人

民從帝國主義、封建主義及官僚資本主義的反動統治中解放了出來，使一切在懷疑中的、苦悶中的、彷徨中的知識分子終於找到了一條新的正確的道路。中國的先進分子找到馬克思主義是經過俄國人介紹的，而中國的人民找到馬克思列寧主義，卻是由中國共產黨介紹的。「十月革命幫助了全世界的也幫助了中國的先進分子，用無產階級的宇宙觀作為觀察國家命運的工具，重新考慮自己的問題。」（毛主席：《論人民民主專政》）這次中國人民民主革命的勝利，幫助了所有的中國人民，用馬克思列寧主義的理論，重新來確立自己的人生觀。我們現在大家得到了學習馬列主義的機會，我們應當在中國共產黨的領導下，努力學習馬列主義的理論，提高自己的認識和覺悟，並進而站在馬列主義的立場上，運用馬列主義的觀點和方法，去解決我們在各種實際工作中所要解決的問題。

學習與改造是一個長期的艱巨的工作，我們現在還剛開始走第一步。在我們開始學習的過程中，我們首先檢查自己過去的工作。我們發現我們過去的工作是經不起檢查的，我們過去的認識是不正確的。雖然我們曾經不畏強暴地無情地打擊蔣介石國民黨的反動政權，但是由於我們在過去的社會中所得到的教育，在思想的本質上，我們還是停留在舊民主主義的範疇裏的。我們只批評了蔣介石國民黨反動政權的種種反動措施，但並未進一步去解剖揭發蔣介石國民黨反動政權那種反人民反革命的封建的法西斯的本質。雖然我們是一片赤心地愛着我們的祖國，熱情地希望我們自己的國家變好，但是由於沒有得到正確的教育，我們在思想上感情上就不可避免地停留在資產階級的民族主義的階段，不能把一切外國，區分敵友，分別看待。在過去，我們主觀地，自以為是站在獨立的立場，不參加任何黨派，一方面儘管堅決地反對着反動的國民黨，而另一方面由於我們在過去並不瞭解中共的政策和情況，我們並沒有靠攏共產黨，以致我們在客觀上不知不覺地好像自居於中間方面，而帶上了溫情改良主義的色彩。我們的確是具有一腔熱忱，願意獻出我們所有的生命與智慧為人民服務，但這幾年來，我們並未和日益壯大的人民力量聯繫起來，只孤立地做着自己的工作，因之這些工作，便都不免流於自流，不能建立有組織性的群眾基礎。……這一切，在

今天，我們應該勇敢地毫無保留地給自己以無情的批評。有些朋友認爲在過去的那種環境中，我們只能夠做到那樣程度；朋友們用環境的困難來原諒我們或者慰勵我們的這種好意，我們是感激的，但我們自己不願用「環境」來掩飾、來辯護我們過去在工作中所表現的缺點，因爲造成我們過去在工作中所表現的缺點的，基本的原因不是環境上的困難，而是我們思想上的落後。

現在，我們大家找到了新的正確的道路，中國共產黨給我們介紹了馬列主義這一普遍眞理。馬列主義不是一種空洞的概念或者呆板的條文，我們學習馬列主義，要把馬列主義的立場、觀點、方法，運用到實際的具體的工作裏去。在中國，把馬列主義的革命理論和中國革命的具體實踐結合起來的，就是我們偉大的人民領袖毛澤東主席。我們的偉大的領袖，他在中國這個偉大的歷史革命中，把革命理論和具體實踐結合了起來。他是中國人民的燈塔，他是中國人民的舵手。他帶領中國人民從黑暗渡到光明，從舊的社會走進新的社會。我們應當在他的偉大的領導下，努力學習馬列主義，努力學習毛澤東思想，改造我們自己，改造我們的國家。

我們還願在此更進一步告訴所有國內國外的人們：今天中國的人民，是全心全意地擁護中共和毛主席的，這種擁護完全是自發的，出於眞情的。在過去，我們的國家，在國際社會中，受盡了帝國主義者的侵略、欺侮、污辱，但是今天，我們這 47500 萬中國人在中共及毛主席的領導下終於站起來了。在國內，由於長時期的反動的封建的統治，我們的國家無論在政治、經濟、文化各方面，都已腐敗潰爛到了極點，到處是惡勢力，到處是不合理，若干愛國之士，左思右索，東撞西摸，總找不到國家的出路，總看不到國家的生機，但是現在，由於人民民主革命的偉大勝利，一切舊的、腐爛的、黑暗的，即將全部加以拔除，使新的、健康的、光明的，灑遍在中國的大地之上。這眞像是一次奇蹟，但卻是活生生的事實。毛主席及中共許多領袖的闊大深厚，人民解放軍的嚴明堅強，中共同志的刻苦耐勞，使中國人民傾心折服，一致景從。帝國主義者還想在中國覓求什麼「民主個人主義者」，一方面暴露了他們侵略中國的野心未死，一方面也說明他們並沒有眞正瞭解今日中國的實際情形。今天

中國的人民，都願意跟着中國共產黨走，在毛澤東的旗幟下，克勤克儉、務老務實地從事建設新中國的工作。本社同人，將在這樣一個新的認識下，站在文化崗位上，按照新民主主義的政治要求，爲人民服務，爲人民民主事業努力。〔註2〕

在外觀形式上，復刊後的《觀察》與往昔相比有兩個顯著的變化：其一，環繞圓形刊徽周圍的三個英文字母 Independence（獨立）、Non-Party（無黨派）、The Observer（觀察）不見了，只剩下圖案；其二，扉頁「觀察」名下不再署主編「儲安平」的名字。要知道，環繞刊徽周圍的這三個英文字母和主編「儲安平」的署名，從《觀察》創刊號開始就赫然在目，從沒有去掉過。謝泳先生認爲除此之外還有兩個明顯的變化：列在封面下的「撰稿人」名單被取消；每期重複聲明的「本刊傳統」——「只要無背於本刊發刊辭所陳民主、自由、進步、理性四個基本原則，本刊將容納各種不同的意見。我們尊重各人獨立發言，自負文責。在本刊發表的文字，其觀點論見，並不表示即爲編者所同意者。同時，本刊在任何情形之下，不刊載不署眞姓名的任何論文。」——在復刊後的《觀察》上也看不到了。〔註3〕事實上，「撰稿人」名單從第3卷最後一期開始就不再列出，「本刊傳統」從第3卷才開始刊登，前2卷和第5卷第9期之後都沒有，並非「每期重複聲明」。但是不管如何，「撰稿人」名單和「本刊傳統」在復刊後一次都沒有出現過。《觀察》復刊後外觀形式上的這些變化，確實耐人尋味。

《觀察》不斷重複聲明的「本刊傳統」。

〔註2〕 本社同人：《我們的自我批評・工作任務・編輯方針》，載《觀察》第6卷第1期。

〔註3〕 謝泳著：《儲安平與〈觀察〉》，中國社會出版社，2005年版，第48頁。

　　變化的不僅是外觀形式，更深刻的變化發生在刊物的志趣、理念和內容等方面。《觀察》本來是一份評論時事的刊物，倡導作者秉持「民主、自由、進步、理性」之放言論事的立場，以個人身份對國事發表意見。復刊時，《觀察》給自己所定的基調不是「延續它過去的紀錄」，而是「在新中國的建設中分擔一部分工作任務」——對於讀者：向進步的青年讀者學習，鼓舞他們的勇氣，堅定他們的信心，供給他們知識；幫助思想上與《觀察》同人一樣比較落後的廣大讀者，互相勉勵，互相教育，共同進步。對於政府：提供積極性的、建設性的意見、建議、計劃、方案、報告，供社會討論，供政府參考；對政府有違反政策或有所偏向的行為，提出積極性批評，幫助政府推行建國工作，並站在輿論的立場，協助人民監察機關監督政府、民主黨派和人民團體，忠實地執行人民政府所通過的共同綱領及一切決議。〔註4〕復刊後《觀察》所刊載的文章的內容，與復刊前大異其趣，主要集中在三個方面：宣傳中共的方針政策，報導新中國的成就；頌揚蘇聯、東歐等社會主義國家；評述知識分子的思想改造。對於《觀察》復刊後辦刊志趣、理念、內容等的重大轉變，往日的「撰稿人」在當時是如何評價的，沒有找到可資研判的相關資料；不過，從「編者簡覆」即《觀察》編輯回覆讀者來信中，可以發現一些讀者對此不滿的蛛絲馬跡。在第6卷第3期的「編者簡覆」中，編輯非常謹慎地傳達了這樣一則信息：一位署名「無名氏」的天津讀者在來信中痛罵《觀察》「一面倒」，說自己對於復刊後的《觀察》「完全失望」。對於這位讀者的激烈批評，《觀察》作出了這樣的回應：「無名氏先生的這封信，雖然感情是這樣衝動，文字是這樣尖銳，但我們編輯部提出討論之後，仍舊很耐心、很善意地認為這樣一封信所表現的，完全是一個思想上的問題，而不是一個動機上的問題。我們誠懇地希望『無名氏』先生不要這樣感情衝動地來看問題，希望他理智地全盤地來考慮我們國家的問題。我們必須拋掉自己一切的成見，真正冷靜地來檢查一下自己過去的認識，我們希望他不要專門想到自己一個人、自己一個小圈子、自己的一個階級的既得利益；我們應該想想一般的勞苦工農大眾，他們過去是如何的一直被人踩在腳底下。他們現在是翻身了，他們是應該翻身的。至於在這過渡時期內，一切的困難和缺點都是不可避免的，我們不應該根據一時的缺點來懷疑這次革命的意義。」

〔註4〕　本社同人：《我們的自我批評‧工作任務‧編輯方針》，載《觀察》第6卷第1期。

　　《觀察》原來不發表社論，但是從第 6 卷第 2 期開始刊登社論。該期一共發表了 3 篇社論：《師法十月革命的原則性》、《聯合國大會上的鬥爭》、《美國反動政府迫害美共領袖》。在這一期，編輯部還專門在《報告》中說：社論對於我們是一項極其吃重的學習工作，雖然我們自己在謹慎認真的態度下寫作，但錯誤是可能會有的，請讀者隨時提出批評。這篇《報告》還補述了兩點編輯政策：一、原來編輯重心放在「專論」和「通信」兩欄，現在平均發展，不特別側重任何一欄；二、力求發揮集體主義精神，編輯工作中所寫的文字如社論或介紹性文字等，都不署個人姓名，僅署「觀察編輯部」的字樣。「我們都願意在集體主義的精神下參加編輯工作。我們並進而希望，在同樣的集體主義的精神下，將依靠刊物的內容，而不是依靠編者的名字，來使讀者建立他對刊物所發生的信仰。」〔註 5〕儲安平創辦《觀察》，本來是給自由思想分子提供一個共同說話的地方，「各人獨立發言，自負文責」，因此不刊登代表編輯部集體意見的社論。復刊後，《觀察》開設了社論專欄來刊登社論，還發表了不少署名「觀察編輯部」的文章，樹立了集體主義的工作態度。《觀察》復刊後的這些「去個人化」做法，顯然是放棄了往日的自由主義辦刊理念。

　　無與倫比的「撰稿人」隊伍成就了《觀察》昔日的輝煌，使這份刊物成為自由主義的一面旗幟。但是《觀察》復刊後，這支「撰稿人」隊伍基本上自動解散了。編輯部雖然在復刊號就登文，懇請大家繼續支持《觀察》，為其寫稿，但是曾經列名的 78 位「撰稿人」中，只有錢端升、樓邦彥、季羨林、潘光旦、笪移今、費孝通、徐盈在復刊後的《觀察》上零星發表過文章。其中費孝通發表文章最多，也只有六篇，並且都是談思想改造的，與昔日文章的論題和風格完全不同。與大多數「撰稿人」的銷聲匿跡相反，過去從未在《觀察》上發表過文章的郭沫若、胡繩、艾思奇等人，復刊後卻相繼在這份刊物上亮相。《觀察》第 6 卷第 4 期設置了「慶祝斯大林七十壽辰專欄」，時任國務院副總理的郭沫若，在專欄中發表了一首《我向你高呼萬歲》的新詩，今天讀來簡直讓人匪夷所思，很難想像這是《觀察》所發表的作品。

　　總之，復刊後的《觀察》除了刊名沒變外，其它一切都變了。

　　《觀察》發行量曾超過 10 萬份，直接訂戶逾萬，即使紙張等費用暴漲，依然能夠盈利，維持刊物正常出版。然而復刊後發行量一落千丈，直接訂戶

〔註 5〕　本刊編輯部：《報告》，載《觀察》第 6 卷第 2 期。

只有原來的五分之一，經營極其困難。於是，中共中央決定將《觀察》改爲《新觀察》。1950 年 5 月 16 日出版的《觀察》第 6 卷第 14 期，發表署名「本社」的《〈觀察〉改組聲明》，宣告《觀察》結束：

> 《觀察》社同人爲使自己的工作對於讀者和人民有更多的更有
> 系統的貢獻，決定將本刊加以徹底的改組。《觀察》出版至本期止，
> 即告結束。此後本社同人將加入從新組織的《新觀察》半月刊工作。
> 《新觀察》半月刊是一種綜合性的國內時事刊物，由新華書店出版，
> 其內容如下：一、關於國內時事的評論；二、關於國內時事的研究
> 資料；三、關於建設工作和改革工作的調查紀錄；四、全國報紙文
> 摘；五、地方通訊、旅行通訊；六、書報評介；七、信箱；八、時
> 事畫刊。〔註6〕

《觀察》停刊、觀察社徹底改組是爲了「對於讀者和人民有更多的更有系統的貢獻」，這當然是冠冕堂皇的說辭。在上海負責社務的林元先生認爲，「雄雞一唱天下白」，祖國發生了天翻地覆的變化，人民已經掌握了自己的命運，在蔣政權統治下得不到的東西，已經得到；所關心的時局信息，已由全國報刊敞開介紹，《觀察》的讀者轉移了。一句話，《觀察》的歷史使命已經完成，沒有繼續出版的必要了。〔註7〕的確，新中國開國之初自由民主、朝氣蓬勃的政治氣象，使以批評時政爲己任的《觀察》「無用武之地」，也不合時宜；歌功頌德又非其所長，並且與往日的風格相比給人以怪誕的感覺。因此，《觀察》的停刊固然讓人惋惜不已，但對這份曾經聲光無限的刊物來說，到此爲止也不失爲明智之舉。

出版總署署長胡愈之代表中共中央對原觀察社的工作人員表示關懷，負責安排北京、上海兩地人員的工作。工作可以自由選擇。於是有的分配到人民出版社，有的分配到新華書店總店，有的分配到上海《文匯報》。林元喜歡辦刊物，表示願意繼續在《新觀察》做編輯工作。最後，從觀察社到新觀察社工作的，只有林元一個人。

《新觀察》由新聞總署領導，解放前在上海辦過《文萃》雜誌、時任新聞總署研究室負責人的黎澍兼任《新觀察》主編。不久，楊賡從新華社四野總分社調來，《新觀察》逐漸由他主要負責，是這份刊物的第二任主編。《新

〔註6〕 本社：《〈觀察〉改組聲明》，載《觀察》第 6 卷第 14 期。
〔註7〕 林元：《從〈觀察〉到〈新觀察〉》，載《新文化史料》1989 年第 1 期。

觀察》剛籌備時，儲安平還和黎澍碰過幾次頭，楊賡來後，他就完全不來了。〔註8〕後來，儲安平調到出版總署任新華書店總店副總經理。1954年夏，胡喬木指示儲安平作為《新觀察》的特約記者到新疆採訪。他在新疆前後歷時兩年，寫了不少記述新疆之行的通訊，在《新觀察》等報刊上發表。此後，儲安平和《新觀察》也完全沒有關係了。

在天翻地覆的 1949 年，知識分子如果不願意離開「父母之邦」，就必須在國共兩黨之間作出選擇：要麼留在大陸擁護共產黨新政權，要麼追隨國民黨退居臺灣。儲安平最終選擇了前者。他作出的這種政治選擇，被迫和自願的成份兼而有之。國民黨查封《觀察》，抓捕儲安平，等於是棄絕了他，把他推向了共產黨的懷抱。因此，儲安平 1948 年底離開上海到北平，在他的人生旅途中是一個「沒有準備的轉折」。〔註9〕另一方面，對國民黨的顢頇腐敗早已深惡痛絕的儲安平，心理上自然會對國民黨政權的取代者——共產黨新政權寄以厚望。估計儲安平也考慮到，《觀察》基本上沒有發表過直接批評共產黨的文章，相反，《觀察》的言論以批評國民黨為主，客觀上有利於共產黨，共產黨新政權不至於過分為難自己。

共產黨新政權不但沒有為難儲安平，而且給了他不少政治待遇。1949 年9 月，儲安平以中華新聞工作者協會籌備會候補代表的資格應邀參加了新政協，與各界賢達共商國是。要知道，新政協中來自新聞界的代表只有數位，就連《新民報》的老闆陳銘德、鄧季惺夫婦都沒有獲此殊榮。新中國成立不久，儲安平又如願以償地復刊了《觀察》。1954 年，他更被選為第一屆全國人民代表大會代表。

選擇了共產黨新政權的儲安平，文章風格和行事作風與昔日相比，簡直判若兩人。他為《觀察》撰寫的復刊詞，在批評蔣介石、國民黨政權時，使用的是帶有強烈個人感情色彩的文字，而在稱頌毛澤東和共產黨時，則完全套用《論人民民主專政》及當時流行的報刊語言，感情用事，空洞抽象，與往日客觀超然的論政態度和真知灼見迭出的文章水準截然不同。《觀察》復刊後，他為其寫了三篇署名文章：《中央人民政府開始工作》、《在哈爾濱所見的新的司法工作和監獄工作》、《旅大農村中的生產、租佃、勞資、稅制、互助情況》。這些文章與他往日的《觀察》政論相比，已毫無鋒芒。1956 年和次年，

〔註8〕 林元：《從〈觀察〉到〈新觀察〉》，載《新文化史料》1989 年第 1 期。
〔註9〕 謝泳著：《儲安平與〈觀察〉》，中國社會出版社，2005 年版，第 45 頁。

中國青年出版社、作家出版社先後為儲安平出版了《瑪納斯河墾區》和《新疆新面貌》。這兩本書是他作為《新觀察》特約記者在新疆採訪所寫的旅遊通訊，歌頌新疆的新面貌和社會主義建設高潮。從這兩本書中再也看不到當年的那個儲安平了。同時，在行事作風上，儲安平也學會了請示報告。在參加新政協會議期間，他曾與同行也是同鄉徐鑄成有一席談話。他告訴徐《觀察》即將復刊，領導上大力支持；自己到東北旅行所寫的 25 萬字旅行記，材料甚新，特別注重人事制度及工作效率，胡喬木看後極為讚賞，力促付梓出版。他還告訴徐鑄成，自己出發前及回來後，都與領導同志商談，反覆請教。儲安平的這番話對徐鑄成刺激頗大，徐在當天的日記中寫道：「甚矣，做事之難，《文匯報》之被歧視，殆即由予之不善應付歟？余遇事諾諾，唯唯聽命，《文匯報》亦不會有今日。以本性難移，要我俯首就範，盲目聽從指揮，寧死亦不甘也。」〔註10〕

對於儲安平的急遽轉變，謝泳先生有無限的感慨：「50 年代初的儲安平和過去相比簡直成了另外一個人，他也還在寫文章，但風格和過去迥然不同，他本來是一個寫政論的好手，但現在只能寫遊記了。他還成了人大代表。這個儲安平已經不再是過去那個儲安平了。」〔註11〕關於儲安平在 1949 年前後的政治抉擇和轉變，謝泳先生頗有疑問：從《觀察》查封到復刊不到一年時間，一個成熟的自由主義知識分子能在這一年時間內放棄自己青年時代業已形成的理想和追求嗎？在國民黨高壓之下，儲安平敢於以犀利之筆向專制制度開戰，冒着極大風險抗議當局查封《觀察》，然而在《觀察》的復刊號上，他又基本上否定了自己的過去，這其中有多少是出於政治壓力？有多少是出自真誠？〔註12〕謝泳先生的言外之意恐怕是，像儲安平這樣堅定、成熟的自由主義知識分子，不可能「一夜之間」就放棄自己的理想和追求；他否定自己的過去，擁護共產黨新政權，主要出於政治壓力而非真誠，是不得已而為之。

2006 年 7 月，筆者陪業師、新聞史專家丁淦林先生赴臺灣開會。途中談及這一問題，丁先生對謝泳先生的看法不以為然。丁先生說，1949 年自己正在讀中學，當時確實有一種獲得解放、得見天日的感覺，就像歌裏所唱的「解

〔註10〕《徐鑄成回憶錄》，三聯書店（北京），1998 年版，第 203 頁。
〔註11〕謝泳著：《儲安平與〈觀察〉》，中國社會出版社，2005 年版，第 53 頁。
〔註12〕謝泳著：《儲安平與〈觀察〉》，中國社會出版社，2005 年版，第 45 頁。

放區的天是晴朗的天」那樣；謝泳先生的看法屬於局外人的事後之論，如果他親身經歷過那個時代，可能就不會有如此的評說。

的確，要識得「廬山眞面目」，有時候也需要「身在此山中」的。

與英、美等國家的自由主義者不同，1840 年以來接連不斷的內憂外患，使中國的自由主義者一直期盼着國家的獨立富強、民主自由。洋務派、維新派沒有完成這一使命，同盟會、國民黨也沒有，而共產黨至少使「中國人民從此站起來了」，這讓不少像儲安平那樣熱愛祖國、具有強烈民族情感的自由主義知識分子，對國家的光明前途充滿期待：「在那黑暗的國民黨的反動統治下，我們曾經共同分擔了我們內心的悲憤，共同堅持了我們歷史的任務，現在，我們又共同攜手地走上了新的道路，共同分享着面對了國家光明前途所燃燒起的熱情和歡悅。」〔註 13〕至於後來發生「反右」和「文革」，這是儲安平他們所無法預料的。

當然，思想、觀念、政治態度的轉變，絕非輕而易舉之事，肯定要經歷精神的陣痛，就像《觀察》的編者所說的那樣：「在這樣一個偉大的時代中，許多人從舊的社會中解放出來。從舊社會中解放出來的人們，雖然具有同樣的學習的意願，力求進步，但是由於過去的環境和訓練，各不相同；有些人比較堅定，有些人比較搖擺；有些人包袱丟得快，有些人包袱丟得慢。在思想的改造中，每個人都會或多或少或長或短經過一番苦痛的時間的，但我們顯然需要有勇氣來克服這種苦痛。」〔註 14〕在這個「脫胎換骨」的過程中，儲安平應該屬於有勇氣克服精神苦痛、包袱丟得比較快的一員吧。

〔註 13〕 《觀察》編者：《致讀者》，載《觀察》第 6 卷第 3 期。
〔註 14〕 《觀察》編者：《致讀者》，載《觀察》第 6 卷第 3 期。

自由主義的迴光返照

　　1956 年 2 月，蘇共中央總書記赫魯曉夫在蘇共二十大上，用「反對個人迷信」這個提法公然批判斯大林，第一個站出來揭露蘇聯模式社會主義的弊端，表示必須有所變革。據薄一波回憶，毛澤東在 1955 年底就提出了「以蘇聯爲鑒戒」的問題。事有湊巧，從蘇共二十大開幕那天開始，毛澤東逐日聽取國務院財經方面 34 個部委負責人的彙報。「在得知蘇共二十大批判斯大林消息後，我黨中央除了召開政治局擴大會議，專門作了討論外，彙報中同斯大林和蘇聯經驗相關的事也多了起來，『以蘇聯爲鑒戒』的思想更加明確了。」〔註1〕4 月下旬，中共中央召開政治局擴大會議，毛澤東在會上作了《論十大關係》的講話，並提出了我國發展科學、繁榮文藝的「百花齊放、百家爭鳴」的方針。《論十大關係》講話精神和「雙百」方針，可以看作是毛澤東思考「以蘇聯爲鑒戒」，探索一條不同於蘇聯的發展道路的結果。

　　1950 年 5 月《觀察》停刊，儲安平沒有留下來辦《新觀察》，而是選擇了去新華書店總店、出版總署發行局工作。他沒有想到，黨和國家政治風向的這次轉變，使自己又回到了新聞工作崗位上。

　　爲了貫徹《論十大關係》的講話精神和「雙百」方針，1956 年 5、6 月間，中共中央決定將《光明日報》的中共黨員總編輯常芝青調走，把這份本來就屬於民盟的報紙完全交給民主黨派去辦。於是，中共中央宣傳部開始爲《光明日報》物色新的總編輯。中央起初中意的人選是《教師報》總編輯徐鑄成。中宣部派國際宣傳處處長姚溱去探他的口風，徐鑄成說辦報好比組一個

〔註1〕薄一波著：《若干重大決策與事件的回顧》（上卷），中共中央黨校出版社，1991 年版，第 472 頁。

戲班，自己不能唱獨腳戲，婉言謝絕了上面的好意。〔註2〕

徐鑄成不願脫離《教師報》班底隻身到自己沒有淵源的《光明日報》，中宣部副部長胡喬木又推薦了儲安平。儲安平出事後，常芝青在一份材料上寫道：「我個人認為，喬木同志對儲安平的一些看法與估計（那次談光明日報問題的），看來是未必符合實際的，有一些同志反映，這樣些人到光明日報是未必恰當的，我也有同感。」〔註3〕可見，胡喬木舉薦儲安平，雖然稱不上力排眾議，但有人是不贊成的，肯定也費了一番說服的功夫。

胡喬木親自登門造訪儲安平，徵求他的意見。據反右鬥爭後調到《光明日報》任黨組書記、副總編輯，曾經看過職工對儲安平的揭發批判材料和儲安平本人多次檢查記錄的穆欣回憶：儲安平講過，當時胡喬木曾這樣說，「我過去在辦《觀察》時期，聯繫了一批知識分子，他說將來去《光明日報》以後，可以繼續把舊日的朋友聯繫起來，鼓勵大家多寫文章，多說說話。喬木同志還說，我過去工作上的助手也可以考慮邀約幾個到《光明日報》去幫助我。」〔註4〕胡喬木的誠意打動了儲安平，他欣然受命。此時，儲安平剛從新疆採風回來，正在寫新疆見聞，又值第二次新婚。胡喬木安排他到青島去度蜜月，說可以先將新疆採訪的材料寫完，再去光明日報社上班。

至於農工民主黨中央主席、民盟中央副主席、光明日報社社長章伯鈞，對儲安平任《光明日報》總編輯所持的態度，有兩種截然不同的說法。據穆欣追憶，1956年11月間，儲安平在青島收到章伯鈞的信，內稱經「各民主黨派公推」，請他出任《光明日報》總編輯，促他早日回京。儲安平當即回信，表示接受。但他當時沒有回京，先在青島、上海進行活動。他的親朋好友奔走相告，將儲安平的新職看做自由派的一大勝利。另一方面，當時章伯鈞的態度卻使儲安平感到並不那麼熱情。儲安平曾對人說：「我當時有一個感覺，章伯鈞並不歡迎我做《光明日報》的總編輯，他對我的態度是很冷淡的，我和他過去太沒有私人淵源，而黨推薦我出任《光明日報》總編輯，他也不好拒絕。由於我感覺到這種情況，因而我就想到，假如我的頂頭上司存心和我為難，那我在工作中將會增加很多的困難，所以我想，我應該按規矩辦事，按時向他彙報工作，免得他疑心我把報館的事情一把抓，不向他請示。所以

〔註2〕 《徐鑄成回憶錄》，三聯書店（北京），1998年版，第255頁。

〔註3〕 轉引自謝泳著《儲安平與〈觀察〉》，中國社會出版社，2005年版，第46頁。

〔註4〕 穆欣著：《述學譚往──追憶在〈光明日報〉十年》，東方出版社，2006年版，第22頁。

4月1日去（報社）時，我答應在4月下旬向他彙報工作。」〔註5〕而章伯鈞的女兒章詒和回憶，1956年6月的某一晚上，章伯鈞自掏腰包，專門請徐鑄成、儲安平、蕭乾來家吃晚飯。三個人雖然無官無職，但是章伯鈞視為貴客，特意叫秘書先把擬好的菜單拿來過目，改了又改，掂量再三，並叮囑廚師一定要亮出看家本領。飯桌上，章伯鈞告訴三位資深報人，中共極有可能恢復「大公」、「文匯」、「光明」的民營性質。這一消息使大家都很振奮，觥籌交錯，賓主盡歡。飯畢小憩後客人告辭，大家漫步庭院曲徑。章伯鈞對並排而行的儲安平輕聲地說：「老儲，我向你透露一個消息。如果請你來辦《光明日報》，能從九三過來嗎？（儲安平的工作關係在九三學社）」對「面白、身修、美豐儀」的儲安平印象極深的章詒和後來問父親，儲是否願意到《光明日報》，章伯鈞答到：「《光明日報》很有吸引力，況且九三對老儲並不怎麼好，所以是願意來的。聽到這個調動，他很不平靜，但又有顧慮，怕搞不好。我告訴他調動不是出於某個人的意向。因為人選雖由民盟的主席、副主席提議，但都要經過統戰部點頭，像報社總編輯這樣的職務，還要通過中宣部。我和民盟中央其他同志一定支持他。如果他認為需要的話，我想還可以把（薩）空了請回來到『光明』，協助工作。」〔註6〕

　　章詒和的記憶或許有誤，細節未必完全真實。但是她當年已14歲，察言觀色，關於父親對儲安平態度的認知，相信不會有大的偏差。那麼，儲安平為什麼對別人說，當時自己有一個感覺，章伯鈞對他的態度很冷淡、並不歡迎他出任《光明日報》總編輯呢？一個能夠講得通的解釋是：上面穆欣所引的那段話，來自儲安平出事後的檢查記錄；儲安平那樣說，是不願章伯鈞也身陷是非漩渦──這符合儲安平敢於擔當的性格特點。

　　到光明日報社工作，儲安平不可能沒有顧慮，這可以從統戰部副部長於毅夫1957年3月26日給中央的信中看出：「喬木、周揚同志並維漢、徐冰同志：最近瞭解到儲安平準備4月1日去光明日報就總編輯職，日前章伯鈞曾約儲安平、薩空了談話，儲對去光明日報工作頗有顧慮，曾表示編報方針要放，放到什麼程度？大知識分子有意見要不要他們講出來？要他們說真話還是說假話？如果報紙言論還仍舊停留在擁護百家爭鳴、百花齊放、長期共

〔註5〕 穆欣著：《述學譚往──追憶在〈光明日報〉十年》，東方出版社，2006年版，第23頁。

〔註6〕 章詒和著：《往事並不如煙》，人民文學出版社，2004年版，第33～36頁。

存、互相監督口號上，發表的文章有誰看？章、儲都主張要問中央統戰部的意見，章伯鈞還主張增加薩空了、常芝青（黨員）為副社長，儲顧慮到光明日報後人事方面可能有阻力，側面瞭解儲怕和原來黨員總編輯常芝青搞不好。」〔註7〕

1957年4月1日，儲安平去光明日報社正式就任總編輯，社長章伯鈞陪同前往。路上，章對儲講了不少話。儲安平事後回憶說：「4月1日上午9時，章伯鈞陪我去《光明日報》，他在路上向我表示了這樣的意見，希望《光明日報》以後多登一些人的新聞。他說，舊社會的報紙很重視人的新聞，現在一般報紙都不大注意人的新聞。他又說：『現在什麼事情都集中在幾個人身上，報紙上也就只見到幾個人的名字，這樣一個大的國家怎能弄好？』此外，他還贊成少登教條主義的東西，他說：過去有些假馬克思主義者，把文章送到《光明日報》，還打電話去指定要登。章伯鈞說：『以後這種教條主義文章，我們硬是不登。』到了報社，各部主任都在歡迎我們。章伯鈞說，我把儲安平同志帶來了，他是一個作家，增加了《光明日報》很大的力量。停了兩三分鐘，他又和別人閒聊了幾句，坐了五六分鐘，他就先走了。」隨後是儲安平站起來講話。他一開始就說：我到這裏來工作，李維漢部長支持我，黨是我的後臺。〔註8〕

經過幾天的熟悉，儲安平開始傳佈自己的辦報理念。4月9日，他在報社民盟支部會上說：辦《光明日報》不可能沒有困難，因為民主黨派多，一定要挨罵；大家要估計到這些困難，做得盡力，罵也不怕，自己有信心辦好這份報紙；辦報就在風浪之中，若是符合事實，風浪也不怕，要登，要精神，要沉住氣。4月19日，統戰部邀請各民主黨派負責人和無黨派民主人士協商，明確《光明日報》完全由民主黨派獨立自主來辦，撤消中共黨組，撤出原任黨員總編輯、副總編輯。從此，儲安平才開始實際掌握《光明日報》的編輯大權。

儲安平第一次向《光明日報》全體員工宣布新的辦報方針和編輯工作安排是在5月7日。這一天，儲召開報社編輯部全體人員大會，作了一個《關於改進我報工作的幾點意見》的講話。這個講話共分七個部分，第一個部分

〔註7〕 謝泳著：《儲安平與〈觀察〉》，中國社會出版社，2005年版，第46頁。
〔註8〕 穆欣著：《述學譚往──追憶在〈光明日報〉十年》，東方出版社，2006年版，第25頁。

是「關於怎樣把光明日報辦成一個名副其實的民主黨派報紙問題」。他說：

> 去年，黨提出了「長期共存、互相監督」的方針，這個方針對各黨派是一個很大的鼓舞，大家感到責任重大更要做好工作，這是一方面。另一方面，黨中央爲了貫徹這個方針使民主黨派充分發揮積極性，指示全黨要尊重民主黨派的獨立、自由和平等，民主黨派內部的問題由自己獨立處理。……就本報性質來說，從1953年起，就明確成爲民主黨派的報紙，在新的政治形勢之下，我們要更進一步要求把光明日報辦成名副其實的民主黨派的報紙。上月，中央統戰部邀請各民主黨派負責人開會宣佈了這個方針：以後對光明日報全部由民主黨派自己獨立處理，黨不再過問。

> 在討論中，大家覺得形勢發展得快，思想跟不上。我聽統戰部一位副部長說：毛主席說過，光明日報可以和人民日報唱對臺戲。請問，大家有沒有這樣的思想準備？有沒有眞正擁護和貫徹這一點的準備？來把它檢查一下子。

> 在和同志們交談中，個別同志有這樣一種想法：既然是名副其實的民主黨派的報紙，那麼就應該辦成「反對黨」的報紙，這可能是不瞭解今天中國的政治制度和歐美資本主義制度其性質是有根本的不同，他們是有在朝在野之分，他們的反對黨的主要政治目的是要把對方搞掉，取而代之。而我們中國的情況是不同的，我們的人民代表大會制度是新型的民主制度，我們的政黨沒有反對黨，民主黨派都是參加政權的，有事大家協商。所以，我們民主黨派的報紙當然也不是反對黨的報紙，這一點是需要明確的。

儲安平從中國政治制度的特點出發，要求大家把《光明日報》辦成「名副其實的民主黨派的報紙」，而不是「反對黨」的報紙。不過他又說：「報紙與共產黨和政府存在着根本矛盾，那就是有些新聞報紙要登，黨和政府不許登。」他向大家表白，自己是「以批評政府爲職業的」，「我們的目的在揭露，分析和解決問題是共產黨的事。」

當時有人問儲安平：對於重大新聞要不要向中共中央宣傳部請示？他率直回答：「我們是民主黨派報紙，用不着！」當談到民主黨派獨立自主地去辦《光明日報》的方針時，他又多次說：「這句話說得好，我倒要看看怎樣讓我獨立自主，看看我到什麼地方就要受到阻力不能前進。我要碰。我要扛一扛

風浪，擔一擔斤兩。我要看碰上多少暗礁。」

談到記者的採訪工作，儲安平鼓勵大家「搶新聞」，採寫出「獨家新聞」、「內幕新聞」。有人問：有些報導是否要權衡利害？他說：報紙就是報紙，報紙過去就叫新聞紙，它就是報導消息的，只要是事實，什麼新聞都可以登。〔註9〕

為了貫徹這一後來被稱作「資產階級」的辦報方針，儲安平自己身體力行，事常躬親：作為總編輯，他不僅要看重要稿件的小樣，而且還親自向外約稿或處理稿件；對於重要的採訪活動，他常常親自指揮記者採訪、寫作。

有熟知儲安平秉性的人後來說：1957 年春天的儲安平，沒有了時空觀念，隻身回到了主編《觀察》的狀態。

儲安平能夠重返新聞工作崗位，是受黨的「雙百」方針之賜；他正式擔任《光明日報》總編輯後，中共中央又於 4 月 27 日、5 月 4 日發出《關於整風運動的指示》和《關於請黨外人士幫助整風的指示》，決定進行一次以正確處理人民內部矛盾的問題為主題，以反對官僚主義、宗派主義、主觀主義為內容的「和風細雨」式的黨內整風運動，並鼓勵黨外人士向共產黨提意見，做批評，形成社會壓力，收取整風實效。受此感召，自認為「黨是我的後臺」的儲安平，主持《光明日報》刊載了大量的以「鳴放」、「監督」、「整風」等為主題的文章。只出四個版面的報紙，將近兩個版面幾乎都是關於這方面的文章，可謂「滿紙鳴放言，一片監督聲」。下面是 1957 年 4 月、5 月《光明日報》發表的部分報導、評論的標題：

> 4 月 9 日頭版：《知識分子聞「放」之初》（本報記者）
>
> 4 月 10 日頭版：《為放而爭》（本報記者）
>
> 4 月 11 日頭版：《何所懼何所不懼》（本報記者）
>
> 4 月 13 日第 2 版：《認識矛盾，解決矛盾》（本報記者張西洛）
>
> 4 月 17 日第 2 版：《對互相監督的理解，又深了一步》（本報記者歐西培）
>
> 4 月 18 日頭版轉第 2 版：《春天的感應》（本報記者文冰）
>
> 4 月 21 日頭版：《幾位學者對「放」的方針有不同體會》、《文

〔註9〕 穆欣著：《述學譚往——追憶在〈光明日報〉十年》，東方出版社，2006 年版，第 25～27 頁。

藝界如何進一步貫徹「放」和「鳴」》、《百家爭鳴更能使真理大放光芒》

4月25日頭版轉第2版：《政治待遇與書齋生活》（本報記者文冰）

4月26日頭版：《敞開思想放手地「放」大膽地「鳴」》、《激動中的上海知識界》

4月30日頭版：《北京大學教授們暢所欲言　尖銳批評領導上的宗派主義和官僚主義》

5月4日頭版：《大膽貫徹「百花齊放、百家爭鳴」的方針》（社論）

5月6日頭版：《推倒牆填平溝改善黨群關係》

5月7日頭版：《中共統戰部、清華大學黨委會、民盟、九三學社等開座談會　討論改變高等學校黨委負責制問題》

5月22日第2版：《四顧無知己　比鄰若天涯》（本報記者文冰）

……

不必詳閱文章的內容，通過這些標題，大約也可以感受到《光明日報》的膽量和勇氣。

從4月21日開始，《光明日報》還在第2版專門開設了「放手貫徹『百家爭鳴』的方針」專欄，用來刊登知識分子的意見。顧頡剛、黎錦熙、侯德榜、周輔成、翦伯贊、唐蘭、趙仲池、鄧初民、陳世驤、胡先驌、李汝祺、邵循正、李長之等著名學者的文章都出現這個專欄上，就連已多年無法發表文章的張申府，也在專欄裏發了一篇題為《發揚五四的精神：「放」》的文章。

為了貫徹中央的整風精神，中共中央統戰部邀請各民主黨派負責人和無黨派民主人士，在李維漢部長的主持下，從5月8日開始舉行座談會，讓大家各抒己見，暢所欲言，幫助共產黨整風。座談會上的發言，《人民日報》都逐日做了詳細報導。作為民主黨派的報紙，《光明日報》也選擇了一些有代表性的發言予以刊載，例如章伯鈞5月8日、21日的發言，羅隆基5月10日、22日的發言，許德珩、陳銘樞、章乃器5月8日的發言，胡子昂、陳其尤、王崑崙5月9日的發言，邵力子、史良5月10日的發言，沈雁冰、張奚若5

月 15 日的發言。有些發言甚爲尖銳，《光明日報》照登不誤。例如，5 月 16
日《光明日報》的頭版頭條《無黨派人士在中共中央統戰部座談會上批評「三
大主義」和「四大偏差」》，是對昨天無黨派人士、文化部部長沈雁冰和教育
部部長張奚若等人的發言內容進行報導：沈雁冰認爲，宗派主義、教條主義
和官僚主義這「三大主義」，互相關聯，互爲因果；張奚若則嚴正批評了共產
黨和政府工作的「四大偏差」：好大喜功、急功近利、鄙視既往、迷信將來。
毛澤東對張奚若概括出的這「四大偏差」極爲反感。1958 年 1 月 28 日，在第
十四次最高國務會議上，他還耿耿於懷地說：有一個朋友說我們「好大喜功，
急功近利，輕視過去，迷信將來」，這幾句話恰說到好處，「好大喜功」，看是
好什麼大，喜什麼功？是反動派的好大喜功，還是合乎實際的好大喜功？革
命派裏只有兩種：是主觀主義的好大喜功，還是合乎實際的好大喜功？我們
是好六萬萬人之大，喜社會主義之功。……〔註10〕

　　不僅如此，儲安平還派了不少記者到上海、南京、武漢、廣州、西安、
蘭州、瀋陽、長春、青島等九個城市，邀請當地知識分子開座談會，然後在
《光明日報》上用整版來刊登這些座談會的發言。

　　6 月 14 日，《人民日報》發表的編輯部文章《文匯報在一個時間內的資產
階級方向》，說《光明日報》和《文匯報》「這兩個報紙在一個時間內利用『百
家爭鳴』這個口號和共產黨的整風運動，發表了大量表現資產階級觀點而並
不準備批判的文章和煽動性的報導，這是有報可查的」，就是針對《光明日報》
發表的上述文章而言的。

　　在這場運動中，儲安平的最大問題，還不是主持《光明日報》發表了「大
量表現資產階級觀點而並不準備批判的文章和煽動性的報導」，而是在統戰部
組織的座談會上講了「黨天下」的話。

　　統戰部部長李維漢組織的各民主黨派負責人和無黨派民主人士幫助共產
黨整風座談會，開始於 5 月 8 日。開了一周後，5 月 16 日李維漢宣佈座談會
休會。當時宣佈的休會理由是，要成立一個小組，把大家所談的問題加以排
隊，準備以後繼續開會。實際上，毛澤東在 5 月 15 日寫出了《事情正在起變
化》，發給黨內高級幹部閱讀，告訴他們這場運動的風向已經改變，中央要從
整風轉爲「反右」。在這篇文章中，毛澤東指出批評運動和整風運動發動以來，

〔註10〕 朱正著：《1957 年的夏季：從百家爭鳴到兩家爭鳴》，河南人民出版社，1998
年版，第 74 頁。

「毒草共香花同生，牛鬼蛇神與麟鳳龜龍並長。」幾個月以來，報紙上從右派手上飛出的扣向共產黨、民主黨派「左派」中間派和社會各界「左派」的帽子數不勝數，「大量的反動的烏煙瘴氣的言論為什麼允許登在報上？這是為了讓人民見識這些毒草、毒氣，以便鋤掉它，滅掉它。」「現在右派的進攻還沒有達到頂點，他們正在興高采烈。黨內黨外的右派都不懂辯證法：物極必反。我們還要讓他們猖狂一個時期，讓他們走到頂點。他們越猖狂，對於我們越有利益。人們說：怕釣魚，或者說：誘敵深入，聚而殲之。現在大批的魚自己浮到水面上來了，並不要釣。」〔註 11〕可見，統戰部座談會休會的真正原因，是思考下一步如何「誘敵深入」，讓「右派的進攻達到頂點」，然後好「聚而殲之」。

果然，5 月 21 日，座談會休會四天後繼續舉行，章伯鈞第一個發言，提出政協、人大、民主黨派和人民團體要發揮「政治設計院」的作用。5 月 22 日，羅隆基在座談會上建議由人大和政協成立一個委員會，其成員包括領導黨、民主黨派和各方面人士；這個委員會不但要檢查過去「三反」、「五反」、「肅反」運動中出現的偏差，還要公開聲明，鼓勵大家有什麼委屈都來申訴。這些代表性言論，成為後來兩人被定為頭等大右派的鐵證。

儲安平時任九三學社中央委員、宣傳部副部長和民盟中央委員，在民主黨派中的地位並不很高，還不在統戰部邀請之列，他也沒有主動去統戰部座談會上發言。儲安平事後的說法是：「解放以後，一般說來，我很少在外面說話。鳴放開展以後，也很少說話。九三、作家協會來邀，都未發言，多少採取逃避態度。一則我對發言的積極性不高，二則我也沒有什麼具體的問題要談。所以統戰部座談會開得很久，我一直沒有去。」〔註 12〕

5 月 21 日、22 日章伯鈞、羅隆基等發言後，座談會又休會七天，5 月 30 日才再度進行。當天上午，統戰部打電話要儲安平去開會，他答應去，但說明不發言。下午，儲安平在會上聽說 6 月 1 日還要開會，統戰部彭處長希望他在這一天的會上發一次言。

「千呼萬喚始出來」。1957 年 6 月 1 日，在統戰部座談會上，儲安平終於做了《向毛主席周總理提些意見》的發言：

〔註 11〕《毛澤東選集》第五卷，人民出版社，1977 年版，第 423～429 頁。
〔註 12〕穆欣著：《述學譚往——追憶在〈光明日報〉十年》，東方出版社，2006 年版，第 38 頁。

1957 年 6 月 2 日《文匯報》頭版登載的儲安平在中共中央統戰部座談會上的發言。

解放以後，知識分子都熱烈地擁護黨，接受黨的領導。但是這幾年來黨群關係不好，成為目前我國政治生活中急需調整的一個問題。這個問題的關鍵究竟何在？據我看來，關鍵在「黨天下」的這個思想問題上。我認為黨領導國家並不等於這個國家即為黨所有：大家擁護黨，但並沒有忘記了自己也還是國家的主人。政黨取得政權的主要目的是實現他的理想，推行他的政策。為了保證政策的貫徹，鞏固已得的政權，黨需要使自己經常保持強大，需要掌握國家機關中的某些樞紐，這一切都是很自然的。但是在全國範圍內，不論大小單位，甚至一個科一個組，都要安排一個黨員做頭兒，事無鉅細，都要看黨員的顏色行事，都要黨員點了頭才算數，這樣的做法，是不是太過分了一點？在國家大政上，黨外人士都心心願願跟着黨走，但跟着黨走，是因為黨的理想偉大，政策正確，並不表示黨外人士就沒有自己的見解，就沒有自尊心和對國家的責任感。這幾年來，很多黨員的才能和他們所擔當的職務很不相稱，既沒有做好工作，使國家受到損害，又不能使人心服，加劇了黨群關係的緊張，但其過不在那些黨員，而在黨為什麼要把不相稱的黨員安置在各種崗位上。黨這樣做，是不是有「莫非王土」那樣的想法，從而形成了現在這樣一個一家天下的清一色局面。我認為，這個「黨天下」的思想問題是一切宗派主義現象的最終根源，是黨和非黨之間

矛盾的基本所在。

今天宗派主義的突出，黨群關係的不好，是一個全國性的現象。共產黨是一個有高度組織紀律的黨，對於這樣一些全國性的缺點，和黨中央的領導有沒有關係？最近大家對小和尚提了不少意見，但對老和尚沒有人提意見。我現在想舉一件例子，向毛主席和周總理提些意見：解放以前，我們聽到毛主席倡議和黨外人士組織聯合政府。1949 年開國以後，那時中央人民政府六個副主席中有三個黨外人士，四個副總理中有兩個黨外人士，也還像個聯合政府的樣子。可是後來政府改組，中華人民共和國的副主席只有一位，原來中央人民政府的幾個非黨副主席，他們的椅子都被搬到人大常委會去了。這且不說。現在國務院的副總理有 12 位之多，其中沒有一個黨外人士，是不是黨外人士中沒有一個可以坐此交椅，或者沒有一個人可以被培植來擔任這樣的職務？從團結黨外人士、團結全國的願望出發，考慮到國內和國際上的觀感，這樣的安排，是不是還可以研究？

只要有黨和非黨的存在，就有黨和非黨的矛盾，這種矛盾不可能完全消滅，但是處理得當，可以緩和到最大限度。黨外人士熱烈歡迎這次黨的整風。我們都願意在黨的領導下，盡其一得之愚，期對國事有所貢獻。但在實際政治生活中，黨的力量是這樣強大，民主黨派所能發揮的作用，畢竟有其限度，因而這種矛盾怎樣緩和，黨群關係怎樣協調，以及黨今後怎樣更尊重黨外人士的主人翁地位，在政治措施上怎樣更寬容，更以德治人，使全國無論是才智之士抑或孑孓小民都能融融樂樂各得其所，這些問題，主要還是要由黨來考慮解決。〔註13〕

這篇發言稿是預先打印好的。儲安平在會上講完以後，就將特別注明「光明日報總編輯儲安平發言稿」、「希用原題，原文勿刪」字樣的一份交給報社直接發排。當天，他還把這篇發言稿親自加上標題，交給《文匯報》駐北京記者以專電發到上海。第二天，發言稿在《光明日報》、《文匯報》同時發表，中央人民廣播電臺也全文廣播，立即在國內外引起強烈反向。6 月 2 日一

〔註13〕 張新穎編：《儲安平文集》（下），東方出版中心，1998 年版，第 330～332 頁。

早，儲安平應約來到章伯鈞家，章伯鈞迎面第一句話就是「你的發言很好」。遠在美國的杜勒斯和逃到臺灣島上的蔣介石也表示歡迎，向儲安平「遙致敬意」。〔註14〕

儲安平沒有想到，自己的這番「黨天下」言論，成爲統戰部座談會的「壓卷之作」。6月3日，統戰部邀請各民主黨派負責人和無黨派民主人士舉行的座談會，正式結束。李維漢在總結中說：我們的座談會從5月8日開始到現在，舉行了13次，有70多位朋友講了話。大家的講話接觸到國家政治生活和人民民主統一戰線的許多重要問題，提出了許多批評和意見。這些都在各報發表了。中共中央十分重視這些批評和意見。「總的說來，從各方面提出的批評和意見，我們認爲有很多是正確的，應該認眞地加以接受和處理；有相當一部分是錯誤的，還需要進一步加以研究和分析。現在我們的座談會宣告結束，我向朋友們致衷心的感謝。」〔註15〕

儲安平根本沒有考慮到「黨天下」言論的嚴重後果。6月3日，爲了一周後《光明日報》的改版，他還以個人名義給110多位高層知識界朋友發出信函，通報說自己今年4月入《光明日報》擔任總編輯職務，請求大家給報紙以指導和支持，給報紙寫稿：「我們努力的目標之一是使光明日報能夠成爲民主黨派成員和高級知識分子的一個論壇。爲了更好地響應並貫徹黨中央和毛主席提出的『百花齊放、百家爭鳴』和『長期共存、互相監督』兩大方針，我們誠懇地歡迎您更多地利用光明日報來陳述您對於國家事務的各種意見。在一般情況下，我們不預出題目。由各位先生自由地說自己想說的話，寫自己願意寫的問題。假如能結合互相監督的方針發言，更好。」〔註16〕

然而，《人民日報》6月8日社論《這是爲什麼？》的論調，讓儲安平驚駭莫名，措手不及：「在『幫助共產黨整風』的名義之下，少數的右派分子正在向共產黨和工人階級的領導權挑戰，甚至公然叫囂要共產黨『下臺』。他們企圖乘此時機把共產黨和工人階級打翻，把社會主義的偉大事業打翻，拉着歷史向後倒退，退到資產階級專政，實際是退到革命勝利以前的半殖民地地

〔註14〕 穆欣著：《述學譚往——追憶在〈光明日報〉十年》，東方出版社，2006年版，第39～40頁。

〔註15〕 《統戰部座談會昨天正式結束 中共中央十分重視提出的批評、意見》，載1957年6月4日《光明日報》。

〔註16〕 穆欣著：《述學譚往——追憶在〈光明日報〉十年》，東方出版社，2006年版，第34頁。

位，把中國人民重新放在帝國主義及其走狗的反動統治之下。……但是這一切豈不是做得太過分了嗎？物極必反，他們難道不懂這個眞理嗎？」

1957 年 7 月 19 日的《人民日報》第 3 版。

還有儲安平不知道的情況。就在《人民日報》發表《這是爲什麼？》社論的同一天，中共中央發出了毛澤東起草的《關於組織力量反擊右派分子進攻的指示》（編入《毛澤東選集》第五卷時題目改爲《組織力量反擊右派分子的猖狂進攻》）。這份指示，不僅是反右派鬥爭的動員令，也是一份計劃周詳的作戰方案：各地再用 15 天時間繼續大鳴大放，讓右派分子大吐毒素，暢所欲言，不要爲一時好似天昏地暗而嚇倒；同時要準備好幾十篇批判右派的文章，待到高潮開始跌落時陸續發表。

儲安平當然能夠讀懂《人民日報》6 月 8 日社論的份量，當天下午，他就向社長章伯鈞辭去了《光明日報》總編輯的職務，第二天就不再到報社上班。

6 月 9 日，《觀察》時代的老朋友、現在又同屬九三學社的袁翰青來看他，批評他「黨天下」論是錯誤的。儲安平表示準備檢討，說自己不曉得「知無不言本身有界線」，如果曉得的話，就不說了。袁說：如果這樣，你就不用檢討了。〔註17〕

被批判已是在所難免。6 月 10 日下午，民盟光明日報支部率先召開大會，對儲安平「所謂『黨天下』的錯誤言論進行了嚴厲的駁斥」。民盟北京市委會主委吳晗也參加了大會並慷慨陳辭。吳晗指出，儲安平在統戰部座談會上所作的發言，總的中心思想是不要黨的領導、反黨、反社會主義。他分析儲安平的發言說：所謂的「黨天下」是反黨的，惡意地把共產黨和國民黨等同起來，「他這樣講是很毒辣的」；說「黨天下」是一切宗派主義現象的最終根源，也是荒謬的。最後，吳晗希望大家表明態度，和儲安平劃清界限。

〔註17〕 《反右派的鬥爭提高了知識分子的覺悟──九三學社座談會的政治空氣顯著轉變》，載 1957 年 6 月 15 日《人民日報》。

〔註 18〕6 月 13 日晚，民盟中央小組舉行第四次座談會，民盟中央副主席、司法部部長史良作了長篇發言。她說：「我作為民盟負責人之一，我要公開聲明，儲安平的整篇發言論點是徹底反共反人民反社會主義的。我們國家以工人階級為領導，以工農聯盟為基礎，是憲法所保障的；我們的國家領導人是通過民主程序，由全國人民代表大會選舉出來的。儲安平是民盟盟員，是光明日報總編輯，是全國人民代表大會的代表，他曾經莊嚴地舉手通過中華人民共和國憲法，並參加了國家領導人的選舉。他現在公開反對他自己參與的全國人民代表大會的決定，並且把責任推給全國人民所擁護愛戴的毛主席和周總理，污蔑毛主席和周總理有『黨天下』的清一色思想。這不是要挑撥煽動全國人民對領導我們的黨和毛主席周總理引起惡感，還是什麼呢？這不是反共反人民反社會主義，還是什麼呢？」史良指出，儲安平的「黨天下」發言，身為光明日報社長的章伯鈞，應負有政治責任。她還把 6 月 8 日晚上章伯鈞在她家裏講的「胡風、儲安平將來要成為歷史人物」的一番話和盤端出，舉座為之譁然。〔註 19〕與此同時，九三學社、民革、民進、民建等民主黨派中央都召開了座談會，全國不少地方組織、團體甚至「京滬津鞍職工」也舉行會議，批評儲安平的「『黨天下』謬論」。

在早期，不是沒有人站出來為儲安平說話。6 月 8 日，九三學社中央常務委員會召開座談會，討論幫助共產黨整風問題。對儲安平在統戰部座談會上的發言，雖然「都認為是錯誤的言論，提出各種不同程度的批評」，但是還是有不同的聲音。魏建功就說：儲安平的為人，其心善良，故作驚人之筆，用了幾句成語，危言聳聽，效果不好。他保留對儲安平的發言的意見，主張不要一棍子打死。顧執中認為，儲的意思可能是好的，但用詞不當，有刺激。他建議九三學社領導加以討論，以免引起混亂。惲震也說，儲安平發言的錯誤是顯然的，但他的動機、出發點是好的，他的話是危言，並不要聳聽，雖然客觀上是聳聽，他是要用「危言」來提高黨的威信。儲安平所說的黨中央應該引為己責，這是危言，也是忠言。〔註 20〕6 月 15 日，在光明日報舉行的

〔註 18〕 《民盟光明日報支部舉行全體大會　一致駁斥儲安平反社會主義言論》，載 1957 年 6 月 11 日《光明日報》。

〔註 19〕 《充分揭露右派分子的真面目——史良在民盟中央小組第四次座談會上的發言》，載 1957 年 6 月 14 日《光明日報》。

〔註 20〕 《許德珩在九三中央座談會上談幫助整風問題　會上對儲安平的錯誤言論提出不同程度的批評》，載 1957 年 6 月 9 日《光明日報》。

社委會上，民建中央副主任委員、全國工商聯副主任委員章乃器站出來為儲安平辯護。他說，自己和儲安平同志拉手也沒有拉過幾次，交往不深，不過，「我覺得，儲安平的言論，從政治來看是不能說離開了社會主義的。他的動機還是為了國家的好。儲安平的錯誤在於不瞭解，中國共產黨以中共中央為其代表，不但是全國的、而且是全世界的財富。因此對整個黨、黨中央的威信，要作為無比寶貴的財富來看。毛主席在講到斯大林的錯誤時亦曾說過要把他作為財富來保護。但這並不是說對於毛主席和周總理，就不能提意見。毛主席和周總理他們本人是歡迎提意見的。但是可以寫一封信或請派一個人來談一談。公開發表就會傷害、或者可能傷害到革命利益。儘管黨已強大得不怕傷風感冒，但，公開發表可能傷害全黨、黨中央威信的言論，這一點對負責精神是不夠的。應當很鄭重。總之，第一我不贊成儲安平同志的消極態度。其次是不同意說儲安平的錯誤是反社會主義。反社會主義是政治問題，有一些資本主義思想是思想問題。但覺得他對於保護革命財富的精神是不夠的。可能會傷害了一些革命的利益。」他又批評了「宗兄」章伯鈞，認為儲安平在向章伯鈞請教辦報方針問題的時候，章伯鈞說話相當隨便，給儲安平以錯覺，助長了儲的錯誤思想發展。〔註 21〕章乃器發言時曾特別聲明，自己所講的話不要發表，如果確實要見報，自己可以提供文字稿。不料，《光明日報》在 6 月 18 日刊登了《章乃器最近幾天的謬論和錯誤態度》的長篇文章，將他在光明日報社委會上「見不得人的話拉到太陽光下面來」。第二天，民建中央和全國工商聯召開聯席會議，決定對「近幾年來，不斷對工商界進行挑撥煽動，堅持反社會主義的活動，最近更利用幫助黨整風的機會，對黨作日益猖狂進攻」的章乃器，給予停止其會內職務的處分，並責令檢討。〔註 22〕這無疑於一個政治警示信號：誰替儲安平說話，誰就是其同類。從此，幾乎沒有人再敢於站出來公開為他說話。不僅如此，昔日的朋友、同行、同事甚至是親人，紛紛與他劃清界限，以顯示自己的進步。儲安平的長子儲望英，就寫了一封信給《文匯報》編輯部，表示反對父親的反動言行：

　　文匯報編輯部負責同志：

　　　　我是儲安平的長子，最近才從部隊復員返家。

〔註 21〕　《章乃器最近幾天的謬論和錯誤態度》，載 1957 年 6 月 18 日 《光明日報》。
〔註 22〕　《民建中央和全國工商聯作出決定　撤消章乃器會內一切職務並責令檢討》，載 1957 年 6 月 20 日 《光明日報》。

儲安平反社會主義言論發表以後，已受到全國人民的嚴詞駁斥。我身為革命軍人，社會主義青年，堅決和全國人民站在一切反對他的這種反黨、反社會主義、污蔑人民領袖的謬論。

在報紙上已揭發了他許多反黨、反社會主義的事實，充分證明他這種

儲安平兒子儲望英寫給《文匯報》編輯部的信，登於 1957 年 6 月 29 日《文匯報》頭版。

惡毒思想是長期存在的，有政治野心的，企圖借用光明日報作基地，向社會主義進攻。這使我更認清了他的反黨面貌。

我要給儲安平先生進一句忠言：希望你及時懸崖勒馬，好好地傾聽人民的意見，挖掘自己反社會主義思想根源，徹底交代自己的問題，以免自絕於人民。

儲望英（6.26）〔註23〕

章伯鈞看過《人民日報》6 月 8 日社論《這是為什麼？》後，驚愕、迷惑之餘，意識到自己一定要有所表示，否則於己、於儲安平都不利。6 月 10 日晚，民盟中央小組舉行第三次座談會，章伯鈞首先對自己的言論和大家的批評表明態度。他說：感謝盟內外同志對我個人在統戰部座談會上的發言有所批評。別人對我的批評，我暫時不辯論。我的發言可能是百分之百的錯誤，也可能是不利於社會主義，損傷黨的領導權的大錯誤，也可能不是那麼嚴重的問題，如討論文字改革和國務院會議程序等問題，也可能因為我是國家的一個負責人而不適宜於提出這些問題。總之，我想繼續領教，很感謝朋友們的意見。這決非言不由衷。總之，要用一番動心忍性的功夫，向大家努力學習，鍛鍊自己，才能養成民主生活的習慣。然後，他對儲安平的言論也表了態：「光明日報總編輯儲安平的發言，大家認為有很嚴重的錯誤，我非常同意各方面對他的批評，如聯合政府、黨天下等。我和他有工作關係，願意幫助

〔註23〕 《儲安平長子儲望英反對儲安平反動言行》，載 1957 年 6 月 29 日《文匯報》。

他在思想上明確，使他以正確的態度來解決這個問題。」〔註24〕6 月 12 日，他又在《光明日報》發表「代論」《一定要走社會主義道路》，闡述中國民主黨派跟着共產黨走社會主義道路的歷史必然性，鄭重聲明，「光明日報是各民主黨派中央機關報，過去是現在是將來也永遠是社會主義的民主黨派的報紙。它的根本性質是確定了的，任何力量都不可能把它從社會主義的軌道上拉開。儲安平的反社會主義的錯誤言論，絲毫也不能代表光明日報。他的『黨天下』的論調是和光明日報的立場完全背謬的。」〔註25〕儘管如此，史良在 6 月 13 日晚民盟中央小組舉行的第四次座談會上說，章伯鈞對儲安平的批評含糊其詞、模棱兩可，並沒有接觸到問題的本質。她指出：儲安平的「黨天下」發言事前是否向章伯鈞請示商量過？發表後章伯鈞有沒有向儲安平追問？有沒有向他表示過同意或者不同意的意見？像這樣關鍵性的問題，章伯鈞有責任向大家交代清楚。

　　章伯鈞不可能、也無法向大家交代清楚這些「關鍵性問題」。史良在會上說過，已經有人講，儲安平敢於作這樣反動的言論，要是背後沒有大力者加以支持是不可設想的；她呼籲民盟中央有誰支持儲安平的，應當公開站出來。言外之意，史良懷疑章伯鈞就是儲安平背後的「大力者」。因此，對史良提出的那些「關鍵性問題」，如果做肯定回答則等於不打自招，否定回答又是「此地無銀」，章伯鈞無論如何也講不清楚。無奈之下，他在 6 月 14 日《光明日報》上發表《我在政治上犯了嚴重的錯誤》，承認自己在統戰部座談會上的發言，是思想上犯了嚴重錯誤，提出「政治設計院」等問題，是以十分不嚴肅的自由主義態度對待國家的政策，以致造成政治上的不良影響，為右派分子所利用。他表示接受這次重大教訓，加強學習，改造思想，繼續深入檢查自己的錯誤思想根源。〔註26〕同天，《光明日報》還發表了《同右派分子劃清界限》的社論。

　　6 月 14 日，《人民日報》發表編輯部文章《文匯報在一個時間內的資產階級方向》，點名批評《光明日報》和《文匯報》在整風鳴放中犯了資產階級方向的錯誤：「這兩個報紙在一個時間內利用『百家爭鳴』這個口號和共產黨的整風運動，發表了大量表現資產階級觀點而並不準備批判的文章和煽動性的

〔註24〕　《民盟中央小組座談會展開論爭　反社會主義言論受到嚴正批判》，載 1957年 6 月 11 日《光明日報》。
〔註25〕　章伯鈞：《一定要走社會主義道路》，1957 年 6 月 12 日《光明日報》代論。
〔註26〕　章伯鈞：《我在政治上犯了嚴重的錯誤》，載 1957 年 6 月 14 日《光明日報》。

報導，這是有報可查的。這兩個報紙的一部分人對於報紙的觀點犯了一個大錯誤。他們混淆資本主義國家的報紙和社會主義國家報紙的原則區別。」

在民進中央委員會建議下，光明日報社於 6 月 15 日、16 日連續兩天召開社務委員會會議，討論和檢查報紙在過去一個時間內變成資產階級政治方向，以及儲安平以「光明日報總編輯」名義發表「黨天下」錯誤言論的原因和責任。在 15 日的會上，章伯鈞先發言，對儲安平的問題作了聲明：（一）對儲安平在光明日報的工作，我要負政治責任，我是社長，是我同意他到光明日報工作的；（二）對他的發言，我認為是錯誤的。

儲安平作為光明日報社九三學社的社務委員，也參加了這次會議。幾位社務委員數次提出要他首先談一下。儲安平敘述了來《光明日報》擔任總編輯的一般情況，和他兩個多月來在報社工作的一部分情況。他談完後，《光明日報》總編室主任高天、副主任張友，代表報社的工作人員，向社務委員會彙報了儲安平在光明日報社的工作情況，從儲的辦報主張和一系列實際做法，證明了他在這兩個月裏確實把《光明日報》拉向了資產階級的政治方向。儲安平在高天、張友兩人發言之後，承認自己有資產階級思想。他說：除了個別事例有出入外，彙報的是事實，他這樣做是不對頭的。第二天，他在會上又承認關於「黨天下」的說法是錯誤的；不過他又說明這是以個人名義發表的，署用「光明日報總編輯」的名義是自己的錯誤。〔註 27〕這是儲安平第一次對自己的「黨天下」言論公開表態。

本來是共產黨邀請民主黨派幫助整風的一場運動，最後演變成反右派鬥爭和民主黨派的自我整風。6 月 21 日，九三學社中央常務委員會舉行的擴大會議通過決定，號召全社展開反右派鬥爭和進行社內整風；並發表聲明，撤消儲安平代表九三學社擔任光明日報社務委員會委員職務，追究章伯鈞和儲安平擅自篡改《光明日報》政治方向的責任。

在全國反右派鬥爭進入高潮之時，第一屆全國人大四次會議於 6 月 26 日在北京開幕。「從大會的各項報告到小組討論和大會發言，一直充滿了反對資產階級右派的革命精神，代表們用自己親身經歷的事實駁斥了右派分子散佈的錯誤言論，證明中國必須堅持走社會主義道路，而要走社會主義道路就必

〔註27〕 《光明日報為什麼一度向右轉　本報社務委員會昨舉行會議進行檢查》，載 1957 年 6 月 16 日《光明日報》；《本報社委會檢查方向問題的會議繼續舉行　初步明確了錯誤的政治責任》，載 1957 年 6 月 17 日《光明日報》。

須堅持共產黨的領導。不論在大會發言中和小組討論中，代表們（除極少數右派分子以外）都表現了對右派分子的極端憤慨，表現了對共產黨的路線、政策和對國家的根本制度的熱烈擁護。代表們還揭露了許多右派分子的反動活動。他們的義正詞嚴的責問，迫使代表中的右派分子不能不低頭認罪。」〔註28〕這次持續了 20 天的全國人民代表大會，反右派實際成了會議的主題，把已經如火如荼的反右派鬥爭，又推向了一個新的高潮。

7 月 1 日，就在人代會進行期間，《人民日報》發表社論《文匯報的資產階級方向應當批判》。這篇社論出自毛澤東之手，後收入《毛澤東選集》第五卷。社論首先肯定了《光明日報》立場的根本轉變：「光明日報工作人員開了幾次會議，嚴肅地批判了社長章伯鈞、總編輯儲安平的方向錯誤，這種批判態度明朗，立場根本轉過來了，由章伯鈞、儲安平的反共反人民反社會主義的資產階級路線轉到了革命的社會主義的路線。由此恢復了讀者的信任，像一張社會主義的報紙了。」然後，點出「羅隆基－浦熙修－文匯報編輯部」這樣一個文匯報的民盟右派系統。更重要的是，社論指名道姓，指出章伯鈞和羅隆基組成的「章羅同盟」，是風興浪作的根源：「民盟在百家爭鳴過程中和整風過程中所起的作用特別惡劣。有組織、有計劃、有綱領、有路線，都是自外於人民的，是反共反社會主義的。還有農工民主黨，一模一樣。這兩個黨在這次驚濤駭浪中特別突出。風浪就是章羅同盟造起來的。別的黨派也在造，有些人也很惡劣。但人數較少，系統性不明顯。就民盟、農工的成員來說，不是全體，也不是少數。呼風喚雨，推濤作浪，或策劃於密室，或點火於基層，上下串連，八方呼應，以天下大亂、取而代之、逐步實行、終成大業為時局估計和最終目的者，到底只是較少人數，就是所謂的資產階級右派人物。一些人清醒，多數被蒙蔽，少數是右翼骨幹。因為他們是右翼骨幹，人數雖少，神通卻是相當大的。整個春季，中國天空上突然黑雲亂翻，其源蓋出於章羅同盟。」〔註29〕

在之前的批判會上，吳晗、史良曾經說過儲安平的言論是反共反人民反社會主義的，但是那畢竟是個人觀點；現在《人民日報》社論說《光明日報》的立場「由章伯鈞、儲安平的反共反人民反社會主義的資產階級路線轉到了

〔註28〕 《反右派鬥爭的一次偉大勝利——祝第一屆全國人民代表大會第四次會議閉幕》，1957 年 7 月 16 日《人民日報》社論。
〔註29〕 《毛澤東選集》第五卷，人民出版社，1977 年版，第 434～435 頁。

1957年6月25日《文匯報》頭版刊載的一幅漫畫。

革命的社會主義的路線」，性質就完全不同了。並且社論還特別明確，「資產
階級右派就是前面說的反共反人民反社會主義的資產階級反動派」，儲安平毫
無疑問在「資產階級右派」之列。更讓他驚恐萬分的是，社論說資產階級右
派人物策劃於密室、點火於基層的最終目的，是「天下大亂、取而代之、逐
步實行、終成大業」。

　　《人民日報》發表的《文匯報的資產階級方向應當批判》這篇社論，使
人代會上反右派鬥爭的氣氛更加熾熱，也使儲安平如醍醐灌頂，頓時醒悟了
許多。就在這篇社論發表的當天，他在江蘇省代表小組（人代會分組討論）
會上，開始「初步揭露同羅隆基章伯鈞的談話內容」，但對他和章羅同盟的關
係避不交代，只說「我們的思想和立場有共同的基礎」。有些代表要他檢查「黨
天下」發言的錯誤，質問他為什麼要派人到九大城市點火，為什麼要篡改《光
明日報》的政治方向，他避而不答。代表們對他的這種態度表示憤慨。〔註30〕
7月7日晚，在九三學社中央整風座談會上，儲安平又向前邁了一步，說自己
關於「黨天下」的發言，是受了羅隆基的鼓勵和暗示。他說，自己前幾天還
抱着「錯誤由自己負，不願推在別人身上」的態度，但是現在要澄清這個問
題。他承認，自己在統戰部座談會發言之前曾找過羅隆基，羅當面鼓勵他給

〔註30〕　《全國人代會昨日繼續分組討論　嚴正駁斥龍雲反蘇讕言　並批判章羅同盟
　　　　的反動言行》，載 1957 年 7 月 2 日《文匯報》。

「老和尚」提意見，並且支持他從十二個
副總理問題談起。不過，儲安平只說他同
章羅有思想的「共鳴」，不承認同他們有政
治的聯繫。大家依然不滿意他的交代，要
求他爭取主動，徹底揭發自己，揭發章羅
聯盟的內幕。〔註31〕

　　7 月 13 日，儲安平終於「認識到自己
的錯誤」，在人代會上作了《向人民投降》
的發言，「真心誠意地向全國人民低頭認
罪。」他的發言開門見山，直接承認自己
6 月 1 日在統戰部上的發言和在《光明日
報》的工作，都犯了反黨反社會主義的嚴
重錯誤。首先，他說「黨天下」言論是絕
對錯誤的：（一）「黨一家天下的清一色局

1957 年 7 月 15 日《人民日報》刊登的
儲安平在人代會上的發言《向人民投
降》。

面」的說法，和事實完全不符；（二）我們的憲法肯定了黨在國家政治生活中
的領導地位，因此，在我們的國家裏，黨員在各個地方、各個部門參加工作，
是一個極其正常的、合理的、而且是必要的現象。「但是我卻把這些情況說成
是『黨天下』，想用這樣一頂帽子來反對黨的領導。」「這充分暴露了我的真
正面目是要直接對黨進行攻擊，從而削弱黨的威信，削弱黨的領導。但是我
這種反動的言論經不起駁斥，一經人民揭發，就完全露出了我這資產階級右
派分子反黨反社會主義的醜惡面目。」接着，儲安平列舉了自己在《光明日
報》工作期間的錯誤言行：

　　　　我不僅在「黨天下」的謬論中誹謗了黨，而且我在光明日報的
　　工作中，也做了許多不利於黨和人民的事情。在我擔任總編輯的兩
　　個多月內，光明日報刊登了許多惡意的、片面的、破壞性的報導，
　　攻擊黨的領導，損害黨的威信。我還派了好些記者到上海、南京、
　　武漢、廣州、西安、蘭州、瀋陽、長春、青島等九個城市去開座談
　　會，專門找那些對黨不滿的、勇於攻擊黨的人發言，企圖通過這樣
　　集中的形式來損害黨的威信。我又發表了北大學生大字報的錯誤報

────────────────

〔註31〕《儲安平初步交代自己的幕後人　「黨天下」謬論來自羅隆基　九三學社要
　　　　儲徹底揭露自己和章羅聯盟內幕》，載 1957 年 7 月 8 日《文匯報》。

導，表面上是搶新聞，實質上是點火。我不贊成多發表歌頌黨的社論。我聽到章羅聯盟造謠的黨要在大學撤退的消息，特別感興趣，並且還刊登了復旦大學取消黨委制的不符事實的新聞。我還發了一百多封徵稿的信件，鼓勵大家結合「互相監督」發言。我用一種資產階級民主的觀點來理解「百花齊放、百家爭鳴」的方針，對於錯誤的報導和言論和正確的報導和言論不加區別。我又以同樣錯誤的觀點來理解「長期共存、互相監督」，妄想利用報紙來監督黨，而監督的目的實質上就是要削弱黨的領導。在我這種資產階級的反動思想下，一度使光明日報迷失了政治方向，離開了社會主義的道路。而處處放火的結果首先是燒昏了我自己的頭腦，使我六月一日在統戰部座談會上發出了那篇「黨天下」的謬論。

在發言中，儲安平承認自己的言行所造成的危害性是極大的，它損害了黨在群眾中的威信，並鼓動人們向黨進攻；自己所犯的錯誤，「實質上又為章羅聯盟為核心的資產階級右派分子的反黨活動而服務」，自己的「黨天下」謬論，「實質上成為替他們的反黨陰謀搖旗吶喊。」在剖析了自己所犯錯誤的歷史根源後，儲安平痛下決心：

我必須勇敢地向自己開刀，剝去我自己的「資產階級右派」的皮，堅決地站到六億人民的一邊來。我決心在思想上政治上和章羅聯盟劃清界限。並在批判我自己錯誤的同時，積極參加全國反右派的鬥爭。我對我的錯誤還只是一個初步的認識，我應當繼續深入檢查自己的思想根源，繼續深入批判自己的錯誤言論。我今天在這個莊嚴的會場上，並通過大會向全國人民真誠地承認我的錯誤，向人民請罪，向人民投降。我把向人民投降作為我自己決心徹底改造自己的一個標誌。我以後一定老老實實接受黨的領導，全心全意走社會主義的道路。〔註32〕

兩天後的 7 月 15 日，被毛澤東稱作「右派的老祖宗」的章伯鈞、羅隆基、章乃器，〔註33〕也在這次人代會上進行了認罪、檢討。章伯鈞的發言是《向人民低頭認罪》，章乃器是《我的檢討》。曾經「拒不交代自絕於人民」的羅隆基，則作了《我的初步交代》的發言，招認自己最近有些言論和行為犯了

〔註32〕儲安平：《向人民投降》，載 1957 年 7 月 15 日《人民日報》。
〔註33〕《毛澤東選集》第五卷，人民出版社，1977 年版，第 448 頁。

反黨、反社會主義的罪過，向諸位代表低頭認罪，向全國人民低頭認罪。這一天，是第一屆全國人民代表大會第四次會議的最後一天會議。正如第二天《人民日報》發表的祝賀大會勝利閉幕的社論所言，「在這次大會上，代表中的右派分子們經過各方面的揭發和批判，對自己的錯誤作了檢討。其中，有些人的檢討表示有悔改的決心，雖然檢討的誠懇程度各有不同：有些人的檢討，究竟是企圖用避重就輕的欺騙手法蒙混過關，還是也有若干交代悔改之意，需要他們今後用自己的行動來證明；也有些人的『檢討』，一望而知就還沒有交代悔改的誠意的。但是，只要他們不是怙惡不悛、自絕於人民，只要他們真正開始承認自己的錯誤，總是值得歡迎的。」總之，「這是反右派鬥爭的一次偉大勝利。」〔註34〕

　　8月1日，在北京舉行的新聞工作座談會上，儲安平再次作了深刻檢討。11月24日、25日和28日，在統戰部的指揮下，九三學社聯合光明日報社舉行千人批斗大會，系統揭批儲安平。先後有30多人登臺發言，揭露、聲討他的反動言行。儲安平在檢討中，又一次承認「黨天下」言論是對黨的惡毒攻擊，自己在光明日報的所作所為是一系列的反黨反社會主義的活動，表示一定悔過自新。

　　儲安平的一次次檢討，態度不可謂不誠懇，認識不可謂不深刻。即使如此，也難逃去職、「戴帽」的命運。1957年11月11日，光明日報社務委員會邀請各民主黨派負責人舉行會議。會議一致決議：免去章伯鈞、儲安平光明日報社長和總編輯的職務，由楊明軒（民盟中央常委）擔任光明日報社社長，陳此生（民革中央常委）為副社長兼總編輯。從1957年4月1日到任至6月8日辭職，儲安平在光明日報社實際只工作了68天。1958年1月，他又毫無懸念地被劃為資產階級右派。

　　事實求實地說，章伯鈞、羅隆基是有政治抱負的，或者按照反右派鬥爭時的說法，是有政治「野心」的。儲安平和他們不一樣，無論在民主黨派還是在政府，儲安平均沒有章、羅那樣高的職位和影響。儲安平是一個比較純粹的報人，他最熱心的事情是辦報刊而非實際政治。最初計劃打擊的最主要目標，可能不包括儲安平而是「右派的老祖宗」章伯鈞和羅隆基，但是由於儲安平講了「黨天下」這一「狠話」──被視為最有代表性的右派言論，使

〔註34〕　《反右派鬥爭的一次偉大勝利──祝第一屆全國人民代表大會第四次會議閉幕》，1957年7月16日《人民日報》社論。

自己成爲了和章伯鈞、羅隆基「齊名」的資產階級右派分子。

　　除了「黨天下」言論外，儲安平在《光明日報》總編輯任內也說了不少「狠話」，比如他說自己是「以批評政府爲職業的」，「我們的目的在揭露，分析和解決問題是共產黨的事」，民主黨派報紙刊登重大新聞用不着向中共中央宣傳部請示，「我倒要看看怎樣讓我獨立自主，看看我到什麼地方就要受到阻力不能前進。我要碰。我要扛一扛風浪，擔一擔斤兩。我要看碰上多少暗礁」，等等。他還鼓勵報社記者「搶新聞」，採寫「獨家新聞」、「內幕新聞」，指出報紙是報導消息的，只要是事實，什麼新聞都可以登。遇到重要的採訪活動，他常常親自指揮記者採訪、寫作。這時的儲安平爲什麼會有這樣「錯誤的言論和行爲」呢？在 1957 年 7 月 13 日的人代會上，他做過這樣的自我剖析：

> 我這次犯的錯誤，並不是突如其來的事情，而是有它一定的歷史根源的。我受過多年的英美資產階級教育，盲目崇拜腐朽的資產階級民主。在解放以前，我一方面反對國民黨，一方面反對共產黨。我在思想上宣傳資產階級的「自由主義」，在政治上標榜走中間路線。我鼓吹「自由思想分子」團結起來，實際上就是不要人們跟共產黨走。由於我只看到資產階級一個階級很小一部分所謂「民主自由」，看不到廣大勞動人民的眞正的、更大的民主自由，因而便錯誤地認爲「在國民黨統治下，這個『自由』還是一個『多』『少』問題，假如共產黨執政了，這個『自由』便變成『有』『無』問題了。」（一九四七年三月八日《觀察》第六頁）我在《觀察》復刊的時候（一九四九年十一月），初步地作了自我批評，否定了過去的立場，表示願意在黨的領導下改造自己。但實際上，那時只是在政治上表明一下態度，我自己的立場和思想並沒有眞正改變過來，因而解放後這幾年來，表面上是接受黨的領導，擁護黨，而在實質上，仍然存在着反黨反社會主義的思想，因而一有機會，我就露出了反黨反社會主義的尾巴。〔註35〕

　　8 月 1 日，在北京舉行的新聞工作座談會上，他對自己所犯錯誤的根源又做了類似的剖析，說自己受資產階級民主的毒害很深，有反動的資產階級民主的思想，有嚴重的資產階級新聞觀點，是拿過去辦《觀察》那一套來辦報

〔註35〕儲安平：《向人民投降》，載 1957 年 7 月 15 日《人民日報》。

紙的，想把報紙辦成批評、監督黨和政府的論壇。儲安平的有些檢討可能是言不由衷的，但是他關於自己所犯錯誤的歷史根源的剖析，應該是肺腑之言。1957 年 10 月調到《光明日報》擔任中共黨組書記兼副總編輯的穆欣就認為：「說到儲安平在《光明日報》任期內發生的事，不能不聯繫到他過去辦的《觀察》。因為他的政治思想和新聞觀點，前後是一脈相承的。」〔註36〕

謝泳先生不無感慨地說：如果不是 1957 年夏天的言論，人們會說 40 年代的儲安平，居然是一個沒有經過任何曲折和痛苦就成了新的知識分子，這太難令人相信，然而歷史總是由人的具體經歷構成的。如果儲安平，或者說他那一代自由主義知識分子，經過思想改造已經成為新知識分子的話，那麼就難以理解，1957 年會有那麼多經過思想改造的自由主義知識分子在一夜之間又回到了 1949 年以前的精神狀態。〔註37〕

思想、信仰層面的東西，的確不是經過一兩次運動就能夠改造得了的。

不過，包括儲安平在內的知識分子，在 1957 年春夏的言論做派，是自由主義思想在中國的迴光返照。從此，作為一種政治或思想力量的自由主義知識分子集體，在中國「匿跡」了，至少是「銷聲」了。

儲安平成為右派後，一直由九三學社管着，曾經被下放到北京西南郊的一個勞動基地鍛鍊改造。在這裏，他結識了農工黨的李如蒼，分配給他們兩人的勞動任務是放羊。儲安平還給章伯鈞送過新鮮羊奶，讓他們一家品嘗。他每月有 100 元工資，生活上還算過得去，但精神上的壓力很大。更有甚者，結婚沒有幾年的第二任妻子，紅杏出牆，與國民黨降將宋希濂明來暗往，後來乾脆與儲安平離婚，隨宋希濂而去，讓他倍受屈辱。

1966 年「文化大革命」一爆發，由於儲安平是反右鬥爭時就出了名的人物，首當其衝受到紅衛兵的揪鬥、抄家。8 月 31 日，也就是老舍投太平湖的那天，他跳進北京西郊青龍橋邊的潮白河，不過自殺未遂。9 月上旬的某天，遭遇第二次抄家的儲安平，從李如蒼家的門縫裏偷偷塞進一張紙條，上面寫着「如蒼兄，我走了。儲」，然後就從這個世界消失了。直到 1982 年 6 月，儲安平的小兒子儲望華準備去澳大利亞留學時，單位的一位領導才匆匆拿來一份文件，告訴他：「剛剛接到中央統戰部來函，對你父親正式做出『死亡結

〔註36〕穆欣著：《述學譚往——追憶在〈光明日報〉十年》，東方出版社，2006 年版，第 21 頁。

〔註37〕謝泳著：《儲安平與〈觀察〉》，中國社會出版社，2005 年版，第 48 頁。

論』」。〔註38〕這時距儲安平失蹤已經 16 年了。

關於儲安平之死，到現在還是一個未解之謎。有人說他在北京一個地方跳河死了，有人說他在天津跳海了，有人說他跳海的地方不是天津而是青島，有人說他是被紅衛兵活活打死的。還有人說儲安平當時根本沒有死，說他在新疆改造時逃到蘇聯去了，在江蘇某地一個山上出家當和尚了。1980 年代初，吳祖光訪美歸來，特地打電話約章詒和到自己家，興沖沖地告訴她：有個老作家在美國某個小城鎮的街頭散步，忽見一人酷似儲安平，即緊隨其後。那人見有人跟蹤，便快步疾行。老作家生怕錯過良機，連呼「儲先生」。那人聽後，竟飛奔起來，很快地消失了。依我看，儲安平還活着，在美國。要不然怎麼死不見屍呢？章詒和把這個消息轉述給母親李健生，李健生聽後說：「這不是儲安平的消息，是儲安平傳奇。」〔註39〕

1999 年 5 月，光明日報出版社出版《光明日報歷任總編輯文選》，其中的《儲安平小傳》說：

> 1966 年秋天，57 歲的儲安平失蹤，此後一直沒有消息。

〔註38〕 儲望華：《父親，你在哪裏？》，載《傳記文學》第 55 卷第 2 期。
〔註39〕 章詒和著：《往事並不如煙》，人民文學出版社，2004 年版，第 77～78 頁。

主要參考書目

1. 《徐鑄成回憶錄》，三聯書店（北京），1998 年版。

2. 《徐鑄成日記》，三聯書店（北京），2013 年版。

3. 徐鑄成著：《徐鑄成自述：運動檔案彙編》，三聯書店（北京），2012 年版。

4. 徐鑄成著：《親歷一九五七》，湖北人民出版社，2003 年版。

5. 徐鑄成著：《報海舊聞》，上海人民出版社，1981 年版。

6. 徐鑄成著：《舊聞雜憶續編》，四川人民出版社，1982 年版。

7. 徐鑄成著：《報人六十年》，學林出版社，1999 年版。

8. 徐鑄成著：《報人張季鸞先生傳》（修訂版），三聯書店（北京），2009 年版。

9. 王芸生著：《芸生文存》，大公報館，1937 年版。

10. 張季鸞著：《季鸞文存》，大公報館，1947 年版。

11. 王瑾、胡玫編：《胡政之文集》，天津人民出版社，2007 年版。

12. 張新穎編：《儲安平文集》，東方出版中心，1998 年版。

13. 李偉著：《報人風骨：徐鑄成傳》，廣西師範大學出版社，2008 年版。

14. 鄭重著：《毛澤東與文匯報》，香港中文大學出版社，2010 年版。

15. 鄭重著：《風雨文匯》（1938～1947），東方出版中心，2008 年版。

16. 文匯報報史研究室編寫：《文匯報史略》（1949.6～1966.5），文匯出版社，1997 年版。

17. 王芝琛著：《百年滄桑——王芸生與大公報》，中國工人出版社，2001 年版。

18. 王芝琛著：《一代報人王芸生》，長江文藝出版社，2004 年版。

19. 王芝琛、劉自立編：《1949 年以前的大公報》，山東畫報出版社，2002 年版。

20. 吳廷俊著：《新記〈大公報〉史稿》，武漢出版社，2002 年第 2 版。

21. 方漢奇等著：《〈大公報〉百年史》，中國人民大學出版社，2004年版。

22. 周雨著：《王芸生》，人民日報出版社，1996年版。

23. 謝泳著：《儲安平與〈觀察〉》，中國社會出版社，2005年版。

24. 謝泳編：《儲安平：一條河般的憂鬱》，中國青年出版社，1999年版。

25. 穆欣著：《述學譚往——追憶在〈光明日報〉十年》，東方出版社，2006年版。

26. 袁晞著：《社論串起來的歷史》，人民出版社，2009年版。

27. 《毛澤東選集》第五卷，人民出版社，1977年版。

28. 《周恩來選集》，人民出版社，1997年版。

29. 薄一波著：《若干重大決策與事件的回顧》，中共中央黨校出版社，1991年版。

30. 〔美〕R·麥克法誇爾、費正清編：《劍橋中華人民共和國史·革命中國的興起（1949～1965年)》，中國社會科學出版社，1998年版。

31. 〔美〕費正清主編：《劍橋中華民國史》（第二部），章建剛等譯，上海人民出版社，1992年版。

32. 朱正著：《1957年的夏季：從百家爭鳴到兩家爭鳴》，河南人民出版社，1998年版。

33. 傅國湧著：《追尋逝去的傳統》，湖南文藝出版社，2004年版。

34. 張育仁著：《自由的歷險——中國自由主義新聞思想史》，雲南人民出版社，2002年版。

35. 章詒和著：《往事並不如煙》，人民文學出版社，2004年版。

36. 李輝著：《蕭乾傳》，江蘇人民出版社，1993年版。

37. 《風雨平生——蕭乾口述自傳》，北京大學出版社，1999年版。

38. 張林嵐著：《趙超構傳》，文匯出版社，1999年版。

39. 吳冷西著：《憶毛主席》，新華出版社，1995年版。

40. 曹聚仁著：《文壇五十年》，東方出版中心，1997年版。

41. 蔣麗萍、林偉平著：《民間的回聲——新民報創始人陳銘德鄧季惺傳》，新世界出版社，2004年版。

42. 文匯報報史研究室編：《從風雨中走來》，文匯出版社，1993年版。

43. 文匯報報史研究室編：《在曲折中行進》，文匯出版社，1995年版。

44. 文匯報報史研究室編：《文匯報大事記》，文匯出版社，1986年版。

45. 周雨編：《大公報人憶舊》，中國文史出版社，1991年版。

46. 《大公報一百週年報慶叢書》編委會編：《我與大公報》，復旦大學出版社，2002年版。

圖片出處

1. 1947 年，徐鑄成爲當年出版的《文匯日記》題詞　《徐鑄成回憶錄》，三聯書店（北京），1998 年版，文前插頁。

2. 1949 年 9 月，徐鑄成在北平參加第一屆全國政協會議　《徐鑄成回憶錄》，三聯書店（北京），1998 年版，第 192 頁。

3. 1951 年 4 月，徐鑄成參加中國人民赴朝慰問團，攝於朝鮮平壤南部某地　《徐鑄成回憶錄》，三聯書店（北京），1998 年版，第 222 頁。

4. 1950 年代初浦熙修在《文匯報》駐京辦事處　袁冬林著《浦熙修：此生蒼茫無限》，大象出版社，2002 年版，第 57 頁。

5. 1957 年 3 月 28 日，徐鑄成率中國新聞代表團赴前蘇聯訪問，在莫斯科機場致辭　《徐鑄成回憶錄》，三聯書店（北京），1998 年版，第 268 頁。

6. 1981 年召開浦熙修追悼會時，華君武給浦熙修治喪辦公室寄去的信　袁冬林著《浦熙修：此生蒼茫無限》，大象出版社，2002 年版，第 62 頁。

7. 1948 年，胡政之率領李俠文等恢復《大公報》香港版，與報社部分同人在香港淺水灣合影　王芝琛著《一代報人王芸生》，長江文藝出版社，2004 年版，第 168 頁。

8. 胡政之逝世一週年之際，王芸生率《大公報》同人在墓前致悼　王芝琛著《一代報人王芸生》，長江文藝出版社，2004 年版，第 195 頁。

9. 1948 年，王芸生與上海《大公報》同人合影於冠生園農場　王芝琛著《一代報人王芸生》，長江文藝出版社，2004 年版，第 172 頁。

10. 1948 年底，王芸生與夫人、小女兒合影於香港　王芝琛著《一代報人王芸生》，長江文藝出版社，2004 年版，第 191 頁。

11. 儲安平 1947 年 1 月 27 日致胡適的信　謝泳著《儲安平與〈觀察〉》，中國社會出版社，2005 年版，第 28 頁。

初版後記

　　書與人的相遇是一種緣分。三年前，我隨性地開始了這本書的寫作。去年秋天書稿完成後，我把它置於抽屜，讓寫作激發的澎湃心潮逐漸「退卻」；只是偶而示之同好，沒有刻意地去尋求出版。今年四月，福建教育出版社的林冠珍女士來滬，順便過訪我於復旦園。數年前，我協助導師丁淦林先生主編了一部書，林女士是這部書的責編，因而與她結識。我們雖然時有郵件往還，但從未謀面。初次晤談，林女士爲人的坦誠、淡定和作爲出版人的睿智、使命，使人有一見如故之感。我沒有理由不把書稿「託付」給她。這本書能夠順利問世，很大程度上得力於林冠珍女士的成全。當然，文責是完全由筆者擔負的。對於林女士，我不想言謝，我更願感謝作者與出版人之間的那份機緣。

　　本書的責編周青豐先生發給筆者郵件說：「民間報人與報刊，那一段宛若曇花一現的『歷史』與『實踐』，雖然短暫，但彌足珍貴。從您的書稿中，依然能感受到那文字背後的波瀾，也感慨於一段追尋自由的中國思想的失落。因此，我們珍視一種面向事實同時能精彩呈現的寫作，畢竟這樣的歷史碎片，若能播撒於大眾，於今日，於將來，都有莫大的意義。」讀着這樣的文字，我知道，這本書非常幸運地遇到了「知音」。但是我又心懷忐忑，因爲知道自己無力「精彩呈現」那段歷史，也不敢奢望它對今日或將來發生莫大的意義。

　　感謝丁淦林師、童兵教授的溢美之辭。師長的獎掖，永遠是弟子不懈進取的動力。

陳建雲

2008 年 10 月

再版後記

　　本書由福建教育出版社初版於 2008 年，距今已經七個春秋。當時新聞史家、業師丁淦林先生慷慨爲拙著寫下了這樣的溢美之詞，作爲薦語以廣流傳：「本書以全新的視角評述了徐鑄成、王芸生、儲安平三位報人的事蹟，特別是寫了許多故事和細節，對歷史事實作了認眞的核對和考證。既是信史，又有可讀性，在中國新聞史論著中也是一種創新。」而今丁師已仙逝四年，睹書思人，能不愴然。

　　仔細通讀舊作，雖然時過境遷，依然能夠感受到當年撰述的餘溫。這次修訂，補充了一些注釋和新發現的史料，並對部分文字進行了訂正、潤飾。感謝中國新聞史學會副秘書長、暨南大學新聞與傳播學院鄧紹根兄的引薦，感謝花木蘭文化出版社北京辦事處楊嘉樂老師的協調，感謝福建教育出版社的慨允，使本書能夠在臺灣出版繁體字修訂版。

陳建雲
2015 年 12 月於滬上放心室